BERAUSCHENDE STRÖMUNG

NEW YORK TIMES BESTSELLER-AUTOR

CHERRY-
ADAIR.

Berauschende Strömung
Copyright © 2017 by Cherry Adair

ISBN-13: 978-1937774653
ISBN-10: 1937774651

www.cherryadair.com
shop.cherryadair.com

ISBN: [illegible]
ISSN: [illegible]

ONE

Tarfaya, Marokko

Es roch nach Ärger.

Nick Cutter streckte die langen Beine unter dem Tisch aus. Seine Augen verbarg er hinter einer dunklen Sonnenbrille, obwohl er bereits braune Kontaktlinsen trug. Während er spielerisch die kleine Tasse duftenden Pfefferminztees drehte, beobachtete er seine unmittelbare Umgebung. Das Cafe lag im tiefen Schatten an einem belebten öffentlichen Platz. Nick wusste gutes Essen zu schätzen, und da er das Treffen unter Kontrolle zu haben glaubte, hatte er seine Mahlzeit genossen und hinterher den Teller von sich geschoben, um das Geschäft zum Abschluss zu bringen. Die Männer, die ihm gegenübersaßen, unterhielten sich leise auf Arabisch, um seine Bedingungen zu diskutieren.

Zwei Auftraggeber. Drei Bodyguards. Alle schwer bewaffnet.

Er erwartete keinen Ärger, aber er kalkulierte ihn stets ein. Und gerade in diesem Moment richteten sich ihm die Nackenhärchen auf.

Das genügte ihm.

Demonstrativ gelangweilt wedelte er eine Fliege vor seinem Gesicht weg. Dabei hielt er in der Menge der über den Platz strömenden Passanten unauffällig Ausschau nach der Ursache für seine plötzliche innere Unruhe.

Nick befürchtete nicht, von irgendwem erkannt zu werden. Dazu war seine Verkleidung zu gut. Wie die meisten Leute auf dem Platz trug er ein beiges kaftanartiges, Jalläba genanntes Gewand, das ihn vom Hals bis zu den Zehen einhüllte. Das Auffälligste an ihm, seine hellen Augen, war hinter der Sonnenbrille und Kontaktlinsen verborgen. Klug auf getragenes Makeup ahmte die dunkle Hautfarbe des Großteils der Menschen um ihn herum nach. Zusätzlich trug er einen dichten schwarzen

Bart, der dringend einer Rasur, mindestens aber der Pflege bedurfte - er juckte wie verrückt.

Falls tatsächlich Ärger drohte, galt der seinem Alter Ego Asim Nabi El Malamah, nicht Nick Cutter. Was Nicks düstere Vorahnung allerdings noch verstärkte. El Malamah hatte aus gutem Grund einen üblen Ruf. Dafür hatte Nick gesorgt.

Ihm fiel nichts Ungewöhnliches auf. Es war Mittagszeit, und das alte, von Festungsmauern umgebene Zentrum der Altstadt aus dem 12. Jahrhundert war laut und voller Menschen. Die heiße Luft duftete nach Gewürzen - Kümmel, Paprika, Koriander, Knoblauch und Zwiebeln - und den halb leeren Tellern mit Tajine auf dem Tisch.

Frauen priesen lautstark ihre Waren an, ihre langen bunten Jalläbas leuchteten in brillanten Farben wie Kolibris im grellen Sonnenlicht. Kinder liefen lachend und kreischend zwischen den Ständen und Käufern herum und trugen ihren Teil zum lauten Chaos bei.

Nick hatte die beiden Auftraggeber praktisch verfolgt, bis sie über ihn gestolpert waren. Dann hatte er seinen Preis so hoch angesetzt, dass er fast unerreichbar war. Aber nur fast. Wenn sie ihn wirklich wollten, würden sie ihn auch entsprechend bezahlen. Das war ein heikles, aber kalkuliertes Risiko.

Kalkulierte Risiken waren seine Spezialität. Doch seine besondere Stärke bestand darin, dass er ein außergewöhnliches Gehör für Dialekte hatte. Er gehörte zu jener Handvoll Menschen auf der Welt, die lediglich aus Gesprächsfetzen Rückschlüsse auf die Geschichte eines Mannes ziehen konnten. Er sprach elf Sprachen fließend, verstand sieben weitere, und selbst wenn er eine Sprache nicht beherrschte, besaß er immerhin die Fähigkeit, so feine Nuancen herauszuhören, dass er unterschiedliche Dialekte aus Städten wahrnahm, die nur fünfzig Kilometer voneinander entfernt lagen.

Seine speziellen Fähigkeiten waren nicht sehr gefragt, die wenigen „Aufträge", die er angenommen hatte, dafür umso interessanter. Er mochte, was er tat - für gewöhnlich lauschte
er Gesprächen aus sicherer Entfernung.

Diesmal war es mehr. Viel mehr. Er schätzte die Risiken ein und kam zu dem Schluss, dass sie akzeptabel waren.

Sobald er die Typen am Haken hatte, wollte Nick zurück auf die *Scorpion* und dreißig Meter tief im Meer tauchen. Er wollte das tun, was er liebte: auf Schatzsuche gehen. Sie arbeiteten nun schon seit einigen Monaten am Wrack der El Puerto, und er war sehr zufrieden mit den Ergebnissen. Es war fast an der Zeit, seine Beute nach Cutter Cay zu bringen.

Je eher, desto besser. Eigentlich hätte der „Gefallen", zu dem er sich ursprünglich bereit erklärt hatte, höchstens eine Stunde in Anspruch nehmen sollen. Stattdessen hatte er allein drei Tage gebraucht, um den Kontakt herzustellen. Jetzt wusste er, was er wissen wollte, und damit hätte die Sache erledigt sein sollen.

Aber diesmal sah sein Auftrag anders aus.

Seine Freunde hatten ihn um weit mehr gebeten, als nur kurz hinzuhören, um die Herkunft einer bestimmten Person zu identifizieren. Ab einem bestimmten Punkt war ihm das klar gewesen. Nick hatte die möglichen Risiken für seine Crew und sein Taucherteam abgewogen und sich schließlich dazu entschlossen, die Sache bis zum Schluss durchzuziehen.

Er hoffte nur, dass seine Faszination für Puzzles, seine sprachlichen Fähigkeiten und sein Spaß an der Herausforderung ihm diesmal nicht um die Ohren flogen.

Vielleicht gerade jetzt.

Er rieb sich den Nacken, während die beiden Männer weiter in dringlichem Tonfall miteinander redeten. Sie glaubten, er sei mit den Gedanken woanders, doch Nick besaß das Gehör einer Fledermaus, wie sein Bruder Logan bestätigen würde. Najeeb Qassem und Kadar Gamali Tamiz flüsterten in Darija, dem inoffiziellen marokkanischen Arabisch, das von den Einheimischen gesprochen wurde. Der Akzent deutete jedoch klar auf Krio hin.

Die Tatsache, dass Qassem und Tamiz beide aus Sierra Leone stammten, obwohl sie ihm gegenüber beide behauptet hatten, in Tabat geboren und aufgewachsen zu sein, spielte für ihn keine Rolle. Doch die Leute, denen er in ein paar Stunden von diesem Treffen berichten würde, erhielten damit ein weiteres Stück zu ihrem komplizierten Puzzle.

Und er auch, obwohl er bezweifelte, dass seine Freunde ihn weiter einweihen würden. Nick hatte also wie gewünscht den Köder gelegt. Es wurde höchste Zeit für Asim Nabi El Malamah alias Nick Cutter zu verschwinden.

Nick stellte seine Tasse auf den Tisch, bereit für den Abschluss der Verhandlungen. In diesem Moment teilte sich die Menge, und er registrierte eine langbeinige dunkelhaarige Frau, die durch einen der steinernen Torbogen trat. Ihr sexy Körper in hautenger Jeans und dem weißen T-Shirt war zwischen all den mit Jalläbas gekleideten Passanten kaum zu übersehen.

Wie interessant, dachte er beim Anblick dieser Frau. Und völlig fehl am Platz.

Er hatte eine Schwäche für große, kultivierte, dunkelhaarige Frauen.

O ja, dachte Nick während er beobachtete, wie die Frau stehen blieb und sich mit einem alten Mann unterhielt, der an dem Tor getrocknete Rosenknospen verkaufte. Sie war genau sein Typ, was nur bedeuten konnte, dass sie der Ärger war, der seinem Gespür nach in der Luft lag. Der alte Mann zeigte über den Platz. Es war nicht ganz klar, was er meinte. Es konnte der in der Nähe befindliche Kiosk sein oder der

4

Juwelier neben dem Cafe. Die Geste konnte allem Möglichen hier in der wimmelnden Altstadt gelten.

Nicks Instinkt sagte ihm jedoch etwas anderes.

Der Rosenverkäufer wies genau auf den Tisch, an dem Nick gerade Geschäfte machte. Tatsächlich sah die Frau jetzt in seine Richtung, ehe sie sich lächelnd bei dem Mann bedankte und auf Nick zukam.

O ja, da war definitiv Ärger im Anmarsch.

Als einzige Europäerin in diesem geschäftigen Markttreiben fiel sie auf wie ein Laufstegmodel. Sämtliche Augen waren auf sie gerichtet, als sie in ihren hochhackigen Schuhen mit einer Anmut über das unebene Steinpflaster schritt, als schwebte sie über Wasser. Sie ging mit einem lässigen Hüftschwung, der sündige Gedanken weckte und nach dem sich mehrere Männer umdrehten. Zielstrebig kam sie auf Nick zu. Und ihre langen Beine erregten Aufmerksamkeit, die er nicht gebrauchen konnte.

Verdammt!

Er konnte sich den Luxus einer ausgiebigen Betrachtung nicht gestatten. Je näher sie kam, desto hektischer versuchte er dahinterzukommen, wer sie geschickt hatte, was diese Leute wollten und was ihre Position war. Die Frau war beeindruckend, und ihr Gang verriet die selbstbewusste Gewissheit, dass Männer ihr hinterherschauten. Und sie begehrten.

Ja, sie bedeutete Ärger und wirkte hier auf diesem sonnenbeschienenen, lauten, wuseligen Marktplatz absolut deplatziert. Nick lehnte sich zurück, während sie näher kam.

„Kennen Sie die Frau?", fragte Najeeb Qassem auf Arabisch. Ihm konnte die Zielstrebigkeit der Frau kaum entgangen sein.

Sie schien sich ihrer Umgebung auf faszinierende Weise bewusst zu sein. Der Platz war voller Menschen, und doch ließ sie niemanden auf Armeslänge an sich herankommen. Ein netter Trick, der sie viel Übung gekostet haben musste. Es gelang ihr scheinbar mühelos.

Noch ungefähr fünfzig Meter.

„La", antwortete Nick knapp und wandte sich Kadar Gamali Tamiz links von ihm zu. Nein, er kannte die Frau nicht, doch er glaubte zu wissen, um wen es sich handelte. Auch wenn ihre Anwesenheit in Marokko, besonders hier auf diesem Platz, keinen Sinn ergab.

Was ihr plötzliches Auftauchen an dem Ort, an dem sich Nick Cutter befand, äußerst verdächtig machte.

Noch vierzig Meter.

„Die Anzahl der Behälter ist akzeptabel, obwohl die Menge schwer zu verbergen sein wird", erwiderte Tamiz in kühlem

Ton. „Der Preis allerdings ist nicht annehmbar. Es ist eine riskante Sache, unentdeckt auf das Schiff zu gelangen, während alle Blicke darauf gerichtet sind. Cutter ist nicht dumm. Und da er hier angelegt hat, um mehr Crewmitglieder zu finden, werden seine Leute jeden Neuling ganz genau unter die Lupe nehmen."

„Seien Sie versichert, dass unsere Männer jede noch so genaue Prüfung überstehen werden." Nick machte Anstalten, sich zu erheben. „Ich schlage vor, Sie benutzen diese Männer, um die Ware an Bord zu bringen." Sein Ton ließ keinen Zweifel daran, dass er sein Angebot nicht verbessern würde. „Wenn es eine so leichte Aufgabe ist, brauchen Sie jemanden wie mich nicht, um sicherzustellen, dass Ihre Ware vor Entdeckung geschützt ist."

Tamiz' Linger schlossen sich um Nicks Handgelenk. Nick kniff die Augen zu schmalen Schlitzen zusammen und schaute von der Hand an seinem Arm zum Gesicht des Mannes. Sofort zog Tamiz seine Hand zurück. „Verzeihen Sie, ich wollte Ihnen nicht zu nahe treten, mein Freund. Meine Männer sind lediglich die Versicherung, dass die Ware dort bleibt, wo Sie sie platziert haben. Es sind einfache Männer."

Nick lehnte sich zurück. „Gut bewaffnet?"

Noch dreißig Meter.

„Selbstverständlich."

„Gut, denn Ihre Ware wäre für jeden kostbar."

„Sie sind ein zäher Verhandlungspartner, sadiqi."

„Nicht, wenn der Preis stimmt." Nick beobachtete die Frau weiter aus den Augenwinkeln. Noch zwanzig Meter. Mit etwas Glück würde sie vorbeigehen. Er könnte einen genüsslichen Blick auf ihren Hintern werfen, und die Sache wäre erledigt. Er hatte nicht unendlich viel Zeit, um das sachte Hüpfen ihrer Brüste unter ihrer weißen Leinenbluse zu bewundern. Der heiße Wind löste ein paar dunkle Strähnen aus ihrer strengen Frisur und presste ihr die Bluse an den Körper, wodurch ihre aufregende Figur noch mehr betont wurde.

Fünfzehn Meter.

Ihre Schritte verlangsamten sich. Ein kalkulierter Schachzug? Oder Unentschlossenheit?

„Wir würden Ihr Honorar verdoppeln, wenn Sie die Ware bis zu ihrem Bestimmungsort begleiten." Qassem, ein stockdürrer Mann Ende sechzig mit von der Sonne gegerbtem Gesicht und unergründlichen schwarzen Augen, beugte sich vor. Nick hatte nicht die Absicht, mehrere Wochen verkleidet auf seinem eigenen Schiff zu verbringen.

„Klingt verlockend, aber meine Teilnahme an dieser Unternehmung muss leider begrenzt sein", erklärte er leichthin und beobachtete weiter die auf sie zukommende Frau. Sie wirkte harmlos, aber er wusste am besten, dass der äußere Schein oft trog. Ihr glänzendes schwarzes Haar war straff zurückgekämmt, was ihre hohen Wangenknochen zur Geltung brachte, die frisch geschminkten Lippen und ihre glatte olivenfarbene Haut. Ihre Augen waren, wie seine, hinter einer dunklen Sonnenbrille verborgen. Er suchte ihren Körper nach Anzeichen für eine Waffe ab. Anspannung erfasste ihn. Ihre Jeans war eng, die Bluse weit, und die Ledertasche, die an einem Riemen von ihrer Schulter hing, sah schwer aus. Sie hätte ein ganzes Waffenarsenal mit sich führen können, und niemand hätte es bemerkt.

Er verlagerte sein Gewicht, um besser an seine SIG Sauer zu kommen, die in den Falten seines weiten Gewands verborgen war. „Ich hege nicht den Wunsch nach einer ausgedehnten Seereise", sagte er zu

Qassem. „Ich verhandle nur darüber, dass die Ware sicher auf dem Schiff landet, und sorge für ein gutes Versteck, damit sie wohlbehalten wie ein Baby in den Armen seiner Mutter an ihrem Zielort eintrifft."

Als die Frau nur wenige Schritte von ihrem Tisch entfernt in den Schatten trat, beschleunigte sich sein Puls. Inzwischen war sie nah genug, dass er ihr Parfüm wahrnehmen konnte. Delikater Pfirsich. Kultiviert. Sexy. Exotisch.

„Excusezmoi, Messieurs. " Ihre Altstimme besaß eine natürliche Heiserkeit. Schwarzer Samt und Weihrauch. „Wer von Ihnen ist Asim Nabi El Malamah?" Sie sprach Französisch mit leichtem Akzent und den ihr unbekannten Namen ziemlich glaubwürdig aus.

Zu dumm nur, dass Nick ihn nicht ausgerechnet aus ihrem Mund hören wollte. Schon gar nicht hier. Und absolut nicht jetzt.

Ihr Dialekt verriet sie. In der Sekunde, als sie die ersten Worte ausgesprochen hatte, war ihm klar geworden, wer sie war.

Aber das beantwortete immer noch nicht die Frage, warum sie hier war. Oder wer sie geschickt hatte.

Die Menschen um sie herum hielten bei ihren Tätigkeiten inne, um sie anzusehen. Um ihn anzusehen. Und die Männer, mit denen er gegessen hatte. Die Frau sah luxuriös, elegant und sehr entspannt aus. Kein Schweißtröpfchen trübte ihr perfekt geschminktes Gesicht in der Nachmittagshitze. Ihr Haar, das sie im Nacken zu einem Knoten zusammengebunden hatte, schimmerte fast bläulich in der Sonne. Ihre Hautfarbe ließ auf eine mediterrane Herkunft schließen, und ihr Akzent weckte Nicks Interesse. Doch er hielt seine Neugier im Zaum.

Das Wesentliche hatte er erfasst, und das war mehr als genug.

„Ich bin beschäftigt", erklärte er in akzentfreiem marokkanischen Französisch. Asim Nabi El Malamah genoss den Ruf, alles zu machen. Für Geld. Doch seine Fähigkeiten waren nicht für Leute wie sie zu haben. Und ihr Kontakt zu ihm, in diesem Moment und in seiner derzeitigen Rolle, konnte sie das Leben kosten.

Unbeeindruckt von seiner Antwort, schob sie den Riemen der schweren Ledertasche ihre Schulter hinauf. „Ich möchte Sie engagieren ..."

„Ich wiederhole noch einmal", unterbrach Nick sie in kaltem, unmissverständlichem Ton. „Ich bin beschäftigt. Gehen Sie, Frau."

„... mich zu einem Schiff zu bringen ..." Sie sprach einfach weiter, als hätte er nichts gesagt, und deutete mit ihrer schmalen Hand vage in die Richtung des Jachthafens.

Nick fuhr mit dem Zeigefinger gelangweilt über den Rand seiner goldenen Tasse und tauschte einen amüsierten Blick mit den Männern am Tisch. Frauen, sagte sein Schulterzucken. Was kann ein Mann da schon machen?

Qassem kratzte sich den Bart. „Was für ein Schiff?"

Sie zögerte nur den Bruchteil einer Sekunde, ehe sie antwortete: „Die *Scorpion*." Sie wandte sich wieder an Nick. „Kennen Sie es?"

Sein Schiff? „Nein." Nick fuhr mit dem Daumen über das kunstvolle Relief auf seiner Tasse. Das Metall war warm vom Tee. Er ließ den Daumen über die glatte Oberfläche gleiten und fragte sich unwillkürlich, wie ihre Brüste sich wohl anfühlen würden. Sie war genau sein Typ. Dunkelhaarig, langbeinig, kultiviert. Als wäre sie extra für ihn gemacht.

Und sie wollte an Bord der *Scorpion*.

Nick glaubte nicht an Zufälle.

Irgendwer kannte seinen Geschmack. Gold glänzte an ihren Ohren, an ihrem anmutigen Hals und an einem Handgelenk. Mit angenehmer Stimme sagte sie: „Ich bezahle Ihnen viele Dirhams für wenige Minuten Ihrer Zeit."

Nick betrachtete sein dicht behaartes Gesicht, das sich in den Gläsern ihrer Sonnenbrille spiegelte. Mit kalter Verachtung erklärte er: „Ich brauche Ihr Geld nicht." Himmel, diese törichte Frau hatte keine Ahnung, was sie hier gerade störte. Oder etwa doch? War sie ein Marienkäfer, der furchtlos ins Netz einer Spinne ging? Oder war sie selbst die Spinne? Er musterte sie langsam von Kopf bis Fuß. „Es sei denn, Sie bieten mir mehr als Geld an."

Tamiz lachte. Die anderen Männer am Tisch sprachen kein Französisch, verfolgten das Gespräch zwischen Nick und der Frau aber aufmerksam.

Ihre Miene wurde ernst, vielleicht schaute sie auch verärgert. Wegen der großen Sonnenbrille war das nicht so genau zu erkennen. „Ich gebe Ihnen meine Uhr. Es ist eine ..."

„Sie bieten mir eine Uhr an, wenn ich Sex meine? Ich habe keinen Bedarf an einer Damenuhr. An einer Frau schon eher. Aber erst, wenn ich mein Geschäft hier abgeschlossen habe. Warten Sie auf mich im Hotel Dar El Kebira. Dort können wir ... uns unterhalten."

Ihre Miene änderte sich nicht. „Ihr Preis steht in keinem Verhältnis zu meiner Bitte, Asim Nabi El Malamah", erwiderte sie trocken. „Schließlich handelt es sich nur um eine kurze Fahrt und einen geringen Zeitaufwand für Sie. Ich werde eine andere Beförderungsmöglichkeit finden."

Wenn sie sich morgen darum kümmerte, hatte Nick kein Problem damit. Die *Scorpion* würde heute in der Abenddämmerung im Hafen von Tarfaya auslaufen. „Nur zu, tun Sie das." Sie presste die Lippen zusammen. „Das werde ich. Gentlemen." Sie nickte den anderen kurz zu, dann wandte sie sich zum Gehen.

Nick hielt sie am Handgelenk fest. „Falls Sie einen Mann finden, der dumm genug ist, Sie zu dem Schiff zu bringen, stellen Sie sich schon mal darauf ein, die Beine für ihn breit zu machen. Täuschen Sie sich nur nicht, man wird Ihre Bitte als Einwilligung verstehen."

Sie schaute demonstrativ auf ihr Handgelenk. „Ich werde es beherzigen." Ihr Gesichtsausdruck signalisierte eher, dass er sie mal konnte.

Nick wandte sich wieder an Najeeb Qassem. „Meine Zeit ist kostbar, Gentlemen." Mit diesen Worten stand er auf. „Entweder Sie akzeptieren meinen Preis, oder Sie müssen einen anderen Kurier finden."

„Dieser Mistkerl!", murmelte Bria Visconti, als der libellengroße Helikopter mit einem Ruck auf dem scheinbar zu kleinen Helipad auf dem Oberdeck der *Scorpion* aufsetzte.

Nick Cutters Boot war eine Megajacht von der Größe eines Fußballfeldes, ganz glänzendes Weiß und blank poliertes Messing. Sie befand sich irgendwo zwischen den Kanarischen Inseln und Madeira, mitten im Atlantischen Ozean. Meilenweit ringsum nichts als dunkelblaues Meer und hellblauer Himmel.

Entweder hatte Cutter dieses teure Spielzeug vom Geld ihrer Familie bezahlt oder einen Investor für seinen kostspieligen Geschmack gefunden. Eines war jedenfalls unübersehbar: Geld hatte er genug.

Na fabelhaft. Das würde ihre Aufgabe leichter machen. Brias Kiefer schmerzte vom stundenlangen Zähnezusammenbeißen. Sie holte tief Luft und versuchte, die Anspannung zu vertreiben. Seit Tagen war sie wütend, doch sie war entschlossen, diese Wut im Zaum zu halten. Man konnte die Sache zivilisiert regeln, deshalb wollte sie unbedingt ruhig und bestimmt bleiben. Und vor allem unnachgiebig.

Die kurzfristige Reise von Kalifornien hatte sie ein kleines Vermögen gekostet, was sie sich kaum leisten konnte. Seit einem Jahr war sie arbeitslos, und diese Reise hatte ihre mageren Ersparnisse verschlungen. Wenn sie gestern jemanden gefunden hätte für die Fahrt von Tarfaya zur *Scorpion*, hätte sie keinen Last-Minute-Flug nach Las Palmas nehmen müssen. Diesen Privathubschrauber auf den Kanarischen Inseln zu mieten für den Flug hierher ins Nirgendwo, hatte auch nicht auf ihrem Plan gestanden.

Als sie den Anruf zu Hause in Sacramento erhalten hatte, war sie nicht gerade begeistert gewesen. Auch nicht während ihres Fluges nach Marokko. Und ihre Laune wurde vollends mies, als sie feststellen musste, dass niemand sie von Tarfaya irgendwohin fahren würde, ohne dass sie eine Niere oder ihre Keuschheit hergeben musste. Am Ende schäumte sie vor Wut, weil die *Scorpion* schon abgelegt hatte und sich bereits außerhalb der Reichweite jedes kleinen, billig zu mietenden Motorbootes befand.

So viel zu diesem großen, dunklen und behaarten Asim Nabi El Malamah, der angeblich alles machte, wenn der Preis stimmte. Er hatte sich prompt geweigert, und das hatte sie viel Geld gekostet, mehr als sie sich momentan leisten konnte. Dieser Idiot.

Jeder beschwerliche Schritt auf dieser Reise hatte sie noch zorniger und frustrierter gemacht. Sie war Nick Cutter nie begegnet, doch der Mann nervte sie jetzt schon. Bria wusste, dass es ihr sehr schwerfallen würde, sich höflich zu verhalten, von liebenswürdig ganz zu schweigen.

„Es ist fast vorbei", sagte sie sich und strich ihr Haar zurück, wobei sie nicht existente Strähnen in den Knoten im Nacken schob, bevor sie eine kleine goldene Puderdose und einen Lippenstift aus ihrer Handtasche nahm. Ihr Make-up war tadellos in Ordnung, für ihr Selbstbewusstsein musste sie nur ihren roten Lippenstift nachziehen. Ein letzter Blick, dann war sie bereit.

Sie hatte den Kopfhörer abgenommen, den der Pilot ihr in Las Palmas gegeben hatte. Jetzt setzte sie ihn wieder auf, da sich der Rotor über ihr laut drehte. Sie hängte sich den Riemen ihrer schweren Tasche über die Schulter, bereit für den Kampf. „Sind Sie sicher, dass es kein anderes Schiff mit dem Namen *Scorpion* gibt?" Sie hatte sich ein heruntergekommenes Taucherboot vorgestellt, nicht diesen Millionen teuren schwimmenden Palast.

„Fragen Sie ihn", sagte der Pilot, auf einen Mann in weißem T-Shirt und Shorts deutend, der auf den Helikopter zurannte. Er lief tief gebeugt, um von den sich langsam drehenden Rotorblättern nicht enthauptet zu werden. Nick Cutter? Brias Herz tat einen kleinen Hüpfer.

„ Esperame", wies sie den Piloten zu warten auf Spanisch an. „Ich werde gleich zurück sein."

„ El viento empieza a soplar. No voy a esperar si mi helicöptero estd en peligro, senorita. "

So ein ... Bria bemerkte den Windsack, der an einer Stange flatterte. Ja, es war tatsächlich windig, aber kaum besorgniserregend stürmisch. „Nopasard mucho tiempo", beharrte sie.

Sie deutete das Brummen des Piloten als Zustimmung, dass er warten würde.

Der ganz in Weiß gekleidete Mann mittleren Alters war inzwischen in geduckter Haltung beim Helikopter angekommen. Er öffnete die Tür, half Bria beim Aussteigen und deutete auf eine rundum verglaste Kajüte. Auf zehn Zentimeter hohen Absätzen in nahezu gekrümmter Haltung zu rennen, erforderte ziemliches Geschick. Sie hatte Glück, dass sie sich kein Bein brach, als sie sich unter den noch immer drehenden Rotorblättern duckte.

Endlich drückte Bria die Glastür auf und richtete sich auf. Sie schaute sich einen Moment um, während der Mann die Tür hinter sich zumachte. Der Lärm des Hubschraubers verstummte abrupt.

Der große Raum, auf drei Seiten aus riesigen Fenstern bestehend, erlaubte einen Panoramablick auf Wasser bis zum Horizont. Eine Wand bestand aus einem massiven Felsen, an dem Wasser hinunterrieselte - ein Wandwasserfall, der für ein angenehmes Ambiente sorgte, Bria allerdings auch daran erinnerte, dass sie auf die Toilette musste.

Vorsichtig berührte sie den Knoten im Nacken, um sich zu vergewissern, dass sich keine Strähne daraus gelöst hatte. Dieses Überprüfen war eine nervöse Angewohnheit.

Der Raum war elegant, wenn auch karg eingerichtet, mit weißen Möbeln und dunkelblauen Akzenten. Offenbar sollte er dezenten Reichtum ausdrücken. Es gab schicke weiße, mit Segeltuch bezogene Sofas und Sessel, Glas und Chrom, hier und da ein paar interessante, aber dürftige Kunstgegenstände. Der Fußboden bestand aus hochglanzpoliertem dunklem Teakholz. Insgesamt strahlte der Raum eine unpersönliche und teure Atmosphäre aus, die Rückschlüsse auf den Charakter des Besitzers unmöglich machte. Für Brias Geschmack war der Raum viel zu modern, aber ihr konnte es egal sein, da sie ohnehin nicht lange bleiben würde.

Die Sonne schien durch die Fenster herein, weshalb Bria wünschte, sie hätte ihre Sonnenbrille noch nicht eingesteckt. Aber sie wollte Mr Cutter offen und aufrichtig gegenübertreten.

Bevor sie heute Morgen das Hotel verließ, hatte sie ihre Reisekleidung aus Jeans und T-Shirt gegen ein figurbetontes rotes Strandkleid eingetauscht, das ihre nackten Arme zeigte und so viel Ausschnitt, dass es einen Mann aus dem Konzept bringen konnte. Außerdem war es kurz genug, um ihre langen Beine vorteilhaft zur Geltung zu bringen. Die schwarzen Sandaletten mit den hohen Absätzen machten das Gehen auf dem leicht schwankenden Schiff ein wenig problematisch. Dafür rundeten die mörderischen Absätze ihr Outfit perfekt ab.

Falls Nick Cutter nicht schwul oder blind war, würde er Wachs in ihren Händen sein. Der Mann, der sie vom Helikopter abgeholt hatte, trat neben sie. Er war in den Fünfzigern, sein Haar rötlich, der Bart dicht. Die randlose Brille konnte seine finstere Miene nicht verbergen. „Erwartet Nick ...", begann er im selben Moment, als sie „Ich bin ...", sagte.

„Principessa Gabriella Visconti", vernahm sie eine tiefe, vage vertraute Stimme in fließendem Italienisch hinter sich.

Bria drehte sich langsam um. Sie hatte den zweiten Mann nicht hereinkommen gehört, obwohl es keinen Teppich gab. Das war umso seltsamer, da der Mann groß und beeindruckend war. Durch seine bloße Anwesenheit schien der Raum plötzlich kleiner zu werden.

Er war barfuß und trug lediglich die untere Hälfte eines Taucheranzugs. Wassertropfen funkelten wie Diamanten in den

14

dunklen Haaren auf seiner muskulösen Brust und liefen von dort in einer geraden Linie zu seinem flachen Bauch hinunter, wo sie unter dem engen schwarzen Neopren verschwanden.

Bria war perplex, denn sie hatte einen Mann Ende sechzig erwartet, dick und verlebt, mit grauem Haar, falls er überhaupt welches hatte. Einen onkelhaften Typ.

Dieser Mann war nichts von alldem.

Sein Haar war dunkel, und er war groß, gebräunt und besaß die Muskulatur eines Athleten. Seine Haut glänzte nass, er verströmte einen salzigen, männlichen Duft. Doch es waren vor allem seine Augen, die ihr geradezu den Atem raubten. Ihre Hormone spielten verrückt, was Bria ein wenig in Panik geraten ließ, denn ihre einzigen Waffen waren ihre Entschlossenheit und ihr Dekollete.

„Sie wissen, wer ich bin?", fragte sie in der gleichen Sprache und flehte im Stillen, er möge nicht Nick Cutter sein. Dieser Mann besaß ein eigenes Gravitationsfeld und strahlte eine nahezu animalische Kraft aus.

Zumindest schien er sich weder von langen Beinen noch von Brüsten aus der Ruhe bringen zu lassen. Er sah aus wie ein Mann, der wusste, was er wollte. Offenbar betrachtete er sie höchstens als nicht allzu interessante Unannehmlichkeit.

„Ich lese Zeitung", erwiderte er in sanftem Ton und hielt weiter Blickkontakt. Na schön, für Brüste schien er keine Schwäche zu haben. „Sie sind äußerst fotogen, Euer Hoheit. Danke, Blake", fügte er, an den älteren Mann neben ihr gewandt, hinzu. „Ich übernehme jetzt." Er richtete diese außergewöhnlich blauen Augen erneut auf sie. Seine Miene war ausdruckslos, höchstens eine Spur abweisend. Offensichtlich war Bria hier weder willkommen noch er im Mindesten an ihr interessiert.

„Ich bin Nick Cutter. Was kann ich für Sie tun, Prinzessin?", erkundigte er sich in kühlem Ton. Ein einzelner Wassertropfen rann langsam an seinem gebräunten Bizeps herunter. Bria musste sich zusammenreißen, um sich auf die Unterhaltung konzentrieren zu können.

Sie war es nicht gewohnt, Prinzessin genannt zu werden. Schon gar nicht war sie es gewohnt, von einem Mann in diesem Ton angeredet zu werden. Womit hatte sie seine Verachtung verdient? Oder war es Hohn? Sie vermochte nicht zu sagen, was sich hinter seiner ausdruckslosen Miene verbarg. Aber es gefiel ihr nicht.

Sie wartete, bis der andere Mann den Raum verlassen hatte.

Nachdem sie den Schritten gelauscht hatte, ging sie auf Cutter zu und bot ihm die Hand. „Bitte nennen Sie mich Bria." Seine Finger, kühl und feucht vom Schwimmen, schlossen sich zu einer kurzen, höflichen Begrüßung um ihre. Sein Händedruck war fest und entschlossen. Cutter hielt ihre Hand nicht länger als nötig in seiner. Anscheinend spürte er nicht dieses elektrisierende Knistern zwischen ihnen, das Bria bei der Berührung sofort fühlte. Eine Gänsehaut kroch ihre Arme hinauf, deshalb wich sie einen Schritt zurück. Ein taktischer Rückzug.

Na schön, Cutter war also nicht beeindruckt oder verzaubert. Es weckte auch nicht sein Verlangen, Brias rot lackierte Zehennägel in den hochhackigen Sandaletten zu sehen. Sei's drum. Ihr Ton änderte sich leicht, als sie auf Englisch zu ihm sagte: „Wenn Sie wissen, wer ich bin, dann kennen Sie auch den Grund meines Besuchs."

„Wenn Sie mir mitgeteilt hätten, dass Sie bei der Bergung zuschauen wollen, hätte ich Vorkehrungen für eine Übernachtung getroffen. Unglücklicherweise ist das jetzt wegen der Crew und des großen Taucherteams nicht möglich."

Er ließ sie abblitzen. Schon wieder. Dabei hatte sie noch gar nichts gesagt. Langsam war sie es leid. „Ich bin weder hier, um der Bergung beizuwohnen, Mr Cutter", erklärte sie mit einer gewissen Schroffheit. „Noch beabsichtige ich meinen Aufenthalt auf Ihrem Schiff länger als nötig zu gestalten." Sie deutete zum wartenden Helikopter. „Ich bin wegen einer Rückerstattung gekommen."

„Eine Rückerstattung?", wiederholte er erstaunt.

CHERRY ADAIR

Bria errötete und wurde wütend. Ihr Temperament war ihre Achillesferse, und sie hatte fast ihr ganzes Leben lang versucht zu lernen, es im Zaum zu halten. Sieben kurze Jahre war sie die Prinzessin in einem Märchenland gewesen. Dann hatte man sie den Menschen, die sie liebte, entrissen, hatte ihr alles genommen, was ihr etwas bedeutete, und sie in einen grässlichen Albtraum gestürzt, der ihr Leben für immer veränderte. Wenigstens hatte sie im Lauf der Jahre gelernt, sich zu beherrsehen und ihr Temperament wenigstens ab und an zu zügeln. Aber von Nick Cutter konnte sie in Sachen Selbstbeherrschung noch etwas lernen.

Sie hatte schon weitaus Schlimmeres erlebt als eine Abfuhr von einem Mann. Ganz gleich, in welchem Ton. Daher lächelte sie nur kühl. Allerdings konnte sie sich des unheimlichen Gefühls nicht erwehren, dass diese unfassbar blauen Augen sie glatt durchschauten. „Mein Bruder hat eine dumme Investition getätigt. Bevor er noch mehr Geld zum Fenster hinauswirft, möchte ich das Geld, das er Ihnen überlassen hat, meiner Familie zurückgeben."

Nick Cutter lehnte sich mit der Hüfte gegen die Rückenlehne eines weißen Sofas und musterte sie mit kühlem Blick. „Sind Sie die Geschäftspartnerin des Königs?"

Weder Partnerin noch Vertraute. Nicht einmal richtig seine Schwester, so wenig nah fühlte sie sich ihm. Ihr Cousin, Antonio, hatte ihr von Dravens jüngster Dummheit berichten müssen. „Mein Bruder hat sich einfach geirrt", erklärte sie. Einer von vielen Irrtümern, seit er den Thron Marrezos vor zwei Jahren bestiegen hatte.

Bria ignorierte das vertraute Gefühl von Panik, das langsam in ihr aufstieg. Es ging Nick Cutter nichts an, wie sie über den mangelnden Geschäftssinn ihres Bruders dachte. „Ich bin gekommen, um seinen Fehler zu korrigieren."

„Ach, tatsächlich?" Er stieß sich vom Sofa ab. „Gehen wir unter Deck und besprechen das in meinem Büro."

17

Sagte die Spinne zur Fliege. Bria blieb lieber, wo sie warund wo sie die Sonne und vor allem den Helikopter sehen konnte. Letzterer war nämlich ihr einziges Transportmittel und der Flug schon bezahlt. „Mir wäre lieber ...“

„Ich nehme doch an, Sie werden sich ausruhen wollen, bevor Sie zurück nach Las Palmas fliegen“, schnitt er ihr selbstherrlich das Wort ab. „Also, machen Sie sich frisch, trinken Sie eine Tasse Kaffee, dann klären wir die Angelegenheit, und Sie können sich auf den Rückweg machen.“

Es gefiel ihr nicht, Befehle entgegenzunehmen. Und es passte ihr nicht, von jemandem gesagt zu bekommen, was sie gerne wollte und was nicht. Schon gar nicht von einem Mann, der aus dem Staatsvermögen des Königreichs Marrezo fünf Millionen Euro angenommen hatte, die er offensichtlich gar nicht brauchte. Dass er ein aufregender Mann war, spielte dabei keine Rolle.

Bria verstand ihre Reaktion auf ihn selbst nicht. Sie mochte Männer, sehr sogar. Ihr gefielen die großen Hände, die großen Füße und alles, was dazwischen war. Ein knackiger Po reizte sie ebenso wie jede andere Frau. Sie flirtete gern, denn dabei fühlte sie sich weiblich. Ja, sie mochte Männer. Und Männer mochten sie.

Was man von dem unterkühlten Nick Cutter nicht behaupten konnte. Er brachte sie auf die Palme, und das passte ihr überhaupt nicht.

Trotzdem, es bestand kein Grund, sich noch länger zu ärgern, und seine Worte erleichterten sie unendlich. Er würde ihr Dravens Geld zurückgeben. Gott sei Dank.

Auch wenn sie am liebsten alles sofort geklärt hätte, fiel ihr in diesem Moment, als er davon sprach, wieder ein, dass sie auf die Toilette musste. Einen weiteren fünfstündigen Flug im Hubschrauber würde sie auf keinen Fall durchhalten. Sie hängte sich ihre Tasche über die Schulter. „Na schön.“

Nick nahm das Telefon von einem Tisch, wo es neben einer sehr phallisch aussehenden Marmorstatue, einem Goldkästchen mit einem kunstvoll gearbeiteten Relief sowie einer quadratischen Glasvase mit leuchtend roten Rosen gelegen hatte. Die Blumen waren der einzige Farbtupfer im Raum, abgesehen von Cutters beunruhigenden Augen.

Er bat Khoi aufs Sonnendeck, legte das Telefon wieder hin und wandte sich erneut an Bria. „Mein Steward wird Ihnen zeigen, wo Sie sich frisch machen können. Anschließend wird er Sie zu meinem Büro führen. Lassen Sie sich Zeit."

„Ich ..."

Cutter wartete nicht, was sie zu sagen hatte. Er sah sie durchdringend an und verursachte ihr damit ärgerlicherweise Herzklopfen. Dann gestattete er ihr einen verlockenden Blick auf seinen gebräunten nackten Rücken und seinen knackigen Po in dem Neoprenanzug, ehe er den Raum verließ.

Bria blieb jedoch kaum Zeit für bewundernde Blicke. Auf sie wartete nicht nur der Helikopter, sie musste das Geld, das ihrem Land gehörte, auch innerhalb von dreißig Tagen wiederbeschaffen. Andernfalls würde das Fürstentum Marrezo der Bank gehören, und das kleine Land, das ihr Zuhause gewesen war, wieder an Italien fallen. Obendrein musste sie in zwei Tagen einen neuen Job antreten. Zeit war also ein Luxus, den sie sich nicht gestatten konnte. „Auch ich habe wichtige Dinge zu erledigen", erklärte sie dem leeren Raum.

Sie würde rasch die Toilette benutzen, Cutters Büro ausfindig machen, den Scheck entgegennehmen und innerhalb von zwanzig Minuten auf dem Rückweg nach Las Palmas sein. Dann würde sie in Marrezo haltmachen und ihrem Cousin das Geld geben, damit er Dravens Schulden begleichen konnte. Danach könnte sie sich zufrieden und frei auf den Weg machen, glücklich, dem Chaos, das ihr Bruder angerichtet hatte, zu entfliehen. Sie würde nach Sacramento zurückgehen, mit der Aussicht auf einen tollen Job. Hoffentlich gelänge es ihrem Cousin Antonio, Draven zu bändigen, damit er in Zukunft nicht wieder in irgendwelche zwielichtigen Geschäfte geriet, die mit schnellem Reichtum lockten. Schatzsuche? Du lieber Himmel, wie war ihr Bruder bloß auf so etwas gekommen? Die einzige Person, die durch seine unbedachte „Investition" Geld verdiente, war Nick Cutter.

TWO

Welche Rolle spielt es, zum Geier, wie sie aussieht?", sagte Nick. Ohne recht zu wissen warum, war er leicht genervt von der Frage seines Freundes. „Als einzige Frau an Bord ist sie nun mal ein Problem, ganz gleich, wie lange sie bleibt. Und zwar eines, das wir nicht gebrauchen können, schon gar nicht jetzt."

Was immer sie wollte, sie hatte mit ihrem knappen roten Fetzen, den sie am Leib trug, schweres Geschütz aufgefahren. Und diese Beine waren wirklich endlos lang. Er hatte Nein gesagt, worauf sie ihn mit ihren großen braunen Augen angesehen hatte, als wollte sie sagen: „Ich bekomme immer, was ich will, also kannst du ebenso gut gleich nachgeben."

Jonah Santiago, Kapitän der Scorpion und Nicks engster Freund - nach seinen beiden Brüdern -, war in jeden Aspekt dieser Reise eingeweiht, einschließlich des Gefallens, den Nick einigen Bekannten an gefährlichen Orten tat.

Nick stand auf, um das Fenster mit dem Rosenholzrahmen hinter seinem Schreibtisch zu schließen, damit niemand diese Unterhaltung mithören konnte. Er hielt einen Moment inne, um dem Geräusch der Wellen zu lauschen, die sanft gegen den Rumpf des Schiffes schlugen. Unablässig brummte das Gebläse, mit dessen Hilfe sein Taucherteam einen neuen Abschnitt am Wrack freilegte.

Nachdem er das Fenster geschlossen hatte, setzte er sich auf die Schreibtischkante, um seine Gedanken zu sammeln. Dieser Schreibtisch, kunstvoll angefertigt aus den Balken einer gesunkenen Bark, nahm einen Großteil seines Büros ein.

„Dein haariges Gesicht vermisse ich jedenfalls nicht", sagte Jonah milder, lehnte sich zurück und legte die Hände hinter den Kopf, während er seinen Freund musterte. Jonah trug eine lange weiße Hose und ein kurzärmeliges weißes Hemd mit dunkelblau und golden gestreiften Schulterklappen.

„Glaub mir, ich war auch froh, den Bart endlich loszuwerden. Allerdings wollte ich dich nicht wegen meiner Rasur sprechen."

„Ist mir klar. Mal aus reiner Neugier - bist du sauer, dass sie hier aufgetaucht ist?" Jonah kippelte mit dem Sessel. Er war groß, breitschultrig und dunkeläugig, mit windzerzaustem dunklem Haar, das immer aussah, als müsste es dringend mal geschnitten werden. Außerdem konnte er selbst eine Rasur vertragen.

„Und ob", antwortete Nick.

Ein belustigter Ausdruck lag in Jonahs Augen, aber er war schlau genug, nicht zu grinsen. „Auch ein bisschen fasziniert?"

Himmel, ja. Aber das hatte nichts damit zu tun, wer sie war und was die Prinzessin auf seinem Schiff wollte, sondern mit ihrer ungeheuren erotischen Ausstrahlung. „Nein."

Jetzt grinste Jonah. „Oh, gut. Ich habe schon befürchtet, ich hätte meine Fähigkeit verloren, deinen undurchdringlichen Gesichtsausdruck zu deuten. Die Anwesenheit dieser Frau macht das Spiel auf jeden Fall interessanter." Er hörte auf zu kippeln und lümmelte sich stattdessen in den teuren Sessel aus Korduanleder, die Beine ausgestreckt, sodass Nick Jonahs großen Füßen hätte ausweichen müssen, wenn er sich hätte bewegen wollen.

Nick wollte sich nur selten bewegen, außer beim Tauchen. Und beim Sex. So gut es ging, konzentrierte er sich auf das Erstgenannte, denn an die Prinzessin und Sex gleichzeitig zu denken, bekam seinen Nerven nicht gut.

Ihre Haut war olivfarben und wirkte seidig. Ob sie an ihrem ganzen Körper so war? Ja, er würde den Schatz der El Puerto darauf wetten, dass sie sich genauso wundervoll anfühlte und so verführerisch schmeckte, wie sie aussah. Vermutlich würde er nie wieder einen reifen Pfirsich betrachten können, ohne dabei an die Prinzessin Gabriella Visconti zu denken.

Ziemlich ärgerlich.

„Blutdiamanten im Wert mehrerer Millionen Dollar zu schmuggeln ist eigentlich schon aufregend genug, findest du nicht?" Nick nahm die jahrhundertealte filigran verzierte und mit kostbaren Edelsteinen besetzte goldene Schatulle, die sie am ersten Tag dieser jüngsten Unternehmung aus dem Wrack geborgen hatten. Er drehte das wertvolle Kästchen in den Händen hin und herseine Art, auf und ab zu gehen. Unwillkürlich dachte er wieder an die langen Beine dieser Frau, auf denen sie mit lang ausholenden Schritten umherstolzierte. Wo auch immer sie war, würden ihre Schönheit, ihre Persönlichkeit, ihre Sinnlichkeit alles überstrahlen, da war er sicher.

Nick mochte es lieber dezenter, nicht so übertrieben. Wegen seiner besonnenen, reservierten Art nannten seine Brüder ihn Spock nach dem Vulkanier aus der Star-Wars-Serie. Seine Miene verriet nur selten, was in ihm vorging. Jonah zog ihn manchmal damit auf, er sei zu verschlossen und würde deshalb eines Tages explodieren.

Aber er kannte Nick nicht einmal annähernd so gut, wie er vielleicht dachte. Nick war nicht zugeknöpft, er hielt seine Gefühle nur sorgsam unter Verschluss. So gefiel es ihm am besten.

„Willst du nur dasitzen und grübeln?", fragte Jonah leicht amüsiert. „Oder hast du mir noch etwas mitzuteilen? Auch wenn wir ankern und ich dir wirklich gern dabei zuschaue, wie du deinen Gedanken an eine schöne Frau nachhängst, habe ich noch andere Sachen zu tun."

„Ich denke nach." Nick nahm einen Kugelschreiber und kritzelte auf seinem Notizblock herum, um Zeit zu gewinnen und über die Prinzessin nachzudenken. „Gib mir eine Minute." Als Asim Nabi El Malamah hatte er einen enormen Preis dafür ausgehandelt, die Blutdiamanten an Bord zu bringen und zu verstecken. Sie sollten in ihrem Versteck bleiben, bis die Scorpion in etwa drei Wochen Cutter Cay erreichte. Von dort würden sie von Qassems und Tamiz' Männern, die sich irgendwo an Bord befanden, durch die Karibik weiter und schließlich nach Miami gebracht werden. Am Ende sollten sie auf dem nord- und südamerikanischen Markt für Diamanten unauffällig verkauft werden.

Das war der Plan des Marokkaners.

Der würde aber mitten auf dem Ozean scheitern, wenn die Scorpion langsam zurück in die Karibik fuhr.

Sowohl Nick als auch Jonah wurmte, dass sie nicht wussten, welche Crewmitglieder auf der Gehaltsliste der Marokkaner standen. Aber die Sache war naturgemäß überschaubar. Der Halt in Tarfaya hatte zwei Zielen gedient: Sie hatten die Zeit genutzt, mehrere Crewmitglieder zu ersetzen, und Nick hatte Kontakt zu den Diamantenschmugglern hergestellt.

Ein weiteres Mal würden sie keinen Hafen anlaufen, um Versorgungsgüter an Bord zu nehmen. Und in einigen Wochen würde die Scorpion das Tauchgebiet verlassen, und sie hätten die Diamanten gesichert. Die Verzögerung würde der Antiterrororganisation, für die Nick tätig war, die nötige Zeit verschaffen. Sie mussten herausfinden, wer der Kopf der Diamantenschmuggler war, wie sie die Blutdiamanten aus Afrika schmuggelten und auf den amerikanischen Markt brachten. Und außerdem mussten sie in Erfahrung bringen, wer die Käufer waren. Das waren ziemlich viele Fliegen mit einer Klappe.

Soweit Qassem und Tamiz wussten, hatte El Malamah die Behälter mit den ungeschliffenen Diamanten für sie auf die Scorpion geschafft und war anschließend wieder in Marokko verschwunden. Und zwar schnell, denn Nick wusste, dass sie kein Risiko eingehen würden.

Von den fünf neuen Mannschaftsmitgliedern, die Jonah in Tarfaya angeheuert hatte, gehörten mindestens zwei, wenn nicht sogar alle fünf, zu den Helfern der Auftraggeber. Sie sollten sicherstellen, dass die Diamanten ihr Ziel unentdeckt erreichten.

Isaac, Fakhir, Blake, Basim und AbdulJalili.

Alle anderen waren schon vor Marokko an Bord gewesen, seit mindestens einem Jahr, wenn nicht länger.

Die ganze Geschichte war schon von reichlich Geheimnistuerei geprägt. Wie passte die Prinzessin da hinein?

„Was soil's", meinte Jonah grinsend und winkte ab. „Diese

Steine könnten ebenso gut nur als Ballast dienen. Der aufregende Teil kommt erst, wenn die Guten die Bösen verhaften und die Diamanten konfiszieren. Und das wird frühestens in einem Monat der Fall sein. Bis dahin wird's ziemlich langweilig."

„Worauf willst du hinaus?", wollte Nick wissen.

Jonah grinste. „Deine Prinzessin wartet auf dich."

„Sie ist nicht meine Prinzessin", widersprach er sofort. Doch der Gedanke hatte etwas für sich. Sie konnte seine ... nein. Ein solcher Arger lohnte sich nicht. „Außerdem wird sie in einer Stunde wieder aufbrechen."

„Also, wie lautet dein Plan?" Der Kapitän streckte sich. Offenbar genoss er diese Geschichte.

Nick schüttelte den Kopf. „Bisher gibt es keinen Plan. Ich muss mir noch überlegen, was ich mit ihr machen will." Jonah wirkte noch belustigter. „Dürfte ich vielleicht einen Vorschlag machen?"

In der Hinsicht brauchte Nick keine Hilfe. „Nein", entgegnete er ruhig, stolz darauf, sich seine Gereiztheit angesichts dieser Anspielung nicht anmerken zu lassen. Der dicke rotschwarze türkische Wollteppich dämpfte seine Schritte, als er sein Büro durchquerte. Er stieg über Jonahs Füße und stellte das Kästchen vorsichtig zurück in das Mahagoniregal.

In dem Raum roch es angenehm nach altem Papier, Gurkhas Premier, in Louis-XIII-Cognac getränkten Zigarren und frischer salziger Luft. Nicks Büro war voller Geschichte. Alte Karten, Notizbücher, Hunderte Bücher und kleine kostbare Kunstgegenstände aus zahlreichen Tauchgängen vergangener Jahre hatten sich hier angesammelt. Entsprechend vollgestellt war der Raum. Aber genau so gefiel er Nick. Im Gegensatz zum Rest des elegant, modern und minimalistisch eingerichteten Schiffes fühlte man sich in dieser Kabine beinah um Jahrhunderte zurückversetzt. Hier fühlte Nick sich fast wie zu Hause.

Er trat ans Fenster. Von dort aus war der Heckrotor des Helikopters zu sehen. Die Prinzessin musste einiges an Zeit und Geld investiert haben, um Nick aufzuspüren. So knapp bei Kasse konnte sie also nicht sein.

„Die Frage ist, ob man ihr glaubt oder sie mit der aktuellen Situation in Zusammenhang bringt."

„Ein berechtigter Verdacht", meinte Jonah nachdenklich. „Aber findest du nicht, sie ist zu ... na ja, zu auffällig, um etwas mit den Diamanten zu tun zu haben?"

Auffällig war untertrieben.

Nick verwarf die naheliegende Antwort. „Vielleicht ist ja gerade das der Trick", sagte er stattdessen. „Warum sonst sollte sie hier sein? Entweder wurde sie geschickt, um mich abzulenken. Oder der König möchte ein Auge auf mich haben." Und auf sein Geld.

„Wer immer sie geschickt hat, dürfte sich über dich nicht ausreichend erkundigt haben", erklärte Jonah. „Es braucht schon mehr als ein Paar aufregende Beine, um dich zu überlisten. Du bist einfach immer hellwach und hast alles im Blick, auch wenn du beinah gelangweilt wirkst." Jonah grinste schief und drehte sich in seinem Sessel. „Das ist schon fast unheimlich", fuhr er gut gelaunt fort. „Du lässt dich ganz bestimmt nicht leicht ablenken. Oder lass es mich anders formulieren: Du lässt dich nie ablenken. Dafür bist du einfach viel zu konzentriert. Immerhin nennt dich nicht umsonst jeder ‚Spock'."

„Ich setze Prioritäten", sagte Nick, unbeeindruckt von der äußerst treffenden Einschätzung. Er schaute kurz auf seine multifunktionale Uhr. Wo blieb sie? Das Schiff konnte sie noch nicht verlassen haben, der Helikopter wartete nach wie vor.

Jonah verdrehte die Augen. „Es wäre die reinste Zeitverschwendung, dir eine sexy Frau an Bord deines Schiffes vor die

Nase zu setzen, während du so tust, als wüsstest du nichts von den geschmuggelten Diamanten." Er machte eine Pause. „Es sei denn, du glaubst, etwas von ihr erfahren zu können." „Ich glaube nicht, dass ich sie bisher sexy oder schön genannt habe." Obwohl sie natürlich beides war. Ihre erotische Ausstrahlung wirkte auf ihn wie eine Art halluzinogener Droge. Nick nahm einen antiken, mit Juwelen besetzten Brieföffner und fuhr mit dem Daumen über die scharfe Klinge. „Sie könnte eine Art moderne Mata Hari sein."

„Eine gewisse Wachsamkeit ist ja schön und gut, solange sie nicht in Verfolgungswahn ausartet." Jonah kratzte sich die stoppelige Wange. „Was auch immer diese Prinzessin ist oder nicht ist, du wirst mit ihr fertig. Wer weiß, vielleicht ist sie tatsächlich genau die, die sie zu sein vorgibt."

„Und das wäre?", fragte Nick, neugierig, worauf Jonah hinauswollte. Halbwegs rechnete er schon damit, Sexbombe stünde ganz oben auf der Liste des Kapitäns. Aber Jonah enttäuschte ihn. „Die besorgte Schwester eines deiner wichtigsten Investoren."

„Ja, kann sein", räumte Nick ein. „Ist sogar wahrscheinlich. Du hast recht. Um herauszufinden, was sie wirklich will, müsste ich sie in der Nähe zu behalten." Diese Vorstellung beunruhigte ihn. Er warf den Brieföffner auf den Schreibtisch, wo er metallisch klappernd landete. „Diese Schmuggler-Geschichte ist ja noch zu verkraften. Aber wir dürfen nicht vergessen, dass uns die Sache jederzeit um die Ohren fliegen kann."

„Na ja", wandte Jonah ein und stützte einen Fuß unten gegen den Schreibtisch, um seinen Schwung mit dem Sessel zu verlangsamen. „Das kann bei einem Tauchgang auch passieren." Nein, das hier war etwas anderes. „Ich kann mir in dieser Gleichung keine Unbekannten erlauben." Nick fuhr sich über das frisch rasierte Kinn, froh, den kratzigen Bart endlich los zu sein. „Hier an Bord befinden sich nur zwei Menschen, denen ich vertraue: du und ich. Bis diese Aktion vorbei ist, werde ich jeden anderen als Verdächtigen betrachten." So schwer es ihm auch fiel, aber das galt ebenfalls für Leute, die seit Jahren für ihn arbeiteten.

Und selbstverständlich für eine langbeinige Prinzessin, deren Anwesenheit ihn bereits verdross, obwohl sie erst seit zehn Minuten an Bord war. Eine Frau reiste nicht um die halbe Welt und zog sich so scharf an, nur um ihren Bruder zu unterstützen. „Obwohl ich es für einen merkwürdigen Zufall halte, dass sie mich gestern auf dem Marktplatz der Altstadt aufgesucht hat, bringe ich sie irgendwie nicht mit den Marokkanern in Verbindung. Falls es eine Verbindung gibt, werde ich sie aufdecken. Wozu hat man denn sonst Kontakte in üblen Gegenden?" Jonah runzelte die Stirn. „Sie ist adelig, die ticken einfach anders", gab er zu bedenken. „Der König hat tatsächlich mehrere Millionen bei Cutter Salvage investiert. Es ist nicht so abwegig, dass er ein attraktives Familienmitglied geschickt hat, um ein Auge auf sein Geld zu haben."

„Klingt für mich eher, als würde er seine Investition bereuen." Das kam gelegentlich vor. Schatztauchen war ein teures Unterfangen. Manchmal bekam ein Investor kalte Füße und befürchtete, sein investiertes Geld zu verlieren. Dem Meer Schätze zu entreißen, war ein Glücksspiel. Für Nick bedeutete es immer einen Nervenkitzel, ob er nun erfolgreich war oder nicht. Es konnte passieren, dass es sich nicht lohnte. Wenn sein Bruder Logan mit Investoren sprach, machte er diesen Aspekt stets besonders deutlich, damit es keine Missverständnisse gab.

Bei Cutter Salvage gab es keine Ausstiegsklausel.

Jonah zuckte die Schultern. „Er schickt also seine kleine Schwester als Aufpasserin."

Nick wurde prompt wütend bei diesem Gedanken. „Das bezweifle ich. Warum sollte der König sein investiertes Geld zurückhaben wollen, bevor wir mit der Bergung fertig sind? Die könnte ihm einen millionenfachen Gewinn einbringen. Nein, das glaube ich nicht."

„Und wenn er sie aus einem ganz anderen Grund geschickt hat? Nicht zum Aufpassen, sondern um sich auf eigene Faust einen Anteil zu sichern?", gab Jonah zu bedenken.

Nick war skeptisch. „Wie will er den Schatz bergen?" Inden zweieinhalb Monaten, in denen sie schon zum Wrack des spanischen Schiffes El Puerto hinuntertauchten, hatten sie Silber und Gold im Wert mehrerer Millionen Dollar gefunden, außerdem einen beachtlichen Schatz aus Edelsteinen. „Das Geld ist längst für Ausrüstung und Zeug ausgegeben. Meinst du, sie kann einen Teil des Schatzes in ihrer Handtasche verstecken, wenn sie wieder abfliegt?"

„Schon gut. Ruf den König an und erkundige dich", schlug Jonah vernünftigerweise vor.

„Habe ich schon erledigt." Nick wusste bereits vor dem Anruf, wie die Antwort lauten würde. Vor einem Monat hatte Logan ihm berichtet, König Draven Visconti gehe nur selten ans Telefon und rufe noch seltener zurück. Bis vor wenigen Minuten war Nick das vollkommen egal gewesen. Er hatte ohnehin gern seine Ruhe, wenn er arbeitete. Besonders vor seinen Investoren. „Seine Leute haben mir gesagt, er sei nicht zu sprechen und würde mich zurückrufen."

„Na bitte." Jonah verschränkte die Hände hinter dem Kopf und erinnerte Nick an seinen jüngeren Bruder Zane und dessen bisweilen nervige gute Laune.

„Du kennst dich mit bedürftigen Frauen ja aus. Erklär ihr einfach, wie das läuft mit der Dividende und ab wann es Geld gibt, und dann schick sie zurück. Das scheint mir das Vernünftigste zu sein."

„Es sei denn ..." Nick versuchte, Klarheit in das Durcheinander in seinem Kopf zu bekommen. Er musste sich auf das Wesentliche konzentrieren und auf das, was ihn schon bei der ersten Begegnung mit dieser Frau in der Altstadt gestört hatte, wo sie so fehl am Platz gewirkt hatte.

„Du musst zugeben, dass die Vermutung, sie könnte etwas mit den Diamanten zu tun haben, ziemlich weit hergeholt ist." Nick musste ihm recht geben, aber dann fiel ihm etwas ein. „Was ist mein Typ?"

„Konnte ich im letzten Jahr nicht sagen", antwortete Jonah. Nick überging diesen Seitenhieb. Ihm war selbst am ehesten

klar, wie lange er schon nicht mehr mit einer Frau zusammen gewesen war. Er hatte eben viel zu tun gehabt.

„Okay, schon gut. Intelligent? Tolle Beine? Dunkelhaarig?", tastete sich der Kapitän vor.

„Genau das trifft auf die Prinzessin zu. Und wie. Möglicherweise hat irgendwer seine Hausaufgaben gemacht und weiß deshalb diese Dinge."

Jonah blickte erneut skeptisch, als litte Nick an Verfolgungswahn. Aber das war Unsinn.

Nick drehte sich wieder zum Fenster um und prägte sich die Nummer an der Seite des Helikopters ein. Die würde er überprüfen und herausfinden, woher der Helikopter kam, wer ihn gechartert hatte und wie dafür bezahlt worden war. Vielleicht kam nicht viel dabei heraus. Vielleicht aber doch.

„Wenn der gute König Visconti sein Geld zurückhaben will, warum fragt er dann nicht selbst? Abgesehen davon hat Logan wie immer die Bedingungen für die Investition von vornherein klargemacht. Warum schickt der König seine Schwester? Und warum jetzt? Und wieso spürt sie mich ausgerechnet gestern in der Altstadt auf?"

„Nicht dich, mein Freund, sondern diesen niederträchtigen Asim Nabi El Malamah. Vielleicht versucht sie nur, ihn mit der Hingabe, mit der sie sich dieser Aufgabe widmet, zu beeindrucken."

„Haben wir uns nicht darauf geeinigt, dass sie intelligent ist?", entgegnete Nick trocken.

Jonah winkte ab. „Mann, deine Eltern hätten dir eine Schwester schenken sollen statt zwei blöde Brüder. Besänftige sie und schick sie wieder nach Hause." Seine Mundwinkel zuckten. „Oder durchsuche sie erst ausgiebig und schick sie dann nach Hause."

„Ich traue ihr nicht." Dabei gab es keinen Grund, misstrauisch zu sein. In Wahrheit traute er sich selbst nicht so recht, wenn es um diese Prinzessin ging. Zum Glück würde er sie in wenigen Minuten verabschieden und nie Wiedersehen.

„Du kennst ja das Sprichwort. Kümmere dich um deine Freunde und noch mehr um deine Feinde."

„Du zitierst Machiavelli", sagte Nick amüsiert.

Jonah grinste. „Ich dachte, ich zitiere Michael Corleone aus ‚Der Pate'."

„Ja, den auch." Nick rieb sich das frisch rasierte Kinn. „Die große Frage ist - wenn Visconti sie geschickt hat, was genau will er eigentlich? Was für ein Spiel spielt er?"

„Letztlich ist das völlig unerheblich", entgegnete Jonah, nahm sich eine von Nicks teuren Zigarren und hielt sie sich unter die Nase, während er sie zwischen den Fingern rollte. „Er kennt den Vertrag und weiß, dass wir erst alles bergen und sortieren müssen et cetera. Eine Dividende wird erst gezahlt, nachdem wir auf Cutter Cay bei Brian waren."

Brian Donahue war der Meeresarchäologe und in allen Dingen ziemlich penibel. Nichts, was nicht kategorisiert und katalogisiert war, verließ die Insel, solange er sein Okay nicht gab.

„Das kann Jahre dauern." El Puerto war ein spanisches Schiff, das jedoch nahe den portugiesischen Gewässern gesunken war. Es gab bereits eine hitzige Debatte zwischen den beiden Ländern, wer von dieser Schatzbergung profitieren würde.

„Die glauben vielleicht, sie können an Bord kommen, wann immer es ihnen passt, und mal eben eine Schatztruhe als Anteil mitnehmen", vermutete Jonah.

„Ich werde ihr die Bedingungen noch einmal erklären", sagte Nick.

„Was macht eine Prinzessin heute eigentlich, außer für Paparazzi zu posieren?"

„Woher zum Geier soll ich das wissen? Sich auf Bällen zeigen? Hundeshows eröffnen?" Nick zuckte die Schultern. „Ich weiß nur, dass sie nicht in Marrezo lebt. Schon lange nicht mehr. Ich habe meine .Freunde' gebeten, sie mal zu überprüfen. Ihr Akzent lässt darauf schließen, dass sie als kleines Kind Marrezo verlassen hat. Aus ihrer Aussprache habe ich eine ländliche Gegend um Paris herausgehört, ein bisschen Chicago und dass sie eine ganze Weile in Nordkalifornien gelebt hat." „Ach ja?" Jonah deutete mit der Zigarre auf ihn. „Nordkalifornien ist aber ziemlich vage, mein Freund."

„Sacramento."

„Schon besser", lobte der Kapitän ihn, was seine Art war, Nick aufzuziehen. „Was macht eine Prinzessin aus einem kleinen Land am Mittelmeer ausgerechnet in Sacramento?" „Ich habe keine Ahnung", gestand Nick. „Logan hat Visconti wie alle Investoren überprüft, um sicherzustellen, dass seine Investition abgesichert ist." Die Cutters akzeptierten einen potenziellen Investor erst, wenn sie wussten, um wen es sich handelte und woher das Geld stammte. „Dem Bericht zufolge brachten die Leibwächter den Prinzen und die Prinzessin nach einem gescheiterten Staatsstreich außer Landes. Terroristen ermordeten ihre Eltern und übernahmen die Macht. Richteten ein übles Blutbad an. Man glaubte, beide Kinder seien beim Sturm auf das Schloss getötet worden."

„Klingt reichlich finster und mittelalterlich." Jonah legte die ungerauchte Zigarre zurück in den Humidor auf Nicks Schreibtisch. Keiner von beiden rauchte. „Ich nehme an, sie wurden getrennt, damit man sie nicht finden konnte. Bei ihrer Flucht müssen sie noch sehr jung gewesen sein."

„Sie war noch ein kleines Kind", bestätigte Nick. „Man transportierte sie auf verschlungenen Pfaden durch Europa und von dort in die USA. Visconti muss etwa zwölf gewesen sein. Er wurde nach Südafrika gebracht. Das ist alles, was ich weiß. Die Medienberichte vor einigen Jahren über seine triumphale Rückkehr habe ich nicht verfolgt. Was weißt du?" Ein schelmisches Grinsen huschte über Jonahs Gesicht. „Dem ganzen Medienzirkus über seine Rückkehr aus dem Reich der Toten und die anschließende eilige Krönung konnte man kaum entgehen."

Nick runzelte die Stirn. Jonah war ein Nachrichten-Junkie und las täglich die Meldungen von einem Dutzend Nachrichtendiensten, wenn er die Zeit hatte, sich vor seinen Computer zu setzen. „Unter seinem Einfluss erholte sich die Wirtschaft Marrezos zum ersten Mal seit zwei Jahrzehnten wieder", erinnerte er Jonah.

„Vielleicht bekommt seine Schwester einen Anteil am Erfolg-"

Vielleicht auch nicht. War sie hier, um sich ihren Anteil am wirtschaftlichen Erfolg des Landes zu sichern? Falls ja, würde die Prinzessin eine böse Überraschung erleben.

Nick schlug den Notizblock auf seinem Schreibtisch auf und notierte sich für alle Fälle die Nummer des Helikopters, obwohl er sie sich bereits eingeprägt hatte. „Und wenn schon, das ist eine Familienangelegenheit und betrifft mich nicht." „Ganz schön hart, Mann." Jonah stand auf. „Viel Glück mit deiner Prinzessin."

„Sie ist nicht meine ..." Nick registrierte das amüsierte Funkeln in den Augen des Kapitäns. „Schick sie rein, wenn du hinausgehst." Er riss das Blatt aus seinem Notizblock, faltete es einmal zusammen und gab es Jonah. Als Jonah ihn fragend ansah, fügte er hinzu: „Sie wartet draußen."

„Du hast gute Ohren."

„Ich weiß." Nick schaute ihm hinterher und rief ihn noch einmal. „Jonah? Wir ankern hier noch zwei Wochen, ehe wir die Heimreise antreten. Bis wir ganz genau wissen, wer auf unserer Seite steht und wer auf der anderen, gilt jeder als verdächtig."

Der Kapitän, die Hand schon auf dem Türknauf, drehte sich um. „Es sind Leute an Bord, die kenne ich, seit ich vor zwei Jahren angeheuert habe. Du kennst die meisten noch länger. Glaubst du wirklich ...“

„Ich glaube, dass jeder ein Geheimnis hat“, unterbrach Nick ihn milde. „Und Geld ist immer eine Versuchung, besonders wenn es um so viel geht wie in diesem Fall. Sei jedenfalls auf der Hut.“

„Natürlich.“ Jonah öffnete die Tür und ließ die Prinzessin eintreten. „Ma'am“, begrüßte er sie höflich und schloss die Kabinentür, als er ging.

Sie sah schön und elegant aus wie ein Model, als sie an der Tür stehen blieb und den berauschenden Duft heißer Sommernächte mit hereinbrachte. Ihr Make-up war perfekt, die Haare streng zurückgebunden. Ihre Augen waren groß und dunkel, mit langen Wimpern, die Nase gerade, das Kinn markant. Sie hatte ein wirklich beeindruckendes Gesicht. Nicks Instinkt sagte ihm, dass sich hinter diesem exquisiten Äußeren ein wilder Charakter verbarg.

„Nehmen Sie Platz.“ Nick deutete auf den Sessel, in dem Jonah zuvor gesessen hatte. Sein Blick fiel unwillkürlich auf die nackten langen, gebräunten und verführerischen Beine der Principessa Gabriella Ilaria Elizabetta Visconti, die unter ihrem aufregend engen roten Kleid hervorschauten, als sie sein Büro durchquerte. An ihrem Handgelenk und den Ohren funkelte dezenter Goldschmuck. Ihr schwarzes Haar hatte sie zu einem kunstvollen Knoten im Nacken zusammengebunden, und er fragte sich unwillkürlich, ob es wohl ebenso seidig war, wie ihre Haut aussah ...

Er riss sich zusammen. Sie war nichts weiter als eine königliche Nervensäge, die möglicherweise die Sicherheit seiner Crew und seines Tauchteams gefährdete. Und den Erfolg seines kleinen Nebengeschäfts.

Statt seiner Aufforderung nachzukommen und sich hinzusetzen, stützte sie nur locker die Hände auf die Rückenlehne des Sessels. Nick stellte sich vor, ihre langen roten Fingernägel auf seinem Rücken zu spüren, während er in diese Frau eindrang. Zum Glück verriet seine Miene keinen einzigen seiner Gedanken. Sein Körper reagierte jedoch, weshalb er froh war, hinter seinem Schreibtisch zu sitzen.

„Danke für Ihre Gastfreundschaft, aber ich habe es eilig", erklärte sie mit einer sinnlich heiseren Stimme, die seine Lust weckte. Genau das war auch beabsichtigt, daran hegte er keinen

Zweifel. Er gab sich völlig unbeeindruckt. Zane, sein jüngerer Bruder und ein geborener Charmeur, konnte eine Schlange mühelos dazu bringen, sich selbst in ein Paar Schuhe zu verwandeln. Nick wiederum hatte sehr viel Übung darin, keine Miene zu verziehen.

Die Prinzessin wusste bis in den kleinsten Wimpernschlag genau, wie sexy, begehrenswert und schön sie war. Aber auf ihn hinterließ das keinen Eindruck. Oder? Unsinn, er hätte schon aus Stein sein müssen, damit ihre sinnliche Ausstrahlung keine Wirkung auf ihn hätte. Nur hieß das noch lange nicht, dass er ihr erliegen musste. Doch es war nicht einfach, ihr zu widerstehen.

„Setzen Sie sich trotzdem", bat er sie, wobei sein Ton deutlich machte, dass das keine Bitte, sondern eine Aufforderung war. „Wir auf der Scorpion sind zwar nicht adelig, aber zivilisierte Menschen." Er musterte sie und versuchte, nicht auf den anmutigen Schwung ihrer Wangenknochen zu achten oder darauf, wie die Sonne ihren Körper in ein goldenes Licht tauchte. Alles an ihr schien leuchtend und so lebendig zu sein, dass er kaum hinschauen konnte. Sie kniff die tiefroten Lippen ein wenig zusammen und wirkte für einen Moment unschlüssig. Wahrscheinlich ließ sie sich nicht gern vorschreiben, was sie tun sollte.

Schließlich setzte sie sich doch und schlug ihre makellosen Beine übereinander. Eine praktisch kaum vorhandene Sandalette mit absurd hohem Absatz baumelte von ihren Zehen mit den rot lackierten Nägeln.

Sie strich sich überflüssigerweise die Haare aus dem Gesicht und sah ihn mit ihren großen, unschuldig scheinenden Augen an. „Ich bin sicher, Sie sind ein beschäftigter Mann, Mr Cutter." In ihrem Ton schwang leichte Verärgerung mit. „Sobald Sie den Scheck ausgestellt haben, bin ich verschwunden."

Sie hatte sexy Füße, weshalb Nick einen Moment brauchte, um seine Aufmerksamkeit wieder auf ihr Gesicht zu richten. Ihr süßliches Lächeln zeigte ihre fast geraden weißen Zähne.

Die Eckzähne waren leicht schief, was ihrer exotischen Schönheit eine ganz besondere Note verlieh. Jeder andere Mann würde diese kleine Unvollkommenheit wohl faszinierend finden. Nick aber hatte keine Zeit, einer solchen Faszination zu erliegen. Es gab ohnehin schon zu viele Ablenkungen in seinem Leben. Er wünschte, sie würde endlich gehen, damit er wieder frei atmen konnte.

Weder ihr Lächeln verzauberte ihn noch ihre nackten Zehen oder ihre ... Schon zum zweiten Mal ertappte er sich dabei, wie er auf ihre Beine starrte. Erneut nahm er sich zusammen und sah ihr ins Gesicht. „Scheck?"

„Die Rückerstattung der Investition meines Bruders", erinnerte sie ihn.

Nick sah nicht zum ersten Mal Füße. Im Gegenteil, er hatte schon viele schlanke, leicht gebräunte Damenfüße gesehen, ihre Fersen auf seinem Rücken gespürt, weiche Fußsohlen an seinem Schwanz ...

Hör auf, warnte er sich selbst.

Die Tatsache, dass er ihre Füße mochte, war sein Problem. Und damit indirekt auch ihres. Er kniff die Augen zusammen. „Die Bergung ist noch nicht abgeschlossen, Prinzessin. Der Schatz muss zuerst nach Cutter Cay geschafft werden, wo er gereinigt und begutachtet wird. Danach bekommen die Spanier ihren Anteil, und ich vermute, dass die Portugiesen auch ein Stück vom Kuchen wollen. Wir reden hier über Monate, wenn nicht Jahre, bis der König einen Profit aus seiner Investition erhält."

Ihr Lächeln erstarb, und sie setzte sich ein wenig aufrechter, so unmerklich, dass Nick nicht sicher war, ob sie es bewusst getan hatte. Kampfbereit straffte sie die Schultern und sagte forsch: „Ich sprach nicht von einem möglichen Profit, sondern von einer Rückerstattung seiner Investition, Mr Cutter."

„Ausgeschlossen."

Sie stutzte. „Ausgeschlossen?"

„Das Bergungsunternehmen ist kein Bankautomat." Er wartete eine Sekunde, ehe er hinzufügte: „Prinzessin." Ihr Wimpernschlag verriet ihm, dass sie die Art, wie er das sagte, sehr wohl registriert hatte. „Bei einer Schatzsuche weiß man nie, ob sich die Investition am Ende auszahlt."

Nick wusste inzwischen, dass sämtliche Investoren zufrieden sein würden. Dabei war sein Tauchteam mit der Arbeit noch nicht einmal fertig, und auch die Begutachtung der aus dem Wrack geborgenen Gegenstände war längst nicht abgeschlossen. Ersten Einschätzungen zufolge lag die Rendite jedoch bei sechshundert Prozent. Und das war vorsichtig geschätzt.

Allerdings würde er derartige Informationen für sich behalten, bis Brian seine gründliche Arbeit beendet hatte. Aber vielleicht ging es ihr gar nicht darum. Vielleicht wollte sie mit dem Geld ihres Bruders einfach verschwinden.

„Wie meinen Sie das?", wollte sie wissen.

„Damit meine ich", entgegnete er ruhig, „dass Ihr Bruder die Risiken kannte, als er in das Projekt investierte."

„Risiken?" Plötzlich wurde sie blass. „Soll das heißen, Sie haben in all den Monaten gar nichts gefunden? Hat Draven seine Investition verloren?"

„Nein, das soll nur heißen, dass wir noch tauchen und alles, was wir finden, zu unserem Archäologen auf Cutter Cay bringen." Was er ihr schon erklärt hatte. „Bis dahin wirft die Investition Ihres Bruders keinen Gewinn ab."

Sie wirkte geradezu entsetzt. „Die Investition belief sich auf über fünf Millionen Euro!"

„Eine ordentliche Summe", pflichtete Nick ihr bei.

In ihren schokoladenbraunen Augen blitzte es auf, und ihr kunstvoll aufgetragenes Make-up konnte nicht verbergen, dass sich ihre Wangen röteten. „Wie lange wird das dauern?"

Nick zuckte die Schultern. „Sechs Monate. Ein Jahr. Vielleicht länger."

„Das ist unerhört lange! Haben Sie das Wrack noch gar nicht gefunden, nach dem Sie suchen?"

„Doch, haben wir."

„Wo liegt dann das verda..." Sie riss sich zusammen und beendete den Satz in beherrschtem Ton: „Wo liegt das Problem?" Nick wiederholte auf Italienisch, was er ihr bereits auseinandergesetzt hatte.

Sie hob leicht das Kinn, und ihre Augen funkelten. „Ich habe Sie schon auf Englisch sehr gut verstanden, Mr Cutter. Ich bin weder dämlich noch taub. Auch die Prozedur der Herkunftsbestimmung ist mir vertraut. Aber wenn ein Teil des Schatzes der El Puerto schon gehoben ist, dann nehme ich den Anteil Marrezos jetzt und erspare Ihnen den Aufwand, Draven später seinen Profit zu zahlen."

„Nein", sagte er völlig emotionslos. Je kühler er reagierte, umso mehr Mühe hatte sie, sich zu beherrschen. Und das faszinierte ihn, auch wenn er das eigentlich nicht wollte. Aber es war wirklich spannend zu beobachten, wie sie innerlich kochte. Wenn Blicke töten könnten, wäre er ein toter Mann.

„Wa..."

„Naheen. Ngo. Saan. Möchten Sie das Wort ‚Nein' noch in einer bestimmten Sprache hören, Euer Hoheit? Ich wäre Ihnen in dieser Hinsicht gern zu Diensten."

Wütend schlug sie die Beine zur anderen Seite übereinander. „Ich werde nicht mit leeren Händen von hier fortgehen." „Mit Plastikeimern voller Goldmünzen kann man nicht schwimmen."

„Ich habe ja auch nicht vor zu schwimmen, Mr Cutter." „Das glaube ich aber doch." Wie aufs Stichwort war das laute Geräusch der

Rotorblätter des Helikopters draußen zu hören. „Was Sie da hören, ist Ihr Hubschrauber, der gerade abhebt."

THREE

Bria hatte den Helikopter nicht beachtet, bis Cutter sie darauf aufmerksam machte. Sie schnellte aus ihrem Sessel und konnte nur noch Zusehen, wie ihr Transportmittel einen kleinen Bogen flog und dann verschwand. „Dieser ..." Dieser verfluchte Mistkerl, dachte sie. „Ich habe ihm doch gesagt, er soll warten. Dafür habe ich ihn doch extra bezahlt."

„Haben Sie ihn in Las Palmas angeheuert?"

„Ja."

„Die sind alle notorisch unzuverlässig." Nick sah nicht einmal annähernd mitfühlend aus.

Himmel. Konnte diese Reise noch schlimmer werden ? „Offensichtlich." Bria ließ sich wieder in den Sessel zurücksinken. „Und was jetzt?" Die Frage stellte sie eher sich selbst als ihm. Er zeigte nicht den Hauch einer Reaktion auf ihr Unglück. Dabei konnte er keineswegs froh sein, einen ungebetenen Gast auf dem Hals zu haben. Aber seine Miene war unmöglich zu deuten.

„Anscheinend sitzen Sie fest, Prinzessin. Wie unangenehm."

O ja, das war es. „Ach, gar nicht", log sie, lehnte sich zurück und schlug erneut die Beine übereinander. Und zwar sehr langsam. Da das Sonnenlicht durch das Fenster hinter ihm fiel, konnte sie seinen Gesichtsausdruck nicht sehen. Vermutlich verzog er wieder keine Miene. Schwul war er mit Sicherheit nicht, darauf hätte sie ihren ersten Gehaltsscheck gewettet.

Trotzdem schien sie bei ihm nicht den geringsten Eindruck zu hinterlassen.

Was nicht unbedingt zu ihrem Selbstwertgefühl beitrug. Zum Glück war es auch ohne seine Anerkennung intakt.

Ihr Herz pochte kurz, bevor sie sich wieder voll und ganz im Griff hatte und die Stimme ihr wieder gehorchte. „Da ich nicht mit leeren Händen gehen werde, passt mir der Abflug des Helikopters ganz gut." Das war glatt gelogen. Sie hatte außer der spärlichen Kleidung, die sie am Leib trug, lediglich einen Satz schwarze Unterwäsche zum Wechseln, eine Jeans und ein T-Shirt dabei und saß auf diesem Schiff mitten auf dem Meer fest.

„Haben Sie einen Plan B ?", erkundigte er sich höflich, während er sie mit seinen eisblauen Augen musterte.

Ja, jetzt hatte sie einen Plan. „Ich werde bleiben, bis Sie mir geben, weshalb ich gekommen bin."

„Obwohl Sie hier unerwünscht sind?"

Bria sah sich plötzlich über den Schreibtisch auf ihn stürzen und ihm seinen edlen Humidor über den Schädel schlagen. Das würde ihr zwar kurzzeitig Befriedigung verschaffen, aber sie nirgendwo hinbringen außer ins Gefängnis. Ihrem Ziel, Marrezos Geld wiederzubeschaffen, käme sie damit kein Stück näher. Das Geld, das ihre Landsleute dringend brauchten und das Draven völlig gedankenlos investiert hatte.

„Mr Cutter", erwiderte sie, „ich war mein halbes Leben lang unerwünscht." Das war ein bisschen übertrieben, aber das wusste er ja nicht. Trug er eigentlich gefärbte Kontaktlinsen, damit seine Augen diese außergewöhnliche saphirblaue kühle Farbe bekamen? Seinen Mund zu betrachten, der sie an Sean Connery als James Bond in seiner besten Zeit erinnerte, war nicht weniger beunruhigend.

Bria fühlte sich nicht zum ersten Mal zu einem Mann hingezogen - aber zum ersten Mal auf diese Weise. Dies war eine ganz neue Dimension von körperlicher Anziehung. Ein völlig unbekannter Mix aus verschiedenen Empfindungen — aufwallende Hitze, Herzklopfen, Puls beschleunigendes Bewusstsein der Nähe dieses Mannes. So etwas hatte sie noch nie zuvor in ihrem Leben empfunden. Das war umso eigenartiger, als sie ihn furchtbar ärgerlich fand. Und interessant war es, weil dieses Gefühl sie gleichzeitig in Hochstimmung versetzte.

Bria richtete ihren Blick auf einen Punkt links von seinem Ohr. Schon besser. „Glauben Sie mir, es wird für Sie keinen Unterschied machen. Ich esse nicht viel und nehme nicht viel Platz weg. Sie werden kaum merken, dass ich an Bord bin."

Lächelnd fügte sie hinzu: „Wenn Sie mich loswerden wollen, zahlen Sir mir zurück, was Sie meinem Bruder schulden. Dann werde ich dafür sorgen, dass ich dieses Schiff wieder verlassen kann."

Er benötigte so lange für seine Antwort und saß so still da, dass Bria sich schon fragte, ob er darüber nachdachte, sie aus dem Fenster hinter sich zu werfen. Dennoch zwang sie sich, nicht diejenige zu sein, die das Schweigen brach. Geduldig lächelnd erwartete sie seine Reaktion auf ihre Worte. Für sie drehte sich bei diesem Treffen alles einzig und allein darum, das Geld ihres Bruders wiederzubeschaffen. Das Geld ihres Landes. Wie Nick Cutter auf sie wirkte, brauchte er nicht zu erfahren.

Dabei kostete es sie einige Mühe, sich ruhig und beherrscht zu geben. In Wahrheit hing ihre Geduld am seidenen Faden. Sie wünschte sehnlich, dieses Treffen wäre endlich vorbei, denn sie fühlte sich inzwischen wie eine Katze, deren Fell man zu oft und zu lange gegen den Strich gestreichelt hatte.

Nach einer gefühlten Ewigkeit drückte er eine Taste seines Telefons. „Khoi."

Dann sprach wieder keiner von beiden ein Wort, bis jemand an die Tür klopfte und der magere Kerl hereinschaute, der sie hierher nach unten geführt hatte. „Boss?"

„Haben wir eine freie Kabine?"

„Nein, Boss."

Diese außergewöhnlichen blauen Augen richteten sich wieder auf sie. „Anscheinend gibt es in unserem Hotel keine freien Zimmer mehr. Tut mir leid."

Was ganz offensichtlich nicht stimmte. Bria wartete, ob er ihr jetzt vielleicht anbot, sein Bett mit ihr zu teilen. Aber Nick Cutter war entweder nicht so krass oder nicht interessiert.

Kampflos würde sie nicht aufgeben. „In Ihrem Sonnenraum befinden sich reichlich Sofas", erklärte Bria unbeirrt. Cutter mochte ein Idiot sein, aber er würde sie wohl kaum über Bord werfen. „Dort werde ich schlafen."

„Ich könnte ein Bett herrichten ... vernahm sie die Stimme des Stewards hinter sich.

„Frag nach, ob irgendwer bereit ist, der Prinzessin seine Kabine zur Verfügung zu stellen und dafür auf dem Sofa zu schlafen." Cutter wandte sich wieder an sie. „Zufrieden?" „Begeistert", antwortete sie trocken. Der Kerl hatte wirklich Nerven. „Soll ich mit Khoi gehen oder hier warten?"

Das war alles zu absurd. Sie besaß die Gabe, Freundschaften zu schließen, echte Freundschaften, die ein Leben lang hielten. Sie war eine hart arbeitende, modebewusste Schnäppchenjägerin, die pünktlich ihre Steuern zahlte und einfach nur zurück nach Sacramento wollte, um einen neuen aufregenden Job dort anzutreten.

Nachdem sie Dravens verdammtes Geld wiederbeschafft hatte.

War das denn zu viel verlangt?

„Gehen Sie mit Khoi." Er winkte ab, als sei es ihm herzlich egal, wo sie schlief. „Er wird Ihnen eine Kabine zuweisen." Der Mann hatte nicht nur Nerven, er war auch unhöflich. Bria stand auf. „Danke", sagte sie in dem Versuch, sich wenn schon nicht allzu freundlich, so doch wenigstens zivilisiert zu benehmen. „Ich werde Ihnen nicht im Weg sein."

„Wir werden sehen." Sein Ton verriet, dass er sich in dieser Hinsicht keine allzu großen Hoffnungen machte. „Las Palmas Charters hat einen einzigen Helikopter. Ich bezweifle, dass die morgen schon wieder hier herausfliegen, wenn die Touristen für Rundflüge Schlange stehen."

„Ich werde sie trotzdem anrufen."

„Nicht nötig. Ich werde Sie selbst gleich morgen früh nach Las Palmas zurückfliegen."

„Sie wollen mich fliegen? Womit? Mit der Enterprise? Oder auf einem Besen?"

„Wir haben einen Helikopter an Bord."

Natürlich hatten sie einen. Wie dumm von ihr. „Großartig. Vielen Dank."

„Die Reise ist nicht gratis, Euer Hoheit. Sie werden für Ihre Unterkunft arbeiten."

Bria sah ihn skeptisch an. Ihre Dankbarkeit verflog rasch, doch sie nahm sich weiterhin zusammen. Jetzt die Geduld zu verlieren, wäre töricht und würde ihm nur unnötig einen Vorteil verschaffen. Das wollte sie unbedingt vermeiden.

„Ich reise gleich morgen früh ab", erinnerte sie ihn. „Sie erwarten sicher nicht von mir, dass ich für mein Abendessen arbeite, oder?"

„Wenn Sie sich länger als vierundzwanzig Stunden hier auf dem Schiff aufhalten, werde ich Sie zur Arbeit heranziehen."

Wenn ich länger als vierundzwanzig Stunden hier bin, werde ich Sie wahrscheinlich erwürgen und über die Reling Ihres Schiffes schmeißen, Mr Spock, dachte sie, nicht ahnend, dass sie mit dieser Bezeichnung genau seinen Spitznamen getroffen hatte. Laut sagte sie: „Und was genau schwebt Ihnen da vor?" Sollte sie vielleicht das Deck schrubben, um in den Genuss eines Abendessens und einer Koje zu kommen?

Fast hätte sie glauben können, dieser unfassbar humorlose, stoische Kerl wollte sie auf den Arm nehmen. Aber sie befürchtete, dass es sein voller Ernst war.

„Was immer Sie können, Prinzessin. Gibt es irgendetwas, wodurch Sie sich besonders auszeichnen? Abgesehen von Ihrem schlechten Schuhgeschmack und der Fähigkeit, sich aufzudrängen, wo Sie nicht willkommen sind?"

Schlechter Schuhgeschmack? Ihm waren also ihre Sandaletten aufgefallen.

Ein Punkt für sie.

„Sobald ich meine Kabine habe, werde ich Ihnen eine Liste anfertigen", entgegnete sie.

Der Steward führte Bria in den Sonnenraum auf dem oberen Deck und ließ sie dort mit einem Glas Eistee und einem Teller noch warmer Brownies zurück. In der Zwischenzeit wollte er sich um die Kabine für sie kümmern. Sie hatte den Eindruck, dass Cutter sie am liebsten von dem kleinen vietnamesischen Steward in eine Besenkammer sperren lassen würde.

Auf einer so riesigen Jacht musste es doch eine freie Kabine geben. Bria trank einen Schluck Eistee mit Zitrone. Sie hätte die ganze Sache ein bisschen besser durchdenken und planen sollen, gestand sie sich ein, während sie in einem überraschend bequemen Sessel Platz nahm. Stattdessen hatte sie spontan auf den Anruf ihres Cousins reagiert, der ihr von Dravens Tat berichtete. Im Prinzip hatte Draven nämlich eine Hypothek auf den Staat aufgenommen.

Auf ihr Land. Zumindest das Land ihrer Eltern. Draven herrschte erst seit zwei kurzen Jahren, und er hatte sich mehr geborgt, als er brauchte. Schlimmer, er hatte sich mehr geborgt, als er zurückzahlen konnte.

Bria hatte einen Großteil ihrer Ersparnisse aufgebraucht, um einen Last-Minute-Flug quer über den Globus zu erwischen. Von Sacramento nach New York, von dort nach Paris, von Paris nach Rabat und schließlich nach Tarfaya, von wo aus sie schließlich nach Gran Canaria gelangte, wo sie den Helikopter gechartert hatte. Alles in allem hatte sie mehrere Zeitzonen passiert und war drei Tage mit einer einzigen kleinen Umhängetasche unterwegs gewesen.

Jetzt war sie nur noch müde und besaß nicht mehr die Energie für eine Auseinandersetzung, schon gar nicht mit jemandem wie Nick Cutter. Sie biss von einem Brownie ab und schaute sich um. Schon ein flüchtiger Blick genügte, um zu wissen, dass der Mann vermutlich steinreich war.

Na schön, vielleicht nicht gerade steinreich, aber Dravens Geld konnte er doch bestimmt locker zurückzahlen, bevor die Bergung des Schatzes abgeschlossen war, oder? Zumindest als Darlehen auf die zu erwartende Dividende.

Seufzend schloss sie die Augen. Nur für eine Sekunde. Neben dem leisen Rauschen des Wandwasserfalls war das dumpfe Brummen eines großen Motors zu vernehmen, fast wie der Puls des Schiffes. Diese Geräusche hätten entspannend wirken können, wenn Brias Nerven nicht so überreizt gewesen wären.

Was würde geschehen, wenn Draven nicht in dreißig Tagen zahlen konnte? Vor einer Stunde hatte sie diese Möglichkeit noch nicht in Betracht gezogen. Sie war sich so sicher gewesen, dass Cutter vernünftig wäre. Jetzt sah es ganz danach aus, als würde alles den Bach hinuntergehen.

Konnte die Bank Marrezo komplett übernehmen?

Genau das befürchtete ihr Cousin Antonio. Ihre Landsleute waren traumatisiert, terrorisiert und aus ihrer Heimat vertrieben worden. Zwanzig Jahre lang hatten sie im Exil gelebt. In den zwei Jahren, seit ihr Bruder zurückgekehrt und gekrönt worden war, veränderte sich die Lage allmählich zum Besseren. Die Landwirtschaft erholte sich, der Weinanbau gedieh, Familien kehrten in ihre vor langer Zeit verlassenen Häuser zurück. Was würde aus ihnen werden, wenn das kleine Königreich wieder an Italien fiele?

Bria hielt ihre Wut über ihren Bruder, der unbedingt schnell reich werden wollte, im Zaum. In eine Schatzsuche investieren? Draven hätte ebenso gut nach Monte Carlo fahren und fünf Millionen Euro am Blackjack-Tisch im Kasino verjubeln können.

So sehr sie sich einzureden versuchte, er tue sein Bestes beim Wiederaufbau des Landes, so wenig konnte sie ihren Zorn über das geliehene Geld verhehlen.

Allerdings gab es noch ein paar Juwelen, die ihm und seiner Frau Dafne gehörten. Nein, das war auch Unsinn, denn die kostbaren Edelsteine waren Eigentum des Staates. Aber Gold und Diamanten würden nicht helfen, die Häuser der Menschen wiederaufzubauen oder das Darlehen abzuzahlen, das er nach seiner Rückkehr aufgenommen hatte. Dafür brauchte Draven Bargeld.

Aber, um Himmels willen, Schatzsuche? Wie einfach wäre es für Nick Cutter zu behaupten, man habe das Wrack gar nicht gefunden? Wie sollte Draven hinter die Wahrheit kommen?

Selbst wenn Cutter den Schatzfund zugäbe, wie einfach wäre es für ihn, nicht den ganzen Fund zu nennen?

„Ich kann mir meinen tollen Job vermutlich abschminken", murmelte Bria. Sie würde anrufen und fragen, ob die Firma ihre Stelle frei hielte. Für wie lange? Eine Woche? Einen Monat? Bis sie neunzig war?

Sie war eine gute Werbemanagerin, aber in diesen wirtschaftlich schwierigen Zeiten, noch dazu in Sacramento? Die konnten ein Dutzend Werbeprofis allein in der Gegend um die Bay finden. Mist. Sie hatte den Job wirklich gewollt. Nach fast einem Jahr Arbeitslosigkeit war sie begeistert gewesen, endlich etwas gefunden zu haben. Noch dazu etwas, was sie wirklich gern tat.

Für diese Reise zur Wiederbeschaffung des Geldes hatte sie ihre Ersparnisse geplündert. Sie war nach wie vor arbeitslos, und jetzt saß sie auch noch irgendwo auf einem Boot fest, mit einem Mann, der ihre Anwesenheit für völlig überflüssig hielt.

Sie stand auf, ging ans Fenster und legte die Hand auf das sonnenwarme Glas. Die Sonne versank als glutroter Ball am Horizont und erzeugte ein Farbenspiel, als würden die farbenfrohen Kleider von Flamencotänzerinnen über das Meer wischen.

Eine Sehnsucht erwachte in Bria, während sie zum Horizont sah. Sie war der einzige Mensch, der ihr Land retten konnte, und deshalb musste sie das Geld unbedingt von Nick Cutter bekommen. Für dieses

Ziel würde sie alles in Kauf nehmen, sogar die Verachtung in seinen kalten blauen Augen.

„Mein Name ist Basim", erklärte der dunkelhäutige, gut aussehende Steward, der eine halbe Stunde später im Sonnenraum auftauchte. Im Gegensatz zu Khoi, den sie mochte, war dieser Kerl klein und stämmig wie ein Ringer und machte überhaupt keinen respektvollen Eindruck.

„Eine Kabine wurde für Sie hergerichtet. Wenn Sie mir bitte folgen wollen, Mademoiselle."

Verblüfft ließ Bria sich zu einem gläsernen Fahrstuhl statt zu einer Treppe führen. Dabei hätte sie sich inzwischen an den Luxus gewöhnt haben müssen. Der Unterschied zwischen einem Mann und einem Jungen war der Preis für seine Spielzeuge. Nick Cutter besaß ein paar ziemlich hübsche Spielzeuge.

Außerdem hatte er einen exzellenten Geschmack. Den er sich dank Marrezos Geld auch leisten konnte, erinnerte sie sich bitter. Nein, dazu brauchte er das Geld gar nicht, weshalb er Draven die Investition auch mühelos zurückzahlen konnte. Es war nicht Brias Idee gewesen, auf der Scorpion zu bleiben, aber wo sie nun einmal da war, würde sie die Situation nutzen. Sie würde das Geld bekommen - sie musste nur noch herausfinden, wie.

Basim beantwortete ihre Fragen zuvorkommend, aber ohne zu viel preiszugeben. An Bord befanden sich etwa zwanzig Personen, alles Männer. Der Name des Kapitäns lautete Jonah Santiago - nicht Cutter. Merkwürdig. Nick befehligte sein eigenes Schiff nicht?

Die winzige Kabine, die Basim ihr zuwies, befand sich bei den Mannschaftsunterkünften im Unterdeck. Sie war so klein, dass der Steward vor der Tür stehen blieb, weil für beide kein Platz war. Die frisch bezogene Koje nahm fast den gesamten Raum ein. Zum Glück gehörte zur Kabine ein eigenes Bad.

„Der gleiche Komfort wie zu Hause", bemerkte Bria gut gelaunt und warf ihre Reisetasche auf die schmale Koje. Sie hatte schon an weitaus schlimmeren Orten geschlafen. „Ich hoffe, ich habe niemanden vertrieben?"

„Es hat keine Umstände gemacht." Mit ovalen, wässrigen Augen musterte Basim sie genau, weshalb sie anfing, sich ein wenig unbehaglich zu fühlen. Vermutlich hatte sein Boss ihm aufgetragen, sie ständig im Auge zu behalten. Nachdem er sich erkundigt hatte, ob er sonst noch etwas für sie tun könne, sagte er in einem Singsang-Englisch: „Das Dinner wird auf dem Sonnendeck serviert, Mademoiselle. Möchten Sie, dass ich auf Sie warte?"

„Nein, danke. Ich finde den Weg."

Mit einer leichten Verbeugung zog er sich zurück.

Bria litt keineswegs an Platzangst, aber diese Kabine war wirklich klein. Rasch machte sie sich frisch und nahm die Klammern aus ihrem Haar, sodass es ihr auf die Schultern herabfiel. Gedankenverloren fuhr sie sich mit den Fingern hindurch und seufzte. Es war schwierig, mit diesen Haaren eine kreative, modische Frisur hinzubekommen. Sie hängte ein paar Sachen auf, fand dazwischen ein wer weiß wie altes Pfefferminzbonbon und wickelte ihn aus. Alles Übrige verstaute sie wieder in ihrer Tasche.

Cutter konnte ihr das Leben hier äußerst unangenehm machen, wenn er wollte. Sie hoffte, dass er das nicht beabsichtigte. Auf dem Weg nach unten hatte sie Basim ausgefragt, so gut es ging. Es gab vierzehn Crewmitglieder - die ihr alle zu Diensten stünden, wie er hinzufügte. Das bezweifelte sie allerdings. Bria kaute das schon ein wenig fad schmeckende Bonbon, während sie ihr rotes Kleid auszog und in den Schrank hängte, in dem nur drei Bügel Platz hatten. „Ich wette meine besten preisreduzierten Jimmy Choo's darauf, dass Nick Cutter das ganz sicher nicht gesagt hat." Normalerweise besaß sie eine recht gute Menschenkenntnis, doch aus Nick wurde sie nicht schlau. Das ärgerte sie. Er war geradezu ein rätselhafter, geheimnisvoller Typ. Unglücklicherweise machte er sich dadurch zu einer Herausforderung für sie. Und als Werbemanagerin mochte sie solche Herausforderungen.

Im Übrigen hatte sie momentan ohnehin nichts anderes zu tun.

Basim hatte ihr mitgeteilt, dass es außer dem Kapitän, Nick und der Crew noch fünf Taucher gab, die jeden Tag nach dem Schatz tauchten. Diese Information nahm sie mit Begeisterung zur Kenntnis.

Auch wenn sie die Bewegungen des Schiffes kaum spürte, würde sie sich in ihren hochhackigen Sandaletten mit den roten Sohlen am Ende nur einen verstauchten Knöchel zuziehen.

Nick hatte sich über ihre Schuhe geäußert, leider nur abfällig. Offenbar ließ ihn ihr sexy Schuhwerk genauso kalt wie alles andere.

Zum Glück besaß sie ein gesundes Selbstbewusstsein.

Sie nahm den Stift und den Block, ohne die sie nirgendwohin ging, und zeichnete rasch eine Karikatur von Nick Cutter, wie er mit finsterer Miene hinter seinem Schreibtisch saß. Anschließend skizzierte sie ihn noch schnell bei ihrer ersten Begegnung, den Taucheranzug tief auf die Hüften heruntergezogen, Wassertropfen auf der Brust.

Mit wenigen gekonnten Strichen hielt sie seine Arroganz fest, deutete die faszinierende Farbe seiner Augen an und war überrascht von der Sinnlichkeit seines ernsten Mundes. Offenbar hatte sie diesen Mund eingehend betrachtet, ohne dass es ihr bewusst gewesen war.

Die Zeichnung war eindeutig. „Ja, das bist du."

Bria schüttelte den Kopf und verstaute den Skizzenblock wieder in ihrer Tasche. Dann zog sie Jeans an und ein weißes T-Shirt mit rundem Ausschnitt, das für alle Fälle ein wenig Dekollete zeigte. Zuletzt schlüpfte sie in flache Sandaletten, die sie während der ganzen Reise getragen hatte. Jetzt würden ihre Augen nicht mehr auf der gleichen Höhe mit Nicks Mund sein.

„Und das ist auch gut so", versicherte sie sich. Wegen seiner durchdringenden Augen war ihr sein Mund eine ganze Weile nicht aufgefallen. Dabei war der wirklich sinnlich und verlockend.

Zumindest, solange er schwieg. Seine Lippen waren jedenfalls aufregend geschwungen und sehr sexy.

„Bleib ruhig, Mädchen", ermahnte sie sich, während sie roten Lippenstift auftrug, ohne in den winzigen Spiegel neben der Tür zu blicken. Sie musste sich nicht betrachten, denn sie wusste schließlich genau, wie sie aussah. Hübsche Frauen gab es wie Sand am Meer. Ihr Aussehen war genetisch bedingt und nicht auf ihre Kunstfertigkeit zurückzuführen. Sie machte eine gute Figur in Kleidern und wirkte ein bisschen fülliger ohne. Allerdings gab es nicht viele Menschen, die sie je ohne Kleider gesehen hatten. Ihre Beine waren noch das Beste an ihrem Körper, und sie wusste sie auf High Heels vorteilhaft zur Geltung zu bringen. Sie liebte Mode, und obwohl sie alle ihre Sachen in preiswerten Läden kaufte, verstand sie es geschickt, sie wie Designerkleidung aussehen zu lassen.

Momentan war sie eine Werbemanagerin ohne Arbeit, eine Prinzessin ohne ein Zuhause in ihrem eigenen Land und eine Schwester, die ihren Bruder aus einem tiefen, selbst verschuldeten Schlamassel herauszuholen versuchte. Überdies saß sie hier auf diesem Schiff mit einem Mann fest, der sie betrachtete wie einen Hamburger, obwohl er gern Chateaubriand gehabt hätte.

Was Nick Cutter von ihr hielt, spielte keine Rolle. Das durfte sie nicht vergessen. Sie war hier in einer Mission. Einer kurzen, sehr ernsten, zutiefst persönlichen Mission im Dienste der Einwohner Marrezos.

Dass ihr Helikopter ohne sie abgeflogen war, hatte ihr einen Aufschub verschafft und ein paar zusätzliche Stunden, um Nick Cutter ihren Standpunkt darzulegen. Alles Weitere war unmöglich vorherzusagen.

„Gibt es eine Regel, die besagt, man solle nicht flirten, um sich bei Verhandlungen einen Vorteil zu verschaffen? Nein, die gibt es nicht." Nachdem sie sich ein klein wenig Parfüm auf den Hals und die Handgelenke gesprüht hatte, schob sie die Magnetkarte für die Tür, die sie von Basim erhalten hatte, in die Gesäßtasche ihrer Jeans und verließ schwungvollen Schrittes die Kabine.

Brias Orientierungssinn war gut, zum Glück, denn der Gang war menschenleer, als sie an dem runden Fahrstuhl aus Glas und Holz vorbeikam. Diesmal nahm sie die Treppe hinauf zum Sonnendeck.

Durch die großen Fenster sah sie Nick inmitten einer Gruppe von Männern an der Reling stehen. Allein sein Anblick verursachte ihr Herzklopfen. Dieser Mann war beeindruckend. Und nicht interessiert, erinnerte sie sich.

Die Bewegungen der Luxusjacht waren kaum wahrnehmbar. Sie hätte sich in einer Hotelboutique irgendwo auf der Welt befinden können. Das leise Rauschen des Wassers, das über weißen, roh behauenen Marmor floss, war diesmal beruhigend. Bria fand es interessant, dass sie auf Nick genauso reagierte wie auf Gefahr.

„Das kannst du auf dem Heimweg in aller Ruhe analysieren", sagte sie laut in den großen leeren Raum hinein. Nur weil sie etwas sah, was sie wollte, hieß das nicht, dass sie es auch haben konnte. Mit fünf Jahren hatte sie unbedingt die rotgoldenen tanzenden Flammen haben wollen und sich dabei heftig die Finger verbrannt. „Denk ans Feuer", ermahnte sie sich. „Feuer" war überhaupt ein gutes Signalwort, das ihr in den nächsten Stunden noch helfen würde.

Noch war es nicht ganz dunkel, doch einige Lampen erzeugten ein warmes Licht in dem Raum mit den weißen Möbeln. Draußen an Deck schaukelten Lichterketten vor dem Horizont, der in der untergehenden Sonne in lachs- und lavendelfarbenen Tönen schimmerte. Es war der reinste Postkartenanblick.

Bria schob die Glastür auf und trat hinaus. Die warme Abendbrise fühlte sich nach der kühlen klimatisierten Luft im Innern der Jacht angenehm an. Gleichzeitig stieg Bria der köstliche Duft von gegrilltem Fleisch in die Nase. Ihr lief das Wasser im Mund zusammen. Die angeregte Unterhaltung verstummte unvermittelt, und die Männer drehten sich wie auf Kommando alle zugleich um.

Es schienen etliche zu sein, doch eine kurze Zählung ergab, dass es sich nur um sieben Männer handelte, die Bier tranken und sie anstarrten wie ein Alien. Naja, sechs starrten, einer gab sich völlig desinteressiert.

„Prinzessin Gabriella Visconti." Nick blieb, wo er war. Er stand mit der Hüfte an die Reling gelehnt und deutete mit der Bierflasche auf sie. „Jonah kennen Sie ja bereits. Das sind Pierce, Levine, Mikhail, Burke und Olav."

Sie lächelte den Männern zu. „Nennen Sie mich bitte nur Bria." Sie schüttelte Hände und versuchte, sich Namen und Gesichter mit derselben Technik zu merken, die sie bei der Veranstaltung eines Kunden anwandte.

Pierce: schmal, sommersprossiger Rotschopf. Levine: kahl, tätowierter Biker-Typ. Mikhail: russisch-altnordischer Gott mit weißen Zähnen und tief gebräuntem Gesicht. Burke: dunkle Haut, von der Sonne gebleichtes Haar, Raubtierblick. Olav war so groß wie Nick, mit schönem hellblondem Haar und Händen so gewaltig wie Schinken. Der große Kerl mit den Epauletten und dem gewinnenden Lächeln, der vorhin aus Nicks Büro gekommen war, musste Jonah sein.

Bis auf Pierce, den Jüngsten im Team, schienen sie alle in den Dreißigern zu sein, trainiert und gebräunt, in T-Shirts und Shorts, barfuß. Ein Haufen Naturburschen, der sich neugierig um Bria scharte. Irgendwer bot ihr ein Bier an. Sie habe nichts dagegen, aus der Flasche zu trinken, versicherte sie, und der Mann holte ihr eine aus der Kühlbox.

Bria schaute kurz zu Nick. Er lehnte noch immer an der Reling und sah jetzt hinaus auf das dunkle Wasser. Dachte er schon darüber nach, wie er ihren Körper beschweren konnte, bevor er sie über Bord warf? Wenn er sie ansah, spürte sie seine Blicke förmlich auf der Haut. Vermutlich lag das am intensiven Blau seiner Augen. Vielleicht war sie ja auch nur wegen seines deutlichen Desinteresses so fasziniert von ihm. Jedenfalls stand sie geradezu in Flammen.

Sie nahm eine eiskalte Flasche Bier von Pierce entgegen, dessen Sommersprossen fast verschwanden, als er ihr lächelnd die Flasche reichte und dabei prompt rot wurde. Seine helle Haut war für ihn an Bord dieses Schiffes sicher ein Problem. Bria bedankte sich und wandte sich an den Mann neben ihr. „Jonah, es freut mich, Sie endlich richtig kennenzulernen." Sie bot ihm die Hand, um Jonah die Gelegenheit zu geben, Nick an seine fehlenden Manieren zu erinnern. „Sie befehligen eine wunderschöne Jacht."

Jonah wirkte amüsiert und küsste ihr ganz europäisch die Hand.

„Schiff", bemerkte Nick gereizt. Ihr Kleid und ihre Schuhe hatten ihr nichts genützt, aber eine Bemerkung über seine Jacht, und er reagierte sofort. Gut zu wissen, dachte Bria zufrieden.

„Was ist denn der Unterschied zwischen einer Jacht, einem Boot und einem Schiff?" Zwar war ihr das herzlich egal, aber die Frage diente auch dazu, das Eis zu brechen und ein Gespräch mit den Männern in Gang zu bringen.

Nick antwortete vor allen anderen. „Ein Boot passt in ein Schiff, aber nicht umgekehrt." Er trank einen Schluck Bier und sah erneut hinaus aufs Meer.

Na fabelhaft. Mit seiner fachmännischen Antwort und seinem mürrischen Ton hatte er das Gespräch gleich abgewürgt.

Jonah grinste. „Nick hat die Scorpion entworfen, und ich bin der Glückliche, der sie durch friedliche Gewässer steuern darf."

„Wer steuert sie dann in einem Sturm?", neckte Bria ihn.

Jonah lachte, bot ihr seinen Arm und führte sie zu dem großen runden Tisch. „Ebenfalls ich."

Olav, der sich gerade setzen wollte, hielt ihr sofort einen Stuhl bereit. Seine Miene verriet, wie sehr ihr Anblick ihm gefiel. Bria fühlte sich allerdings nicht geschmeichelt. Als einzige Frau an Bord war es nicht schwer, den Männern zu gefallen. Mehrere von ihnen, einschließlich des sehr zuvorkommenden Jonah, waren attraktiv. Aber sie hatte kein Interesse an männlicher Gesellschaft.

Na schön, das war eine Lüge.

Allerdings war sie nicht hier, um sich auf eine kurze oder auch längere Affäre einzulassen. Alles, was sie wollte, war Dravens verdammtes Geld. Bis sie das hatte, mussten ihr Privatleben und alles andere zurückstehen.

„Wo leben Sie, Prinzessin?", fragte Levine, während Khoi und Basim ein schlichtes Abendessen servierten, bestehend aus riesigen gegrillten Steaks, gebackenen Kartoffeln und Salat.

„Nennen Sie mich Bria", erinnerte sie ihn freundlich. „Ich lebe in Sacramento, Kalifornien." Sie legte ihre Hand auf ihr Weinglas, als Basim mit einer Flasche Wein neben ihr stehen blieb. „Nein danke, Basim."

„Was machen Sie dort?", erkundigte Jonah sich und reichte Olav den Brotkorb.

Bria nahm ihre Gabel und war sich der Tatsache äußerst bewusst, dass Nick sich gerade auf den Platz ihr gegenüber gesetzt hatte. „Ich bin Werbemanagerin." Und vorübergehend arbeitslos, was wohl auch so bleiben wird, fügte sie im Stillen hinzu.

„Die Prinzessin ist hier, um sicherzustellen, dass ihr Bruder eine schnelle Rendite erhält", erklärte Nick den anderen, ohne dass sein Ton verriet, was er davon hielt.

„Aha." Olav trank einen Schluck aus seiner Bierflasche.

Mikhail lächelte mitfühlend. Seine weißen Zähne leuchteten fast in seinem tief gebräunten Gesicht. „So läuft das aber nicht, Prinzessin."

Mist. Nick sammelte bereits seine Truppen. Bria erwiderte entwaffnend unbeschwert: „Ach, es gibt immer eine Ausnahme." Sie machte sich über ihr riesiges Steak her.

„Niemand, nicht einmal Nick, bekommt seinen Anteil, bevor wir fertig sind." Pierce, der sommersprossige Rothaarige, den Bria auf Anfang zwanzig schätzte, klang, als wollte er sich dafür entschuldigen. „Und wir sind mit der El Puerto noch nicht fertig."

„Auf erfolgreiche Tauchgänge!" Jonah hob seine Flasche, und die anderen folgten seiner Geste.

Bria sah in Nicks Richtung, und ihre Blicke trafen sich. Ein elektrisierendes Gefühl durchzuckte sie, unwillkürlich umklammerten ihre Finger das Besteck. Ausgelöst nur durch einen Blick! Dem Himmel sei Dank, dass sie morgen früh abreiste, denn viel länger würde sie das nicht aushalten. Am Ende ließe sie sich noch zu etwas hinreißen, das sie hinterher bitter bereuen würde.

Nick schien von all dem nichts mitzubekommen, zumindest verriet sein Gesichtsausdruck wieder einmal nichts. Er begann ein Gespräch mit Burke, der neben ihm saß.

„Je mehr wir von dem Schatz an die Oberfläche bringen, desto größer wird der Anteil für jeden", sagte Stan Levine, ein kleiner dünner Kerl Anfang dreißig, der sich mit der Hand über den rasierten Schädel strich. Sein Lächeln war wie Mikhails mitfühlend.

Tja, anscheinend mussten alle auf ihr Geld warten.

Bria zuckte die Schultern. „Ich bin nicht wegen der Rendite hier, sondern wegen der ursprünglichen Investition des Königs."

„Und Sie haben die Antwort bereits mehrfach gehört", brummte Cutter.

„Dann werde ich so lange weiterfragen, bis ich die Antwort erhalte, die mir gefällt", konterte Bria streitlustig. Der Mann war zu ärgerlich, und je gelassener er wirkte, desto wütender wurde sie. Immer noch besser, als ihn spüren zu lassen, dass sie ihn attraktiv fand.

Sie war von Kopf bis Fuß angespannt. Selbst ihre Zehen krümmten sich in den Sandaletten, sodass sie den antiken goldenen Ehering ihrer Großmutter unangenehm an ihrem Zeh spürte. Sie musste die Gabel aus der Hand legen, denn sie hielt sie inzwischen so fest umklammert, dass sie den Edelstahl hätte verbiegen können.

Am Tisch war es still geworden. Die Männer beobachteten sie und Nick und drehten die Köpfe dabei hin und her, als verfolgten sie ein Tennismatch.

„Wie ich bereits sagte, ich werde rasch wieder abreisen." Äußerlich ruhig nahm Bria ihre Bierflasche.

Nick trank einen Schluck aus seiner. „Haben Sie den Piloten nicht bezahlt?"

„Für den Hin- und Rückflug", antwortete sie und hielt ihre Gereiztheit unter Kontrolle, auch wenn es Mühe kostete. Dieser Mann brachte sie glatt auf die Palme.

„Ein Charterflug aus Las Palmas?", erkundigte Jonah sich. Grinste er etwa verstohlen? „Die sind bekannt dafür, dass sie ihre Kunden auch mal über den Tisch ziehen."

Sie versuchte, die Fassung zu wahren und ganz die selbstbewusste Prinzessin zu sein. „Ich werde morgen früh Kontakt zu der Chartergesellschaft aufnehmen und sie bitten, einen anderen Piloten zu schicken, der mich abholt." Nachdem ich Nick Cutter irgendwie dazu gebracht habe, mir Dravens Geld zurückzugeben, fügte sie im Stillen hinzu. Nicht irgendwie, dachte sie, weil ihr dabei unfreiwillig verschiedene aufregende Methoden in den Sinn kamen, was sie prompt erröten ließ. „Ich habe Ihnen doch gesagt, dass ich Sie fliegen werde."

„Oh, ich möchte Ihnen wirklich keine Umstände machen", erklärte sie. „Es macht mir nichts aus, noch ein paar Tage auf den Hubschrauber zu warten." Wenn sie bis morgen Mittag nicht verschwunden war, würde sie ihn entweder verführen oder über Bord werfen. Vermutlich erst das eine, dann das andere.

Ein Funkeln lag in Nicks unglaublich blauen Augen, als er fragte: „Was sagten Sie, wo Sie arbeiten, Prinzessin?"

Trotz Nicks Bemühungen, Bria in Verlegenheit zu bringen, indem er sie nach ihrem Job fragte, hatte sie das Abendessen genossen. Die milde Nachtluft und der Duft des Meeres wirkten beruhigend. Nicks Blicke eher nicht. Doch sein Tauchteam war wirklich insgesamt charmant und freundlich, die Geschichten über Tauchabenteuer faszinierend.

Sie flirtete ein wenig mit Jonah, der neben ihr saß. Dennoch vermutete sie, dass er an ihr genauso wenig interessiert war wie Nick. Irgendwann machten sich die lange Reise und der Stress bemerkbar, weshalb sie sich noch vor dem Dessert verabschiedete. Kein noch so köstliches Essen konnte sie jetzt davon abhalten, ins Bett zu gehen. Sie brauchte unbedingt ein wenig Zeit, um zur Ruhe zu kommen.

Trotz der Größe des Schiffes fand Bria sich auf der Scorpion schnell zurecht. Sie benutzte die Treppe nach unten statt des kleinen Lifts, um sich noch etwas Bewegung zu verschaffen. Der Gang im Unterdeck war gut beleuchtet, aber geradezu unheimlich still. Es war noch ziemlich früh, und so nahm sie an, dass die Mannschaft erst jetzt Feierabend machte oder die Leute allein aßen. Jedenfalls begegnete sie niemandem.

Sie hatte die Befürchtung, dass sie sich schlaflos in ihrer Koje wälzen und Nick Cutter verfluchen würde. Für einen unterkühlten Kerl war er schon ziemlich beeindruckend. Dass er nicht an ihr interessiert war, hieß nicht, dass sie sich auch nicht von ihm angezogen fühlte. Einerseits ärgerte sie sich über ihn, andererseits spürte sie diese erotische Anziehungskraft, als würde prickelnder Champagner statt Blut durch ihre Adern fließen.

Und das befeuerte ihre Fantasie.

Ja, es würde schwer werden, heute Nacht Schlaf zu finden. Ihre Lust würde sie wohl allein stillen müssen. Sie war bereits unangenehm erregt, und dabei hatte er sie nicht einmal berührt. Bria rieb sich über die Arme, auf denen sich eine Gänsehaut gebildet hatte, und beschleunigte ihre Schritte.

Dieser Nick Cutter hatte einen ziemlichen Eindruck bei ihr hinterlassen.

Ein Mann in weißem T-Shirt und Shorts, der Kleidung der Crewmitglieder, bog um die Ecke, als Bria ihre Magnetkarte aus der Gesäßtasche zog. Vage kam er ihr bekannt vor, was sie irritierte. Woher sollte sie jemanden auf diesem Schiff kennen? Er besaß die gleichen äußeren Eigenschaften aller anderen an Bord - er war gebräunt, athletisch gebaut, trug weiße Shorts und ein weißes T-Shirt.

Seine Aufmerksamkeit galt zwar einem Stück Papier in seiner Hand, doch als er näher kam, schaute er auf. Zunächst schien es, als wollte er sie freundlich grüßen. Doch dann weiteten sich seine Augen vor Erstaunen, und das Lächeln erstarb. Erschrocken blieb er stehen. „Principessa!"

„ Buona sera", begrüßte sie ihn lächelnd. „ Ti conosco?a

Er schüttelte den Kopf, und sein vorstehender Adamsapfel hüpfte auf und ab.

„Sono in ritardo per il lavoro. Mi scusi. "

Er sah griechisch aus, sprach jedoch fließend Italienisch ohne Akzent. Die italienische Presse hatte riesengroß über die Rückkehr der Viscontis berichtet. Er musste sie von einem der zahlreichen Fotos erkannt haben, die in allen Nachrichten gezeigt worden waren.

Als er in dem engen Gang an ihr vorbeieilte, bemerkte Bria, dass ihm Schweißperlen auf der Stirn standen. Er sah krank aus, deshalb drehte sie sich um und wollte ihm ihre Hilfe anbieten. Doch er war schon verschwunden. Wow, er musste wie der Blitz gerannt sein. Oder er war in einer der Kabinen verschwunden.

Nach ihrer Rückkehr in ihre Heimat hatte sie lange gebraucht, bis sie sich daran gewöhnt hatte, von Fremden erkannt zu werden. Es war schwer, plötzlich überhaupt keine Anonymität mehr zu besitzen.

Sie ging um die Ecke und fand ihre Kabine sofort. Sie schob die Magnetkarte in den Schlitz und rollte die verspannten Schultern. Eine heiße Dusche, ein wenig manueller Stressabbau und ausreichend Schlaf, dann würde die Welt morgen schon wieder ganz anders aus...

Der heftige Schlag seitlich gegen ihren Kopf kam praktisch aus dem Nichts.

FOUR

Bria sah Sterne. Sie hatte überhaupt nichts gehört, und jetzt stürzte sie hart gegen die noch eschlossene Kabinentür, die durch das Gewicht ihres Körpers aufschwang. Stolpernd versuchte Bria, auf den Beinen zu bleiben und schaffte es, sich noch rechtzeitig umzudrehen, um den zweiten Schlag mit dem Unterarm abzuwehren. Verschwommen nahm sie schwarzes Haar, dunkle Augen, weiße Kleidung wahr, doch die Wucht des Schlags sandte einen brennenden Schmerz durch ihren Arm und machte sie benommen.

Sie schrie nicht. Vielleicht erwartete er das. Stattdessen wehrte sie sich, wie sie es von klein auf gelernt hatte, mit Fäusten, Knien, Ellbogen. Marvin war ein guter Lehrer gewesen. Ihr Angreifer rechnete nicht mit Gegenwehr.

Sie traf ihn mit der flachen Hand unterm Kinn und stieß seinen Kopf zur Seite. Noch immer leicht benommen, sah sie dem Angreifer ins Gesicht.

Es handelte sich um den Mann, dem sie vor wenigen Minuten erst im Gang begegnet war.

Er stürzte sich erneut auf sie, und wegen des pochenden Schmerzes in ihren Schläfen kam es ihr vor, als bewege er sich in Stroboskoplicht. „Was ..." Mehr brachte sie nicht heraus, weil sie den nächsten Schlag abwehren musste. Sie versuchte, sich auf ihren Gegner einzustellen, und wehrte sich mit pochendem Herzen, noch immer leicht desorientiert und völlig perplex durch die überraschende Attacke.

Krav Maga war ein Selbstverteidigungssystem, das sich durch einfache Techniken auszeichnete und Reflexe sowie instinktive Reaktionen berücksichtigte. Es betonte Angriffs- und Verteidigungstechniken gleichermaßen. Hier gab es keine Regeln, und selbst wenn, hätte Bria in diesem Augenblick darauf gepfiffen. Sie kämpfte mit allen Tricks, die sie gelernt hatte, zielte auf die empfindlichen Stellen ihres Gegners - Augen,

Kinn, Unterleib, Knie. Ihre Schläge kamen schnell, aber auch unkoordiniert, weshalb sie nicht genau wusste, was sie traf. Sie packte ihn am Haar, zog ihn zu sich heran und rammte ihm das Knie in die Hoden. Er schrie. Dann fuhr sie ihm mit den Fingernägeln über die Wange und verfehlte sein Auge nur knapp. Beim zweiten Versuch traf sie. Erneut schrie er vor Schmerz auf.

„Ma io non sono qui!"

Er war nicht... da? Für Brias Empfinden sah das aber ganz danach aus. Sie konnte nicht weiter darüber nachdenken, weil er nach wie vor entschlossen schien, sie zu Fall zu bringen. Sie wehrte sich, doch er schob sie in die Kabine, bis sie gegen die Koje stieß und das Gleichgewicht verlor. Instinktiv klammerte sie sich an seinem T-Shirt fest, um nicht zu fallen. Was wollte er? Sie ausrauben? Vergewaltigen? Umbringen?

Sie hielt sich fest und stieß erneut hart mit dem Knie zu, was ohne richtigen Halt nicht leicht war. Bevor ihr Knie zum zweiten Mal sein Ziel fand, boxte er sie gegen die Brust. Der Schlag warf sie zur Seite, sodass sie auf die Koje stürzte und mit dem Kopf gegen die holzgetäfelte Wand schlug. Bria stöhnte vor Schmerz.

Einer ihrer Arme lag unter ihr, von ihrem eigenen Gewicht eingeklemmt. Umso heftiger und verzweifelter wehrte sie sich mit der freien Hand. Doch dann war er über ihr und packte ihr Handgelenk.

Blut tropfte von seiner Wange aus den Kratzspuren, die ihre Fingernägel in seinem Gesicht hinterlassen hatten.

Plötzlich fiel ihr auf, dass sie nicht um Hilfe gerufen hatte. Jetzt schrie sie, so laut sie konnte.

Er brachte sie mit einem brutalen Schlag ins Gesicht zum Schweigen. Tränen stiegen ihr in die Augen und ihr Gesicht brannte. Als sie trotzdem nicht aufhörte zu schreien, hielt er ihr den Mund zu. Der Mann war klein und drahtig, aber auch erstaunlich schwer, als er ein Bein auf ihre Taille legte, um sie zu fixieren. Mit dem Knie drückte er ihren freien Arm auf die

Matratze. Durch sein Gewicht kugelte er ihr fast den Arm aus, auf dem sie lag.

Es war nutzlos, jetzt noch zu strampeln und sich zu wehren. Er hatte sie mit roher Kraft gebändigt. Seine Efände lagen um ihren Hals und drückten ihr die Luft ab, bis nur noch schwarze Punkte vor ihren Augen tanzten.

Sie bäumte sich auf, schaffte es aber nicht, ihn abzuwerfen. Inzwischen hatte sie das Gefühl, in schwarzem Wasser zu versinken. Ihr Gesichtsfeld verschwamm, die Geräusche wurden leiser ...

„Was zur Hölle ist denn hier los?"

Bria würgte, als der schwere Angreifer plötzlich von ihr heruntergerissen und durch die offene Tür hinausgeschleudert wurde. Mit voller Wucht knallte er auf dem Gang gegen die Wand.

Während Bria nach Atem rang, versuchte sie, die Situation zu erfassen. Doch sie sah alles verschwommen.

Dann füllte ein Paar intensiv blauer Augen ihr Blickfeld aus. „Werden Sie etwa ohnmächtig?"

„Ich ..." Bria bekam kaum ein Wort heraus. Nicks Gesicht verschwand kurz und tauchte dann wieder vor ihrem auf.

„Verdammt! Jonah? Schick ein paar Leute hier herunter, aber schnell. Die Prinzessin wurde angegriffen." Er umfasste ihre Wange. Seine Finger fühlten sich kühl an. „He, bleiben Sie bei mir."

Klar, dachte sie, liebend gern. Dann schloss sie die Augen und driftete fort.

Nick trug die Prinzessin zu seiner Kabine im Oberdeck. Sein Herz pochte immer noch von dem plötzlichen Adrenalinschub. Bria war bei Bewusstsein, aber nur knapp. Sie lag schlaff in seinen Armen, die Wange an seine Brust geschmiegt. Die Würgemale am Hals verfärbten sich bereits dunkel. Einem mitternachtsschwarzen Wasserfall gleich fiel ihr Haar über seinen Arm. Während Nick sich eilig durch das Schiff bewegte, sagte sie kein Wort. Auch er sprach mit keinem der Männer, an denen sie unterwegs vorbeikamen. Stattdessen blieb er mit Jonah über ein Headset im Kontakt. Im Nachhinein war er doppelt froh, dass sie auf dem Schiff über Funk kommunizierten, denn das sparte enorm viel Zeit.

„Ich hoffe, ich habe dem Kerl das Genick gebrochen, als er gegen die Wand schleuderte. Hat er irgendetwas gesagt?", fragte Nick grimmig, als Jonah ihn darüber informierte, dass er sich im Unterdeck befand. Er fühlte Brias raschen Herzschlag an seiner Brust. Bei seinen Worten schlang sie die Arme fester um seinen Nacken, und Nick nahm den zarten Pfirsichduft ihrer Haut wahr.

„Er ist bewusstlos", hörte er Jonahs Stimme im Ohr. „Mario wird ihn in einem der Vorratsschränke einsperren, bis wir uns einig sind, was wir mit ihm machen." Jonah klang so wütend, wie Nick sich fühlte. Nach kurzem Zögern fragte der Kapitän: „Wurde sie vergewaltigt?"

Nick gehörte zwar das Schiff, aber als Kapitän stand Jonah ebenso in der Verantwortung gegenüber Passagieren und Mannschaft wie der Eigner. Aus diesem Grund hatte Nick ihn auch in die ganze Diamantenschmuggel-Geschichte eingeweiht.

„Halkias sollte lieber hoffen, dass er sie nicht angerührt hat", erwiderte Nick mit vor Zorn bebender Stimme. Bria sah zerbrechlich aus, wie sie da mit geschlossenen Augen in seinen Armen lag. Beinah wie Schneewittchen aus dem Märchen. „Lass ihn von zwei Männern bewachen. Ich kümmere mich bald um ihn."

Sie bewegte sich in seinen Armen. Ihre Stimme war nur ein heiseres Krächzen. „Lassen Sie mich herunter, ich kann gehen." „Geben Sie Ruhe."

Khoi, der Chefsteward, wartete vor Nicks Suite. Sobald er sie kommen sah, öffnete er die Tür. Seine Miene drückte Besorgnis aus. „Tee, Boss?"

Nick hatte keine Ahnung, was sie jetzt brauchte. Zum Beispiel die Garantie, nicht angegriffen zu werden an einem Ort, an dem Nick für ihre Sicherheit verantwortlich war. Verdammt. „Ja, Tee wäre gut. Stellen Sie ihn hier ab."

Er ging durch das Büro in seine Suite. Durch ein achteckiges Oberlicht über dem ordentlich zur Nacht aufgeschlagenen Bett konnte man die Sterne sehen.

„Bitte, lassen Sie mich ..."

Behutsam setzte Nick sie auf die Bettkante.

„Oh!" Ihr Gesicht war blass, die Augen sehr dunkel. Mit ihrer zarten Hand berührte sie ihren Hals. Ihr ganzes Benehmen und ihr Äußeres zeugten von einer gewissen adeligen Arroganz. Doch in ihren Augen las er ihre Verletzlichkeit.

Unterwegs hatte sie irgendwo ihre Schuhe verloren. Jetzt rieb sie ihre nackten Füße, als brauche sie körperlichen Trost, und sei es durch sich selbst. Für einen Moment starrte er auf ihre Zehen mit den knallrot lackierten Nägeln und dem frechen goldenen Zehenring. Er riss sich zusammen, um keine Dummheit zu begehen, wie zum Beispiel sein Gesicht in ihr tiefdunkles Haar zu schmiegen.

Was war passiert? Warum sollte ein Mann, den sie vor einem Jahr auf der anderen Seite der Erde angeheuert hatten, eine Frau umzubringen versuchen, die erst seit vier Stunden an Bord war? Das ergab absolut keinen Sinn. Der Logik nach musste dieser Angriff etwas mit den Diamanten zu tun haben. Aber Nick hatte erst seit einer Woche Kontakt zu Najeeb Qassem und Kadar Gamali Tamiz. Und erst vor vierundzwanzig Stunden hatte er sich einverstanden erklärt, die Diamanten an Bord zu bringen.

Dennoch, die beiden hatten die Prinzessin auf dem Marktplatz in der Altstadt gesehen ... und sie wiedererkannt?

Möglich. Aber würde das nicht bedeuten, dass sie mit den Diamanten nichts zu tun hatte? Oder hieß das, im Gegenteil, dass sie sehr wohl an dem Schmuggel beteiligt war? Vielleicht war sie eine Akteurin aus dem Hintergrund, die sie nicht auf ihrem Territorium dulden wollten.

Das war ein ziemlich weit hergeholter Verdacht.

Dennoch blieb die Frage, warum sie angegriffen worden war.

Die ganze Sache ergab keinen Sinn.

Und dass die Marokkaner sich an das griechische Crewmitglied herangemacht hatten, das vor fast einem Jahr angeheuert hatte? Nein, das passte auch alles nicht zusammen. Da war ein sexueller Übergriff schon plausibler. Gabriella Visconti war nicht nur atemberaubend sexy, sondern auch noch die einzige Frau an Bord.

„Wurden Sie vergewaltigt?", fragte Nick und versuchte, dabei ruhig zu bleiben. Er hatte bereits registriert, dass sie ihre Jeans noch trug. Jetzt bemerkte er mit großer Erleichterung ihren hautfarbenen Spitzen-BH, der im Ausschnitt ihres weißen T-Shirts hervorlugte.

Sie schüttelte den Kopf, sodass ihr seidiges schwarzes Haar sich wie Tinte über ihre Schultern ergoss. Die Bewegung ließ sie zusammenzucken, und sie massierte die dunklen Fingerabdrücke auf ihrem Hals. „Nein", flüsterte sie. „Ich glaube, er hatte etwas anderes im Sinn."

„Was denn?"

Sie sah ihm in die Augen. „Er wollte mich umbringen."

„Wie haben Sie es geschafft, jemanden so wütend zu machen, wo Sie doch erst seit ein paar Stunden an Bord sind?", neckte er sie. Vielleicht war das eine besondere Gabe - ihn hatte sie immerhin schon innerhalb der ersten zwanzig Sekunden gegen sich aufgebracht. Eine ziemliche Leistung.

„Sehr witzig."

„Brauchen Sie einen Arzt?"

„Ich bin stinksauer, aber nicht verletzt", erklärte sie gereizt.

Ihre Wangen waren gerötet, in ihren Augen schimmerten ungeweinte Tränen. Ja, sie war wütend. Aber Nick sah auch, dass sie ein wenig eingeschüchtert war. Auf ihrer wunderschönen Haut zeichneten sich Blutergüsse ab. Er hätte sie lieber rasend vor Wut als verschreckt gesehen. Vermutlich konnte sie wirklich aus der Haut fahren, und er fragte sich, wann ihr so etwas wohl passierte, wenn schon nicht unter diesen Umständen. Wahrscheinlich kam ein Wutausbruch bei ihr einem Tsunami gleich. Da seine Brüder ihn wegen seiner kühlen reservierten Art und Unerschütterlichkeit Spock nannten, faszinierte ihn die Vorstellung.

„Berichten Sie von Anfang an", bat er, obwohl er wusste, dass er von Halkias weitaus mehr Einzelheiten erfahren würde, wenn er den Matrosen später verhörte - und zwar nicht allzu sanft.

„Der Kerl lief im Gang an mir vorbei. Zuerst glaubte ich, ihn von irgendwoher zu kennen. Er kam mir vage vertraut vor." Das überraschte ihn. Es handelte sich also um eine persönliche Angelegenheit. In gewisser Hinsicht war er froh darüber, denn es bedeutete, dass sie nicht mit den Marokkanern unter einer Decke steckte und er sie nicht seinen Freunden von T-FLAC übergeben musste, die sich auf den Umgang mit Terroristen verstanden. „Sein Name ist Cappi Halkias."

„Nein, ich kenne ihn nicht. Ich dachte nur, ich würde ihn kennen, weil er einem Mitarbeiter aus meinem Nagelstudio ein bisschen ähnlich sieht."

„Was ist denn ein Nagelstudio ?", fragte Nick leicht verwirrt. Sie hielt ihm eine ihrer schmalen Hände hin, um ihm ihre roten Fingernägel zu zeigen. An ihrem Mittelfinger trug sie drei miteinander verflochtene Goldringe, bemerkte er flüchtig. „Na, ein Salon, in dem ich meine Nägel machen lasse."

Ihn interessierten mehr die blauen Flecken an ihrem Unterarm. Offenbar hatte sie einen heftigen Schlag abgewehrt. Oder sogar mehrere. „Ein Handpfleger?"

„Hand- und Fußpfleger, ja." Trocken fügte sie hinzu: „Aber der Kerl, der mich angegriffen hat, ist nicht der Typ aus meinem Nagelstudio."

Dass sie auf seinem Schiff, unter seinem Schutz stehend, angegriffen worden war, wurmte ihn. Und doch amüsierte Bria ihn auf unerklärliche Weise. Er bedeutete ihr mit einer Geste, ihre Geschichte weiterzuerzählen. Denn letztlich war die Situation alles andere als amüsant.

„Na ja, ich dachte, er ist vielleicht krank. Er sah ...“ Sie zögerte.

„Er sah wie aus?“

„Hm, nervös, würde ich sagen. Verschreckt. Und er schwitzte.“ Sie zuckte die Schultern. „Sein Benehmen war merkwürdig, denke ich. Ich wollte ihn gerade fragen, ob er Hilfe brauche, aber als ich mich umdrehte, war er schon weg. Ich nahm an, dass er in einer der Kabinen verschwunden war. Doch als ich meine Tür aufschloss, griff er mich wie aus dem Nichts an. Er traf mich hier.“ Sie berührte mit zwei Fingern die rote Stelle an ihrer Schläfe. „Ich flog zur Seite. Er packte mich, zerrte mich zum Bett, warf sich auf mich und versuchte, mich zu erwürgen. Das war’s im Wesentlichen.“

Nein, dachte Nick finster, das war es noch lange nicht. Auch wenn er Bria Visconti nicht an Bord haben wollte, war er doch verantwortlich für ihre Sicherheit. „Brauchen Sie noch etwas?“ Abgesehen von den Prellungen, die schlimm genug waren, schien sie keine weiteren körperlichen Blessuren davongetragen zu haben. Von einem Schock erholte man sich allerdings oft langsamer.

Was das betraf, war er eher ratlos. Mit solchen Dingen kannte er sich nicht aus. Er würde sich lieber diesen Kerl vorknöpfen. Danach wäre die Sache für ihn erledigt.

Bria ließ die Hand in ihren Schoß sinken. „Ich nehme an, einen Bodyguard brauche ich jetzt nicht mehr, oder?“

„Es sei denn, dass nicht nur einer es auf Sie abgesehen hat, Prinzessin. Ihr Angreifer befindet sich jedenfalls in Gewahrsam.“ Und weil es ihn einfach reizte, konnte er sich nicht verkneifen hinzuzufügen: „Sie hätten Ihren eigenen Bodyguard mitbringen sollen.“

Sie reagierte nicht auf die Provokation, nicht einmal mit einem Blick. Und das machte ihn besorgter als ihre Blutergüsse. „Ich habe keinen Bodyguard mehr", gestand sie. „Ich lebe in Kalifornien, und dort interessiert es niemanden, dass ich Prinzessin eines kleinen Landes bin. Die haben ihre Filmstars." Mit einem Funkeln in den Augen fügte sie hinzu: „Hat Ihnen schon mal jemand gesagt, wie freundlich und charmant Sie sein können?"

„Heute noch nicht."

„Ich wette, schon länger nicht", meinte sie ein wenig schroff und versuchte aufzustehen.

Unsicher berührten ihre Füße den Holzfußboden, und Nick hielt sie sanft an den Oberarmen fest, als sie schwankte. „Wo wollen Sie hin?"

Er fühlte ihre festen Muskeln unter der samtweichen Haut. Unwillkürlich streichelte er sie mit dem Daumen, bevor er die Hand schnell wieder sinken ließ. Sie konnte allein stehen, und er sollte sie lieber nicht berühren. Denn er ahnte jetzt schon, dass er davon so schnell nicht genug bekommen würde. Deshalb schob er vorsichtshalber die Hände in die Hosentaschen.

Sie strich sich die Haare aus dem Gesicht. „Wenn der Angreifer sicher eingesperrt ist, werde ich jetzt in meine Kabine zurückkehren."

„Ich glaube, es wäre besser, wenn Sie hierbleiben würden, bis ich mit ihm gesprochen habe."

Sie kniff die ungeschminkten Lippen zusammen. Die Unterlippe war voller als die Oberlippe. Nick musste sich erneut zusammennehmen. Andernfalls hätte er sich glatt nach vorn gebeugt, um diese Lippen zu kosten. Höchstwahrscheinlich würde die Prinzessin sich mit Gewalt gegen ihn zur Wehr setzen, falls er den Versuch unternahm, sich an sie heranzumachen.

Manchmal beneidete Nick seinen jüngeren Bruder Zane um dessen Gewandtheit und Charme im Umgang mit dem anderen Geschlecht.

Nick kannte seine Stärken und Schwächen genau. Sich an eine Frau heranzumachen, die vor Kurzem erst angegriffen worden war, kam nicht infrage. Abgesehen davon, war er sich nach wie vor nicht sicher, ob er ihr vertrauen sollte. Vor allem aber verbot sich allein schon der

Gedanke, weil er für die Dauer ihres Aufenthaltes auf seinem Schiff für sie verantwortlich war.

Sie musterte ihn skeptisch, als wüsste sie genau, was momentan in seinem Kopf vorging. Dann schlang sie die Arme um ihren Oberkörper und rieb ihren Bizeps, wodurch sie beinah verbarg, dass sie nach wie vor zitterte. „Was soll ich machen, während ich warte?", wollte sie wissen.

Der Duft ihrer Haut war wirklich verlockend. Nick biss die Zähne zusammen. „Was immer Sie in den Mannschaftsunterkünften vorhatten."

„Ich wollte duschen und anschließend ins Bett."

Falls Nick den Ausdruck auf ihrem Gesicht richtig deutete, hatte sie vorgehabt, sich in der Kabine allein sexuelle Erleichterung zu verschaffen. Auch wenn er lieber ganz anders reagiert hätte, deutete er zur Tür des Badezimmers. „Duschen Sie." Bria hatte eindrucksvolle Augenbrauen, mit deren Hilfe sie ihm in dieser Sekunde signalisierte, dass er den Verstand verloren hatte.

„Man kann die Badezimmertür abschließen", entgegnete er auf das, was sie nicht ausgesprochen hatte. „Fühlen Sie sich ganz wie zu Hause. Ich komme nachher wieder."

„Wann?", fragte sie misstrauisch.

Nick hörte nebenan den Steward, gefolgt von leisem Geschirrklappern. „Ich werde Khoi anweisen, draußen vor Ihrer Tür stehen zu bleiben, bis ich zurück bin." Das war zwar keine perfekte Lösung, aber sie würde sich sicherer fühlen. „Duschen Sie, trinken Sie eine Tasse Tee oder lassen Sie sich von ihm einen Scotch bringen. Entspannen Sie sich. Hier sind Sie sicher."

Er würde dafür sorgen, dass die Sache mit Halkias ein einmaliger Vorfall blieb.

„Du meine Güte, Jonah. Vor nicht einmal fünf Minuten habe ich ihr noch versprochen, dass sie in Sicherheit ist. Und jetzt
erzählst du mir, dass dieser Halkias verschwunden ist?"

Der Kapitän wirkte wegen dieser Geschichte nicht weniger aufgebracht. „Er hatte Hilfe. Ich lasse die ganze Mannschaft nach ihm suchen."

„Ach ja? Auch diejenigen, die ihm bei seiner Flucht geholfen haben?"

Jonah machte ein zerknirschtes Gesicht. „Das wissen wir doch gar nicht."

„Ich weiß es", sagte Nick. „Ich will sein Seefahrtsbuch sehen und seine Akte. Und zwar sofort."

„Ich selbst habe ihn auf unserer Reise nach Vietnam im letzten Jahr angeheuert." Frustriert rieb Jonah sich den Nacken. „Seine Feistung und sein Einsatz waren von Beginn an vorbildlich. Er trank nicht, fing keinen Streit an. Keinerlei Hinweise auf Drogen oder psychische Probleme. Ich hätte es mitbekommen, wenn irgendetwas vorgefallen wäre. Auf einem Schiff dieser Größe bleibt einem nichts verborgen." Nach einer kurzen Pause fügte er hinzu: „Deine Prinzessin hat ihm ganz schön eingeschenkt. Sie hat den Mistkerl blutig geschlagen und ihm zwei Finger gebrochen."

Nick runzelte zweifelnd die Stirn. „Er muss vorher in einen Kampf verwickelt gewesen sein, bevor er sie angriff."

„Nein, sie hat sich gegen den Kerl gewehrt", versicherte Jonah ihm voller Bewunderung. „Ihre Hoheit hat dem Burschen ziemliche Schmerzen zugefügt. Und er ist doppelt so breit wie sie."

„Mann, das ergibt alles immer noch keinen Sinn." Eine Ninja-Prinzessin? Ihr Aufenthalt hier an Bord wurde immer rätselhafter.

„Na schön. Ich habe seine Unterlagen in meinem Büro. Sehen wir sie uns an, und anschließend nehme ich ein paar Aussagen zu Protokoll."

„Gut, bringen wir es hinter uns." Nick hakte das Satellitentelefon aus der Halterung. „Ich rufe Max Aries an, damit er jemanden herschickt, der die Prinzessin gleich morgen früh an einen Ort ihrer Wahl bringt. Wenn nötig, in bewaffneter Begleitung."

70

Aries arbeitete als Agent für die internationale Antiterrororganisation T-FLAC. In Anbetracht der Tatsache, dass Aries es war, der ihn zu diesem gefährlichen Diamantenschmuggel gedrängt hatte, schien das nur vernünftig zu sein. Die Prinzessin sollte nicht in diese Sache hineingezogen werden.

Er wählte die Nummer. Aries meldete sich nach dem zweiten Klingeln. „Ja?"

„Cutter hier."

Der Agent reagierte verstimmt. „Sie gehen ein Risiko ein, indem Sie mich anrufen", stellte er fest. Er klang angespannt. „Das bedeutet, es ist etwas passiert. Reden Sie."

Nick berichtete dem T-FLAC-Agenten von der Prinzessin, dem Angriff und dem geflohenen Halkias.

„Er ist verschwunden?"

„Hat sich regelrecht in Luft aufgelöst." Nicks Schiff war zwar groß, aber so groß nun auch wieder nicht.

„Bleiben Sie dran."

Jonah sah Nick fragend an, als der das Mikrofon von den Lippen wegdrehte und zur Decke schaute. „Und?"

„Er überprüft es gerade", lautete Nicks knappe Antwort.

Er musste nicht lange warten, dann klickte es wieder in der Leitung. „Die ersten Nachforschungen haben keine Verbindung ergeben zwischen den Diamanten und der Prinzessin", erklärte der Agent.

Nick hatte auch nicht ernstlich daran geglaubt, dass sie etwas damit zu tun hatte. Ein paar Wochen in der Gesellschaft von Antiterrorkämpfern, und er sah überall Verschwörungen. „Gut zu wissen. Lassen Sie sie abholen und passen Sie auf sie auf, bis diese Sache geklärt ist."

„Tut mir leid, Cutter. Ich weiß, Sie wollen sie loswerden, aber an Bord ist sie sicherer, bis Sie Halkias gefunden haben."

„Ich soll sie hierlassen, wo sie angegriffen wurde?" Nick konnte es nicht fassen. „Das ergibt doch gar keinen Sinn."

„Doch, denn es verschafft uns die Zeit, Informationen über Halkias zu sammeln und zu erfahren, welche Verbindungen es da gibt", erklärte Aries.

„Das geht auch, wenn ihr sie in einer geheimen Wohnung in Paris unterbringt."

„Mehr kann ich Ihnen momentan nicht anbieten. Ich will die Dinge unter Kontrolle halten. Wenn wir jetzt anrauschen, um Ihre Prinzessin ..."

„Sie ist nicht meine ..." Er verkniff sich die Bemerkung. Nein, sie war nicht seine Prinzessin.

„Die Prinzessin", verbesserte Aries sich unbeeindruckt. „Wenn wir kommen, um die Prinzessin herauszuholen, fliegt uns die ganze Operation um die Ohren. Wir können es uns nicht erlauben, die Hintermänner nervös zu machen. Verstanden?"

Ja, er hatte verstanden. Sie unterhielten sich noch einige Minuten, dann beendete Nick das Gespräch und wandte sich wieder an Jonah. „Ehe die nicht herausgefunden haben ..." „Ja", unterbrach ihn sein Freund. „Ich kann es mir denken. Die glauben nicht, dass diese Sache etwas mit Tamiz und Qassem oder den Diamanten zu tun hat?"

„Nein. Und du?" Als Jonah sich das Kinn rieb und den Kopf schüttelte, sagte Nick: „Ich auch nicht. Finden wir den Mistkerl und fragen ihn selbst."

FIVE

Doch der Grieche blieb unauffindbar. Die ganze Crew und sogar das Bergungsteam machten sich auf die Suche, nachdem sie erfahren hatten, dass die Prinzessin angegriffen worden war. Sie durchsuchten das gesamte Schiff gründlich von vorn bis achtern. Am Horizont ging bereits die Sonne auf, als Nick fürs Erste eine Pause anordnete.

Bria befand sich in seiner Kabine. Dort war sie gut aufgehoben, bis Cappi Halkias geschnappt war. Nick fragte sich, ob sie sich bereits Befriedigung verschafft hatte, und dieser Gedanke beschleunigte seinen Puls.

„Wahrscheinlich schläft sie inzwischen", erklärte er Jonah, als sein Freund demonstrativ gähnte. „Ich werde bei dir übernachten."

Grinsend erwiderte Jonah: „Interessant."

„Dass wir beide kaputt sind und ein paar Stunden Schlaf brauchen? Tja, wirklich sehr interessant."

Jonah machte ein Geräusch wie ein Quizshow-Summer. „Falsch. Erstens ist mir aufgefallen, dass du sie weiterhin Prinzessin nennst statt Bria."

„Na und?"

„Und zweitens schläft eine wunderschöne Frau in deiner Koje. Trotzdem willst du lieber bei mir übernachten." Jonah grinste breit.

Nick widerstand dem Impuls, seinem Freund eine Kopfnuss zu verpassen. „Sei nicht albern. Sie ist geschafft und braucht ihre Ruhe. Warum sollte ich sie stören, wenn es nicht nötig ist?" Und warum mich unnötig in Versuchung führen? fügte er im Stillen hinzu.

„Sie ist deine Prinzessin, nicht meine. Geh in deine Kabine und überlass mich meiner kalten, einsamen Koje."

„Jonah..."

„Nein, vielen Dank", unterbrach Jonah ihn. „So attraktiv du auch sein magst, eher friert die Hölle zu, bevor ich dich in mein

Bett lasse." Er zog sein T-Shirt aus und machte Anstalten, den Reißverschluss seiner Hose zu öffnen, wobei er Nick einen bedeutungsvollen Blick zuwarf. „Verschwinde, Mann." Er deutete zur Tür. „Ich will wenigstens ein paar Stunden Schlaf, bevor der Zirkus hier weitergeht."

Schöner Freund, dachte Nick und verließ Jonahs Kabine. Er ging über das Deck zu seiner eigenen Kabine. Es war eine warme, stille Nacht. Der Wind hatte ganz nachgelassen, die See lag schwarz und ruhig da, und auf der Wasseroberfläche spiegelten sich die funkelnden Sterne. Der schwache pikante Duft des Abendessens lag noch in der Luft und vermischte sich mit dem stets präsenten Geruch des Meeres. Das Plätschern der Wellen am Rumpf klang wie der Applaus von Meerjungfrauen.

Nick wunderte sich über seine Fantasie und blieb stehen, um aufs Wasser hinauszuschauen, die Hände auf die Reling gelegt. Er liebte die Stille, liebte die Einsamkeit und den leisen Rhythmus des Generators unter seinen Füßen, solange die *Scorpion* vor Anker lag. Über einem Wrack, das zwar keine nie zuvor gesehenen Kunstgegenstände preisgeben, aber doch für jeden einen ordentlichen Gewinn bringen würde. Brias Bruder würde sich zehn Inseln kaufen können, wenn er seine Rendite bekam. Diese Nachricht würde sie freuen. Die Tatsache, dass es bis dahin allerdings noch dauern würde, käme bei ihr wahrscheinlich nicht so gut an. Aber Gutes geschah denen, die warten konnten.

Ob sie noch wach lag in seinem Bett? Die Vorstellung, sich zu dieser jetzt wahrscheinlich schläfrigen, zufriedenen Frau zu legen, erregte ihn. Tief atmete er die warme Nachtluft ein und versuchte, seine Erektion zu ignorieren.

Genau wie sein Kapitän brauchte auch er ein paar Stunden Schlaf. Er konnte sich auf ein Sofa in einem der Aufenthaltsräume legen. Davon gab es genug.

Jonah würde nicht schlafen. Dafür machte Nicks Freund seinen Job einfach zu gut. Er würde in seinem Büro auf und ab gehen und über die Geschehnisse an Bord grübeln. Der

Angriff auf Bria hatte während seiner Wache stattgefunden. Und er hatte Halkias angeheuert. Einen Mann, der nun verschwunden war, auf einem fast siebzig Meter langen Schiff mitten auf dem Ozean.

Weit würde er jedenfalls nicht kommen.

Nick schloss die Finger fester um das glatte Holz der Reling, die Halkias an diesem Tag noch poliert hatte. Wie war es möglich, dass dieser Mann, der Tag für Tag fleißig seine Arbeit verrichtet hatte, plötzlich jemanden umzubringen versuchte?

Nick fragte sich, was er hier übersah. Wenn es gefährliche Elemente an Bord gab, dann waren die Diamanten dafür verantwortlich. Die Marokkaner hatten viel Geld dafür bezahlt, sie an Bord schmuggeln zu dürfen. Mit gutem Grund.

Sie hatten Bria auf dem Marktplatz gesehen, wo sie sich nach genau dem Schiff erkundigte, auf dem die Marokkaner ihre ungeschliffenen Edelsteine außer Landes bringen wollten. Wahrscheinlich glaubten sie nicht an einen Zufall.

Oder aber sie selbst hatten dieses Szenario beim Lunch in dem Restaurant auf dem Marktplatz arrangiert. Vielleicht hatten sie diese Frau beauftragt, an Bord des Schiffes zu gelangen und auf die Diamanten aufzupassen. Die Tatsache, dass die Prinzessin exakt Nicks bevorzugtem Frauentyp entsprach und sie ihn in Tarfaya aufgesucht hatte, wo er gerade das Geschäft mit Tamiz und Qassem abschloss, war nun einmal verdächtig.

Er verwarf diese Idee. Sicher, es war eine Möglichkeit, doch sein Instinkt sagte ihm, dass sie absolut nichts mit den Diamanten zu tun hatte. Und er vertraute seinem Instinkt.

Er wusste, dass die Mannschaft von Brias tollem Hintern und ihren langen Beinen hin und weg war. Und wäre er selbst etwas weniger verantwortungsbewusst, wäre er dieser Versuchung sicher schon erlegen. Sie war absolut sein Typ, von ihrem schwarzen Haar, das ihr wie ein seidiger Wasserfall über die Schultern fiel, bis zu dem kleinen Goldring an einem ihrer wundervollen Zehen. Er konnte es also niemandem aus der Mannschaft verübeln, von dieser Frau hingerissen zu sein.

Nein, es gab keinen Zweifel daran, dass sie die war, die zu sein sie behauptete. Aber war sie nur die jüngere Schwester des Königs eines kleinen Landes in finanzieller Schieflage? Oder war diese Geschichte lediglich ein Vorwand, um an Bord zu kommen und Nick abzulenken?

Sein Alter Ego El Malamah hatte die Blutdiamanten an Bord gebracht und war anschließend verschwunden. Nick Cutter, Eigner der Scorpion, wusste nichts von den Diamanten.

Aber was wusste die Principessa Gabriella Visconti?

Er stieß sich von der Reling ab und ging leise über das vom Tau benetzte Deck zu seiner Kabine. Die Frage war doch, ob sie ein unschuldiges Opfer oder eine clever platzierte Spionin war. Denn je mehr Nick darüber nachdachte, desto weniger konnte er die Möglichkeit von der Hand weisen, dass der Angriff auf Bria inszeniert gewesen sein könnte, damit sie Nick körperlich näher kam. Auch wenn sein Instinkt ihm etwas anderes sagte, durfte er diese Variante nicht sofort ausschließen.

Er schob die Tür zu seinem Büro auf und fand Khoi und Basim Karten spielend vor. Sie sprangen sofort auf. Nick sah zur geschlossenen Tür seiner Suite. „Alles in Ordnung?“

Khoi nickte. „Die Prinzessin wollte nichts und war still, Boss“, informierte ihn sein Chefsteward. Dann sammelte er die Spielkarten ein, verstaute sie in der Packung und legte sie anschließend in das lackierte Kästchen im Bücherregal, eine chinesische Antiquität aus dem dreizehnten Jahrhundert. Jonah hatte Khoi vor einigen Jahren in

Vietnam als einfachen Steward angeheuert, und er war rasch aufgestiegen. Der Mann besaß ein untrügliches Gespür dafür, was Nick wünschte, noch ehe Nick sich dessen bewusst wurde. Eine ausgezeichnete Eigenschaft für einen modernen Butler.

„Ich habe mir erlaubt, einige Kleidungsstücke für die Prinzessin aus dem Lagerraum auswählen zu lassen", erklärte er nun und schaute sich um, ob noch irgendetwas zu tun war, bevor er ging. Zufrieden wandte er sich wieder an Nick. „Sie sind eben gewaschen worden. Ich werde mich persönlich darum kümmern, die Kleidung zu überbringen, sobald die Prinzessin aufgewacht ist."

„Guter Mann", lobte Nick seinen vorausschauenden Steward. Im Lagerraum gab es Garderobe für Situationen wie diese, denn es kam vor, dass ein Gast einfach zu wenig Gepäck dabeihatte. Hauptsächlich handelte es sich um Schwimmzeug, aber es befanden sich bestimmt noch andere Stücke darunter, die der eine oder andere weibliche Gast zurückgelassen hatte.

Nachdem die Männer gegangen waren, verriegelte Nick die Tür und betrat seine Suite. Neben dem großen Sessel am Fenster brannte eine Lampe. Der Rest der Kabine lag im Dunkeln.

Die Prinzessin lag im Sessel, den Kopf in einem unbequem aussehenden Winkel zur Seite geneigt. Sie hatte sich das „MENSA International Journal" von seinem Nachttisch genommen; es lag aufgeklappt auf ihrem Schoß.

Nick fühlte sich im Zwiespalt, als er auf sie hinunterblickte. So konnte er sie nicht liegen lassen. Aber es war ärgerlich, dass er nun gezwungen sein würde, sie anzufassen. Trotzdem schob er die Arme unter ihren Körper und hob sie an, sodass sie gegen seine Brust rollte. Er versuchte, möglichst nicht ihren betörenden Duft einzuatmen, als er sie zum Bett trug.

Sie hatte geduscht, ihr Haar war noch ein wenig feucht, und anscheinend hatte sie sein Shampoo benutzt. An ihr entfaltete es einen sinnlichen Duft. An ihm roch es einfach nur sauber. Verdammt, kaum hatte er sie berührt, bekam er auch schon wieder eine Erektion. Und es fühlte sich an, als würde es überhaupt nicht mehr aufhören.

Offenbar hatte sie nicht die Absicht, ihn zu verführen, sonst hätte sie sich wohl kaum angezogen. Dabei hing an der Badezimmertür ein weißer Frotteebademantel, den er nie benutzte und der auf ihrer goldbraunen Haut umwerfend ausgesehen hätte ...

Nein, sie war klüger. Sich auszuziehen, wäre viel zu offensichtlich gewesen. Wow, sie war wirklich gut.

Oder litt er an Verfolgungswahn?

Die Bettdecke war zurückgeschlagen, als hätte die Prinzessin unruhig geschlafen und sei schließlich aufgestanden. Nick legte sie vorsichtig auf die zerwühlten weißen Laken. Sie murmelte im Schlaf, als er ihre Beine ausstreckte. Er überlegte, ob er ihr die Jeans ausziehen sollte, damit sie es bequemer hatte. Aber dann entschied er sich dagegen, weil es ihm bedeutend sicherer erschien, das Bett nicht mit einer halb nackten Sirene zu teilen.

Es war schon schwierig genug, ihr im wachen und angezogenen Zustand zu widerstehen.

An der Tür schaltete er das Licht aus, sodass es dunkel wurde in der Kabine. Dann ging er zum Bett zurück, zog seine Schuhe aus und legte sich auf die andere Seite. Das Bett war groß, es bot genügend Platz, um eine ausreichende Lücke zwischen ihnen zu lassen. Doch heute Nacht kam es ihm viel zu klein vor. Er schob die Hände unter den Kopf und schaute zu den Sternen hoch, die durch das achteckige Oberlicht hereinschienen. Die allmählich einsetzende Morgendämmerung färbte den Himmel bereits kupferfarben.

Er schloss die Augen und zwang sich, gleichmäßig zu atmen, während er sich aufs Einschlafen konzentrierte. Viel Schlaf brauchte er nicht, ein paar Stunden würden reichen. Aber die musste er haben, um wieder fit zu sein.

Als er sich gerade entspannte und wegdöste, rollte sie gegen ihn und legte ihm den Arm über die Brust. Er hielt beinah den Atem an, als sie auch noch die Nase an seinen Arm schmiegte. Sofort schlug er die Augen auf. Verdammt, jetzt steckte er in Schwierigkeiten.

Warmer Atem kitzelte seine Haut, kühles, seidiges, nach Pfirsich duftendes Haar glitt über seinen Arm. Sein gesamter Körper reagierte auf ihren Duft und darauf, sie zu spüren. Jeder Muskel spannte sich an, als er sich aus ihrer Umarmung zu befreien versuchte.

Er wusste, dass sie nicht mehr schlief. Ihre Atmung hatte sich verändert, ihr Körper fühlte sich nicht mehr so entspannt an wie noch vor wenigen Augenblicken. Kannte sie denn gar keine Grenzen? Sicher, sie waren beide vollständig bekleidet. Aber immerhin lagen sie, zwei Fremde, in seinem Bett.

War das ein Katz-und-Maus-Spiel?

„Hallo", sagte sie leise.

Nick schaute in ihr Gesicht, und sein Herz schlug schneller. „Ich dachte, Sie schlafen." Ein Mann durfte ja wohl noch hoffen. Wie aus einem Reflex heraus nahm er eine Strähne ihres Haars mit zwei Fingern. Als er sie wieder loslassen wollte, blieb sie durch statische Aufladung an seinem Finger haften.

„Habe ich auch." Sie rutschte ein Stückchen höher, sodass sie mit dem Kopf sein Kinn streifte. „Hat er Ihnen erzählt, warum er es getan hat?"

Nick zögerte. Es war nicht nötig, ihr jetzt schon zu sagen, dass Halkias verschwunden war. „Bis jetzt nicht."

„Das wird er noch. Schüchtern Sie ihn einfach mit Ihren Augen ein."

So etwas hatte er schon öfter gehört, und es machte ihm nichts mehr aus. Seine Brüder nannten ihn aus gutem Grund „Spock". Gefühle brachten alles nur durcheinander und bescherten einem Unannehmlichkeiten. „Hat König Draven Sie geschickt, Bria?"

„Um Himmels willen, nein. Er wird nicht begeistert sein, dass ich hier bin. Aber ich musste etwas tun."

Sie klang verschlafen und aufrichtig. Das konnte aber ebenso bedeuten, dass sie gut in dem war, was sie tat, nicht unbedingt ehrlich. „Hat er Ihr Geld in mein Unternehmen investiert?" Wenn das der Fall war, verlangte sie es zu Recht zurück, und dann würde er einen Weg finden, es ihr wiederzugeben. Aber vielleicht klammerte er sich nur an die Hoffnung, dass ihre Geschichte der Wahrheit entsprach.

Ihr Lachen wärmte ihn wie Sonnenschein. „Ich war fast ein Jahr lang ohne Arbeit. Ich besitze überhaupt kein Geld. Draven kam erst vor zwei Jahren nach Marrezo zurück. Im Gegensatz zu dem, was er aller Welt erzählt, steckt unser Land in tiefen Schwierigkeiten." Sie seufzte, und ihr Atem strich über seine Haut.

Auf seinem Arm bildete sich eine Gänsehaut. „Als Draven den Thron bestieg, gab es keine Industrie, und die Weinberge waren nach zwanzig Jahren verwahrlost. Das Land war wirtschaftlich am Boden. Die Lage war miserabel. Es gelang ihm, kurzfristig einen Kredit zu bekommen, der jedoch in dreißig Tagen getilgt sein muss. Von alldem hat er mir nichts erzählt", fügte sie bitter hinzu. „Das hat er unserem Cousin Antonio überlassen."

„Logan gegenüber erwähnte er mit keinem Wort finanzielle Schwierigkeiten. Sind Sie sicher?"

„Absolut." Sie gähnte. „Wer ist Logan?"

„Mein älterer Bruder. Er ist Chef von Cutter Salvage." Momentan jedenfalls. Die Cutter-Brüder hatten stets eine Wette laufen: Wer den größten Schatz hob, übernahm die Leitung des Bergungsunternehmens bis zum nächsten großen Fund.

Nick wollte gar nicht gewinnen, denn er überließ die Schreibtischarbeit lieber seinen Brüdern. Sollten die sich damit herumschlagen.

„Logan und Ihr Bruder haben vor einem Jahr den Investitionsvertrag ausgehandelt", erklärte er. „Logan ist clever, und er hatte nicht den Eindruck, dass diese Investition der letzte verzweifelte Versuch Ihres Bruders war, eine Bankschuld oder dergleichen zu tilgen. Logan ist wie ein Bluthund, wenn es um finanzielle Hintergründe geht. Die Problematik wäre ihm nicht entgangen."

„Anscheinend wollte Draven nicht, dass irgendwer vom drohenden Bankrott erfährt. Er glaubte, mit dem Schatz seine Schuld rechtzeitig begleichen zu können."

„Was geschieht, wenn das Darlehen nicht zurückgezahlt wird?"

„Dann fällt Marrezo wieder an Italien. Mit einem Visconti auf dem Thron haben wir zwar Rechte, aber nicht viele. Wir müssen an Italien zahlen", fügte sie bitter hinzu. „Es ist wie zu Kolonialzeiten, aber wenigstens haben wir weitgehende Handlungsfreiheit. Es sei denn, wir können das Geld nicht zurückzahlen. Es handelt sich um ein jahrhundertealtes Abkommen, das jedoch noch gültig ist. Ich habe es überprüft."

„Wäre das denn so schlimm?"

„Wäre es so schlimm, wenn Amerika an die Indianer zurückfiele? Oder vielleicht an England?", konterte sie. „Es gibt Familien, die haben seit fünfundzwanzig Generationen auf der Insel gelebt. Seit fünfhundert Jahren gibt es einen König Draven Visconti. Ja, es ist wichtig, dass das Land weiter eigenständig existiert."

Nick fühlte sich ein wenig unbehaglich. Erstens wegen ihrer Nähe und zweitens wegen der Informationen, die er gerade von ihr bekommen hatte. „Selbst wenn ich es wollte, könnte ich Ihrem Bruder die Investition nicht zurückzahlen", erklärte er ihr nicht zum ersten Mal. „Mit den gesamten Investorengeldern wurden die komplette Ausrüstung und Spezialkräfte finanziert. Bevor der Schatz der El Puerto geprüft und katalogisiert ist, bekommt niemand ein Stück vom Kuchen. Ganz einfach, weil es bis dahin noch keinen Kuchen gibt."

Sie schwieg einen Moment, dann probierte sie es mit zarter Stimme noch einmal. „Können Sie nicht..."

„Niemand", wiederholte er mit Nachdruck und betrachtete die Diskussion damit als beendet. Bei dieser Bergungstour ging es nicht nur um ein Schiffswrack und den darin verborgenen Schatz, vom dem alle sich Gewinn versprachen. Aries hatte ihm eindringlich und unmissverständlich erklärt, dass absolut nichts den Transport der Diamanten nach Cutter Cay gefährden durfte. Sie wollten den Weg verfolgen und ein für alle Mal abschneiden.

Der Wert der Diamanten ging fast in die Milliarden, was nichts war im Vergleich zur Abwertung legaler Diamanten in den Vereinigten Staaten und Südamerika, wenn der Schmuggel nicht unterbunden wurde. Tausende starben für den Handel mit Blutdiamanten, und viel mehr Opfer würde es kosten, wenn die Antiterroreinheit einen der größten Schmuggler von Blutdiamanten in Afrika nicht stoppen konnte. Diese Leute verkauften Waffen an Krieg führende Gruppen in Afrika, und die Waffen wiederum finanzierten sie mit dem Geld aus dem Verkauf der Diamanten. Daher der Name „Blutdiamanten".

Nick zog nur ungern einen Vergleich, aber die Diamanten waren sehr viel wichtiger als ein winziges Land, dem schlimmstenfalls drohte, seine Souveränität an Italien zu verlieren.

Brias Brüste hoben und senkten sich, als sie resigniert seufzte. „Es war den Versuch wert", murmelte sie und schwieg erneut.

Nick lauschte ihrem Atem, doch er wusste, dass sie nicht wieder eingeschlafen war. Er zählte ihre Atemzüge, zählte das Pulsieren in seiner Jeans und wartete den richtigen Moment ab. Endlich bewegte sie sich.

„Na schön, dann kehre ich eben nach Hause zurück und hoffe einfach, dass mein Cousin Draven bei der Lösung seiner Finanzprobleme helfen kann. Ich will Sie nicht vom Tauchen abhalten. Ich werde die Chartergesellschaft anrufen und sie bitten, mir einen anderen Piloten zur Verfügung zu stellen, um mich abzuholen. Vielleicht können sie schon morgen jemanden schicken. Außerdem habe ich ja bereits für den Hin-und Rückflug bezahlt. Der Pilot hatte überhaupt kein Recht, mich hier zurückzulassen."

„Das können wir morgen besprechen." Bevor er nicht grünes Licht von Aries bekommen hatte, würde sie nirgendwo hingehen. „Vielleicht möchten Sie ja noch ein wenig bleiben und herausfinden, was so alles zu einem Tauchgang gehört."

Kaum hatte er diesen Vorschlag gemacht, fragte er sich, warum er das gesagt hatte. Damit machte er es sich nicht leichter.

„Ja, warum nicht..."

Gedankenverloren fuhr er ihr mit den Fingern durch das feuchte Haar und atmete den dezenten Pfirsichduft ein. Sein

Modus wechselte von gedankenverloren zu absichtlich. Mal sehen, wie weit du gehst, Prinzessin, dachte er.

Sie befeuchtete sich die Lippen, aber das war nicht verführerisch gemeint, sondern eher ein Ausdruck ihrer Nervosität, sagte sich Nick. Er war jedoch schon so erregt, dass es dieselbe Wirkung auf ihn hatte. Wohl wissend, dass er ein gefährliches Spiel spielte, drehte er sich zu ihr um. Doch hier, im Halbdunkel, schien es ihm keine schlechte Idee zu sein. Leicht hob er mit dem Zeigefinger ihr Kinn an, damit sie ihm in die Augen sah. „Hast du dir in meiner Dusche selbst Vergnügen verschafft, Prinzessin?"

Sie errötete auf äußerst süße Weise. „Nein."

Aber er konnte sehen, dass sie daran gedacht hatte. „Hast du unanständige Sachen in meinem Bett gemacht?"

„Natürlich nicht", flüsterte sie mit rauer Stimme.

„Lügnerin."

Sie holte tief Luft, und ihre Lippen teilten sich, als wollte sie etwas sagen.

Perfekt.

Nick packte ihr Haar am Hinterkopf und presste seinen Mund auf ihren.

Bria schloss die Augen und erwiderte den Kuss mit ganzer Hingabe, berauscht von dem Wunsch, Nick zu spüren. Nicht einmal im Traum dachte sie daran, ihm zu widerstehen. Schon den ganzen Tag brannte sie darauf, endlich herauszufinden, ob Nick Cutter wohl auftauen konnte oder kühl blieb.

Und wie er auftauen konnte! Er küsste sie mit glühender Leidenschaft, und sie spürte deutlich seine Erektion an ihrer Hüfte. Sie waren nach wie vor beide vollständig bekleidet, und das fing an, sie zu frustrieren. Einerseits war sie ihm so nah, andererseits aber noch durch viele Schichten von ihm getrennt. Bria wollte ihn Haut an Haut spüren, ihn zärtlich berühren ... und seinen aufregenden Körper erkunden.

Sie sehnte sich danach, seinen Mund überall zu spüren.

Ohne den Kuss zu unterbrechen, legte sie sich auf ihn. Er spreizte die Beine, presste Bria an sich und legte seine starken Hände auf ihren von der Jeans umspannten Po.

Sie küsste ihn begierig und hielt nichts zurück - was neu war für sie. Ein heißes Gefühl durchströmte sie, als sie spürte, wie sehr sie ihn erregte. Sie löste sich von seinen Lippen und sog scharf die Luft ein. Er zog ihren Kopf wieder zu sich hinunter.

Als er sie erneut küsste, berührte sie sein Gesicht sanft mit beiden Händen. Er setzte seine Zähne ein. Sie biss zärtlich zurück. Mit der Zunge begann er ein erotisches Spiel in ihrem Mund, auf das sie sich nur allzu gern einließ. Seine muskulöse Brust, an die sie die Brüste schmiegte, fühlte sich wundervoll an. Ihre Brustwarzen waren beinah schmerzhaft hart, und sie rieb sich wie eine Katze an ihm.

Er gab einige heisere Laute von sich, die aus tiefster Kehle zu kommen schienen, und schob seine Finger hinten in ihre Jeans. In ihrer Kindheit hatte sie den Spitznamen fiammetta getragen, was so viel hieß wie „die Temperamentvolle". Sie war schon immer heißblütig und neugierig gewesen. Und in diesem Fall dachte sie nicht im Traum daran, der Versuchung zu widerstehen. Sie krallte sich an seinem T-Shirt fest.

Der Kuss wurde zunehmend wilder, stürmisch wie die See in einem Unwetter, die ihr mühelos den Boden unter den Füßen fortzog. Ihr Impuls, diesen sinnlichen Kuss zu erwidern, ließ sie völlig vergessen, dass sie sich diesem Mann keinesfalls hatte ausliefern wollen. Kaum hatten seine Lippen ihre berührt, wusste sie, dass sie sich auf unbekanntes Terrain gewagt hatte. Sehr weit.

Ich stecke in echten Schwierigkeiten, dachte sie benommen und spürte, wie schnell ihr Herz pochte. Wow, dieser Mann konnte vielleicht küssen.

Es war nicht einfach ein erster Kuss, eine dezente Aufforderung, weder zögernd noch zurückhaltend, wie man es zwischen zwei Fremden vielleicht hätte erwarten können. Nein, dieser Kuss war schockierend sinnlich und lüstern. Er war elek-trisierend, wild, fordernd. Nick biss sie sacht in die Unterlippe und fuhr mit der Zunge darüber, bevor er sie erneut küsste.

Als Bria auf das Spiel seiner Zunge einging, stieß er einen tiefen, raubtierhaften Laut aus, dass seine Brust vibrierte. Heiser flüsterte er dann ihren Namen. Er nannte sie nicht „Prinzessin" oder benutzte das unerträgliche „Euer Hoheit". Stattdessen sagte er: „Gabriella."

Er drehte sie, sodass sie nun unter ihm lag, und schob das Knie zwischen ihre Beine. Dann berührte er sie genau dort, wo sie schon ganz feucht war und sich nach seiner Berührung sehnte.

Die Wildheit seines Verlangens, die Intensität erschreckte und erschütterte sie. Er wusste ganz genau, was er tat. Er bestimmte das Tempo und entfachte ihre Leidenschaft.

Sie wollte diesen Kuss mehr als irgendetwas anderes in ihrem Leben und fuhr Nick mit den Fingern durch das volle Haar, während sie lustvoll stöhnte. Fast vergaß sie zu atmen, so konzentriert war sie auf das, was hier zwischen ihnen passierte. Kein vernünftiger Gedanke war mehr möglich. Sie presste sich an ihn, an seine beeindruckende Erektion, und begann, an seinem T-Shirt zu zerren. Sie wollte seine nackte Haut ...

Benommen holte sie tief Luft und stutzte. In der Kabine war es viel heller als noch vor wenigen Augenblicken. Zumindest kam es ihr so vor.

„Was ist los?", flüsterte er heiser und versuchte, sie erneut zu küssen.

Doch Bria fragte sich plötzlich, was sie da eigentlich tat. Mit erschreckender Klarheit erkannte sie, was hier passierte.

Abrupt wich sie zurück, fühlte seinen warmen Atem noch auf den feuchten Lippen. „Stopp", brachte sie mühsam heraus. Ihr Herz raste, auf ihrer Haut hatte sich ein feiner Schweißfilm gebildet. Ihr Mund kribbelte noch von den aufregenden Küssen.

Wenn er sein Knie noch ein wenig fester zwischen ihre Beine drückte, würde sie kommen. „Bitte, nicht... nicht bewegen."

Was hier zwischen ihnen geschah, hatte nichts mit den sanft erotischen Erlebnissen zu tun, die sie bisher gekannt hatte und die keinen tieferen Eindruck hinterlassen hatten. Im Gegensatz zu Nick Cutters Kuss. Diese unbändige Lust, die sie verspürte, machte ihr Angst. Das war zu viel, zu explosiv.

Für einen Mann, der den Eindruck erweckt hatte, er sei völlig gefühllos und habe nicht einmal einen Puls, war sein Kuss geradezu sensationell. Bria war glatt dahingeschmolzen.

Ziemlich beeindruckend.

Einen Moment lang blieb er bedrohlich still, dann hob er den Kopf. „Stopp?" Mit seinen blauen Augen musterte er sie misstrauisch. Er massierte nach wie vor sanft ihren Po.

„Es tut mir leid." Sie war immer noch heftig erregt, und es fiel ihr schwer, dagegen anzukämpfen. Unvermindert hatte sie das Gefühl, nur Augenblicke von einem überwältigenden Orgasmus entfernt zu sein. „Ich kann das nicht." Zum Glück funktionierte ihr Verstand wieder, denn ihr Körper bettelte einfach nur um mehr. Bei jedem anderen hätte sie mit einem Augenaufschlag und einem Lächeln die Situation entspannt und wäre ohne Weiteres gegangen. Vielleicht hätte sie sich noch entschuldigt, weil sie falsche Hoffnungen geweckt hatte. Damit das Ego des Kerls intakt blieb.

Aber Nick war aus einem anderen Holz geschnitzt. „Du hast damit angefangen", erklärte er und klang dabei ziemlich kühl.

Schon in dem Moment, als ihre Lippen sich berührt hatten, hatte sie ihren Fehler begriffen. Es war falsch, herausfinden zu wollen, ob er wirklich durch und durch kalt war. Aber das hatte sie nicht davon abgehalten, den Kuss zu erwidern oder Nick zu berühren. Sich an ihm zu reiben.

Bria fühlte sich unbehaglich. Nach wie vor spürte sie in sich ein Pulsieren und eine seltsame Euphorie, die sie ganz benommen machte. Und sie war feucht, wozu es normalerweise ein ausgiebiges Vorspiel brauchte. „Ich weiß." Sehr langsam löste sie ihre Finger von seinem Hinterkopf, ehe Nick noch verwirrter werden konnte. Oder wütend.

Sie schaffte es nicht, sich noch weiter von ihm zurückzuziehen, zumindest im Augenblick nicht. „Es tut mir leid." Oje, sie klang ja wie eine beschränkte viktorianische Jungfrau. „Aber ich habe dich erst vor wenigen Stunden kennengelernt! Ich ..."

„Du gehst nicht mit Männern ins Bett, die du nicht kennst?" „N..." Sie biss sich auf die Zunge, die vor Kurzem noch seine aufregend umspielt und geneckt hatte. Schließlich war sie ihm keinerlei Erklärungen über ihr Liebesieben schuldig. Erstens ging ihn das nichts an, und zweitens war das hier nicht das Thema. Sie hätte ihm eine Version der Wahrheit auftischen können, und die lautete: Für einen Moment hatte sie sich vergessen und nach dem schrecklichen Erlebnis vorhin menschliche Zuneigung sowie Lebensbestätigung gesucht.

Die ganz und gar ehrliche Antwortet lautete jedoch: Es war ein dummes Experiment.

Nur war dies nicht der richtige Zeitpunkt für so viel Aufrichtigkeit. Immerhin war dieser Mann nach wie vor ein Fremder.

Der Orgasmus blieb aus, die Lust ebbte allmählich wieder ab. Das passte zu dieser Nacht. Ihr Verstand riet ihr, endlich auf Abstand zu diesem Mann zu gehen. Doch ihr sexhungriger Körper gehorchte einfach nicht, denn wenn sie sich jetzt bewegten, würden sie damit eine Reaktionskette auslösen.

„Normalerweise versuchen die Leute auch nicht, mich zu erwürgen oder sonst wie umzubringen. Normalerweise ... ja, es stimmt, ich gehe nicht mit Unbekannten ins Bett."

Es gab keine Entschuldigung. Sie konnte sich nichts vormachen. Sie hatte menschliche Wärme und Nähe gesucht, um die Angst in Schach zu halten. Außerdem hatte sie herausfinden wollen, ob sie irgendwelche Emotionen in diesem nach außen zu beherrscht wirkenden Mann wecken konnte. Nur dass die Wirkung, die sie damit erzielt hatte, in etwa der eines Streichholzes entsprach, das man in einem trockenen Wald anzündete.

Wenn Nick Cutter auftaute, war er überwältigend. Daher brauchte sie jetzt diesen Moment, um sich zu sammeln.

SIX

Nick drehte sich auf den Rücken und hob kapitulierend die Hände. Als ob er jemals aufgeben würde. Bria kannte ihn schon jetzt gut genug. Er tat nichts, um seine Erektion zu verbergen, die sich deutlich abzeichnete. Stattdessen verschränkte er einfach die Hände hinter dem Kopf und betrachtete Bria mit schläfrigem Blick und einem ernsten Zug um den Mund.

Es pochte, pulsierte und prickelte in Bria. Sie schwang die Beine vom Bett, sodass sie aufrecht mit dem Rücken zu Nick saß, während sie darauf wartete, dass sich ihr Herzschlag und ihre Atmung wieder normalisierten. Es kostete sie einige Mühe, nicht die Hände vors Gesicht zu schlagen. Nick durchbrach die Stille. „Bist du noch Jungfrau?" Darüber musste sie lachen. „Eine Frau bittet dich aufzuhören, und schon hältst du sie für frigide?" Sein nüchterner Ton ließ nicht vermuten, dass sie sich vor wenigen Minuten erst leidenschaftlich geküsst hatten.

„Wenn eine Frau praktisch über mich herfällt, nehme ich natürlich an, dass sie Sex will. Hast du es dir selbst gemacht, bevor ich zu dir gekommen bin, Prinzessin?"

Sie dachte, sie hätte. Offenbar hatte es nichts genützt. Sie warf ihm einen Blick über die Schulter zu. „Wow, das klingt selbst für deine Verhältnisse kalt."

„Für Romantik bin ich nicht zuständig."

„Nicht mal annähernd", erwiderte sie, seinen kühlen Ton imitierend. Sie rutschte nach vorn, um von dem hohen Bett aufzustehen. Dann fuhr sie sich mit den Fingern durch das zerwühlte Haar und richtete ihre Kleidung. Wenn sie ihr Haar nicht föhnte, wellte es sich ungezähmt. Deshalb trug sie es lang und für gewöhnlich straff zurückgebunden. Nicks Miene verriet - sofern sie überhaupt etwas verriet -, dass ihr derangiertes Aussehen ihn völlig kaltließ.

Zu schade. Er war es nicht wert, sich für ihn eine Stunde lang die Haare zu föhnen. „Ist es noch zu früh, um das Helikopterunternehmen anzurufen? Wenn du nichts dagegen hast, benutze ich das Telefon in deinem Büro und frage mal, wie lange die brauchen, um jemanden herzuschicken."

„Ich habe schon angerufen, bevor ich zu dir gekommen bin." Wie er so dalag, die Hände hinter dem Kopf verschränkt, sah er selbstbewusst und sexy aus. Und warum auch nicht? „Sie haben technische Probleme", erklärte er gelassen, während sie Mühe hatte, sich durch seine aufregende Nähe nicht aus dem Konzept bringen zu lassen. Das war einfach nicht fair. „Sie melden sich, sobald sie einen Helikopter frei haben."

O nein! Nein! Sie musste unbedingt weg von hier. Sofort.

Nick spielte absolut nicht in ihrer Liga. Der würde sie glatt zum Frühstück verspeisen, wenn sie dieser Geschichte keinen Riegel vorschob.

„Und wie lange wird das wohl dauern?" Um ihre aufsteigende Panik zu verbergen, hielt sie nach ihren Sandaletten Ausschau. Ich kann gut mit Leuten umgehen, versuchte sie, sich zu beruhigen. Sie fand den einen Schuh neben dem Sessel und den anderen unter dem Nachtschrank.

Aber Nick Cutter war nicht irgendwer.

Sie hoffte, dass er den Anblick ihres Pos genoss, als sie aufstand. Dann richtete sie sich auf und stützte sich auf der polierten Oberfläche des Nachtschränkchens ab, während sie die Schuhe anzog.

„Einen Tag." Seine Miene war nach wie vor undurchdringlich. „Höchstens zwei. Ich habe dir gesagt, dass ich dich fliege-"

Jetzt?"

„Vielleicht heute im Lauf des Tages."

„Wann?", wollte sie wissen und steckte ihr T-Shirt in die Jeans. Wow, sogar die Berührung der eigenen Finger auf ihrer Haut ließ kleine Flämmchen bis zu ihren Nervenenden sausen.

„Wenn ich der Meinung bin, mein Schiff und mein Tauch-team allein lassen zu können."

Ihr blieb nichts weiter übrig, als zu fliehen. Entweder das oder sich wildem Sex hinzugeben. Etwa zehn Meilen sollten reichen, damit ihre Erregung abflaute. Sie ging zur Tür.

„Wohin willst du?"

Egal wohin, nur weg! „Ich bin hungrig", log sie. „Ich hätte gern ein Frühstück." Auch das war gelogen. Was sie wirklich gern gehabt hätte, war heißer Sex. Nur leider kam das nicht infrage. Wenn ein bisschen Geknutsche schon eine solche Wirkung auf sie hatte, würde richtiger Sex sie vermutlich zu einem Häufchen Asche verglühen lassen.

Im Schlafzimmer übernahm sie gern die Initiative. Nick war jedoch ganz offenkundig nicht der Typ, der sich einfach nur genüsslich zurücklehnte.

Er beobachtete sie unter halb geschlossenen Lidern. Seine Augen waren kaum mehr als ein blaues Glimmen im Dämmerlicht. „Läute nach Khoi", empfahl er ihr. „Sag ihm, was du willst."

Sie drehte sich halb um, die Hand auf dem Türknauf. „Ich esse lieber mit den anderen."

Bildete sie es sich nur ein, oder wurde das Glimmen in seinen Augen intensiver? Amüsierte er sich über sie? Unsinn, der Mann wusste ja nicht einmal, was Humor überhaupt war.

„Tja, dann darfst du sie gern hierher einladen", sagte er. „Aber du verlässt diese Kabine nicht, bis ich Halkias gefunden habe."

Das ließ sie innehalten. Langsam nahm sie die Hand vom Türknauf und drehte sich vollständig zu Nick um. Gute fünf Meter waren immer noch nicht genügend Abstand. „Was meinst du damit?" Unwillkürlich hob sie die Stimme um fast eine Oktave. „Ich dachte, Jonah hat ihn irgendwo eingesperrt."

Er zuckte die Schultern. „Es ist ihm gelungen zu entkommen. Keine Sorge, wir werden ihn schon erwischen. Warte es ab." Dass er das beinah beiläufig sagte, machte sie wütend.

„Warte es ab", äffte sie ihn nach, und der letzte Rest an Begierde starb. „Während ein potenzieller Mörder hier frei herumläuft?" Bria rieb sich die plötzlich an ihren Armen entstehende Gänsehaut. „Ich wünschte, ich hätte eine Waffe."

Nick erhob sich von der anderen Seite des Bettes und zog im Stehen den Reißverschluss seiner Jeans herunter. Noch immer beulte seine massive Erektion seine schwarzen Boxershorts aus, doch das schien ihn nicht im Mindesten zu interessieren. Für einen Moment klebte Brias Blick auf dem geöffneten Reißverschluss, und ihr Herz schlug erneut schneller.

Anscheinend hatte Furcht keinen Einfluss darauf, wie sie auf diesen Mann reagierte.

Nicks Jeans fiel zu Boden. Er warf sie mit dem Fuß hoch, fing sie mit der Hand auf und schleuderte sie auf den Sessel neben dem Fenster. „Mit einer Waffe würdest du dich nur in den Fuß schießen", sagte er, als würde er gar nicht merken, dass sie auf seine Boxershorts starrte.

Bria riss sich zusammen und sah ihm ins Gesicht. „Das ist beleidigend", fuhr sie ihn an. „Ich habe zwölf Jahre lang mit einem Bodyguard gelebt. Es gibt keine Pistole, die ich nicht laden, reinigen oder auseinandernehmen kann." Das ließ sie erst einmal wirken, ehe sie fragte: „Kannst du mir eine leihen?" Mit einem besessenen Bodyguard zu leben, verlieh einem Mädchen erstaunliche Fähigkeiten.

Natürlich hatte in all den Jahren niemand versucht, sie zu töten. Bis sie an Bord der *Scorpion* kam.

Du liebe Zeit, jetzt zog er auch noch sein kakifarbenes T-Shirt aus.

Nick warf es achtlos zu der Jeans auf den Sessel. Er hatte den Körper eines Athleten, eines Schwimmers. Bronzefarbene Haut über definierten Muskeln. Die dunklen Haare auf seiner Brust liefen nach unten schmal zusammen und verschwanden in seinen Boxershorts.

Bria bekam einen trockenen Mund. Sie fühlte sich auf einmal schwach. Lustvergiftung. Ein leiser dumpfer Aufprall neben ihren Füßen signalisierte ihr, dass sie gerade einen ihrer Schuhe hatte fallen lassen.

Nick wirkte nach wie vor unbeeindruckt. „Es gibt keinen Grund, an Bord eines Schiffes eine geladene Waffe zu haben." „Es gibt Hunderte von Gründen, eine an Bord zu haben", konterte sie. „Was, wenn Piraten angreifen?"

„Die hätten es auf den Schatz abgesehen oder auf Geld. Das du nicht hast."

Da musste sie ihm recht geben. „Ich könnte mich in meiner eigenen Kabine verteidigen, wenn ich eine Waffe hätte", argumentierte sie. Die frühe Morgensonne, noch schwach und eher grau als golden, beschien seinen Körper. Das Licht hob seine breiten Schultern hervor, die schmale Taille, und es ließ die Härchen auf seinen langen Beinen schimmern.

Sein Anblick war einfach zu verlockend. Sie musste von diesem Mann wegkommen, bevor sie sich noch auf ihn stürzte und ins Bett zerrte. Ihre Brustwarzen schmerzten vor Lust. Sie malte sich aus, wie er mit seinen starken Händen ihre Brüste massierte und seine Lippen ...

Der andere Schuh fiel ihr aus der Hand und landete ebenfalls auf dem Boden.

„Du würdest riskieren, das Schiff durch eine verirrte Kugel zu beschädigen." Er winkte ab. „Auf keinen Fall, Prinzessin. Du bleibst in dieser Kabine. Mit mir. Und wenn du nicht zu Ende bringen willst, was du begonnen hast...", er sah kurz hinunter auf die gewaltige Ausbuchtung in seinen Boxershorts, „... dann gehe ich jetzt duschen."

Sprachlos verfolgte Bria, wie er auch noch die Shorts auszog und zu den anderen Sachen auf den Sessel warf, um anschließend barfuß und splitternackt ins Bad zu gehen. Er warf ihr einen provozierenden, einladenden Blick über die Schulter zu und grinste. „Du darfst mir gern Gesellschaft leisten."

„Ich habe die ganze Nacht an diesem Mist gearbeitet", sagte Jonah, kaum hatte Nick eine halbe Stunde später mit nass zurückgekämmten Haaren sein Büro betreten. Im Gegensatz zu Nicks Büro war Jonahs elegant und modern, mit Glasflächen und Hightech-Geräten, ohne ein Buch oder irgendeine Antiquität eingerichtet. Es war, als hätten sie bei der Einrichtung ihres Allerheiligsten die Persönlichkeiten getauscht. Ein Psychologe hätte seine Freude daran gehabt, die jeweilige Arbeitsumgebung der beiden auf ihren Charakter und ihre Freundschaft hin zu analysieren.

Ein Psychologe hätte aber auch seine helle Freude daran, Nicks Reaktion auf Prinzessin Gabriella Visconti zu analysieren. Noch nie hatte er bei einer Frau den Kopf verloren oder war vor Verlangen völlig hin und weg gewesen. Nick mochte Sex, sehr sogar. Allerdings hatte er seit fast einem Jahr keinen mehr gehabt.

Ihm hatte die Zeit gefehlt, und falls doch einmal das Bedürfnis erwachte, kümmerte er sich selbst darum. Die Enthaltsamkeit wäre also eine Erklärung dafür, dass er so extrem auf diese Frau reagierte.

Nein, das stimmte nicht. Wenn er das glaubte, machte er sich nur etwas vor. Sein Verlangen nach Bria - stärker, heftiger, wilder als jemals für irgendeine Frau - erschütterte ihn zutiefst. Eigentlich war er doch vollkommen immun gegen solche starken Gefühle. Bis seine Lippen ihre berührt hatten. Von diesem Moment an hatte sich alles für ihn geändert. Alte Gesetzmäßigkeiten galten nicht mehr.

Normalerweise gab es nichts, was ihn aus der Fassung bringen konnte. Seine ausdruckslose Miene war nicht gespielt. Er war einfach cool. Doch bei Bria vergaß er sich. Sie brachte Emotionen in ihm zum Vorschein, von deren Existenz er nicht einmal etwas geahnt hatte.

In diesen wenigen Minuten, in denen ihre Lippen miteinander verschmolzen, war Bria alles für ihn.

Und alles schien plötzlich möglich.

Selbst nachdem er sich die Zähne geputzt und geduscht hatte, spürte er den Kuss noch, roch er den Pfirsichduft ihrer

Haut. Beides wirkte auf ihn wie eine halluzinogene Droge. Kein Zweifel, er hatte den Verstand verloren.

„Sag mal, beschäftigt dich noch etwas Wichtigeres als das, was ich dir hier zu zeigen versuche?", fragte Jonah gereizt. „Die Lage ist nämlich ernst, Kumpel. Und bevor du fragst", fuhr er Nick an, „nein, schärfer kann ich es nicht stellen. Jemand hat die Einstellung der Überwachungskamera auf dem Hauptdeck verändert. Aber sieh mal genauer hin."

Froh über diese Ablenkung, studierte Nick das, was er vor sich auf dem Bildschirm sah. „Was soll das sein? Das ist alles verschwommen." Die Überwachungskameras waren so aufgestellt, dass sie in einem Dreihundertsechzig-Grad-Winkel alles im Blick hatten. Dafür gab es mehrere Gründe, hauptsächlich mögliche Piratenüberfälle sowie ein Boot namens Sea Witch, das von einer diebischen rothaarigen Kapitänin gesteuert wurde. Normalerweise waren die Kameras so eingestellt, dass man den Namen eines Schiffes auf etwa zweihundert Meter Entfernung lesen konnte.

Aber die Bilder, die die Kamera jetzt lieferte, waren nutzlos. Es war unmöglich, einen Umriss, geschweige denn irgendwelche Details zu identifizieren.

„Zwei Männer. Da." Jonah berührte den Bildschirm. „Und da. Und ein dritter hier."

„Wenn du meinst." Nick schüttelte den Kopf. „Da hätte ich mit meiner Wegwerfkamera bessere Bilder machen können. Selbst wenn ich eines mit Wachsmalstiften zeichnen würde, sähe es noch besser aus als das da."

Jonah, der völlig übermüdet und mit nach allen Seiten abstehenden Haaren wie ein irrer Wissenschaftler aussah, fand das überhaupt nicht komisch. Die teure Überwachungsausrüs-tung lag ihm am Herzen. Daran durfte niemand herumspielen. Aber genau das hatte offenbar irgendwer getan. Darüber war er nicht glücklich.

Nick auch nicht.

Jonah lehnte sich mit der Hüfte gegen den schwarzen Glas-Schreibtisch. „Die ganz verschwommene Gestalt ist Halkias", erklärte er.

Der längliche Umriss hing in der Luft über der Tauchplatt-form. Dass es sich um die Tauchplattform handelte, wusste Nick nur, weil die Aufnahmen von der Kamera Nummer fünf stammten. Es gab ein schwarzes Feld mit drei zigarrenförmigen helleren Konturen. Zwei standen aufrecht, einer flog. „Verdammt, irgendjemand hat den Kerl über Bord geworfen. Es sieht allerdings nicht so aus, als wäre es die königliche Nervensäge gewesen. Aber zuzutrauen wäre es ihr." Die Frau besaß ganz besonders gefährliche Waffen. Vor allem, wenn sie küsste.

Wenn sie die Haare nicht zu einem Knoten straff nach hinten gebunden hatte, sondern sie offen trug, sah sie wild und sinnlich aus. Mit zerwühltem Haar, das ihr in Wellen bis auf die Schulter fiel, wirkte sie, als sei sie gerade nach stundenlangem Liebesspiel aus dem Bett gestiegen. Und ihre leicht geschwollenen Lippen erzählten die gleiche Geschichte.

Er hatte sie nicht einmal sieben Minuten lang geküsst. Eine Ewigkeit...

„Nick?"

„Was?", fragte er verdutzt. Jonah hatte gerade etwas gesagt, was ihm entgangen war, weil er diese nervige Prinzessin nicht aus dem Kopf bekam.

Sein Freund ließ sich in den Sessel sinken und rieb sich die dunklen Bartstoppeln auf den Wangen. Er wirkte besorgt. „Als ich ihn das letzte Mal gesehen habe, war er noch sehr lebendig. Bewusstlos, aber lebendig."

„Ja." Nick verschränkte die Arme vor der Brust und betrachtete das verschwommene Videobild, das im Standbildmodus verharrte. „Irgendwie hatte ich gehofft, dem Dreckskerl das Genick gebrochen zu haben. Offenbar hat mir jemand die Arbeit und die Mühe erspart.

Entweder haben sie ihn umgebracht und ihn anschließend ins Meer geworfen. Oder sie haben ihn einfach gefesselt und dann ins Meer geworfen. Verdämmt, statt eines irren Killers haben wir jetzt drei. Hast du es gemeldet?"

„Das sind die nächsten schlechten Nachrichten."

Nick setzte sich in Jonahs Gästesessel. „Was denn noch?" „Ich dachte mir, dass du sicher erst mit Aries Kontakt aufnehmen willst, bevor wir die Polizei benachrichtigen." Jonah schob ihm einen Zettel über den Tisch zu. „Statt zu antworten, hat er uns eine verschlüsselte E-Mail geschickt. Ich habe nur eine vage Ahnung, um was es geht. Versuch du es mal."

Nick brauchte nur wenige Minuten, um die Nachricht zu entschlüsseln. Er und Aries hatten diesen Code vor Monaten gemeinsam entwickelt. „So ein Mist."

„Was steht drin?"

„Sämtliche Kommunikation von der *Scorpion* wird überwacht", antwortete Nick und zerknüllte den Zettel. „Die Signale werden aus Rabat, Freetown und Dubrovnik empfangen."

Jonah hob die Brauen. „Marokko, Sierra Leone und Kroatien?"

„Ich bezweifle, dass die Spur ursprünglich aus einem dieser Orte kommt", sagte Nick und warf einen Blick auf die Hightech-Ausrüstung. Dieser „Gefallen", den er jemandem tun sollte, hatte sich von einer mäßig amüsanten Agentenposse in ein mörderisches Spiel verwandelt. Unbekannte Spieler hatten den Einsatz plötzlich erhöht, und Nick fand das Ganze nicht mehr im Geringsten witzig.

„Und was nun?", wollte Jonah wissen.

„Aries meint, wir sollen weitermachen wie bisher, während sie sich den Auftraggebern von ihrer Seite nähern." Nick rieb sich das Kinn. Er musste sich dringend rasieren. „Wir haben sechzehn unbeteiligte Leute an Bord, die nicht für eine mörderische Reise angeheuert haben."

„Was willst du tun? Zurück nach Tarfaya fahren? Wir könnten behaupten, dass wir Maschinenprobleme haben und dort alle von Bord gehen lassen. Dann wären wir sowohl die

Diamanten los als auch die Leute, die für den Mord an Halkias verantwortlich sind."

Nick dachte ernsthaft über diese Möglichkeit nach, für die tatsächlich einiges sprach. Doch dann schüttelte er widerstrebend den Kopf. „Das kann ich nicht machen."

„Nick ..."

„Hunderttausende - Männer, Frauen und Kinder - sterben durch Waffen, die mit Blutdiamanten gekauft werden", sagte er. „Wir sind die einzige Spur, die Aries und sein Team haben. Wir haben uns auf diese Sache eingelassen, weil wir damit etwas Gutes bewirken können."

„Es ist tragisch, aber es liegt nicht in unserer Verantwortung, Nick. Die Mannschaft und die Taucher vertrauen auf uns." Jonah schlug mit der Faust auf die Sessellehne. „Sie glauben, hier an Bord sicher zu sein. Das Schiff gehört dir, aber als Kapitän trage letzten Endes ich die Verantwortung."

„Offiziell schon. Aber ich bin derjenige, der einen Pakt mit dem Teufel geschlossen hat." Nick schob die zerknüllte Nachricht in die Tasche. Er konnte ja nicht einmal mehr davon ausgehen, dass seine Papierkörbe sicher waren. „Mann, es tut mir verdammt leid, dass ich dich in diesen Schlamassel hineingezogen habe."

Sein Freund schüttelte stumm den Kopf.

Nick schaute zu Boden. Die Lage war übel, und er musste alles in seiner Kraft Stehende tun, um die Sache in Ordnung zu bringen. „Zuerst kommt die Crew. Nimm die Männer, denen du unbedingt vertraust, und flieg mit dem Helikopter weg von hier." Nick sah auf. „Du bist ein schlechter Pilot, aber bis nach Las Palmas müsstest selbst du es heil schaffen."

„Ich weiß nicht, ob das die richtige Lösung ist." Jonah machte keine Anstalten aufzustehen. Seine Miene verriet, was er von Nicks Anordnung hielt. „Wir kannten beide die Risiken, mit denen der Transport von Diamanten im Wert mehrerer Millionen Dollar verbunden ist. Ich habe mich sofort einverstanden erklärt, weil das, was in Afrika passiert, kriminell ist." Er klang müde. „Aber jetzt ist ein Mörder an Bord. Das können wir der Crew nicht sagen, und die Polizei können wir auch nicht benachrichtigen."

„Und Aries hat uns die Hände gebunden." Nick war hin und her gerissen. Einerseits wollte er helfen, eine Ungerechtigkeit zu bekämpfen, andererseits musste er an seine Leute denken. Er hatte einen Beitrag für mehr Gerechtigkeit leisten wollen, doch jetzt wurden Menschen auf seinem Schiff angegriffen. Da konnte er nicht einfach nur tatenlos Zusehen. „Ich werde an Bord bleiben und für den erfolgreichen Transport der Diamanten sorgen. Halt du deinen Namen da heraus."

Jonah lachte freudlos. „Meinst du, ich überlasse dir allein den ganzen Spaß? Vergiss es." Der verschmitzte Ausdruck kehrte in seine Augen zurück. „Wer nicht wagt, der nicht gewinnt."

Nick war skeptisch. Schließlich war er derjenige, der angeboten hatte, der Antiterroreinheit zu helfen, nicht Jonah. Es gefiel Nick absolut nicht, das Leben seines Freundes und das aller anderen aufs Spiel zu setzen, weil er ein bisschen Nervenkitzel gebraucht hatte.

„Es ist nicht dein Job, dich mit Mördern herumzuschlagen." „Deiner auch nicht", konterte Jonah. „Aber genau das müssen wir wohl."

Frustriert stieß Nick die Luft aus. Dann stand er auf und legte seinem Freund die Hand auf die Schulter. „Die einzige Möglichkeit, unsere Mannschaft zu schützen, besteht darin, diese Bastarde zuerst zu finden. Hast du die Überwachungskamera repariert oder bekommen wir nur noch solche unscharfen Bilder geliefert?"

„Ich arbeite daran", antwortete Jonah. „Hast du über dein Verhältnis zur Prinzessin nachgedacht?"

Nick wusste jetzt, wie es war, sie zu küssen und ihr seidiges Haar zwischen den Fingern zu spüren. Er wusste, dass allein der Gedanke an sie ihn erregte. Und es gefiel ihm nicht, derartig die Kontrolle zu verlieren.

Ansonsten vermochte er über sie nichts mit Sicherheit zu sagen. Vielleicht trog der Schein. Überhaupt fing er langsam an zu glauben, dass nichts auf dieser Reise war, wie es zu sein schien.

„Ich traue ihr nicht ganz", gestand Nick und war insgeheim froh, dass er trotz der lüsternen Gedanken an sie völlig beherrscht klang. „Aber das heißt nicht, dass ich sie den Wölfen zum Fraß vorwerfen werde. Sie könnte unschuldig sein." „Mir kommt sie nicht wie eine Terroristin vor", meinte Jonah. „Aber ich richte mich ganz nach dir."

„Das weiß ich zu schätzen." Nick zögerte und schob frustriert die Hände in die Taschen seiner Jeans. „Ich hätte dieser Sache nicht zugestimmt, wenn ich nicht der festen Überzeugung gewesen wäre, dass es das Richtige ist. Unabhängig davon, was Aries von mir erwartet."

Und eine reizvolle Prinzessin würde ihn nicht vom Weg abbringen, egal wie viel Chaos sie stiftete.

„Ich weiß", sagte Jonah mit ernstem Gesicht. „Aries und seine Leute ziehen das Netz zu. Sobald sie die Kriminellen an Bord verhaftet haben, wird alles wieder seinen gewohnten Gang gehen, bis wir auf Cutter Cay sind. Das ist nur eine Frage von Tagen, oder? Wir werden eine entscheidende Rolle dabei spielen." Jonah schien sich schon wieder besser zu fühlen, nachdem sie das geklärt hatten.

„Das ist unser Plan, und an den werden wir uns auch halten. Nebenbei werden wir herausfinden, wer hier an Bord der Mörder ist." Und weshalb Bria das Ziel des Angriffs von Halkias war. „In der Zwischenzeit geht alles seinen üblichen Gang. Allerdings müssen wir jeden an Bord als Verdächtigen betrachten."

„Stimmt."

Eigentlich sollten sie hier noch zwei weitere Wochen vor Anker liegen. Doch diese Pläne würden sie ändern müssen. Nick stand auf. „Verkürzen wir unseren Aufenthalt auf eine Woche und fahren früher nach Hause. Einverstanden?"

Die Männer gaben sich die Hand darauf. Dann gingen sie in Nicks Büro, wo er den Safe öffnete, um Jonah eine Pistole sowie eine Schachtel Munition auszuhändigen.

Wehrlos waren sie jedenfalls nicht.

Nick hatte Bria instruiert, unter keinen Umständen die Kabine zu verlassen, bis er sicher war, dass keine Gefahr mehr bestand.

Das war sehr fürsorglich, doch nach einer Stunde in seiner Suite, so luxuriös und chic sie auch war, brauchte sie dringend frische Luft. Sie wollte menschlichen Kontakt und außerdem nicht mehr ständig wegen dieser berauschenden Küsse grübeln. Oder zum Bett starren, wo sie sich vor Lust auf seinen attraktiven Körper beinah verzehrt hätte.

Gekonnt trug Bria nur wenig Make-up auf, gerade so, dass es aussah, als sei sie leicht gebräunt. Das dauerte nicht so lange. Dann überschminkte sie noch mit einem Abdeckstift die Prellungen.

Sie fertigte eine Skizze vom Blick aus dem Fenster an. Wasser, so weit das Auge reichte. Danach brachte sie mit wenigen Strichen Nicks Gesicht zu Papier, lächelnd und finster, nach dem Kuss. Ja, das war eine interessante Zeichnung. Besonders interessant war, dass sie sich beim Zeichnen offenbar an mehr Details erinnerte, als sie geglaubt hatte.

Die Skizze seines Gesichts verriet ihr jedenfalls, dass ihn der Kuss wohl doch nicht so kaltgelassen hatte.

Sie warf den Zeichenblock hin und lief aufgewühlt von einem Ende des Schlafzimmers zum anderen und dann von der Tür zum Fenster.

Und wieder zurück.

Sah sich die Fotos in einer Zeitschrift an.

Ging ins Badezimmer.

Erneuerte ihren Lippenstift.

Fertigte eine Skizze der *Scorpion* an und eine weitere von dem Mann, der sie angegriffen hatte. Danach lief sie erneut auf und ab.

Zum Glück rettete der Steward sie davor, wahnsinnig zu werden, indem er von Nicks angrenzendem Büro aus durch die Tür rief, er habe ihr eine Auswahl an Kleidungsstücken auf einem Sessel bereitgelegt.

Sie holte die Sachen sofort herein und breitete sie auf Nicks ungemachtem Bett aus. Ein buntes Durcheinander aus Designerklamotten. Und zwar keine verbilligte Ware, wie Bria sie gewohnt war. Sie entschied sich für ein weißes Strandkleid aus edlem Leinen, das eine Schulter freiließ. Es sah aus, als könnte es passen.

Und es saß tatsächlich tadellos. Nachdem sie die rote Schärpe von dem Kleid, in dem sie auf dem Schiff eingetroffen war, mehrmals um ihre Taille gewickelt und festgesteckt hatte, schlüpfte sie in ihre hochhackigen Sandaletten und verließ die Kabine mit ihrer Umhängetasche. Darin befanden sich ihre sämtlichen Besitztümer.

Niemand hielt sie auf.

Auf dem Schiff herrschte fieberhafte Aktivität. Von dem Typen, der den Glasfahrstuhl polierte, erfuhr sie, dass alle in der Nähe der Tauchplattform achtern zu finden seien.

Gut. Sie würde die Chance bekommen, mit eigenen Augen das zu sehen, was Nick ihr vorenthalten wollte. Bria setzte ihre Sonnenbrille auf, trat aufs Deck hinaus und hätte den sommersprossigen jungen Mann beinah mit ihrer schweren Umhängetasche zu Fall gebracht. Er war gerade auf dem Weg zur Kühlbox, um sich etwas zu trinken zu holen.

„Tut mir leid. Miles Pierce, richtig?"

„Ja, Ma'am." Sie schüttelte den Kopf, als er ihr einen Softdrink anbot, den er aus dem Eis gezogen hatte. Er trug blaugrüne Shorts und hatte sich ein nasses Handtuch um den Nacken geschlungen. Sein Gesicht und sein Körper waren dick mit Sonnencreme eingeschmiert. Trotz des Sonnenschutzes war er überall krebsrot.

„Sind Sie ... hat er ... Sie sehen okay aus."

„Mir geht es gut, wirklich", versicherte sie ihm, da sie seine besorgte Miene bemerkte.

„Na, dann haben Sie das perfekte Timing erwischt", meinte er schüchtern lächelnd.

„Für das Frühstück, hoffe ich", sagte sie und erwiderte sein Lächeln. Ihr Magen knurrte.

„Nein. Um zu sehen, was Olav an die Oberfläche gebracht hat. Das ist wirklich erstaunlich ... kommen Sie, das müssen Sie sich ansehen." Er nahm ihre Hand und zog Bria hinter sich her.

Alle Taucher hatten sich um einen Tisch versammelt. Doch der einzige Mann, den Bria mit allen Sinnen wahrnahm, war Nick. Genau wie die anderen trug er einen schwarzen Taucheranzug. Seine Brust war nackt - ein wundervoller Anblick. Ihr Puls beschleunigte sich. Dieser Mann besaß eine geradezu magnetische Anziehungskraft. Bria fühlte sich von seiner muskulösen Kraft fasziniert, und es kostete sie große Selbstbeherrschung, nicht völlig aus der Fassung zu geraten.

Nicht anfassen, dachte sie. Auf keinen Fall. Viel zu heiß. Feuergefahr!

Er schaute auf, als sie sich näherte. Mit seinen kühlen blauen Augen registrierte er, dass ihre Hand in Miles' lag.

Die Unterhaltung verstummte.

Ein Blick zu Nick genügte, und Miles ließ Brias Hand erschrocken los. Seine Verlegenheit war deutlich, aber nichts im Vergleich zu Brias Wut auf Nick, der sie bloß arrogant musterte.

„Nach dem, was letzte Nacht passiert ist...", begann er und ließ den Satz zunächst offen. Trotz der Umgebung klang seine Stimme sinnlich intim. Er ging zu Bria und blieb für ihren Geschmack viel zu nah vor ihr stehen. Doch statt zurückzuweichen, sah sie ihm durch ihre dunklen Brillengläser trotzig ins Gesicht.

Du lieber Himmel, würde er sie etwa schon wieder küssen? Hier, vor seinen Männern? Nachdem sie Nein gesagt hatte?

Bria hielt gebannt den Atem an. Er war ihr sehr nahe, aber er rührte sie nicht an. Seine Stimme wurde noch leiser und intimer. „Habe ich dir nicht gesagt, du sollst in meiner Kabine bleiben und auf mich warten?"

Es war ein geschickter Zug anzudeuten, dass sie die Nacht in seinen Armen verbracht hatte, obwohl es in Wahrheit nur ein paar Minuten gewesen waren. Auf die der herrische Befehl gefolgt war, „den Hintern nicht aus der Kabine zu bewegen", bis er zurückkäme.

Miles ging verlegen ein wenig auf Abstand.

Bria sah Nick furchtlos ins Gesicht. „Niemand hat mich daran gehindert zu gehen."

„Ich dachte, dein Verstand würde das tun."

Klang er. verärgert? Am liebsten hätte sie ihm den Puls gefühlt, um Gewissheit zu haben. „Ich bin nicht gern eingesperrt", erklärte sie, seinem Blick standhaltend. Was er wegen der dunklen Brille allerdings nicht sehen konnte.

Aber da sie sich ziemlich sicher war, dass er sogar Gedanken lesen konnte und allgemein Superkräfte besaß - immerhin hatte er sie nur mit einem Kuss beinah zum Orgasmus gebracht -, konnte er sicher auch den Ausdruck in ihren Augen sehen.

„Letzte Nacht hat dich das nicht gestört", sagte er laut genug, dass die Umstehenden es hören konnten.

Gut, wenn er es unbedingt darauf anlegte, konnte sie ihm seine Unverschämtheit mit gleicher Münze heimzahlen. Sie legte ihm die Hand auf die muskulöse Brust und erwiderte mit sinnlicher Stimme: „Hängen diese mit Fell gefütterten Handschellen eigentlich immer an deinem Bettpfosten, tesoro ?" „Nein." Er strich ihr mit dem Daumen über die Unterlippe. Diese eher beiläufige Berührung ließ sie heftig erschauern. „Die waren ganz allein für dich, bella", fügte er in ebenfalls provozierend vielsagendem Ton hinzu.

„Na schön, ihr zwei." Mikhail schlug Nick mit seiner massigen Hand auf die Schulter und brach damit den eigenartigen Zauber. Bis zu diesem Moment hatte Bria sich gefühlt, als seien sie und Nick die einzigen Menschen an Bord dieses Schiffes. Ja, sogar auf dem gesamten Ozean. „Verschon uns. Schließlich müssen wir anderen alle enthaltsam leben."

Im nächsten Moment war die Glut aus Nicks Augen verschwunden. Als hätte er einen Schalter betätigt.

Oh, sie wünschte, das hätte er nicht getan. Denn nun war sie entschlossen, diese lodernde Glut erneut zu sehen.

SEVEN

Ich werde dich wieder nach unten in unsere Kabine bringen", erklärte Nick.

„Das ist wirklich nett von dir, Schatz", sagte Bria fröhlich, seine harten Bauchmuskeln tätschelnd. Leider war das ein Fehler, denn ihn zu berühren, hatte eine viel stärkere Wirkung auf sie als auf ihn. Sie zog die Hand zurück, ohne sich etwas anmerken zu lassen. „Aber Miles wollte mir zeigen, was Olav heute Morgen aus dem Meer geborgen hat."

Die Blicke der Männer waren erwartungsvoll auf Nick gerichtet.

Seine Lippen zuckten. Oder lag es am Licht? „Gut."

Die Männer machten Platz, damit Bria sehen konnte, was die anderen bestaunt hatten. Dabei war die schlichte, mit Wasser vollgesogene Holzkiste von der Größe eines Aktenkoffers eigentlich nichts Besonderes. Sie sah aus, als hätten sich vor langer Zeit Holz fressende Insekten an ihr gütlich getan. Befanden sich etwa kostbare Edelsteine darin? Ein Vermögen in Gold? Oder nur Seetang?

Inzwischen doch einigermaßen neugierig, fragte Bria: „Kannst du sie aufmachen? Was vermutet ihr darin?"

Olav nahm behutsam den Deckel ab. „Es ist eine Arztkiste, die wahrscheinlich dem Bordarzt der El Puerto gehörte. Sechshundert Jahre alt. Siehst du das hier?" Er deutete mit dem Finger auf ein becherförmiges Glas. „Das ist ein Schröpfkopf. Und das hier ein Operationshaken. Erstaunlich, was?"

„Wow", hauchte sie. „Unglaublich." Sie spürte, wie Nick dicht hinter sie trat, und war sich jeder seiner Bewegungen hyperbewusst. Sie fühlte die Wärme seines halb nackten Körpers an ihrem Rücken, und die Energie, die er ausstrahlte, ließ ihr Herz schneller schlagen. Sich über ihn zu ärgern, war regelrecht belebend.

„Meiner Ansicht nach befindet sich hier der faszinierendste Gegenstand", meldete Miles sich zu Wort und errötete noch ein wenig mehr, was nicht auf die Sonne zurückzuführen war. „Wir glauben, diese kleinen Kästchen aus Buchsbaum und Blech enthalten irgendwelche Tabletten."

Bria sah überrascht auf und zeigte auf die kleinen Behälter. „Da drinnen? Nach Jahrhunderten auf dem Meeresgrund?" Mikhail grinste breit. „Ja, irgendeine Art von Medizin, wasserlöslich oder in Wein aufzulösen, gegen irgendwelche Beschwerden."

„Oder Medizin, die direkt auf die Haut aufgetragen wurde", ergänzte Miles.

„Vielleicht beides", meinte Olav. „Die Behälter sind versiegelt, die Tabletten müssten also trocken sein."

„Öffne einen, damit wir nachsehen können", schlug Bria vor, fasziniert von der Vorstellung von sechshundert Jahre alter Medizin.

„Nein." Nick legte seine Hand auf ihre Hüfte und beugte sich über ihre Schulter, sodass sein Atem ihre Wange streifte. „Die ganze Arztkiste ist ein Fall für den Archäologen. Dieser Fund ist zu einzigartig und zu wertvoll, um ihn durch Lufteinwirkung zu verunreinigen." Sie war enttäuscht. Aber nur für einen ganz kurzen Moment, bis seine Berührung ihr sinnliche Schauer bescherte. Es war, als ließe seine Nähe sie in Flammen stehen.

„Wir werden alles so lassen, wie es ist, und es zur Analyse ins Labor schicken", fuhr er fort, indem er über Brias Kopf hinweg zu seinem Team sprach. „Brian wird eine Probe für die Infrarot-Spektroskopie im Labor brauchen, um alle organischen Komponenten zu bestimmen. Er wird eine erweiterte DNA-Analyse anfertigen und weitere Tests, die nötig sind, um sich ein genaues Bild zu machen. Bis dahin ..." Sein Atem streifte ihre Haare an der Schläfe, als er den Kopf ein wenig drehte, um Brias Profil zu betrachten. Es kostete sie Mühe, sich zusammenzureißen. Am liebsten hätte sie ihm das Gesicht zugewandt, um zu sehen, ob er nah genug zum Küssen war. „Tja, bis dahin müssen wir leider warten."

Bria seufzte enttäuscht. Nick richtete sich auf und ging um sie herum, wobei er die Hände über die kleine Kiste gleiten ließ. Sie durfte ihr eigentliches Ziel nicht vergessen. So faszinierend ein alter Koffer mit Pillen auch sein mochte, aber würde er Geld einbringen? „Wirst du ihn verkaufen? Das scheint mir doch ein sehr großer Aufwand für ein eher kleines Ergebnis zu sein."

Sämtliche Blicke richteten sich auf sie. Doch es war - natürlich - Nick, der sie durchschaute. „Es geht nicht immer nur ums Geld, Euer Hoheit."

„Tauchen Sie?", erkundigte sich Stan, der um ihre Aufmerksamkeit buhlte und von den stummen Signalen zwischen den beiden nichts mitbekam. „Ich könnte Sie mitnehmen ..."

„Die Prinzessin hat unter Deck noch einiges zu erledigen", unterbrach Nick ihn in einem Ton, der keinen Widerspruch duldete. „Ein andermal vie..."

„Klar, ich tauche", sagte Bria und schnitt ihm äußerst genüsslich das Wort ab. Außerdem schenkte sie Stan ein strahlendes Lächeln. „Und ich würde gern das Wrack sehen." Nick legte ihr den Arm um die Schultern. „Nach unseren Fitnessübungen letzte Nacht solltest du dich lieber ausruhen", meinte er in gefährlich ruhigem Ton. „Oder du entspannst dich ein wenig im Whirlpool, bevor du irgendetwas Anstrengendes unternimmst." Bei seiner Berührung verspürte sie ein Prickeln auf der Haut.

„Deine Besorgnis ist ja wirklich süß, Schätzchen." Seine sexuellen Anspielungen passten ihr gar nicht, aber das hieß nicht, dass sie nichts dagegenzusetzen hatte. „Schwimmen ist sicher weniger anstrengend, als mich in unsere Kabine zurückzuziehen." Sie warf ihm einen bedeutungsvollen Seitenblick zu und klimperte mit den Wimpern. „Und es ist genau das Richtige, um meine Muskeln zu lockern."

In seinen blauen Augen lag ein warnendes Flackern.

Sie lächelte unbeirrt, nur für ihn. „Stan und ich werden nicht lange weg sein. Oder, Stan?" Er grinste. Die Sonne spiegelte sich auf seinem kahlen Schädel, als trüge er eine Metallkappe. Bria hatte schon immer eine Schwäche gehabt für Männer, die sich den Kopf rasierten. Marvin, ihr Bodyguard, hatte seinen Schädel rasiert, seit sie denken konnte.

„Ich würde euch gern begleiten. Wir werden höchstens eine Stunde unterwegs sein", mischte sich Paul ein.

„Ich ziehe mich schnell um", versprach sie und registrierte zufrieden, dass Nicks Mundwinkel zuckten. Na bitte, endlich eine Reaktion. Gut.

Mit Nick Spielchen zu treiben, war so, als würde man einen Tiger mit einem Stock reizen und am Schwanz ziehen. Es war gefährlich, aber auch sehr aufregend.

Sein Griff um ihre Schulter wurde fester. „Dann gehe ich mit dir runter."

Moment mal. Auf keinen Fall! „Das ist lieb", sagte sie, ihn absichtlich missverstehend, „aber Stan hat zuerst gefragt."

„In meine Kabine", erklärte er. „Damit du dich umziehen kannst."

Noch schlimmer. Es ging doch gerade darum, ihm zu entfliehen. „Ich finde den Weg schon allein ..."

Fest legte er seinen Arm um sie und murmelte, laut genug für alle: „Ich will dich einfach nicht aus den Augen lassen, Darling."

Bria gab es auf. Sie war sich der gebannt lauschenden Zuschauer nur allzu bewusst und zwang sich zu einem Lächeln. „Na schön, gehen wir." Ihr blieb nicht viel anderes übrig. Da sie kaum im Kleid tauchen konnte, musste sie wohl oder übel mitgehen und sich umziehen.

Also gut. Sie wandte sich an die Gruppe. „Danke, dass ihr mir eure Schätze gezeigt habt, Leute. Ich bin sofort wieder da, also sorgt dafür, dass ich nichts verpasse."

Nick führte sie in eiligem Tempo durch den Sonnenraum und schloss die Tür hinter ihnen. Basim und Khoi machten gerade sauber.

Der eine schob einen Staubsauger, während der andere die Chrom- und Glasflächen polierte. Nick legte Bria die Hand in den Nacken und führte sie entschlossen durch den großen Raum.

„Lass das", warnte er sie, als sie sich aus seinem Griff zu befreien versuchte, bevor sie den Lift betraten.

„Ich kann sehr gut allein gehen", beschwerte sie sich genervt. Außerdem hatte seine Berührung nach wie vor eine erotische Wirkung auf sie. Trotzdem würde sie mit ihm fertig werden, wenn sie wollte. Jederzeit. Wollte sie bloß nicht.

Okay, so ganz stimmte das nicht, denn sie hatte keine Ahnung, wie sie mit einem Mann umgehen sollte, der seine Gefühle so sehr unter Kontrolle hatte. Das eigentliche Problem aber bestand darin, dass sie nicht wusste, wie sie mit einem Mann wie Nick Cutter umgehen sollte. Ein Mann, der sich jedem Zugriff verweigerte und verschloss.

Sie packte sein starkes Handgelenk. „Du tust mir weh", beklagte sie sich, obwohl das nicht stimmte.

Da er das ebenso gut wusste wie sie, sagte er nur: „Nein, tue ich nicht."

„Du musst mich jedenfalls nicht festhalten. Und ich brauche auch keine Hilfe beim Gehen." Sie versuchte, jeden seiner Finger einzeln von ihrem Nacken zu lösen. Er benutzte seine andere Hand, um ihre Bemühungen zunichtezumachen.

„Vor sechs Stunden erst wurdest du angegriffen", erinnerte er sie und schob sie sanft durch die geschwungene Glastür, sobald diese aufglitt. Bria wankte ein wenig auf ihren hohen Absätzen und ließ sich lieber von ihm führen, statt sich von ihm zu seinem Büro zerren zu lassen. Dass er das tun würde, traute sie ihm glatt zu.

„Du hast gesagt, du würdest ihn finden", begann sie.

„Der Kerl ist tot."

Bria verlangsamte ihre Schritte und bekam eine Gänsehaut. Aus der ganzen Geschichte war plötzlich tödlicher Ernst geworden. „Er ist tot?"

„Wir haben ein Video aus einer unserer Überwachungskameras. Er wurde eine Stunde, nachdem er dich angegriffen hat, über Bord geworfen." Nicks Miene blieb ausdruckslos, wie immer. „Statt dich gegen mich zu wehren, solltest du dich zur Abwechslung an mich halten, damit du am Leben bleibst."

„Himmel." Es war schon lange her, dass sie mit einer konstanten Bedrohung hatte leben müssen. Nachdem Marvin sie aus Marrezo fortgebracht hatte, brauchte sie Jahre, um einigermaßen unbeschwert zu leben und nicht überall verdächtige Schatten zu sehen und geheimes Flüstern hinter jeder Tür zu hören.

Der gute Marvin war immer auf der Hut gewesen und hatte hinter jedem Busch einen Attentäter vermutet. Selbst noch Jahre später, als klar war, dass niemand es mehr auf sie abgesehen hatte.

Doch nun kehrte dieses vertraute Gefühl, auf der Hut sein zu müssen, plötzlich zurück. Sie kam sich vor wie eine Zielscheibe. Zwei Gewalttaten innerhalb kürzester Zeit konnte man nicht einfach als Verfolgungswahn abtun. Solche vermeintlichen Zufälle durfte man nicht ignorieren.

Bis jetzt hatte sie den Angriff auf sie als zufälligen Akt der Gewalt interpretiert. Aber diese Theorie war kaum haltbar, wenn der Mann, der sie zu töten versucht hatte, kurz darauf selbst getötet wurde. Die ganze Angelegenheit wurde noch einen Tick komplizierter und undurchsichtiger als ohnehin schon.

Bria merkte, dass sie vor sich auf den Boden starrte. Nick schwieg ebenfalls, sodass sie mittlerweile ihren eigenen Herzschlag hörte. Und nach wie vor seine Hand im Nacken spürte.

Sie straffte die Schultern. „Also", begann sie langsam, „jemand hat ihn aus seinem Gefängnis befreit und ihn dann über Bord geworfen?" Ohne auf die naheliegende Antwort zu warten, setzte sie hinzu: „Lass mich los, ja? Ich brauche niemanden, der auf mich aufpasst."

„Und ob", widersprach er und hielt mit der anderen Hand ihren Arm fest, als wollte er mit ihr tanzen. Nur dass er nicht tanzte, und sie schon gar nicht losließ. Nicht einmal auf dem

Weg durch die kreisförmige Lobby. „Besonders jetzt." In seiner Stimme schwang eine Mischung aus Zorn und Entschlossenheit mit.

Verdammt, es war wirklich so gut wie unmöglich, aus ihm schlau zu werden.

Mit klappernden Absätzen durchquerte sie den Raum. Nick, der barfuß neben ihr ging, bewegte sich lautlos wie eine Katze. Er führte sie in Richtung seines Büros. Und seines Schlafzimmers. Bria durchfuhr es heiß.

Da sie einen Angriff auf ihr Leben weniger gefährlich fand, als sich mit Nick im Schlafzimmer aufzuhalten, klammerte sie sich an einen Strohhalm. „Vielleicht hat das alles ja gar nichts mit mir zu tun", gab sie mit gezwungener Heiterkeit zu bedenken. „Hast du irgendeine Ahnung, was hinter all dem steckt?"

„Noch nicht."

Angesichts seines eisigen Tons hatte sie beinah Mitleid mit denjenigen, die Nicks Zorn zu spüren bekommen würden. Aber nur fast. Momentan musste sie sich selbst mit einer ganz anderen Bedrohung auseinandersetzen.

Erneut verlangsamte sie ihre Schritte, um Zeit zu gewinnen. Unter keinen Umständen wollte sie wieder mit ihm in diesem Schlafzimmer sein. Beim letzten Mal war sie gerade noch so davongekommen. Ein zweites Mal brauchte sie diese brenzlige Lage nicht.

Nur weil Nick in gewissen Situationen auftaute, hieß das noch lange nicht, dass sie mit seiner sonstigen Art besser klarkam.

Er führte sie in sein Büro, und wieder war Bria verblüfft davon, wie wenig es mit dem Rest des eleganten, modernen Schiffes zu tun hatte. Hier gefiel es ihr. Es war unordentlich und sogar ein bisschen staubig, strahlte Wärme aus und besaß eine deutliche persönliche Note. Die

Atmosphäre in diesem Raum war ganz anders als dieser beherrschte Mann, dem nie eine innere Regung anzumerken war.

Nick warf die Tür mit dem Fuß zu und wirbelte Bria herum. Er drückte sie mit seinem fast nackten Körper gegen das kühle glänzende Mahagoni.

Sofort wurde ihr heiß.

„Wir haben noch etwas zu Ende zu bringen, Prinzessin", sagte er.

O nein!

Sein Mund befand sich fast auf Höhe ihrer Augen. Ihr Blick verharrte dort einen Moment. Und dann noch einen. Unbeirrt sah sie ihm in die Augen. „Nein, haben wir nicht." Sie war erleichtert, dass sie ebenfalls in der Lage war, kühl und beherrscht zu klingen.

„Doch." Er schob seine Hand langsam von ihrem Nacken zu ihrem Hals, genau zu der Stelle, an der ihr Blut unter der Haut wie verrückt pulsierte. „Das haben wir."

Bria legte ihm die flache Hand auf die Brust, um ihn auf Abstand zu halten. Das war ein großer Fehler. Seine muskulöse Brust war nackt und fühlte sich an wie heiße Seide. Unwillkürlich krümmten sich ihre Finger über seinen harten Muskeln. Die Berührung war elektrisierend.

Mit aller Kraft versuchte Bria, ihn wegzuschieben. Er rührte sich keinen Millimeter. Und sie konnte nirgendwo hin. Wütend starrte sie ihn an. „Ich habe schon Nein gesagt."

„Du bist in Panik geraten", konterte er mit einer Selbstzufriedenheit, die sie auf die Palme brachte.

Herrje, er hatte recht. Aber das sollte er nicht wissen, denn sonst hätte er Macht über sie. Sie gab einen abfälligen Laut von sich. „Stimmt nicht."

„Du hast dich gefürchtet wie eine Jungfrau."

„Ich kann dir versichern, dass ich keine bin", entgegnete sie trotzig.

„Lass mich raten." Mit dem Daumen fuhr er sanft über ihre Wange. „Du hattest bisher zwei Liebhaber. Einen auf der Highschool, der völlig unerfahren und unbeholfen war, genau wie du. Den anderen hattest du, weil du wissen wolltest, wie einvernehmlicher Sex zwischen zwei Erwachsenen ist. Nur war er leider zu egoistisch, um es gut zu machen."

Damit kam er der Wahrheit schon ziemlich nahe. Sie schluckte. „Falsch", log sie tapfer, als er sich hinunterbeugte. Sie unternahm einen halbherzigen Versuch, das Gesicht wegzudrehen, doch dieser kleine Sieg verwandelte sich rasch in ein leises Stöhnen. Denn statt sie auf die Lippen zu küssen, presste er den Mund sanft auf ihre nackte Schulter. Ein Schauer überlief Bria, als er sie zärtlich biss.

„Ich hatte Dutzende Liebhaber", log sie weiter. Um Schlimmeres zu vermeiden, wagte sie es nicht, sich zu bewegen. Ihre Brustwarzen unter dem dünnen Leinenstoff richteten sich bereits auf, wahrend Nick ihre nackte Haut küsste. „Ich bin eine Prinzessin. Wir adligen Damen sind ganz verrückt nach Liebhabern." Es fiel ihr zunehmend schwer, noch einen klaren Gedanken zu fassen. „Nicht, dass es dich irgendetwas anginge", fügte sie scharf hinzu.

Er strich ihre Haare zur Seite, und im nächsten Moment spürte sie seine feuchte warme Zunge auf der Haut. Er legte beide Hände auf ihre Taille. „Du befindest dich auf meinem Schiff."

„Na und? Glaubst du, das verleiht dir irgendwelche Sonderrechte?" Bria hatte angesichts seiner Nähe Mühe, sich zu beherrschen. Am liebsten hätte sie ihm ihren Hals dargeboten.

Aber das wagte sie nicht.

„Falls du es noch nicht gemerkt hast - hier an Bord herrscht keine Diktatur", fuhr sie fort, allerdings hörte es sich längst nicht so entschlossen an, wie es hätte klingen sollen. „Und nur weil ich die einzige Frau an Bord bin, kannst du nicht deine Autorität ausspielen, um mich zu deinem Sexspielzeug zu machen."

Allein bei der Vorstellung ging ein sinnlicher Schauer durch ihren Körper.

Den Mund so dicht an ihrer Haut, dass sie die Bewegung seiner Lippen spürte, sagte er: „Offiziell hat ohnehin Jonah hier das Sagen, weil er der Kapitän ist." Sein Mund streifte ihren Hals. „Aber es stimmt", flüsterte er.

Alles in ihr zog sich zusammen. „Was stimmt?"

„Es stimmt, Prinzessin, ich will meine Autorität ausspielen." „Das ist unerhört!" Ihre Empörung wäre glaubwürdiger gewesen, hätte sie die Stimme nicht um mehrere Oktaven erhoben und hätte ihr Puls nicht so gerast. „Ich will nicht, dass du mich küsst. Warum sollte ich wollen, dass du mit mir schläfst?" „Oh, wir würden nicht viel schlafen, das verspreche ich dir." Um Himmels willen, sie war drauf und dran, den Boden unter den Füßen zu verlieren. „Entschuldige bitte, aber habe ich da nicht ein Wörtchen mitzureden?"

„Selbstverständlich." Er knabberte an ihrem Ohrläppchen, biss sanft hinein und saugte anschließend daran. Bria krümmte die Finger an seiner muskulösen Brust in dem halbherzigen Versuch, ihn wegzuschieben.

Er küsste sie auf die Schläfe. Sie wusste, dass er spätestens jetzt merken musste, wie sehr ihr Herz raste. „Jetzt?", murmelte er. „Oder später?"

Es war unmöglich, klar zu denken, wenn er all diese Dinge mit ihr machte. „Jetzt oder später?", wiederholte sie ratlos.

„Genau. Jetzt." Er hob sie auf die Arme. Der Raum schien sich zu drehen.

Bria boxte ihn gegen die Schulter. „Lass mich runter." Er ging zum Schlafzimmer und steuerte zielstrebig das Bett an. Sie boxte ihn heftiger. „Ich warne dich, Nick ..." Als er sie aus schwindelerregender Höhe auf das frisch gemachte Bett hinunterfallen ließ, kreischte sie.

Er richtete sich auf. „Hier an Bord befindet sich ein Killer", erklärte er in hartem, kompromisslosem Ton, während er sie mit seinem stählernen Blick fixierte. „Solange ich nicht für deine Sicherheit garantieren kann, bleibst du hier." Er wandte sich ab und ging zur Tür.

Bria erhob sich auf die Knie. „Ich kann auf mich selbst aufpassen, du egoistischer ... Idiot!" Sie schnappte sich ein Buch vom Nachtschrank und warf damit nach ihm. Sie verfehlte ihn, und es fiel zu Boden. Sie nahm ein zweites Buch und schleuderte es ebenfalls nach ihm. Nick drehte sich um, die Hand auf dem Türknauf.

Genau im richtigen Moment. Das zweite Buch, dicker und schwerer, traf ihn mitten auf die Brust. Er schaute unbeeindruckt auf das Wurfgeschoss und dann zu ihr. „Das ist kindisch."

„Wirklich?" Bria gab einen verächtlichen Laut von sich. „Und vor zwei Sekunden wolltest du noch wilden Sex mit mir haben!"

„Wilden Sex? Klingt verlockend. Nur kann ich mich nicht daran erinnern, dir einen derartigen Vorschlag unterbreitet zu haben."

Wütend warf sie mit einer kleinen Steinschale nach ihm, in der seine Uhr und ein paar Münzen lagen. Alles landete auf dem Fußboden zwischen ihnen.

Nick schüttelte tadelnd den Kopf. „Mein Vater hat mir diese Uhr zum fünfundzwanzigsten Geburtstag geschenkt."

„Mein Vater wurde direkt vor meinen Augen ermordet, als ich sieben war!", konterte sie und schaute sich nach weiteren Dingen um, mit denen sie diesen Mistkerl bewerfen konnte. Da sie nichts fand, sprang sie so vehement vom Bett, dass ihr dünnes weißes Strandkleid wehte wie eine Flagge, und stürmte auf ihn zu. „Du verletzt meine Bürgerrechte! Ich werde nicht zulassen, dass du mich hier gefangen ..."

Er schlüpfte durch die Tür und verriegelte sie, bevor Bria ihn aufhalten konnte. „Verdammter Kerl!" Sie hämmerte mit beiden Fäusten gegen das solide Holz. „Komm sofort zurück, du ... du ..." Sie fand kein Wort, das übel genug gewesen wäre, um ihrem Zorn Ausdruck zu verleihen. „Verdammt noch mal", schrie sie. „Mach sofort dieser Tür auf!"

„Beruhige dich, sonst tust du dir noch weh", kam seine Stimme gedämpft von der anderen Seite. „Ich werde ..."

„Mach die Tür auf und sag mir ins Gesicht, dass ich mich beruhigen soll!" Inzwischen war sie außer sich vor Wut. „Na los, trau dich!" Sie

116

schlug mit der flachen Hand gegen die Tür, was jedoch nur zur Folge hatte, dass ihre Finger schmerzten. „Nick, ich warne dich ..."

Es war zwecklos, er war gegangen. Einfach weg.

Aus voller Kehle schrie sie ihren Zorn heraus, und natürlich auch, weil sie sich danach besser fühlte. Sie fluchte auf Italienisch. Aber so befriedigend war es doch nicht, da sie nur zwei Flüche in dieser Sprache kannte. Drei weitere waren ihr auf Französisch bekannt, deshalb schrie sie die ebenfalls heraus, und zwar gleich mehrmals. Dann probierte sie es noch mit Englisch.

Schließlich war sie des Schreiens müde.

Leiser fluchend in allen möglichen Sprachen, die sie noch nicht ausprobiert hatte, lief sie im Zimmer auf und ab. Zuerst zum Bett, wo sie ihre Schuhe fortkickte. Dieser Bastard.

Er hatte ihr seine Begierde nur vorgespielt, um zu bekommen, was er wollte.

Bria stürmte zum Fenster. Ziemlich hinterhältig. Sie lief zum Badezimmer, dort gab es alle möglichen zerbrechlichen Sachen. Aber wie sie Nick kannte, würde sie am Ende auf Knien herumrutschen, um Shampoo und Splitter aufzuwischen.

Sie verließ das makellos saubere Bad und lief erneut zur Zimmertür, gegen die sie mit beiden Fäusten hämmerte. „Tyrann!"

Ihre Hände taten weh. Bria ging zum Sessel am Fenster und schaute hinaus. Das Sonnenlicht funkelte auf dem blauen Wasser. Sie war immer noch aufgebracht und wütend und rief ihrem abwesenden Entführer zu: „Du kannst mich hier nicht ewig einsperren!"

Oder etwa doch?

Sie legte die Hand an die Scheibe und spürte, dass sie einem Zusammenbruch nahe war. Sie musste sich unbedingt in den Griff bekommen. Aber er machte sie nun einmal schrecklich wütend. Und was noch schlimmer war, er weckte ihr Verlangen.

Sie hörte Marvins Stimme, fast als befände er sich mit ihr in diesem Zimmer. „Du wirst nie einen Mann finden, wenn du jedes Mal solche

Wutanfälle bekommst", hatte er ihr wieder und wieder prophezeit. „Du musst lernen, dich besser zu beherrschen."

Bei dem Gedanken an den Mann, der den Großteil ihres Lebens wie ein Vater zu ihr gewesen war, traten ihr Tränen in die Augen.

Jemand hatte versucht, sie umzubringen. Na schön, damit konnte sie umgehen. Sie presste die Fingerspitzen an das kühle Glas, während sie aufs Meer hinaussah. Es war nicht schwer, sich auszumalen, was Marvin dazu sagen würde. Beinah glaubte sie, seine Stimme zu hören: Cutter hat dich an einem sicheren Ort untergebracht, während er sich um die Angelegenheit kümmert.

Gut, sie befand sich an einem geschützten Ort. Aber ihr Pflegevater musste sie nicht auf seine typisch freundlich-brummige Art daran erinnern, worin das eigentliche Problem bestand. Denn nicht der unbekannte Killer machte ihr Angst, sondern Nick.

Er war es, den sie fürchtete.

„Er ist zu ... kompliziert." Ein Rätsel. Man wurde nicht schlau aus ihm. Und kontrollieren ließ er sich schon gar nicht.

Nick Cutter stellte eine echte Herausforderung dar. Sie lächelte bei dem Gedanken daran, was Marvin dazu sagen würde: Er ist eben ein echter Mann, Schätzchen. Keiner von diesen harmlosen Jüngelchen, für die du dich sonst immer interessiert hast.

Er hatte recht - besser gesagt: ihr Unterbewusstsein. Ob es sich nun um Marvins Stimme handelte oder nicht, jedenfalls war ihr vollkommen klar, worin genau das Problem bestand. Nein, nicht Problem, sondern ... die Verlockung. Ihr war klar, weshalb sie sich zu diesem Mann hingezogen fühlte.

Nick hielt mit seiner rauen und kalten äußeren Schale die Menschen auf Distanz. Bria hielt sie ebenfalls ein wenig auf

Abstand mit ihrer fröhlichen Art, hinter der sich das verstörte kleine Mädchen verbarg, das Angst davor hatte, verlassen zu werden. Tief im Innern fühlte sie sich wegen ihres extrem gepflegten Äußeren, den lackierten Zehennägeln und manikürten Fingernägeln wie eine

Heuchlerin. Seit ihrem siebten Lebensjahr, als sie fliehen musste, versuchte sie herauszufinden, wer sie wirklich war.

Den Tod ihrer Eltern mit anzusehen, hatte sie traumatisiert. Noch heute plagten sie Albträume. In den ersten sieben Jahren ihres Lebens war sie wie eine Prinzessin aufgewachsen. Doch dieser Lebensstil fand ein abruptes Ende.

Marvin hatte ihr alles beigebracht, was er wusste. Und er wusste viel. Heute konnte sie mit verschiedenen Waffen umgehen und beherrschte mehrere Kampfsportarten. Ihr Bodyguard und väterlicher Freund sorgte jedoch auch dafür, dass sie alles lernte, was eine Prinzessin wissen musste, für den Fall, dass sie eines Tages nach Marrezo zurückkehren würde. Deshalb konnte sie sich ebenso problemlos mit einem Staatschef unterhalten wie mit einem Kind im Krankenhaus. Sie konnte reiten, Tennis und Klavier spielen. Und sie sprach mehrere Sprachen.

Sie war versiert, sich ihrer Weiblichkeit bewusst und selbstsicher. Allerdings brauchte sie keinen Psychologen, um zu wissen, dass sie trotz alldem Angst vor der Liebe hatte. Denn früher oder später schlug das Schicksal doch zu und entriss einem, was man liebte und was einem wichtig war.

Während sie als Kind auf der Flucht war, nachdem ihr Freunde und Angehörige genommen worden waren, hatte sie sich nach ihrer Heimat gesehnt. Sie wollte wieder mit ihrem Bruder Zusammenleben und die Prinzessin sein, während er seinem Volk ein freundlicher König wurde.

Aber das würde nie passieren. Draven war nicht mehr der vergötterte Held ihrer Kindheit. Heute er war ein Mann, den sie nicht kannte und dem sie sich kaum verbunden fühlte. Abgesehen davon hatte er unglaublich viel an Gewicht zugelegt, sodass er ihr ohnehin nicht mehr vertraut war. Wie sollte das auch möglich sein, nach zwanzig Jahren? Bria war ja selbst nicht mehr der gleiche Mensch, der damals auf der Insel gelebt hatte.

Außerdem, dachte sie mit einem resignierten Seufzer, war es harte Arbeit, ein Land zu regieren. Neben dem Volk und seiner fordernden Ehefrau war in Dravens Leben gar kein Platz mehr für sie.

Die Wärme, die Nähe, die behütete Kindheit, all das war Vergangenheit. Der erwachsene Draven war ein unsensibler, von sich selbst eingenommener Mann, der unter der Fuchtel der Frau stand, die davon träumte, eines Tages die nächste Grace Kelly zu sein, geliebte Königin eines kleinen Landes.

Schuldgefühle stiegen in ihr auf.

„Was ist los mit dir", schalt sie sich. Ihr war durchaus klar, dass sie gerade Selbstgespräche führte, doch das war ihr egal. Trotzdem, so sollte sie nicht denken. Es war illoyal. Genauso wie sie war Draven fern der Heimat aufgewachsen und wusste gleichzeitig stets, wohin er gehörte. Bria und er waren eine halbe Weltreise entfernt voneinander groß geworden, da konnte es kaum ausbleiben, dass sie sich heute fremd waren.

Aber diese Einsicht machte die Einsamkeit nicht leichter erträglich. Auch Nicks Arroganz nicht.

„Oh, ich Arme", murmelte Bria selbstironisch, legte den Kopf auf ihre übereinander auf der Glasscheibe liegenden Hände und schloss die Augen. Statt des funkelnden blauen Wasser und der hellen Sonne sah sie nun deutlich das ausdruckslose Gesicht ihres Entführers vor sich.

„Er macht mich wirklich wütend", flüsterte sie.

Nur wusste sie genau, warum das so war.

Obwohl sie von einem Bodyguard großgezogen worden war, dachte sie immer wie eine Prinzessin. Stets bekam sie, was sie wollte. Nicht bei Nick. Der ließ sich von ihr nicht herumkommandieren.

Insgeheim musste sie sich eingestehen, dass Marvin diesen Nick Cutter gemocht hätte. Marvin hatte nie etwas für Lügner übrig gehabt und deshalb Bria nie eine Schwindelei durchgehen lassen. Besonders hatte er darauf geachtet, dass sie sich selbst nicht belog.

Tja, und genau darin war sie momentan ziemlich gut.

„Ich wollte nur wissen, ob er wirklich so kalt ist, wie er sich ständig gibt", meinte sie stöhnend. Ihr kleines Experiment hatte tatsächlich bewiesen, dass er es nicht war. Nick hatte sie auf die Probe gestellt. Marvin hätte gesagt: „Du bist bloß beleidigt, weil jemand nicht nach deiner Pfeife tanzt. Und was wirst du jetzt unternehmen, Schätzchen?"

Beleidigt war milde ausgedrückt. In Wahrheit kochte sie. „Ich werde mir schon etwas einfallen lassen", antwortete sie Marvin, den sie schrecklich vermisste.

Sie brauchte einen Plan.

EIGHT

Nick und Jonah saßen auf dem Sonnendeck in der Nähe des Whirlpools, jeder eine Bierflasche in der Hand, die Füße auf die Reling gelegt. Die Gewohnheit, abends höchstens ein Bier zu trinken, war eine weitere Gemeinsamkeit zwischen den zwei Männern. Ihre Väter waren Alkoholiker gewesen.

Aber da trennten sich ihre Geschichten auch schon. Nicks Vater war außerdem noch ein Schürzenjäger gewesen, während Jonahs Dad - ausgenommen von seinem Alkoholproblem -ein guter Vater und treuer Ehemann war. Das war vermutlich der Grund dafür, dass Jonah ein so ausgeglichener Mann war und nicht zuletzt deshalb zu den wenigen gehörte, denen Nick rückhaltlos vertraute.

Der gewohnte Geruch nach Chlor, Hopfen und Meersalz hatte eine beruhigende Wirkung und passte zum Ausklang des Tages. Eines Tages, der für Nick ein Kaleidoskop an Emotionen bereitgehalten hatte.

Zwar gab er sich ganz entspannt und redete sich ein, dass er es auch war. Die Wahrheit aber lautete: Er fühlte sich ein wenig aus der Ruhe gebracht. „Denkst du noch an die Silberbarren von heute Nachmittag?", fragte er seinen Freund. Das Vermögen in Gold und Silber, das er zusammen mit seinem Team an diesem Tag aus dem Wrack geborgen hatte, befand sich in gutem Zustand. Der Fund war in einem bereits abgesuchten Planquadrat entdeckt worden. Eine erfreuliche Überraschung.

„Olav meinte, es seien um die hundertsiebzig Barren. Was wiegen die? Fünfzig Kilo das Stück." Jonah boxte Nick kameradschaftlich gegen die Schulter. „Guter Job."

„Die Investoren werden glücklich sein." Nick hatte den ganzen Tag geschuftet und war immer wieder getaucht. Dinge, die er sonst mit Freude tat, waren zur bloßen Beschäftigung geworden, um sich von einem ganz bestimmten braunen Augenpaar und schwarzen Haaren abzulenken.

Das Problem war nur, dass er Bria nicht aus seinen Gedanken verbannen konnte. Es gelang ihm einfach nicht. Ihr Pfirsichduft begegnete ihm in der Dusche, in seinem Büro, auf den Gängen. Und er konnte ihm nirgends entkommen auf diesem Schiff, mitten auf dem Ozean.

Jonah schob seine Sonnenbrille ein Stückchen hinunter, um Nick in die Augen zu sehen. „Dir ist hoffentlich klar, dass du die Prinzessin nicht ewig in deiner Kabine einsperren kannst. Das verstößt bestimmt gegen irgendein internationales Recht."

„Es ist fraglich, ob von meiner Kabine nach ihrem Wutausbruch heute Morgen überhaupt noch viel übrig ist." Nick zuckte die Schultern. „Für jemanden mit einem königlichen Stammbaum hat sie ein beeindruckendes Temperament. Ich dachte immer, denen wird so etwas durch die Erziehung abgewöhnt."

Jonah grinste. „Ich stelle mir vor, mit einer solchen Frau verheiratet zu sein." Er stellte die halb leere Flasche auf seinen flachen Bauch. „Man wüsste wahrscheinlich nie, welcher Wochentag gerade ist, weil sie einem das Leben dermaßen auf den Kopf stellt."

Nick trank einen Schluck Bier. Das klang zu sehr nach einem Leben, das ihm bekannt vorkam und das er zu vermeiden suchte. Sein Vater, den man hinter vorgehaltener Hand den Casanova der Karibik nannte, war für ihn das beste Beispiel dafür gewesen, dass eine Ehe oder eine dauerhafte Beziehung nur schwer möglich waren.

Er schüttelte den Kopf. „Schreckliche Vorstellung." Nick schaute aufs Wasser hinaus. Ein Fisch schnappte nach seinem Abendessen. Ein paar Wolken zogen träge über den blauen Himmel und spiegelten sich in der ruhigen See. Es war ein guter Tag zum Tauchen gewesen, nur leider beeinträchtigt von ständigen Gedanken an diese zornige Frau. Nick war nicht gerade begeistert, dass Prinzessin Gabriella Visconti ihm auch jetzt, in den Augenblicken der Entspannung, wieder im Kopf herumgeisterte.

Er sah seinen Freund an. „Warst du jemals verliebt? Ich meine, so richtig?"

Den Blick weiter aufs Meer gerichtet, antwortete Jonah: „Einmal."

Das war neu für Nick. In den zwei Jahren, die er Jonah kannte, hatten sie sich über alles Mögliche unterhalten und mehr Gemeinsamkeiten als Unterschiede zwischen ihnen festgestellt. Das ging bis zum gleichen Alter und dem Geburtstag, der nur drei Tage auseinanderlag. Aber das Thema Liebe war bisher eher ausgeklammert worden.

„Was ist passiert?", fragte Nick.

Jonah hob die Flasche an die Lippen. „Sie ging weg", sagte er und trank.

Nick schwieg. Was sollte man auch dazu sagen?

„Was ist mit dir?", wollte Jonah wissen. Offenbar war er nicht bereit, mehr von sich preiszugeben, da er keine erfreulichen Erinnerungen an die Geschichte hatte.

„Verliebt? Nein, nie. Lust? O ja." Sie grinsten und prosteten sich zu.

„Mal im Ernst - was glaubst du, warum das so ist?", meinte Jonah. „Warum bin ich immer noch scharf auf die Frau, die ..." Er trank einen Schluck Bier, statt den Satz zu beenden. „Und warum hast du dich nie auf etwas Festes eingelassen? Hast du mal darüber nachgedacht?"

„Das versuche ich zu vermeiden." Nick dachte an das tränenüberströmte Gesicht seiner Mutter. Die Heirat war für sie und seinen Vater nicht die beste Entscheidung gewesen. Eine Ehe schien nur Kummer und Schmerz mit sich zu bringen, besonders wenn einer der beiden nicht aufrichtig war. Alle logen, das gehörte zur Natur des Menschen.

124

„Ich wünschte, du hättest meinen Vater kennenlernen können", sagte Jonah. „Er war wirklich ein erstaunlicher Kerl. Schon als Kind dachte ich, wenn ich ihn und meine Mutter zusammen sah: Verdammt, das will ich auch haben."

„Wenn ich meine Eltern zusammen sah, habe ich nur gehofft, dass mir so etwas erspart bleibt", gestand Nick und erinnerte sich an die Lügen und den Verrat.

Jonah warf ihm einen besorgten Blick zu. „Du bist nicht wie dein Vater. Ich hoffe, das weißt du." In seiner Stimme schwang Ungeduld mit, denn diese Unterhaltung hatten sie schon unzählige Male geführt. Für Jonah waren Väter das Größte, abgesehen vom Schatztauchen. Für Nick war ein abwesender Vater der beste Vater. Das war einer der wenigen Punkte, in denen sie sich nicht einig waren. Aus irgendeinem Grund kam dieses Thema immer wieder auf den Tisch.

„Das liegt nur daran, dass ich auf keinen Fall so werden wollte wie er", entgegnete Nick.

„Was ist mit Zane und Logan?"

Nick trank erneut einen langen Schluck, ehe er antwortete. „Zane hat unserem Vater nachgeeifert. Und Logan hat seine eigene Art, die Dinge anzugehen. Das hat damit zu tun, dass er der Älteste ist. Der typische einsame Wolf."

Jonah wurde still und nachdenklich. Er schien etwas sagen zu wollen, brachte es aber offenbar nicht heraus. Nick kannte dieses Gefühl. Das gehörte dazu, wenn man der kühle, besonnene, ruhige von drei Brüdern war. Einer, der auch unter Druck gelassen blieb und deshalb den Spitznamen Spock bekommen hatte.

Manches blieb besser ungesagt, und genau das schätzte er an Jonah. Mit ihm konnte er schweigen, ohne dass es unangenehm wurde. Seit sie zusammen auf der *Scorpion* fuhren, war ihre Freundschaft immer enger geworden, was allein schon wegen des ähnlichen Charakters nicht schwergefallen war. Sie verband eine ungezwungene, unkomplizierte Freundschaft.

„Aber Zane hat jetzt Teal. Sie war das, was ihm gefehlt hat, oder?"
Jonah stellte seine leere Flasche auf das Deck neben seinem Stuhl und
legte die Hände gefaltet auf seinen Bauch. „Ich habe euch immer um
die Nähe zwischen dir und deinen Brüdern beneidet. Und jetzt habt ihr
Teal in euren Kreis aufgenommen. Ihr seid eine Familie, und das ist
eine gute Sache."

Nick entging der wehmütige Ton seines Freundes nicht. Jonah war
Einzelkind. Nick konnte sich ein Leben ohne seine Brüder gar nicht
vorstellen. „Ja, wir können uns wirklich glücklich schätzen", sagte er.
„Wir haben uns in schlimmen Zeiten unterstützt und stehen uns nach
wie vor nahe."

Sein Freund atmete seufzend aus. „Du hast keine Ahnung ... wow,
was ist das?" Jonah setzte sich auf und deutete aufs Wasser. „Sieh dir
mal an, wen Poseidon uns da schickt."

Der dunkle Rumpf der Sea Witch schob sich wie ein bedrohlicher
Schatten durch die Wellen, angeleuchtet vom glutroten Ball der
untergehenden Sonne, die selbst jetzt noch nichts von ihrer Kraft
eingebüßt hatte. „Womit haben wir denn das Glück verdient, dass sich
unsere Wege zum zweiten Mal in ebenso vielen Monaten kreuzen?"

Die rothaarige Kapitänin der kleinen Jacht war den Cutters schon
lange ein Dorn im Auge, denn sie verhielt sich regelrecht wie eine
Piratin. Nach Einbruch der Dunkelheit lauerte sie an den
Bergungsorten und stahl markierte Stücke des Schatzes, die erst später
geborgen werden sollten. Das war auf die Dauer teuer. Und natürlich
ärgerlich.

Es spielte keine Rolle, wo auf der Welt Nick, Logan und Zane sich
aufhielten, die Sea Witch tauchte für gewöhnlich früher oder später
auch auf. Und wenn keiner der Brüder auf einer Bergungstour war,
folgte sie einem ihrer anderen Schiffe. Sie war stets dort, wo sie auch
waren, als hätte sie eine Art Cutter-Radar.

Nick legte den Kopf an die hohe Stuhllehne. „Ach, die hechelt uns
hinterher wie ein kleiner Flund", bemerkte er trotz allem gelassen.

Zorn flackerte in Jonahs Augen auf. „Die hat es immerhin auf unseren kostbaren Schatz abgesehen. Ich bleibe dabei -wir sollten sie uns mal vornehmen und unsere Sachen zurückholen!"

„Zane war vor einer Weile an Bord der Sea Witch. Er meinte, unsere Schätze sind überall dort verteilt, wie Trophäen."

Jonah wirkte geladen. „Na, dann holen wir sie uns doch einfach zurück. Warum nicht jetzt gleich? Wahrscheinlich taucht sie und bestiehlt uns schon wieder, während wir uns holen, was sie beim letzten Mal geklaut hat."

Nick winkte einer Frau mit langen roten Haaren zu, die in voller Taucherausrüstung auf dem schmalen Deck der anderen Jacht erschien. Sie winkte zurück und machte sich bereit zum Tauchen. Es war dumm, allein zu tauchen, aber das war nicht Nicks Angelegenheit. Die Diebstähle waren zwar ärgerlich, aber die Sea "Witch war nicht groß genug, um größere Gegenstände aus den Wracks zu bergen. Sie entwendete kleinere, wenn auch manchmal wertvolle Sachen. Die wirklich guten Funde blieben jedoch meistens den Cutters Vorbehalten. Das, was die Sea Bitch, wie Teal sie nannte, ihnen wegschnappte, war nicht allzu kostbar. Aber auch wenn sich daraus kein nennenswerter finanzieller Verlust ergab, stellte es ein ständiges Ärgernis dar.

„Die wird sich nur etwas holen, um uns zu ärgern, und dann wieder verschwinden", sagte Nick. „Wir haben einen größeren Fisch, um den wir uns kümmern müssen." Zum Beispiel ein Vermögen in Blutdiamanten und einen frei herumlaufenden Mörder.

„Wenn du nichts unternimmst, ermutigst du sie nur." Jonah drückte seine Hand auf den Bauch, da sein Magen hörbar knurrte.

„Ihre Zeit wird noch kommen." Nick schaute auf seine Uhr. „Geh und hol dir etwas zu essen. Khoi trägt erst in einer Stunde auf." Er schwang die Füße von der Reling und stand auf.

„Wohin gehst du?"

Nick grinste. „Mal sehen, wie lange eine Prinzessin wütend sein kann."

Bria hielt den Blick auf die Tür gerichtet, als diese sich öffnete.

Das geschah nicht zögernd und auch nicht vorsichtig. Nick schien weder zu befürchten, dass sie mit einer geladenen Waffe auf ihn lauerte, noch dass sie seine luxuriöse, ganz in Weiß gestaltete Kabine verwüstet hatte. Oder dass sie geflohen war, indem sie das große Panoramafenster eingeschlagen hatte und davongeschwommen war.

Denn alle drei Möglichkeiten hatte sie in Erwägung gezogen.

Aber nein, nichts von alledem schien Nick Cutter in den Sinn zu kommen, der sich der Freiheitsberaubung schuldig machte. Er kam hereinmarschiert, als wäre alles in bester Ordnung und vor fünf Stunden nichts Außergewöhnliches in dieser Kabine passiert.

Wie immer, wirkte er provozierend ruhig.

Brias Plan, seine Gelassenheit nachzuahmen und ihn dadurch gewissermaßen mit seinen eigenen Waffen zu schlagen, zerplatzte. Denn kaum sah sie ihn, erinnerte sie sich daran, wie es war, von diesen arroganten Lippen geküsst zu werden.

Ihr Puls beschleunigte sich, und sie bekam einen trockenen Mund. Am schlimmsten war jedoch, dass sie sich ganz genau an seinen Sex-Appeal erinnerte und sich plötzlich nach Dingen sehnte, die sie früher nie für allzu aufregend gehalten hatte.

Aufloören!

Leider half ihr dieser stumme Befehl auch nicht.

Nick trug statt der Badehose ausgewaschene Jeans, dazu ein weißes Sweatshirt mit V-Ausschnitt, dessen Ärmel er hochgeschoben hatte, sodass seine gebräunten Unterarme zu sehen waren. Lässig und sexy. Er schob die Finger in die Hosentaschen und lehnte sich an den Türrahmen.

„Fertig zum Essen?", erkundigte er sich mit einem Ausdruck in den Augen, der ihr eine Gänsehaut bescherte und dafür sorgte, dass ihre Brustwarzen hart wurden.

Und ihre Entschlossenheit bröckelte.

Da ihr nichts weiter zu tun geblieben war, hatte sie erst einmal geduscht. Die Haare musste sie mangels anderer Möglichkeiten an der Luft trocknen lassen, weshalb sie jetzt ein wenig wild auf die Schultern herabfielen. Sie hatte reichlich Zeit gehabt, mit ihrem Make-up zu experimentieren, und war aufs Ganze gegangen. Dunkler Lidschatten, rote Lippen und ein Spritzer ihres Reiseparfums. Sie hatte sich für ein kurzes, trägerloses Wickelkleid entschieden, das ein wenig eng war. Doch das hatte sich gelohnt, denn Nicks Blick verweilte auf ihren Brüsten. Bria glaubte zu erkennen, dass sich seine Pupillen weiteten. Offenbar hatte sich das Machtgefüge zwischen ihnen gerade wieder ein kleines Stückchen zu ihren Gunsten verschoben.

Bria verfügte über Waffen, von denen er nicht einmal etwas ahnte. Provozierend langsam stand sie vom Bett auf, wo sie es sich bequem gemacht hatte. „Fertig und bereit." Sie strich mit der Hand über die Wölbung ihrer Hüfte. „Ich komme um vor Hunger."

Basim hatte ihr zusammen mit dem Kleiderständer am Nachmittag ein köstliches Essen aus Huhn und Früchten serviert. Offenbar waren schon viele Frauen auf der *Scorpion* gewesen, denn die Garderobenauswahl war erstaunlich groß. Khoi brachte ihr später ein himmlisches Stück Schokoladenkuchen und eine Diätcoia.

Alles wunderbar, aber kein Vergleich zu dem Appetit, der sie jetzt überkam.

Bria musste sich unbedingt zusammenreißen und wieder die Kontrolle zurückgewinnen. Sie wollte Nicks Kopf auf einem Tablett, mit einem rosigen Apfel im Mund, und zwar nachdem er ihr einen fetten Scheck ausgestellt hatte. In den vergangenen Stunden war sie zu der Überzeugung gelangt, dass Nick das Geld zurückzahlen konnte, wenn er es wollte. Sein Unternehmen war finanziell sicherlich stabil. Außerdem gab es ja noch andere Investoren, und für Notfälle stand bestimmt Geld zur Verfügung. Und dies war ein Notfall.

Nick hatte Dravens Geld. Das sie dringend zurückhaben wollte.

Sie würde alles daransetzen, es zu bekommen, und wenn sie sich dabei umbrachte. Halt, das hatte ja schon jemand versucht. Wie dem auch sei, sie würde es bekommen, egal, welche Anstrengung dazu nötig wäre. Anschließend würde sie so schnell wie möglich verschwinden, bevor sie sich an diesem heißkalten Mann die Finger verbrannte.

Sie würde nicht überstürzt gehen, aber doch zügig. Und natürlich nicht im wörtlichen Sinne, schließlich befanden sie sich mitten auf dem Atlantischen Ozean.

Fünf Minuten bevor Nick die Tür geöffnet hatte, war das noch ihr Plan gewesen. Jetzt erkannte sie die Lücken darin. Ihre Vorstellung von Kontrolle war bestenfalls oberflächlich. Seine hingegen zutiefst verinnerlicht.

„Du hast dich beschäftigt, wie ich sehe", bemerkte er trocken, während er sich in der Kabine umsah.

Man hatte Bria einen Ständer voller bunter Kleider gebracht. Einige davon hatte sie in Kissen verwandelt oder über die Lampenschirme geworfen. Das für ihren Geschmack zu helle, in Weiß gehaltene Schlafzimmer hatte dadurch ein paar Farbtupfer erhalten. Eigentlich hatte sie Nick damit ärgern wollen, doch am Ende gefiel es ihr auch.

Sie bückte sich und hob ihre Sandaletten mit den roten Sohlen auf, ließ sie an den Riemen vom Zeigefinger baumeln und ging langsam auf Nick zu. Er wirkte vollkommen unbeeindruckt. Doch als sie nah genug bei ihm war, bemerkte sie ein verräterisches Zucken um seine Mundwinkel.

Ja, sie hatte im Augenblick tatsächlich die Kontrolle. Aber für wie lange?

Sie legte ihm die Hand auf die Brust, um sich abzustützen, und fühlte seinen gleichmäßigen Herzschlag. Genüsslich langsam, wie in Zeitlupe, hob sie einen nackten Fuß und zog eine Sandalette an. „Ich hoffe, du hast nichts dagegen. Ich habe ein bisschen umdekoriert, während ich ..." Vor Wut gekocht habe? Das konnte sie schlecht zugeben. „Während ich gewartet habe", beendete sie den Satz.

Sie beugte sich vor und zog den anderen Schuh an, wodurch sie Nicks Brust näher kam.

Er rührte sich nicht, und seine Muskeln fühlten sich hart wie Stein an. Wäre da nicht sein Herzschlag gewesen, hätte sie ihn glatt für eine Statue halten können.

„Ja ... interessant", erwiderte er beherrscht und sah ihr in die Augen, als sie sich wieder aufrichtete, statt die bunten Tupfer hinter ihr zu begutachten.

„Nicht wahr?", sagte sie begeistert. „Erstaunlich, was ein paar zerschnittene Designerkleider und ein wenig Klebeband bewirken können. Mehr wollte Khoi mir nicht geben, deshalb musste ich meine Nagelschere benutzen. Was dachte er denn, was ich mit einer richtigen Schere anstelle? Dass ich mir einen Weg in die Freiheit schnipple?"

Seine blauen Augen funkelten. „Das würde ich dir glatt Zutrauen."

„Mir war klar, dass du so über mich denkst", entgegnete sie und merkte, dass sein Blick auf ihre Lippen gerichtet war. Küss mich, dachte sie. Würde er? „Ich gehe keine unsinnigen Risiken ein, Mr Spock. Ich habe begriffen, dass dort draußen ein Killer unterwegs ist."

Das stimmte nicht, sie riskierte durchaus etwas. Nur nicht zu viel. Aber dies war nicht zu viel, sondern ... notwendig. Es gab Menschen, die sich darauf verließen, dass sie sich unter Kontrolle hatte und den Job erledigte. Und genau das sagte sie sich, während sie blieb, wo sie war, und ihre Hand weiterhin auf seiner muskulösen Brust lag, direkt über seinem arktisch kalten Herzen.

„Ich weiß die Absicht wirklich zu schätzen, die dahintersteht, mich hier gefangen zu halten, während du die Gangster suchst. Aber", fügte sie hinzu und tippte ihm mit dem Zeigefinger gegen die Brust, „schließ mich nie wieder ein."

Er kniff die Augen zusammen. „Wie hast du mich genannt?" Sie blieb, wo sie war. Ihre Brüste befanden sich so dicht vor seiner Brust, dass sie seine Körperwärme spürte. Ihre Lippen waren nur wenige

Zentimeter voneinander entfernt. Ein kurzes Aufflackern in seinen Augen verriet ihr, dass ihre Nähe ihn nicht ganz kaltließ.

Im nächsten Moment war es verschwunden, sodass sie sich fragte, ob sie es sich nur eingebildet hatte.

Ja, ihr Plan war durch und durch töricht gewesen. Na schön, manchmal riskierte sie eben doch etwas. Allerdings waren das meistens sorgfältig kalkulierte Risiken. Gut, wenn sie wirklich wütend war, dachte sie nicht allzu viel nach. Bria wich einen Schritt zurück und ließ die Hand sinken. Ein taktischer Rückzug. Denn ihn ließ diese Nähe zwar kalt, sie aber leider nicht.

„Mr Spock", wiederholte sie. „Du weißt schon. Dieser leidenschaftslose Vulkanier aus Star Trek."

Seine Lippen zuckten. „Ja, ich weiß, wen du meinst. Meine Brüder nennen mich Spock."

„Du meine Güte! " Sie vergaß für einen Moment, die Verführerin zu spielen, und warf die Haare über die Schulter, damit sie ihr nicht ins Gesicht fielen. „Bist du deinen Brüdern gegenüber etwa auch so?"

„Ich bin jedem gegenüber so, Prinzessin. Das ist einfach meine Art", fügte er unnötigerweise hinzu.

„Warst du als Baby auch schon so?", fragte sie amüsiert. Statt zu antworten, legte Nick ihr die Hand in den Nacken. Es war gar nicht nötig, wie der Vulkanier in „Star Trek" ihren Willen auszuschalten. Er zog sie an sich wie ein Magnet Metallspäne.

Bria befeuchtete sich die Lippen und bereute es sofort, als sie seinen hungrigen Blick bemerkte. O-oh! Irgendwie lagen ihre Arme auf einmal um seinen Nacken. Vor Anspannung fiel ihr das Atmen schwer, während ihre Brüste seine muskulöse Brust streiften.

Die eine Hand noch in der Hosentasche, berührte er mit der anderen ihr Gesicht und streichelte mit dem Daumen ihr Kinn. „Als ich zum ersten Mal dieses Kinn gesehen habe, wusste ich, dass mir dein Dickkopf Probleme bereiten würde."

Sein Haar fühlte sich kühl und seidig an, als sie mit den

Fingern hindurchfuhr, seine Kopfhaut heiß. Sie liebte dieses Glühen in den Tiefen seiner Augen. Sie liebte es, wie ihre Brustwarzen sich aufrichteten und sie allein bei seinem Anblick von heißer Erregung durchflutet wurde.

Sie rieb die Nase an seiner Wange. Und weil sie hätte schwören können, dass er leicht erschauerte, tat sie es gleich noch einmal.

„Ich nenne es Entschlossenheit", hauchte sie.

„Du bist entschlossen, mit dem Feuer zu spielen, was?"

Er hatte recht. „Vielleicht bist du derjenige, der mit dem Feuer spielt." Mist, das klang kein bisschen bedrohlich. Eher heiser und lüstern. Bria atmete tief ein.

Nick grinste. „Du siehst umwerfend aus in diesem Kleid, das du beinah anhast." Sein Blick versengte fast den weichen Stoff.

Sie hielt seinem Blick stand. „Wehe, du küsst..."

Im nächsten Moment lagen seine Lippen auf ihren. So viel dazu, die Kontrolle zu behalten. Na schön. Schließlich handelte es sich nur um einen Kuss. Leute küssten sich ständig, also war das keine große Sache. Bria versuchte, sich mit Gedanken an die Grotta Zaffiro von Marrezo abzulenken. Das glitzernde Wasser an den Wänden der Höhle, die schwülfeuchte Luft...

Doch schon war sie zu keinem klaren Gedanken mehr fähig. Das verhinderte der leidenschaftliche Kuss. Sie konnte nur noch auf Zehenspitzen dastehen, ihm die Arme um den Nacken schlingen und sich regelrecht an ihn klammern, von berauschenden Emotionen geradezu überwältigt.

Deutlich spürte sie seine Leidenschaft unter dem ach so beherrschten Äußeren. Nick streichelte sanft ihre Wangen und fuhr mit seinen Fingern durch ihr Haar. Die andere Hand blieb ebenfalls nicht untätig. Mit ihr fuhr er an der Rückseite ihres Oberschenkels hinauf und schob ihr das knappe Kleid dabei hoch. Bria spürte seine Fingerspitzen, die den Saum ihres Stringtangas streiften, ehe seine

Hand auf ihrem Po lag. Ein wenig Druck genügte, und sie wurde gegen seine imposante Erektion gedrängt.

Ein Feuer schien sich in ihrem Bauch auszubreiten und brachte ihr Blut zum Kochen. Lustvoll aufseufzend schmiegte sie sich an ihn. Es war so wundervoll, der Kuss, die sinnlichen Liebkosungen, und sie wollte mehr. Sehnte sich schon seit dem ersten Kuss wie verrückt nach mehr. Begierig empfing sie seine Zunge mit ihrer, öffnete den Mund weiter, während Nick die Finger fester auf ihren straffen Po presste. Er stöhnte heiser, auf eine Weise, die ihre Lust befeuerte. Sie wurde feucht, nur wenige Zentimeter von seinen forschenden Fingern entfernt.

Irgendwie war es ihm gelungen, sich mit ihr zu drehen, denn jetzt lehnte sie mit dem Rücken am Türrahmen. Er drückte sich an sie, presste sie fester an sich. Bria schien ganz von ihm umhüllt zu sein, von seiner Wärme und dem berauschend würzigen Duft seiner Haut, während er mit den Händen begann, sie auf höchst erotische Weise zu erkunden.

Das Bett, dachte sie, benommen vor Begierde. Es befand sich nur wenige Schritte hinter ihr. Wenn er nur ... Sie stutzte, denn Nick hatte den Kuss beendet. „Was ist los?", rutschte es ihr heraus, bevor sie sich bremsen konnte. Sie klang so lüstern, als bräuchte sie ihn dringend, und das ärgerte sie.

Er strich mit dem Daumen über ihre vom Küssen leicht geschwollenen Lippen. „Gehen wir essen."

Wie bitte?

NINE

Bria setzte sich auf einen Stuhl und betrachtete begeistert den gedeckten Tisch. „Das ist wundervoll", sagte sie. In ihrer Stimme schwang noch der sinnliche Unterton von vorhin mit.

Nick schob ihren Stuhl heran und atmete dabei wieder einmal den Pfirsichduft ihrer goldbraunen Haut ein. Erneut packte ihn heißes Verlangen, was nicht gerade half, seine nach wie vor andauernde Erektion abzuschwächen. Er ging zu seinem Platz, setzte sich und beobachtete Bria, die sich über das gute Porzellan beugte. Das Pulsieren ihrer Halsschlagader verriet ihre nur ganz allmählich abklingende Erregung. Und wenn das kein Hinweis war, dann die aufgerichteten Brustwarzen, die sich unter dem dünnen Stoff abzeichneten.

Anerkennend ließ sie den Blick über das Essen vor ihnen schweifen. Es gab einen schlichten Hummersalat, Wein und Baguette. Nick hatte zwar nicht um Kerzenlicht gebeten, doch Khoi hatte trotzdem dafür gesorgt. Einer ersten Eingebung folgend, hätte Nick die Kerzen fast wieder ausgepustet, aber ihm gefiel, wie Brias Haut im warmen Kerzenschein schimmerte.

Auf romantische Musik allerdings hatte der Steward verzichtet, und Nick hätte ihn andernfalls wohl auch gekielholt. Nur das sanfte Plätschern der Wellen gegen den Schiffsrumpf war zu hören sowie der kaum vernehmbare Sound des Films, den die Mannschaft sich im Kinoraum hinter dem Sonnenraum ansah.

„Magst du Hummer?"

Amüsiert sah sie ihn mit ihren unschuldig wirkenden schokoladenbraunen Augen unter den langen Wimpern an. „Hummer und Champagner? An einem Abend wie diesem? Wie kann man das nicht mögen?" Sie gab einen leisen anerkennenden Ton von sich, der aus irgendeinem Grund auf Nick elektrisierend wirkte. Sie machte keine Anstalten zu verbergen, dass ihre Brustwarzen unter dem Wickelkleid hart waren. Das Kleid war vom gleichen hellen Türkis wie das Wasser an seinem Lieblingsstrand zu Hause auf Cutter Cay.

Er biss die Zähne zusammen und war froh, dass seine Erregung unter dem Tisch verborgen blieb. „Freut mich, dass es dir gefällt", sagte er und war zufrieden, wie ruhig er angesichts der Situation klang.

Der Tisch auf dem Sonnendeck, nahe dem Whirlpool, war nur für sie beide gedeckt. Nick liebte diesen Platz. Das Wasser im Pool wurde von unten beleuchtet und glitzerte kristallblau. Lichterketten mit kleinen Lämpchen an nahezu unsichtbaren Schnüren schwangen sanft in der Brise. Romantischer hätte auch er es nicht hinbekommen.

Dabei hatte er Khoi lediglich aufgetragen, ein Abendessen für zwei auf dem Sonnendeck herzurichten. Dort waren sie jedenfalls nicht ungestört, weil jeder sie durch die Panoramafenster sehen konnte.

Was für ein Spiel spielte sie? Spielte sie überhaupt? Über diese Fragen dachte er nach, während er am Champagner nippte, den er eigentlich gar nicht wollte. Doch, jeder spielte irgendein Spiel.

Einige waren gefährlicher als andere, so viel war klar.

Er schätzte Bria nicht als leichtfertigen Menschen ein, doch zweimal schon hatte sie sich auf einen leidenschaftlichen Kuss mit ihm eingelassen. Ein Inferno von einem Kuss, um genau zu sein. Einen Kuss, der jeden vernünftigen Gedanken und gesunden Menschenverstand vergessen ließ.

Dabei hatte sie ihm nichts vorgemacht. Aber es war nicht sein Ziel, sie ins Bett zu bekommen. Auch wenn er Khoi nicht um eine romantische Stimmung gebeten hatte, war es schwer, die laue Brise, das leise Plätschern der Wellen und den zunehmenden Halbmond am Himmel, dessen Licht sich in den Wellen spiegelte, nicht verführerisch zu finden.

Nick nahm den Champagner aus dem Eiskübel, griff nach der Stoffserviette, die Khoi um den Flaschenhals gewickelt hatte, und schenkte Bria nach. Er hatte absolut kein Interesse am Essen. Bria wirkte mit ihrer vollen schwarzen Mähne, die ihr bis auf die nackten Schultern reichte, wie eine Zigeunerin. Nick musste sich beherrschen, um die Hände von ihr zu lassen.

Das Spiel hatte sich geändert, nur vermochte er nicht genau zu sagen, wie und warum. Er wusste nur, dass seine bisherigen Regeln bei Gabriella Visconti nutzlos waren. Ein wenig Trost bot die Tatsache, dass die Anziehung zwischen ihnen auf Gegenseitigkeit beruhte.

Ihre dunklen Augen glänzten ein wenig fiebrig, während sie das Essen auf dem Tisch betrachtete, das Meer unter ihnen, das Deck. Dabei vermied sie es sorgsam, seinem Blick zu begegnen. Allerdings konnte sie das sanfte, verräterische Pochen der Ader in ihrem Hals ebenso wenig verbergen wie ihr zart gerötetes Gesicht.

Träge stieg Dampf aus dem Whirlpool auf in der fast windstillen Luft. Es wurde dunkler, und das sich ändernde Licht verlieh der Atmosphäre an Deck etwas Geheimnisvolles.

Bria schaute sich um. „Wo sind alle? Hast du deine Leute etwa auch in ihren Kabinen eingesperrt?"

Er ignorierte diesen kleinen Seitenhieb. Immerhin half ihre Stichelei ihm, sich zusammenzunehmen. „Die Männer essen und veranstalten einen Indianer-Jones-Marathon."

Sie neigte den Kopf, sodass ihr ein paar Strähnen von ihrer Schulter ins Gesicht fielen. „Und warum bist du nicht bei ihnen?" Endlich sah sie ihm in die Augen. Der Punkt geht an mich, schien sie sagen zu wollen.

Fast hätte er gegrinst. Sie glaubte, ihn mit einer direkten Frage aus dem Konzept bringen und das als Sieg verbuchen zu können?

Nick wurde nicht ganz schlau aus ihr. War sie wirklich so kultiviert, wie sie zu sein schien? Sicher, sie strahlte eine natürliche Vornehmheit aus und war eine echte Schönheit.

Er kniff die Augen zusammen. Na ja, eine ziemliche Nervensäge war sie auch. Aus irgendeinem Grund war er sich recht sicher, dass sie im Bett nicht halb so erfahren war, wie sie ihn glauben machen wollte.

Es sei denn, das war eine List, um ihn abzulenken, während die Marokkaner auf seinem Schiff herumschlichen und wer weiß was im Schilde führten.

Wie sah die Wahrheit aus?

Uber den Tisch hinweg lächelte er Bria zu. „Warum sollte ich einen Film sehen wollen, wenn ich die Chance bekomme, dich besser kennenzulernen?"

„Mich besser kennenlernen?" Ihr sarkastischer Unterton signalisierte ihm unmissverständlich, dass das Spiel begann. Sie nahm ihre Gabel und spielte einen Moment damit, ehe sie den Kopf auf die für sie typische Art zur Seite neigte. Ihr Haar fiel ihr dabei weich auf die nackte Schulter und gab den Blick frei auf ihre Halsbeuge, deren seidige Haut im Mondlicht schimmerte.

Die Blutergüsse am Hals und an den Oberarmen hatte sie überschminkt. Nick wusste jedoch noch ganz genau, an welchen Stellen sie gewesen waren. Er musste sie nicht sehen, um wieder den brutalen Angriff auf Bria vor Augen zu haben, dessen Zeuge er geworden war.

„Na meinetwegen." Sie drehte den Stiel des Weinglases zwischen den Fingern. Rote Fingernägel machten Nick an. Unwillkürlich malte er sich aus, wie sie diese Nägel in seine Pomuskeln grub, während er tief in sie eindrang ... „Nick? Wo bist du mit deinen Gedanken? Was willst du wissen?"

Wo sollte er denn da anfangen? Wie wäre es mit der Frage, wie sich ihre nackte Haut an seinen Fingern anfühlen würde? Nick riss sich zusammen. „Erzähl mir, wie du als Prinzessin aufgewachsen bist."

Ihre Miene veränderte sich kurz, und Nick war sich nicht sicher, ob er eine Erinnerung geweckt oder einen empfindlichen Nerv getroffen hatte.

„Abgesehen von einigen Besonderheiten unterschied sich meine Erziehung wohl kaum von der anderer privilegierter

Kinder. Ich wurde verwöhnt und verhätscheltMit dem Anflug eines traurigen Lächelns fügte sie hinzu: „Und geliebt." Offenbar war das ein heikles Thema. Nick griff nach seinem Weinglas und fragte: „War es nicht auch mit viel Verantwortung verbunden, die Krone zu tragen?"

Das Leuchten in ihren Augen ging ihm durch und durch. „Ich war nur für sieben Jahre Prinzessin, deshalb trug ich nie die Krone. Es blieb nicht viel Zeit, das königliche Händeschütteln und Babyhochhalten zu lernen." Ihr breites Lächeln zeigte ihre ganz leicht schiefen Eckzähne, von denen er geradezu lächerlich hingerissen war.

Dieses Lächeln ... schon wieder stellte Nick sich vor, ihre Lippen um seinen Schwanz zu spüren. Er wollte diese schwarze Mähne packen und ...

Seine Hand schloss sich reflexartig um das Weinglas, und er stellte es rasch wieder ab, ehe er es zerbrechen konnte. „Sieben Jahre", wiederholte er, und es klang ein wenig angespannt. „Dann starben deine Eltern, und alles änderte sich für dich. Wer kümmerte sich danach um dich?"

Bei der Erwähnung des Todes ihrer Eltern huschte ein trauriger Ausdruck über ihr Gesicht. „Die Sache war kompliziert." Sie zuckte die Schultern. „Marvin Ginsburg war mein persönlicher Bodyguard. Bei ihm wuchs ich auf."

Nick schob seinen Teller von sich. Brias Geschichte interessierte ihn plötzlich deutlich stärker als das Essen. „Marvin Ginsberg?"

„Ja, ich weiß." Ihr Lächeln, gefährlich genug für ihn, kehrte zurück. Diesmal war es auf eine Weise verschwörerisch, die Nicks Puls beschleunigte. „Sein richtiger Name lautet Mauro, aber alle nannten ihn beim Namen seines amerikanischen Vaters. Und dabei blieb es. Er war sowieso eher ein Marvin als ein Mauro." Sie stützte die Ellbogen auf den Tisch und das Kinn in die Hände. Dadurch kam sehr aufreizend ihr Dekollete zur Geltung. Nick musste sich zwingen, ihr weiter in die Augen zu sehen.

„Seine Mutter war Marrezenin und lebte in Pavina", fuhr sie fort. „Marvin lebte also auch immer wieder mal in Marrezo. Er wurde mein ..." Sie hob eine ihrer schmalen nackten Schultern, während sie die Ellbogen vom Tisch nahm und die schlanken Finger um den Stiel ihres Weinglases legte. Auf ihrem sinnlichen, zum Küssen einladenden Mund zeichnete sich ein Lächeln ab, und ihr Blick wurde sanft.

„Dein was ?" Nick hielt das Durcheinander seiner Gedanken im Zaum und ballte die Faust neben seinem Teller, während er sich genau daran erinnerte, wie ihr straffer Po sich in seiner Hand angefühlt hatte. Zum Glück saß er und hatte die Tischdecke, um seine Erektion zu verbergen. Es fühlte sich nämlich an, als würde sie eine ganze Weile nicht verschwinden.

Plötzlich wirkte sie ernst und auch verletzlich. Mit den Fingern nahm sie ein Stückchen Hummer, tunkte es in die Mayonnaise, aß einen Bissen und schluckte ihn hinunter. Nick konnte die Schluckbewegung nicht mit ansehen, weil selbst das ihm lüsterne Gedanken bescherte. Morgen früh würde er als Erstes Aries anrufen und darauf bestehen, dass man sie abreisen ließ.

Sie wischte sich die Finger an der Serviette ab und fuhr, von seinen Fantasien nichts ahnend, fort: „Von meinem siebten bis zu meinem dreiundzwanzigsten Lebensjahr war er alles für mich. Bodyguard, Mutter, Vater, Beschützer. Er brachte mir viel bei. Fast alles."

Erneut ließ sie die Gabel liegen, als sie ein weiteres Stück Hummer nahm. Sie so genussvoll mit den Fingern essen zu sehen, war das Sinnlichste, was Nick jemals hatte beobachten dürfen. Schweigend widmete sie sich einige Minuten ihrem Salat. Ihr schien die vorübergehende Stille nichts auszumachen. Für Nick hingegen bestand sie aus purem erotischem Knistern. Bria versuchte auch gar nicht, das Schweigen zu beenden. Die meisten Frauen hätten irgendetwas gesagt. Aber sie aß genussvoll und wortlos. Allerdings musste Nick bei jedem

Bissen die Bewegungen ihrer Lippen verfolgen, und das stellte seine Selbstbeherrschung auf eine harte Probe.

Nur das Plätschern der Wellen war zu hören, und wie aus weiter Ferne die Bässe des Films von der anderen Seite des Sonnenraums, wo sich der Kinosaal und der Fitnessraum befanden.

Nick trank statt des Champagners einen Schluck aus seinem Wasserglas und schaute aufs Meer hinaus, um seinen Augen einen Moment Pause zu gönnen. Auf der Sea Witch brannte kein Licht mehr, doch konnte er backbord ihren schwarzen Umriss in gut hundert Metern Entfernung deutlich erkennen. Der Mond malte eine klare helle Straße auf die mitternächtliche Oberfläche des Wassers.

Es wäre schön, wenn das Leben auch solche deutlichen Wege aufzeigen würde, denen man nur folgen musste, dachte er. Aber so funktionierte das nicht. Außerdem war es viel interessanter, wenn die Dinge nicht so eindeutig und klar waren.

Nick hatte schon immer gefunden, dass Lügner interessante menschliche Studienobjekte seien. Zum Glück, denn es gab sie wie Sand am Meer. Sie machten sein kleines Hobby, die gelegentlichen Aufträge der Antiterroreinheit T-FLAC, so faszinierend. Er mochte die Herausforderung, die ein Lügner darstellte. Je besser die Ausflüchte, desto größer die Herausforderung. Das hatte bei seinem eigenen Vater begonnen, dem König der Ausflüchte. Ein Mann, der seine Frau und seine Söhne belog, war eine harte Nuss für ein Kind.

Brias Gabel stieß gegen den Teller. „Es war mir schon klar, dass ich wieder nur eine unbewegliche Miene bekomme. Aber jetzt ist dein Gesichtsausdruck geradezu beängstigend." Sie sagte das ungezwungen, zeigte jedoch mit der Gabel auf ihn. „Ich hoffe ernsthaft, du bist nicht bewaffnet."

Doch, das war er. Tatsächlich trug er eine SIG Sauer am Rücken unter dem leichten Pullover. Er hatte Jonah angewiesen, ebenfalls eine Pistole bei sich zu tragen. Dass Bria sich nicht mehr in der Kabine aufhielt, stellte ein nicht unerhebliches Risiko für sie dar.

Nick ließ sich nichts anmerken. „Das liegt nur am Licht", erklärte er mit sanfter Stimme und bedeutete ihr, sie solle ruhig weiteressen.

Sie musterte ihn skeptisch. „Na klar", murmelte sie.

Fast hätte er gegrinst. Freches Weib. Er lehnte sich zurück und wiegte das Glas in der Hand. „Ich kenne Marrezo nicht. Wie ist es da? Du warst vor einigen Jahren zur Krönung deines Bruders dort, richtig? Hatte es sich sehr verändert, seit du das letzte Mal dort warst?" Noch während er ihr diese Fragen stellte, wurde ihm klar, dass er nicht bloß Konversation machte. Er wollte wirklich mehr über diese Frau erfahren, die ihn aufwühlte wie keine andere jemals zuvor. Er interessierte sich aufrichtig für ihr Leben, ihre Heimat, ihre Vergangenheit.

Bria drehte den Fuß ihres Glases auf der gestärkten weißen Tischdecke. „Meine Kindheit war idyllisch. Ich war umgeben von Menschen, die mich liebten, in einem Land, in dem man mich verehrte. Wenn ich also von Marrezo schwärme, dann liegt es daran." Kleine Lachfältchen bildeten sich um ihre Augen. „Es ist ein winziger Staat, noch kleiner als der Vatikan oder Monaco. Umgeben vom blauen Wasser des Tyrrhenischen Meeres."

„Klingt toll", sagte er, nicht weil er wirklich begeistert war, sondern weil sie strahlte, wenn sie von ihrer Kindheit sprach. Und weil er sie gern reden hörte.

„Oh, das ist es auch", meinte sie. „Idyllisch, klein, und strategisch hervorragend geeignet für internationale Terroristen."

„Warum?"

Sie hob die Hände, um die imaginären Grenzen darzustellen. „Weil es ein sehr kleines Land ist", erklärte sie. „Ein unbedeutendes Land mitten in der Europäischen Union. Es liegt im Tyrrhenischen Meer, zwischen Sardinien und der Westküste Italiens. Dadurch ist es ein hervorragender Platz zur Vorbereitung, na ja ..."

„Terroristischer Aktivitäten", beendete er den Satz für sie.

Sie nickte.

Er las die Emotionen von ihrem Gesicht ab, obwohl sie sich Mühe gab, sich nichts anmerken zu lassen. Offenbar war sie geübt darin. Er respektierte ihre Art, mit den Ereignissen ihrer Kindheit umzugehen, aber er sah, dass die Erinnerung ihr noch zu schaffen machte.

„Also, was ist passiert?", fragte er, sowohl, um sie reden zu hören, als auch wegen seiner völligen Unwissenheit zu diesem Thema.

Sie hatte recht, Marrezo war ein winziges Land, kaum ein Blinken auf dem Radarschirm der Welt. Angesichts der Tatsache, dass dieser Inselstaat Bria hervorgebracht hatte, schien ihm das nicht richtig zu sein. Das Geburtsland einer so hinreißenden Frau sollte eine größere Rolle spielen.

Aber natürlich war er, was diese Ansicht betraf, ein wenig voreingenommen.

Sie trank einen Schluck Wein. Nick drängte sie nicht, sondern beobachtete das faszinierende Spiel aus einstudierter Distanziertheit, Resignation, Kummer und Stolz, mit dem sie über seine Frage nachdachte.

Endlich, nachdem sie tief eingeatmet hatte, antwortete sie: „Es gab überhaupt keine Vorwarnung. Meine Mutter hatte mir gerade eine Gutenachtgeschichte vorgelesen ..."

Nick betrachtete sie über den Rand seines Weinglases hinweg.

„Sie hatte mich gerade ins Bett gebracht, als wir Flammen sahen, die sich in den Fenstern spiegelten." Ein Ausdruck von Aufgewühltheit und Unsicherheit huschte über ihr attraktives Gesicht. „Meine Mutter wusste offenbar gleich Bescheid und schrie nach Marvin, der mich schnappte. In dem folgenden Durcheinander verlor ich sie aus den Augen. Marvin brachte mich zur Saphir-Grotte, ein paar Kilometer entfernt. Dort ließ er mich zurück, um so viele Menschen wie möglich aus dem Palast zu retten." Sie machte eine Pause und klopfte mit den Fingernägeln leise gegen ihr Glas. Das Kristall klang wie eine winzige Glocke in der vorübergehenden Stille.

Nick konnte sich kaum vorstellen, wie es für sie gewesen sein musste, erst sieben Jahre alt und zutiefst verängstigt allein in einer Grotte auszuharren. „Ich erinnere mich hauptsächlich an den leuchtenden Himmel", fuhr sie schließlich fort, in ihren Wein blickend, als enthielte er alle Antworten. „Der Palast stand in Flammen, beide Städte brannten. Der Himmel leuchtete orange, dichter Qualm lag in der Luft. Es war wie ein dämonischer Sonnenuntergang. Leute schrien und rannten und flohen. Sie versuchten zu schwimmen oder zu paddeln, so schnell sie konnten."

„Was geschah dann?", fragte er nach einer Weile behutsam, da es schien, als wollte sie für immer in ihr Glas schauen. Sie hob den Blick, und er war froh, keine Tränen in ihren Augen schimmern zu sehen.

„Ich wartete in der Höhle", erzählte sie mit ruhiger Stimme weiter. „Ich versteckte mich ganz hinten, bis Marvin am nächsten Abend zurückkehrte. Er hatte ein Boot organisiert und ruderte die ganze Nacht, um zu einem kleinen Fischerdorf an der Küste des Festlandes zu gelangen."

„Du musst schreckliche Angst gehabt haben."

„Hatte ich auch." Ihr sinnlicher Mund wirkte angespannt und traurig. Nick hätte gern sanft mit dem Daumen über die tiefe Linie zwischen ihren Brauen gestrichen, damit ihr Gesicht sich wieder aufhellte. „Als Marvin mich durch die Geheimgänge des Palastes trug, sahen wir meinen Vater fallen. Er wurde von der höchsten Treppe geworfen ..." Sie erschauerte und rieb sich die nackten Arme. „Ich wusste sofort, dass meine Mutter und Draven ebenfalls getötet worden waren. Innerhalb weniger Stunden wurde meine ganze Familie ausgelöscht. Ich war die einzige Überlebende."

„Entsetzlich." Selbst für einen Erwachsenen, der die Zusammenhänge einigermaßen begriff. Zane war bei seinem Vater gewesen, als dieser einen Herzinfarkt erlitt und starb. Noch heute fiel es Nicks Bruder schwer, über diesen Tag zu sprechen. Für ein kleines Kind musste es gewesen sein, als gehe die Welt unter. Die Tür zum

Kinosaal ging auf, und das Maschinengewehrgeknatter des Films lenkte Brias Aufmerksamkeit für einen Moment ab, ehe sich die Tür wieder schloss und die Filmgeräusche nur noch gedämpft zu hören waren.

Sie seufzte und sah Nick ins Gesicht. „Ich erzähle dir das alles nicht, um mich auszuweinen." Ihre Stimme klang rau, aber fest. „Ich erzähle es dir, weil mich diese Geschehnisse geprägt haben. Du nennst mich .Prinzessin", als hätte das eine Bedeutung. Aber ich bin keine Prinzessin. Egal, wie oft du mich so nennst, es ist ... es ist nur eine Maske. Ein Titel, bloß ein Wort. Ich fühle mich nicht als Prinzessin." Sie klopfte sich auf ihr Herz. „Hier drin bin ich so amerikanisch wie Apple Pie." Bria war alles andere als das typische Mädchen von nebenan, ganz gleich, wer sie großgezogen hatte und wo sie aufgewachsen war. „Du gehst wie eine Prinzessin."

Zu seiner Überraschung lachte sie, und das ging ihm durch und durch.

„Zeig mir eine selbstbewusste Frau, die das nicht tut." „War das die ganze Geschichte?"

Sie zuckte die Schultern. „Ich wurde schon in jungen Jahren hart mit der Realität konfrontiert. Marvin war immer auf der Hut, und wir waren lange auf der Flucht. Er brachte mir bei, mich selbst zu schützen. Ich kann mit fast jeder Art von Feuerwaffe umgehen und beherrsche Krav Maga."

Nick staunte. Also war tatsächlich sie diejenige gewesen, die Halkias verprügelt hatte. Sehr gut.

„Mit anderen Worten - wenn ich mich wirklich sicher fühlen will, muss ich für meine eigene Sicherheit garantieren können. Marvin hat dafür gesorgt, dass ich mich nie wieder machtlos fühle."

Sie hob eine schmale Hand, um ihn am Widerspruch zu hindern. Aber er sagte nichts.

„Zuerst war ich wütend heute, weil du mich eingesperrt hast", gestand sie. „Aber ich verstehe, was dich dazu bewogen hat. Wirklich.

Du fühlst dich verantwortlich für mich, solange ich an Bord deines Schiffes bin. Das weiß ich zu schätzen, und das akzeptiere ich." Ohne auf eine Erwiderung von ihm zu warten, fuhr sie in entschlossenem Ton fort: „Aber du musst auch verstehen, dass es mir mehr Angst macht, keine Kontrolle über die Situation zu haben, als einem unbekannten Angreifer gegenüberzustehen."

Nick war beeindruckt von ihrer Haltung und Offenheit. „Ja, das verstehe ich."

Sie wirkte erstaunt. „Wirklich?"

Bevor sie allzu übermütig werden konnte, sagte er: „Aber du kannst nun mal nicht allein auf dem Schiff herumlaufen, solange wir die Männer nicht erwischt haben, die Halkias getötet haben. Und bis wir herausgefunden haben, warum du überhaupt Ziel dieser Attacke warst."

„Ja, das verstehe ich", wiederholte sie seine Worte, für Nicks Geschmack einen Tick zu schnell. „Ich werde mich von jemandem aus deiner Crew begleiten lassen, wen immer du gerade entbehren kannst ..."

„Nein." Nick winkte entschieden ab. „Entweder bist du mit mir zusammen oder mit Jonah, und zwar rund um die Uhr. Bis wir es besser wissen, sind wir die Einzigen, denen ich vertraue."

Bria schien verblüfft. „Ist das Verfolgungswahn oder gibt es einen konkreten Grund für dieses Misstrauen?"

„Es gibt einen Grund."

Er beobachtete, wie sie zu interpretieren versuchte, dass keine Erklärung folgte. Dabei strich sie mit dem Zeigefinger über die Zinken ihrer Gabel. „Wirst du mir verraten, welcher das ist?"

„Nein."

„Wirst du mich wenigstens bewaffnen?" Sie legte die Gabel geräuschvoll auf den Tellerrand.

Nick war belustigt. Aber auch beeindruckt, dass sie ihre Neugier zügeln und an den praktischen Aspekt denken konnte. Dass sie frustriert und genervt klang, amüsierte ihn. Sie war so temperamentvoll. Er hingegen blieb stets kühl und beherrscht.

Das Problem war nur, dass das Feuer der Prinzessin das Eis in ihm mit alarmierender Geschwindigkeit zum Schmelzen brachte.

„Versprichst du mir, nicht aus Versehen auf mich zu schießen?", fragte er trocken.

„Ich schwöre. Ich werde nicht auf dich schießen ..." Sie zögerte, ehe ein übermütiges Funkeln in ihre Augen trat. „Jedenfalls nicht aus Versehen."

Mit diesem unschuldigen Blick ihrer großen braunen Augen konnte sie einen Mann glatt um den Verstand bringen. Er schaute auf ihren Mund. Diesmal trug sie keinen glänzenden Lippenstift. Ungeschminkt waren ihre Lippen von einem natürlichen, sinnlichen Pink. Verlockend und verführerisch ...

Verdammt. Schon wieder war die erotische Spannung zwischen ihnen deutlich spürbar. Doch Bria hatte ihm zu verstehen gegeben, dass die Geschichte einseitig war. Sie hatte eine Linie im Sand gezogen, und da diese intensive Anziehung ohnehin nicht logisch war, würde Nick diese Grenze auch nicht überschreiten. Es war schlauer, das nicht zu tun. Er hatte schon genug Probleme. Vor allem aber, und das war der entscheidende Punkt, war sie Gast auf seinem Schiff.

Bria war sicher vor ihm, es sei denn, sie gab ihm grünes Licht. Trotzdem konnte er den brennenden Wunsch, sich in diesem Moment auf sie zu stürzen, nicht leugnen. Er umfasste sein Weinglas mit beiden Händen und drehte es zwischen den Fingern.

Wer war die wahre Prinzessin Gabriella Visconti? Die aufrichtig besorgte Schwester, die alles daransetzte, um die Investition ihres Bruders zurückzubekommen? Oder die welterfahrene Frau, die gekonnt Leidenschaft spielte? Eines von beidem traf auf sie zu. Entweder war sie die Prinzessin, die nicht über so viel Erfahrung verfügte, wie ihr Flirten vermuten ließ. Oder aber sie spielte ein gefährliches Spiel.

Auf jeden Fall brachte sie Nick seit ihrer ersten Begegnung ziemlich durcheinander.

Unschuldig oder nicht, die Vorstellung von Bria mit einer Waffe in der Hand fand Nick äußerst erotisch. Er lehnte sich mit seinem Glas in der Hand zurück. „Ich habe eine 9-mm-Bersa im Safe. Kannst du damit umgehen?"

„Ja", antwortete sie, als sei es absolut nichts Besonderes, mit allen möglichen Schusswaffen umgehen zu können.

„Dein Bodyguard muss alle Hände voll mit dir zu tun gehabt haben."

Bria atmete langsam aus und wirkte plötzlich traurig. „Marvin ist vor ein paar Jahren an einem Schlaganfall gestorben. Ich vermisse ihn immer noch sehr."

„Ja, es ist hart, ein Elternteil zu verlieren, ganz gleich, wie alt wir sind."

„Er war nicht mein ...", begann sie, doch dann verstand sie. „Danke. Es stimmt, so habe ich ihn gesehen", bestätigte sie, und ein Lächeln huschte über ihr Gesicht. „Stehst du deinen Eltern nah?"

Auch er hatte den Verlust seines Vaters noch nicht überwunden. Um den Tod endgültig akzeptieren zu können, war hier zu viel Groll im Spiel und Dinge, die nie mehr ganz geklärt werden würden. „Meine Eltern leben beide nicht mehr. Meine Mutter starb, als ich noch klein war, mein Vater vor ein paar Jahren. Ihr stand ich nah, ihm nicht so." Er trank einen Schluck Wein. „Und was machst du so, wenn du keine Prinzessin bist?"

Ihr leises Lachen war wie eine sanfte Berührung seiner Haut. „Ich war arbeitslos, seit meine letzte Firma vor einem Jahr pleiteging. Dass ich den neuen Job noch nicht angetreten habe, erweist sich im Nachhinein als Segen. Denn mein neuer Arbeitgeber wäre bestimmt nicht begeistert gewesen, wenn ich für unbestimmte Zeit unterwegs wäre, um Dravens Probleme zu lösen. Eigentlich sollte ich nächste Woche anfangen. Das ist eine einmalige Chance bei einem internationalen Public-Relations-Unternehmen in Sacramento. Ich hoffe, die warten auf mich, bis ich nach Hause komme."

Sie riskierte einen Traumjob, um das Land zu retten, das ihr Bruder anscheinend zu ruinieren beabsichtigte. „Leute mit deiner Qualifikation kann es nicht allzu viele geben."

Sie verzog das Gesicht. „Leider doch", sagte sie zerknirscht. „Aber da ich von hier aus ohnehin nicht viel ausrichten kann, werde ich mich erst nach meiner Rückkehr mit der Situation befassen." Sie deutete auf den dampfenden Whirlpool. „Wann hast du zuletzt dort gesessen und die Sterne betrachtet?" Seine Fantasie bekam heute Abend reichlich zu tun, denn sofort malte Nick sich aus, wie Bria sich nackt im Wasser rekelte. Rasch trank er einen Schluck Champagner, um sich die Kehle zu befeuchten. „Ist schon eine Weile her."

„Dachte ich mir. Ich kann mir auch gar nicht vorstellen, wie du untätig dasitzt und die Sterne betrachtest."

Damit lag sie richtig. „Möchtest du hinein?" Und schon wieder stellte er sich Bria nackt vor, was ihn so zuverlässig wie vorher erregte.

„Hättest du etwas dagegen, wenn ich meine Füße hineinhalte?"

Warum bot sie nicht gleich an, ihn mit einem Bleigewicht an den Füßen über Bord zu schmeißen? Dabei wäre ihm das Atmen auch nicht schwerer gefallen als in diesem Moment. Sie trug ein trägerloses Kleid, darunter einen String und keinen BH.

Er nahm die Flasche und schenkte sich nach. Ihr Glas war noch voll. Er konnte an nichts anderes mehr denken, als ihr dieses knappe Kleid auszuziehen ... Allmählich verließ ihn seine Selbstbeherrschung. Mit jedem Augenaufschlag, mit jedem Lächeln wurde es schlimmer. Bei der Erinnerung daran, wie sich ihr straffer Po in seiner Hand angefühlt hatte, ballte er unwillkürlich die Faust. Diese Erinnerung musste er nicht erst ausgraben. Er hob die Hand und bot Bria wortlos an, den Whirlpool zu benutzen. Das Deck, der Tisch, ja das ganze Schiff gehörte ihr. Sie verstand es, ihn mühelos um den Finger zu wickeln.

TEN

Bria sprang auf, kickte die Schuhe fort und lief zum Whirlpool. Sie setzte sich an den Rand, ließ die Beine im warmen Wasser baumeln und summte ein Lied. Dann lehnte sie sich zurück und stützte sich dabei auf die Hände. Dadurch bog sie den Rücken auf eine Weise durch, die die Wölbung ihrer Brüste aufregend zur Geltung brachte.

Nick leerte die Hälfte des Champagners in seinem Glas, was jedoch sein Verlangen nicht im Geringsten dämpfte. Vielleicht war über Bord zu springen die einzige Lösung, Bria zu entgehen. „Wie war es, nach all den Jahren nach Marrezo zurückzukehren?"

„Gut ..."Sie lachte in sich hinein, und auch das löste sinnliches Verlangen in ihm aus. „Komisch. Alles war noch fast wie damals. Aber ich hatte mich verändert. Draven natürlich auch. Als ich ihn das letzte Mal sah, war er knapp dreizehn. Es war ein ziemlicher Schock, zu erfahren, dass er nicht nur lebt, sondern kurz davor stand, zum König gekrönt zu werden." „Wie hat er dich auf gespürt?"

„Oh, das hat er nicht", entgegnete sie. „Von mir wusste auch niemand, dass ich noch am Leben bin. Marvin sorgte dafür, dass ich geschützt und versteckt bin. Von Dravens triumphaler Rückkehr erfuhr ich aus den Nachrichten. Daraufhin rief ich umgehend im Palast an." Sie machte ein zerknirschtes Gesicht. „Nach einer gründlichen Überprüfung wurde ich zur Krönungsfeier eingeladen. Die war, na ja, spektakulär. Die Menschen waren glücklich über die Rückkehr der Familie."

Nick versuchte, sich auf ihre Worte zu konzentrieren, statt auf ihre sexy Beine und die schmalen Füße, mit denen sie träge im Wasser planschte. „Und dein Bruder? War er auch froh über deine Rückkehr?"

„Selbstverständlich. Das waren wir - sind wir beide. Es war nur merkwürdig, meinen Bruder plötzlich als Erwachsenen zu erleben", gestand sie. „Als ich ihn zuletzt sah, war er ein Energiebündel, größer als unser Vater, aber auch magerer. Er hatte abstehende Ohren wie ein Elefant, mit denen ich ihn gnadenlos aufzog."

„Ja, so was machen Geschwister", murmelte er und lehnte sich nach vorn, als wollte er ihr näher sein, ehe er wieder Haltung annahm.

In ihr unbeschwertes Lächeln mischte sich die alte Traurigkeit. Es ging ihm sehr nahe, die Veränderung in ihren Zügen zu erkennen.

„Wie dem auch sei, jetzt ist er erwachsen", sagte sie. „Er wuchs fern der Heimat auf, deshalb ist es für ihn nach so langer Abwesenheit schwierig, König zu sein. Viel Zeit bleibt ihm nicht, sich mit mir zu befassen. Manchmal mache ich mir Sorgen um seine Gesundheit. Im Lauf der letzten Jahre ist er bedenklich übergewichtig geworden. Er hat Diabetes und hohen Blutdruck." Sie zuckte unglücklich die Schultern. „Er achtet nicht besonders auf sich, und Dafne ... ich fürchte, sie wird ihn zu Tode lieben."

„Du kannst ihn nicht vor allem Unheil bewahren."

„Ja, du hast recht", räumte sie ein.

Nick beobachtete sie, wie sie zum Sternenhimmel hinaufsah. Er hatte keine Ahnung, warum er die nächsten Worte sagte. Vermutlich wollte er Bria ein wenig trösten. „Diese Investition in die Bergung des Schatzes wird sich vielfach auszahlen. Du brauchst dir jedenfalls keine Sorgen zu machen, dass dein Bruder seine Investition verlieren könnte."

„Das Geld wird dann nur zu spät kommen, fürchte ich. Wenn Draven nicht binnen dreißig Tagen an die Bank zahlt, fällt Marrezo an Italien zurück." Sie zögerte und schien ihre nächsten Worte abzuwägen.

„Was?", forderte Nick sie auf weiterzusprechen.

„Um ehrlich zu sein, hat es fast den Anschein, als sei es ihm egal. Aber das liegt nur daran, dass er alles richtig zu machen versucht. Er ist einfach überfordert."

„Wäre es denn für das Land so schlecht, wenn es an Italien fiele?",
wollte Nick wissen.

Bria dachte einen Moment darüber nach und schaute erneut hinauf
zu den Sternen. Ihre olivfarbenen nackten Schultern glänzten vom
Dampf des Whirlpools. „Eigentlich nicht. Nur wirft Draven damit das
Familienvermächtnis einfach weg. Wir haben das Land durch die
Kreuzzüge geerbt, und es wird seit fünfundzwanzig Generationen von
den Viscontis regiert." Das konnte er respektieren. Ein Vermächtnis
konnte auch zur Belastung werden, aber Nick und seine Brüder hatten
von ihrem Vater außer Cutter Cay wenigstens die Liebe zum Meer
geerbt.

„Würdest du zurückkehren und dort leben wollen? Deinem Bruder
bei der Regierung des Landes helfen?"

„Das hat Marvin immer gehofft und sich für mich gewünscht", sagte
sie und hob einen nackten glänzenden Fuß aus dem Pool. Das Wasser
tropfte von ihren Zehen, deren Nägel rot lackiert waren. Der zarte
Zehenring funkelte im Licht. „Er hat mich jahrelang darauf vorbereitet.
Aber ich bin nicht die rechtmäßige Thronfolgerin. Wäre Draven damals
bei dem Massaker getötet worden, hätte unser Cousin Antonio König
werden sollen."

„Ist er in Ordnung?"

„Absolut", versicherte sie ihm sofort, und nur die Tatsache, dass sie
von einem Familienmitglied sprach, verhinderte Nicks Eifersucht. Er
lenkte sich ab, indem er ihr ein Handtuch aus dem kleinen Regal neben
dem Whirlpool holte und es ihr zuwarf.

„Aber mein Lebensmittelpunkt ist nicht mehr in Marrezo", fuhr sie
fort. „Ich bin inzwischen viel zu sehr Amerikanerin. Dravens Frau und
ich mögen uns außerdem nicht. Ich will ihm nur helfen, aus dem
Schlamassel, den er sich eingebrockt hat, wieder herauszukommen. In
Marrezo zu leben, kann ich mir nicht mehr vorstellen."

Der Wasserdampf trug den Pfirsichduft ihrer Haut zu ihm und
machte ihn halb wahnsinnig vor Verlangen. Auch wenn er aus vielerlei

Gründen hier draußen keinen Sex mit Bria haben würde, richtete Nick den Blick unwillkürlich auf die schwach erleuchteten Fenster des Sonnenraums. Jeder dort drinnen konnte sie sehen. Genau deshalb hatte er den Tisch ja auch hier decken lassen.

Er schaute wieder zu Bria. „Ist das Land finanziell so instabil, wie du befürchtest?"

„Ich glaube, die Lage ist noch schlimmer", erwiderte sie ernst. Sie kreuzte die Knöchel, hob beide Füße aus dem Pool und beobachtete, wie das Wasser heruntertropfte. „Antonio ist Staatsminister. Er steht mit mir wegen dieser Sache in Kontakt."

Erneut zögerte sie, ehe sie seufzend gestand: „Dies ist nicht die erste Verrücktheit, die Draven produziert hat. Eher die fünfte. Das Land befand sich in einer echten Notlage, als er es vor über zwei Jahren übernahm. Antonio schwört, dass es noch eiserne Finanzreserven gab und Draven deshalb niemals hätte zur Bank gehen müssen." Sie strich sich die Haare aus dem Gesicht, eine offensichtlich frustrierte Geste. Die dunklen Strähnen fielen ihr über die Schulter wie ein glänzender schwarzer Umhang.

Woher waren die fünf Millionen gekommen? Wenn es sich um ein Bankdarlehen handelte, konnte Draven es erst zurückzahlen, wenn seine Investition Gewinn brachte. „Worin besteht eigentlich das Problem?"

„In den vergangenen zwanzig Monaten hat mein Bruder in alarmierendem Tempo Marrezos Staatsfinanzen geplündert, um damit zu spekulieren."

Nick kannte diese Geschichte nur allzu gut. „Lass mich raten", unterbrach er sie und rückte seinen Stuhl näher an den Whirlpool heran, wo er sich erneut setzte. Er streckte die Beine aus und schlug sie an den Knöcheln übereinander, keinen halben Meter mehr von Bria entfernt. Sie warf ihm einen misstrauischen Blick zu.

„Er hat alles verloren", vermutete Nick.

„Bei Cutter Salvage zu investieren, war ein letzter Versuch. Eine weitere Anlage."

Nick schüttelte den Kopf. Ihm gefiel nicht, was er hörte. Kein Wunder, dass sie so sehr darauf bedacht war, das Geld zurückzubekommen. „Wenn er durchhält, bekommt er das Sechsfache seiner Investition zurück", erklärte er. „Sechshundert Prozent. Er hat Glück, diese Bergung wird sich auszahlen." Das galt normalerweise für alle Unternehmungen von Cutter Salvage. Er, Logan und Zane recherchierten ihre Wracks eben gut und überließen wenig dem Zufall. Alle ihre Risiken waren genau kalkuliert.

„Du hast erklärt, es könnte ein Jahr dauern", sagte sie leise.

Dazu hatte Nick nichts mehr zu sagen, denn sie kannte die Fakten ja bereits. Er trommelte mit den Fingern gegen das Champagnerglas. „Glaubst du, er würde sofort sein Darlehen zurückzahlen, wenn er morgen fünf Millionen Euro in der Hand hielte?" Und wie viel bliebe dann noch für den Staatshaushalt?

Bria schwieg eine ganze Weile, ihre Miene verriet tiefe Anspannung. „Ehrlich gesagt, ich weiß es nicht."

Trotz seiner kühlen Art konnte man sich überraschend locker mit Nick unterhalten, stellte Bria fest. Ihre Freunde wussten wenig über ihre Herkunft und kannten sie nur als Bria, das temperamentvolle arbeitslose italienische Mädchen, das auf der Suche nach einem Job war.

Sie hatte Nick mehr von sich erzählt als irgendeinem Menschen sonst. Niemand in Sacramento ahnte, dass sie einst eine Prinzessin gewesen war. Vermutlich wäre es ihnen egal gewesen. Warum sollte es sie auch groß kümmern? Sie war weder in Kalifornien Prinzessin noch in Marrezo.

Und was hatte sie nun über Nick erfahren? Nichts, was sie nicht vorher schon wusste. Er war ziemlich gut darin zu plaudern, ohne viel von sich selbst zu erzählen. Wahrscheinlich wäre er ein erfolgreicher Spion, wenn er dieses Bergungsunternehmen nicht hätte, überlegte sie.

Bria stand vom Rand des Whirlpools auf und nahm das Handtuch, damit sie all die Stellen, die Nick schon berührt hatte, bedecken konnte. Beim Aufstehen musste sie das kurze Kleid herunterziehen, um nicht zu viel Bein zu zeigen.

Die Unterhaltung hatte ihr eine neue Seite von Nick Cutter offenbart, und sie war nicht ganz sicher, wie sie damit umgehen sollte. Eines stand zumindest fest - von jetzt an würde sie nichts mehr von sich preisgeben. Er wirkte sehr entspannt, wie er dasaß, die Hände auf dem flachen Bauch gefaltet, die Beine lang ausgestreckt. Bria hingegen verspürte das Bedürfnis, sich zu bewegen. Jedenfalls irgendetwas gegen die innere Unruhe zu tun und nicht nur zu sitzen.

„Ich nehme nicht an, dass du an Bord einen Tennisplatz hast ?" Vorsichtshalber fragte sie, da es auf der *Scorpion* so ziemlich alles zu geben schien.

Nick musterte sie skeptisch, ohne seine Haltung zu verändern. „Es gibt einen voll ausgestatteten Fitnessraum. Aber es ist fast Mitternacht, Prinzessin. Ist es da nicht schon ein bisschen zu spät für Sport?"

Wenn Bria gestresst war, joggte sie gern und verausgabte sich. Und momentan war sie sehr gestresst. Nicht zu wissen, wo Nick sie heute Nacht unterbringen würde, machte die Sache nicht gerade besser. Ein Fitnessraum wäre großartig. Noch besser wäre es, wenn sie die intensive Erregung, die sie verspürte, abreagieren könnte, bevor sie wieder unter Deck gingen.

Wegen Nick und seiner vermeintlichen Absichten machte sie sich keine Sorgen. Sie war sich ziemlich sicher, dass er sich ihr nicht mit Gewalt nähern würde.

Nein, sie sorgte sich wegen ihrer Reaktion auf ihn.

„Wäre es für dich in Ordnung?", fragte sie, auf sein Angebot mit dem Fitnessraum eingehend. Vermutlich würde er sie begleiten wollen. Bevor der Mörder gefangen war, würde Nick
nicht zulassen, dass sie sich allein an Bord bewegte.

„Klar doch." Dass er so leicht nachgab, überraschte sie. „Gehen wir nach unten und ziehen uns um."

In seiner Kabine lagen Brias bunte Kissen auf einem Sessel neben dem Fenster, das Bett war auf beiden Seiten aufgeschlagen. Ihr Herz pochte, und sie fühlte, wie ihr der Schweiß auf die Stirn trat. Für einen Moment blieb sie stehen, unfähig, noch einen Schritt weiter zu gehen, da ihr lauter heiße erotische Szenen durch den Kopf schossen.

Nick bekam von alldem nichts mit. Er betrat seinen begehbaren Kleiderschrank und tauchte mit seinen Sachen und einem Paar nicht mehr ganz so frisch aussehenden Turnschuhen auf. „Bist du noch nicht umgezogen?"

Bria nahm Shorts und ein Trägerhemd und verschwand damit im Bad. Nachdem sie die Tür hinter sich geschlossen hatte, lehnte sie sich dagegen, die Hand auf ihrem klopfenden Herzen. Die ganze Sache würde peinlich und unangenehm werden. Und zwar für sie. Nick schien das alles ganz offensichtlich überhaupt nichts auszumachen.

Während sie aus dem Bad kam, band Bria ihre Haare zu einem Pferdeschwanz zusammen. Sie hatte sich für die geborgten weißen Shorts und ein limonengrünes Top entschieden. An den Füßen trug sie nagelneue Laufschuhe, die Khoi ihr zusammen mit den Kleidungsstücken gebracht hatte.

Nick war nirgends zu sehen. Das Bett sah kein bisschen weniger einladend aus als vor drei Minuten. Ihr Puls beschleunigte sich, als hätte sie sich schon sportlich betätigt. Dabei war sie noch nicht einmal bei den Dehnübungen.

„Hier bin ich", rief Nick aus dem Raum nebenan. Bria betrat das Büro, wo er schon in schwarzen Shorts und einem engen verwaschenen grauen T-Shirt auf sie wartete. Die Ärmel waren abgerissen, sodass sie seine muskulösen Oberarme sehen konnte. Dieser Mann hatte seinen athletischen Körper nicht durch Fitnesstraining bekommen, sondern durch körperlich anspruchsvolle Arbeit. Bria klebte die Zunge am Gaumen.

„Fertig?"

Nicht einmal annähernd. „Klar."

Sie nahmen die Treppe hinauf zum Sonnendeck und gingen am Kinosaal vorbei, dessen Tür offen stand. Drinnen war es dunkel. Der Filmmarathon war vorbei. Sie waren allein auf dem Deck. Na toll, dachte Bria und fühlte eine leichte Panik in sich aufsteigen.

Nick stieß eine der Doppeltüren zum Fitnessraum auf und schaltete das Licht ein. Der Raum war topmodern ausgestattet, mit allen nur erdenklichen Übungsgeräten. Mehrere große Flachbildschirme hingen strategisch verteilt an drei Wänden. Die vierte bestand aus einer Glasfront, hinter der man das Hubschrauberlandefeld und das Meer sehen konnte. Draußen war es mittlerweile vollkommen dunkel, sodass sich Bria und Nick jetzt in den Glasscheiben spiegelten.

„Such dir etwas aus", forderte er sie auf und deutete auf die Einrichtung, als handele es sich um ein Bankett.

„Ich nehme das Laufband." Es gab zwei nebeneinander.

Nick schaltete das TV-Gerät ein und warf ihr einen Blick über die Schulter zu. „Landstraße? Aschenbahn? Stadtkurs? Was hättest du gern?"

Eine ruhige, sichere Kabine für mich allein, dachte sie. Es war gut, sich noch etwas zu wünschen. „Ich nehme die Landstraße."

Wow, so nervös und sich der Nähe eines Mannes hyperbewusst war sie in ihrem ganzen Leben noch nicht gewesen. Als hätte sie Pheromone inhaliert, wodurch ihre weiblichen Antennen komplett auf ihn ausgerichtet wurden. Vielleicht funktionierten diese Lockstoffe tatsächlich nicht nur bei Insekten.

Das war verrückt. Sie wusste nichts über diesen Mann. Ja, sie war sich nicht einmal ganz sicher, ob sie ihm wirklich vertraute. Trotzdem hatte sie ihm während des Abendessens alles Mögliche über sich erzählt. Er hingegen hatte von seinem Leben so gut wie nichts preisgegeben. Hatte er sich womöglich nur seiner ganz eigenen Methode bedient, um sie auszuhorchen?

Ihre Nervosität und ihre Beklommenheit wegen des Schlafarrangements verwandelten sich in Empörung. Ja, genau das hatte er getan. Es war eben sein verdammtes Boot, auf dem er die verdammten Regeln machte.

Bria absolvierte ein paar Dehnübungen. Es spielte keine Rolle, wie lange sie lief. Irgendwann musste sie doch aufhören und ins Bett gehen. Vorerst fasste niemand den anderen an, sodass sie nicht mehr ganz so sehr auf der Hut sein musste und sich vielleicht ein klein wenig entspannen konnte.

Auf dem Bildschirm erschien eine friedliche, von Bäumen gesäumte unbefestigte Landstraße mit Feldern zu beiden Seiten. Der Himmel war blau, die Vögel zwitscherten, und eine sanfte Brise küsste ihr Gesicht, sobald sie das Laufband betrat. Cool. Sehr cool.

Sie wärmte ihre Muskeln langsam auf, dann stellte sie die Geschwindigkeit auf sechs Meilen pro Stunde, kam an zwei grasenden Kühen vorbei und an einer Eiche. Sie lief schweigend, auf ihre Atmung konzentriert, während sie dem Vogelgesang lauschte und dem Geräusch ihrer und Nicks Laufschuhe auf den Laufbändern. Bria konnte ihn nicht neben sich joggen sehen, dennoch war sie sich seiner Gegenwart nur allzu bewusst. Wenn sie den Kopf nur ein wenig zur Seite drehte, konnte sie sein Spiegelbild in der schwarzen Fensterscheibe auf der gegenüberliegenden Seite des Raums sehen.

Das war eine schnelle Methode, um aus dem Tritt zu kommen und zu stürzen. Konzentriere dich auf deine Schritte, ermahnte sie sich im Stillen. Nach zwei Meilen nahm sie Nick neben sich kaum noch wahr, und nach fünf hatte sie beinah vergessen, dass er da war. Irgendwann während der siebten Meile sah sie im Spiegel, wie er während des Laufens sein T-Shirt auszog. Er benutzte es, um sich das Gesicht abzuwischen. Anschließend warf er es auf den Boden.

Na fabelhaft. Jetzt konnte sie ihn ohne T-Shirt nicht beim Joggen beobachten. Ihr war schon ganz heiß, nicht nur vom Laufen, sondern vom Anblick seines von Schweiß glänzenden muskulösen

Oberkörpers, der sich in der Scheibe spiegelte, mit dem Sixpack, das sich bei jedem seiner Schritte anspannte. Bria zwang sich, wieder auf den Bildschirm zu schauen.

Sie liefen große und kleine Hügel hinauf, wateten durch flache Bäche und rannten über Felder voller gelber Wildblumen, um sich am Ende wieder auf der unbefestigten Landstraße zu treffen. All das, ohne ein Wort miteinander zu wechseln. Gut. Für einen Abend hatte sie schon genug von sich selbst preisgegeben. Nick Cutter wusste jetzt mehr von ihr als irgendwer sonst auf diesem Planeten.

Das war ein eigenartiges Gefühl.

Bria war außer Atem und schwitzte, als sie um eine Kurve kamen. So schnell rannte sie sonst nie, und das mörderische Tempo setzte ihr zu. Die Alternative - in die Kabine zurückzugehen, in der sich das aufgeschlagene Bett befand - veranlasste sie, noch ein wenig schneller zu laufen. Bis sie Seitenstiche bekam und sich die schmerzenden Rippen hielt.

„Das reicht." Nicks Stimme zerschnitt die Stille wie ein Messer. Sie waren seit über einer Stunde gelaufen. Brias Shorts und Top klebten an ihrem Körper, die Haare klebten ihr im verschwitzten Gesicht und am Hals, und sie atmete schwer. Ihr Herz schlug synchron zu ihrem schnellen Laufrhythmus.

„Ja ... machen ... wir ... Schluss", erwiderte sie keuchend.

Nick betätigte irgendeinen Schalter, und die friedliche Landstraße, die glücklichen Kühe und zwitschernden Vögel verschwanden abrupt. Er umfasste Brias Arm, da sie wegen des plötzlichen Verschwindens der Bilder taumelte. Das Laufband lief weiter. Sie war ohnehin schon genervt von seinem dominanten Gebaren. Dass er sie jetzt auch noch festhielt, war ihr zu viel. Energisch schüttelte sie seine Hand ab. Seine Finger rutschten von ihrem Arm, während sie ihren Laufrhythmus beibehielt.

Ihre Laune wurde immer schlechter. Seit sie Kalifornien verlassen hatte, um die Fehler ihres Bruders auszubügeln, spürte sie eine gewisse

Gereiztheit. Die neuerdings hinzukommende sexuelle Anspannung trug nicht gerade dazu bei, ihre Stimmung zu heben.

„Ich ... normalerweise renne ich ... zwei ... Stunden", erklärte sie keuchend. Sie lief deshalb so viel, weil sie arbeitslos war und nicht plötzlich dreihundert Kilo wiegen wollte, weil sie den ganzen Tag aus lauter Frust aß.

„Ich laufe normalerweise gar nicht", gestand Nick und rieb sich das Gesicht und die Haare mit einem weißen Handtuch trocken. „Die Zeit ist um, Prinzessin. Gehen wir ins Bett." Genau das war der Grund, weshalb sie mitten in der Nacht wie eine Irre rannte. Aber für den Fall, dass er es noch nicht begriffen haben sollte, formulierte sie es unmissverständlich: „Ich werde ... nicht... mit... dir ... schlafen!"

„Wer hat denn noch die Kraft für Sex, nachdem du mich schon auf diese Weise geschafft hast?"

Sie wusste, dass das nicht stimmte. So sehr schwitzte er gar nicht, und außer Atem war er auch nicht. Bria schon.

„Ich habe noch genug Kraft zum Laufen", behauptete sie, beinah nach Luft schnappend. Sie versuchte, ihr Tempo sogar noch zu steigern, merkte aber selbst, dass sie allmählich schlapp wurde. Sie hätte vor fünfzehn Minuten aufhören sollen.

Nicks kühler, beinah herablassender Ton ärgerte sie. Auf keinen Fall wollte sie aufgeben, nur weil er es gesagt hatte. „Geh ruhig schon", sagte sie zwischen zwei Atemzügen. „Ich komme allein zurecht."

Bria wusste, dass sich an Bord ein Mörder aufhielt und sie nirgendwo allein sein sollte, bis der Mann gefasst war. Ja, das hatte sie alles verstanden. Aber so, wie sie sich im Augenblick fühlte, würde sie lieber einen entschlossenen Angriff auf ihre Person abwehren, als sich mit Nicks unterkühlter Art herumzuschlagen. Denn mit der konnte sie überhaupt nicht umgehen.

Er kam ihr vor wie ein Vulkan mit einer Schneekuppe. Ein schlummernder Vulkan. Außen steinig und schroff, aber darunter brodelte glühende Lava. Noch nicht erloschen, aber längst nicht heiß genug für einen echten Ausbruch.

Er verwirrte sie, erregte sie und brachte sie auf die Palme. Sie wurde einfach nicht schlau aus ihm. Jedenfalls wollte sie seine Selbstbeherrschung nicht ausgerechnet in seinem Bett auf die Probe stellen.

Bria fühlte sich, als könnte sie vor Anspannung explodieren. Das waren die Nerven und der Stress. Und auch die Angst, wie sie zugeben musste. Wenn Nick sie wenigstens nicht anfassen würde, könnte sie ihre Emotionen in den Griff bekommen.

Aber offenbar war ihm nicht nach Zurückhaltung, denn plötzlich legte er ihr den Arm um die Taille und hob sie vom Laufband. Bria stieß vor Überraschung einen kleinen Schrei aus.

„Die Zeit ist um." Die Maschine stoppte. Nick stellte Bria auf die Füße.

Ihre Beinmuskeln vibrierten, und ihr Herz pochte so heftig, dass ihr ganzer Körper bebte. Erst jetzt wurde ihr klar, wie dünn ihr Nervenkostüm schon den ganzen Tag gewesen war. Dass er sie nun auf diese Weise packte, sie berührte, wo sie ohnehin gereizt war, brachte das Fass zum Überlaufen.

Bria verlor die Fassung.

Mit einem wütenden Aufschrei fuhr sie ihn an: „Sag mir bloß nicht, was ich zu tun habe!" Sie ballte die Faust und boxte ihn, so fest sie konnte, gegen seine breite Brust.

Er wich aus, sodass sie ihn lediglich am Arm traf. „Beruhige dich", sagte er so unbeeindruckt, dass es ihren Zorn nur noch stärker anfachte. „Du tust dir noch selbst weh."

Bria wischte sich mit dem Unterarm den Schweiß aus dem Gesicht und sandte ihm einen tödlichen Blick. „O nein, ich werde dir wehtun!" Sie holte erneut aus und traf diesmal seine glänzende Schulter. Die war steinhart. Tatsächlich schmerzten ihre Fingerknöchel, was Brias Wut noch steigerte. Mit erhobenen Fäusten, wie bei einem Boxkampf, tänzelte sie um ihn herum.

„Ich lasse mich von dir nicht schikanieren!" Nächster Boxhieb. „Oder herumschubsen." Ein Thai-Kick in seine Rippen veranlasste ihn immerhin, die Brauen zu heben. „Fahr zur Hölle, du ... du stupido!"

Sie wollte ihm das Knie in den Unterleib rammen, doch er wich ihr geschickt aus. Seine blauen Augen funkelten, aber Bria ignorierte dieses deutliche Warnsignal und trat ihn vors Schienbein.

Diesmal zuckte er tatsächlich zusammen. „Gabriella, hör auf!" Seine Hand schoss vor - oje, nun war sie zu weit gegangen. Aber nein, er schlug sie nicht. Stattdessen legte er ihr die Hand auf die Stirn, sodass sie nicht mehr näher kommen konnte.

Bria schleuderte ihm noch einige Verwünschungen auf Italienisch entgegen: „Callate el osico gordota."

Nick fing an zu lachen. „Halt die Klappe? Mehr fällt dir nicht ein?"

Sie stutzte. „Gefallen dir meine Verwünschungen nicht? Wie ist es damit?" Sie holte aus, aber alles, was Marvin ihr beigebracht hatte, war vergessen. Alles. Besonders die Disziplin.

Und daran war nur dieser verdammte Nick Cutter schuld.

Sie sah sich selbst, verrückt und außer sich. Und es machte ihr Angst, dass Nick, ja überhaupt irgendwer, sie dazu bringen konnte, sich derartig zu vergessen. Tränen stiegen ihr in die Augen. Beruhige dich, ermahnte sie sich. Beruhige dich. Verdammt, sie würde ihm eher einen Kinnhaken verpassen, als vor ihm zu weinen.

Sie wusste nicht, wohin mit ihren Emotionen, während er dauernd kühl und vollkommen beherrscht wirkte. Das regte sie maßlos auf. Hinzu kam, dass er sie mit seiner Hand außerhalb seiner Reichweite hielt. Egal, was sie versuchte, sie kam nicht an ihn heran, solange er ihr die Hand vor die Stirn hielt. Also grub sie ihre Fingernägel in seine starken Handgelenke. Eine Wirkung erzielte sie damit nicht. Sie versuchte, ihn zu treten, verfehlte ihn jedoch knapp.

Allmählich hatte sie die Nase voll. Sie stieß einen frustrierten Laut aus. „Du machst mich stinkwütend!"

Das schien ihn wenig zu beeindrucken, denn er erwiderte nur: „Das sehe ich."

Bria ließ die Arme sinken und stand keuchend da. Nicks Hand lag nach wie vor auf ihrer Stirn. Tränen brannten in ihren Augen. Das war seine Chance. Blitzschnell schlang er ihr den Arm um die Taille, zog sie an seine muskulöse Brust und trug sie durch den großen Fitnessraum.

Bria wehrte sich bei jedem Schritt, den er machte. „Lass mich sofort herunter! Nick, ich warne dich ..."

Verzweifelt grub sie die Nägel in seinen Unterarm, der sie wie ein stählernes Band umklammert hielt und ihr die Luft abschnitt. Sie konnte sich kaum rühren, und sie hasste diese Hilflosigkeit. Tränen der Wut liefen ihr die Wangen hinunter. Ihr Weinen machte sie noch wütender.

Nick stieß mit dem Fuß eine Tür auf, und Bria streckte das Bein aus, um sich gegen den Türrahmen zu stemmen und den Weg zu blockieren. Vor Wut konnte sie schon nicht mehr klar denken. „Was immer dir auch vorschweben mag ..."

Nick drehte sich einfach zur Seite, sodass ihr Fuß vom Türrahmen rutschte, und trug sie in den dunklen Raum, während sie schrie und um sich trat. Vom Fitnessraum fiel ein schmaler Lichtstreifen herein, doch die Einrichtung des Raumes, in den Nick sie schleppte, interessierte sie herzlich wenig.

„Was immer es ist... ich werde es nicht tun! Hörst du mich?", schrie sie. „Ich werde es nicht..."

Er warf die Tür mit dem Fuß zu, sodass sie plötzlich von einer solchen Dunkelheit umgeben waren, dass keine Orientierung mehr möglich war.

Treten und Zappeln half auch nicht, Nick ließ sie nicht los. Er trug sie wie einen Sack Katzenfutter oder so etwas. „Lass mich herunter ..."

Das Geräusch rauschenden Wassers ließ sie innehalten. Wollte er sie etwa unter die eiskalte Dusche stellen, damit sie sich beruhigte? Von wegen. Wild entschlossen fuhr sie fort, sich zur Wehr zu setzen.

Ohne jede Vorwarnung ließ er sie herunter, und sie schwang herum. „Hör auf, mich so grob zu behandeln ... he!" Ihr Rücken berührte eine kühle, feuchte Wand.

Und dann lag plötzlich sein Mund auf ihrem. Nick schaffte es trotz der völligen Dunkelheit, sie zielsicher zu küssen.

ELEVEN

Das Blut pochte in Nicks Adern, und sein ganzer Körper schien sich auszudehnen, als er Bria gegen die Wand der Dusche drängte. In der Wärme stieg ihm ihr aufregender Pfirsichduft in die Nase, wie immer wieder an diesem Tag. Der betörende Duft zerrte an seinen Nerven und drohte ihn gefährlich aus der Reserve zu locken.

Diese temperamentvolle italienische Prinzessin trieb ihn noch in den Wahnsinn. Er begehrte sie mehr, als sein ansonsten kühler, verlässlicher Verstand zu verarbeiten vermochte. Es war alles zu viel - die Marokkaner, der tote Grieche, die Diamanten und die Killer. Dazu Bria und sein permanent unerfülltes Verlangen nach ihr.

Er hatte einen Plan gehabt, an den er sich zu halten gedachte. Nur durchkreuzte diese Frau seit ihrer Ankunft diesen Plan gründlich.

„Du hast genau zwei Sekunden Zeit, um Nein zu sagen", erklärte er mit vor Erregung heiserer Stimme. „Danach gibt es kein Zurück mehr." Er hatte es für eine gute Idee gehalten, sie in diesen vollkommen stillen, kahlen Raum zu bringen, um sie auf diese Weise zu beruhigen. Nur hatte er nicht geahnt, dass es auf ihn selbst die gegenteilige Wirkung haben würde.

Und die Atmosphäre wurde in der Dunkelheit nicht weniger knisternd. Am liebsten hätte er ihr die Shorts vom Leib gerissen und Bria hier und jetzt genommen, im Stehen, an der Wand.

Stattdessen küsste er sie, während er auf ihre Antwort wartete, weil es ihn schon den ganzen Tag reizte. Seine Zunge fand ihre, und als er sie leidenschaftlicher zu küssen begann, ließ sie es nicht nur geschehen, sondern erwiderte den Kuss. Mit den Fingernägeln fuhr sie weniger sanft über seine Brust, während sie sich provozierend an seine Erektion presste.

Er neckte sie mit Zunge und Zähnen und schob eine Hand unter ihr Top. Ihre Haut fühlte sich erhitzt an, feucht und unglaublich weich, als er eine ihrer vollen Brüste umschloss. Mit dem Daumen rieb er die harte Knospe, was Bria ein Stöhnen entlockte.

„Eins", begann Nick heiser zu zählen.

„Das glaubst auch nur du", konterte sie und fuhr ihm mit den Fingern durchs Haar. Wild und stürmisch erwiderte sie den Kuss. Ihre Reaktion steigerte seine Erregung bis zu einem beinah schmerzhaften Level, sodass ihm sogar das Atmen schwerfiel. Was soli's, dachte er, dann atme ich eben nicht.

„Nein, Prinzessin." Nick massierte sanft ihre feuchte Brust und schob den Spitzen-BH zur Seite, damit er die seidenweiche Haut ganz an seiner Hand spüren konnte. Die harte Brustwarze drückte gegen seinen Handteller, und als er behutsam daran zupfte, warf Bria den Kopf in den Nacken und sog scharf die Luft ein.

„Ah, das wollte ich nur wissen."

Der süße Duft des Wasserdampfs überlagerte den betörenden Duft ihrer Erregung nicht. Ihre Halsmuskeln zogen sich zusammen, als sie schluckte. „Du kannst zählen, bis du schwarz wirst, Cutter. Ich mag es nicht, wenn man mir vorschreibt, was ich zu tun habe." Trotz dieser Worte erschauerte sie vor Lust.

Nick küsste ihren von einem hauchfeinen Schweißfilm bedeckten Hals und ihre Wange. Dann zog er ihr das verschwitzte Top aus, fand den Verschluss ihres BHs und befreite ihre Brüste daraus.

Er sehnte sich danach, Bria anzusehen, doch sie hier in der Dunkelheit zu spüren, halb nackt und eng an ihn geschmiegt, war ebenso wundervoll. „Ich kann hysterische Frauen nicht ausstehen", schoss er zurück und umfasste ihre Brüste mit verlangendem Griff. Dann saugte er erst an der einen, danach an der anderen Brustwarze.

Der leise, heisere Laut, den Bria von sich gab, verriet ihre Begierde. Sie bog den Rücken durch und küsste Nick noch wilder. Mit ihrer puren Weiblichkeit weckte sie all seine männlichen Instinkte.

Sein Körper verströmte Hitze, Schweiß rann über seine Haut und benetzte ihre. Fast war es, als seien sie miteinander verschmolzen. Nick biss sie zärtlich in den Hals, und sie wand sich.

„Du hast vergessen zu zählen", flüsterte sie triumphierend.

Nein, Nick hatte es nicht vergessen. „Zwei", sagte er angespannt. Bria stöhnte, als hätte er nicht bloß die nächsten Minuten besiegelt. Vielleicht Stunden. Selbst das würde nicht einmal annähernd reichen.

„Du machst mich wirklich rasend", hauchte sie und fuhr ihm mit den Fingernägeln über den Rücken.

„Ich mache dich nicht rasend, ich bringe dich ins Schwitzen." Nick klang längst nicht mehr so kühl, wie er beabsichtigte. Er fand den Knopf ihrer Shorts und zog anschließend den Reißverschluss herunter. Noch sehr deutlich erinnerte er sich an ihren Slip, diesen Hauch von Nichts, nur aus dünnen Bändern und Spitze bestehend.

„O bitte!" Sie biss ihn in die Unterlippe. „Schmeichle." Sie besänftigte den leichten Schmerz mit der Zunge und biss erneut zu, diesmal fester. Danach unterstrich sie jedes einzelne Wort mit einem kleinen Biss, wo immer sie mit dem Mund hingelangte. „Dir. Nicht. Selbst. Ich habe gerade ... eine Stunde Jogging hinter mir, deshalb schwitze ich. Ich fühle mich nicht im Geringsten zu dir ..."

Er schob die Hand in ihre offenen Shorts, fühlte ihren String und die weichen Locken unter dem hauchdünnen Stoff. Er schob den String zur Seite und ertastete die Feuchte zwischen ihren Beinen.

Bria löste die Zähne von seiner Schulter und stöhnte. Nachdem sie einige Sekunden lang wie erstarrt innegehalten hatte, ließ sie die Hand nach unten gleiten, bis sie mit bebenden Fingern seinen Reißverschluss gefunden hatte.

Bria war so feucht, wie er hart war.

Er war so erregt, dass es eine Weile dauerte, bis sie ihn befreit hatte.

„Lügnerin", sagte er grinsend und küsste sie erneut voller Leidenschaft. Genau wie ihm fehlte auch ihr die Geduld, weshalb sie ihm die Shorts nicht auszog, sondern einfach die Hand hineinschob.

Sofort schlossen sie die Finger um seinen Penis. Heißes Verlangen durchflutete Nick.

„Ich bin keine hilflose Frau, deren Schwäche du einfach so ausnutzen kannst."

„Der Gedanke ist mir auch nie gekommen." Er drang mit dem Finger in sie ein, und als Reaktion darauf schloss sie die schmale Hand fester.

Sie sog scharf die Luft ein und presste sich an ihn.

Mehr Ermunterung brauchte er nicht. Während er mit dem Zeigefinger in ihr war, rieb er mit dem Daumen ihren Kitzler und fand die Stellen, an denen er sie nur leicht berühren musste, um ihr lustvolle Laute zu entlocken und sie erschauern zu lassen.

„Die Zwei-Sekunden-Warnung ist abgelaufen", stieß er mit zusammengebissenen Zähnen hervor, während Bria ihn mit ihren geschickten Bewegungen um den Verstand brachte.

Er spürte, wie sich ihr Höhepunkt ankündigte, indem sich ihre Muskeln zusammenzogen. Der Orgasmus ließ ihren Körper erzittern und erfüllte die neblige Luft mit ihrem Duft. Sie bog sich Nicks Hand entgegen und biss ihn in die muskulöse Brust.

Ihre Lust fachte sein Verlangen an.

„Du spielst nicht fair", beklagte sie sich atemlos, schon auf halbem Wege zum zweiten Orgasmus. Er drang mit einem weiteren und dann mit noch einem Finger in sie ein. Ihre Muskeln schlossen sich fest darum, als wollten sie ihn genau dort festhalten, wo sie ihn brauchte. Nick setzte den Daumen ein, um Bria rasch zu einem weiteren heftigen Höhepunkt zu bringen.

Ihn ärgerte, dass er vor lauter Begierde die Selbstbeherrschung aufgegeben hatte. Alles, was sie tat, steigerte seine Lust und schwächte seine Standhaftigkeit. „Wer sagt denn, dass ich spiele?"

Was hier zwischen ihnen geschah, mochte das dringendste Verlangen stillen - aber es würde niemals genug sein. Jeder Blick, jede

Berührung weckte die Leidenschaft von Neuem, und daran würde sich nichts ändern.

Nick fuhr mit der Zunge an ihrem Hals entlang und küsste ihre Wange, während er sich die Shorts mitsamt den Boxershorts herunterzog und zur Seite warf. Dann befreite er Bria von ihrer restlichen Kleidung. Dabei brachte er sie mit der Hand zu einem weiteren kleinen Orgasmus.

„Mehr", forderte sie, schob beide Hände seine Taille hinunter und dann zu seinem Po. Sie drückte die Fingernägel in seine festen Pomuskeln und zog ihn näher zu sich heran.

„Mehr was?"

Das Wasser prasselte auf die Fliesen und traf als Sprühnebel auf Brias Haut, die mittlerweile auf jede Berührung ultrasensibel reagierte. Sie konnte nicht sehen, woher das Wasser kam, da sie nach wie vor von dampfender Dunkelheit umgeben war. Nicks großer, harter, nackter Körper drückte sie gegen die Wand. Sie spürte seinen Atem dicht am Ohr. „Mehr was, Prinzessin?"

Sie erschauerte und brachte kein Wort heraus.

„Mehr davon?" Er biss sie zärtlich in die Halsbeuge. „Oder davon?" Er spreizte die Finger in ihr.

Der nächste heftige Orgasmus kündigte sich an wie eine Flutwelle. „Ja", antwortete sie keuchend und packte seinen knackigen Po fester. Ihre lustvolle Sehnsucht war längst nicht gestillt, denn sie wollte nicht nur seine Finger spüren.

Mit seiner erstaunlich behutsamen Art und der Hingabe ans Detail bereitete er ihr süße Qualen. Sie wollte es hart und schnell und vor allem jetzt.

Die Augen zu schließen, half diesem Anschlag auf ihre Sinne zu begegnen. Die Dunkelheit machte alles intensiver, und ihr Herz hämmerte so wild vor Erregung, dass sie das Prasseln des Wassers kaum wahrnahm.

Nicks Zähne streiften ihre Unterlippe. Er biss zärtlich hinein, ehe er sie im nächsten Moment heiß und fordernd küsste. Ihre Begierde loderte hell auf, und sie gab einen wimmernden Laut von sich.

Sie spürte Nicks harten Penis an ihrem Oberschenkel und versuchte, sich in eine Position zu bringen, die ihm entgegenkam.

Aber Nick ging nicht darauf ein. Wie sehr sie sich auch wand und drehte, er hörte nicht auf, sie zu küssen. Und was für berauschende Küsse das waren! Bria war zu keinem vernünftigen Gedanken mehr fähig.

Erst nach einer ganzen Weile löste er die Lippen von ihren, sodass sie beide Atem schöpfen konnten.

„Hast du geglaubt, deine Wut würde mich abschrecken, Prinzessin?" Seine Worte waren kühl und ironisch. Das machte sie wütend.

„Nenn mich nicht..." Prinzessin, wollte sie sagen, verkniff es sich aber gerade noch, obwohl er das Wort stets abschätzig benutzte. Sie wollte jetzt keinen Streit, keinen Zorn. Nur Nick. Also versuchte sie, vernünftig zu bleiben, auch wenn ihr das in jeder Hinsicht schwerfiel. „Ich gebe zu, dass ich gelegentlich die Geduld verliere." Sie spürte, wie sich seine Muskeln unter ihren Händen anspannten. „Es war nichts Persönliches."

Er presste eine Reihe heißer kleiner Küsse auf ihren Hals. „Ich glaube, da irrst du dich. Ich bin sicher, es war sehr wohl persönlich", flüsterte er. Sein Haar streifte ihr Schlüsselbein, als er sich zu ihren Brüsten hinunterbeugte, um sie dort zu küssen. „Ich glaube, du wolltest mich auf Abstand halten, weil ich nicht auf dein charmantes Angebot eingegangen bin." Sie sog scharf die Luft ein und wollte etwas darauf erwidern, als er hinzufügte: „Das hat dein Ego verletzt."

„Das ist nicht ..."

Seine Lippen schlossen sich um eine ihrer Brustwarzen. Bria bäumte sich auf und ließ die Hände von seinem Po langsam hinauf zu seinen Schultern gleiten. Nick saugte an der harten

Knospe und umspielte sie mit seiner heißen, feuchten Zunge. Bria griff in sein Haar und ballte die Faust. Als Nick sie sanft biss, erschauerte sie und stieß sich von der gefliesten Wand ab. Das Blut in ihren Adern schien sich in flüssige Glut zu verwandeln.

„Apropos Ego", brachte sie mühsam heraus, musste jedoch sofort wieder innehalten und in der von heißem Wasserdampf erfüllten Luft um Atem ringen, da Nick in diesem Moment noch tiefer mit den Fingern in sie eindrang und sie gleichzeitig mit dem Daumen weiter und weiter erregte. Unwillkürlich stellte Bria sich auf die Zehenspitzen.

„Ich ... ich habe keine Angebote gemacht." Das klang nicht sehr sicher. Sie zog sacht an seinem Haar, weil sie das, was er mit der Zunge und den Lippen an ihren Brustwarzen anstellte, nicht mehr aushielt. Er leckte und küsste sie, und seine Bartstoppeln streiften ihre empfindliche Haut. Er begann erneut zu saugen, und Bria bekam weiche Knie. Benommen vor Lust, lehnte sie den Kopf gegen die Wand.

„Eine Frau ..." Jetzt widmete er sich der anderen Brust. Bria hielt seinen Kopf mit beiden Händen. „Hör auf", flüsterte sie mit rauer Stimme und hatte Mühe, die Worte zu formen. „Eine Frau kann einen Mann küssen ... ohne unbedingt gleich ... mit ihm ins Bett zu wollen!"

Mit seinen starken Fingern packte er ihren Po, während er auf dem Weg von ihren Brüsten abwärts eine Spur sinnlicher Küsse legte. „Nein hast du aber auch nicht gerade gesagt, Darling."

Sie spürte seinen warmen Atem zwischen den Oberschenkeln, und als er seine Finger in ihr drehte, explodierte ein buntes Feuerwerk vor ihren Augen. Er atmete tief ein, und sie wusste, dass er ihren Duft genoss. Den Duft ihrer Erregung, ihrer Begierde.

Sie schluckte hart. „Ich sagte Nein, tesoro", stellte sie klar. Sie konnte kaum noch stehen, geschweige denn sprechen. „Ich habe ziemlich deutlich Nein gesagt."

„Hast du. Aber dein Körper hat Ja gesagt."

„Ha! Jetzt sage ich Ja, und mein Körper sagt es auch. Und wie. Aber was machst du nun daraus?"

Er lachte leise, und sie fühlte seinen warmen Atem an ihrem Bauch. Im nächsten Moment spürte sie seine Zunge, vom Nabel hinunter und zwischen ihre Beine.

„Ich glaube", sagte er, während er vor ihr kniete, „dass du wundervoll schmeckst. Süß und köstlich." Seine Stimme war leise und eher ein Vibrieren. Seine Zunge fand ihre geschwollene kleine Knospe. Nick saugte daran, bis Bria es nicht mehr aushielt.

„Bitte ..." Es gab kein Entrinnen. Sie umfasste ihre Brüste und drückte zu, als er langsam seine Finger aus ihr zurückzog. Ihr Körper protestierte, indem sich ihre Muskeln fest um ihn schlossen. Sie stöhnte und rieb die Brustwarzen zwischen Daumen und Zeigefinger. Ein sinnlicher Sog bildete sich in ihr und wuchs zu einer riesigen Welle an.

„Bitte was?", hörte sie ihn fragen.

„Einfach nur ... bitte, Nick." Sie griff in sein Haar, doch er ließ sich nicht aufhalten. Das war eine seiner Eigenschaften, die sie auf die Palme bringen konnte: Er tat einfach immer, was er wollte. Und zwar nach reiflicher Überlegung.

Mit der Zunge drang er in sie ein und vollführte erotische, elektrisierende Kunststücke. Dabei gab er leise summende Laute von sich. Bria umfasste sein Gesicht und versuchte, ihn zu sich hochzuziehen. Endlich hob er den Kopf. „Das ist ... zu viel", erklärte sie atemlos. „Später ..."

Er sagte nichts, sondern küsste sie nur zärtlich auf den flachen, feuchten Bauch. Dann war er oben und presste die Lippen zu einem leidenschaftlichen Kuss auf ihre. Bria schmeckte sich selbst, was ihre Lust erneut anfachte.

Er unterbrach den Kuss. „Ich glaube, du bist es gewohnt, dass die armen Narren dir zu deinen königlichen Füßen liegen."

Einen Moment lang hatte sie keine Ahnung, wovon er eigentlich sprach. Oder warum er in dieser Situation überhaupt sprechen musste.

„Ich glaube, noch kein Mann hat es bisher gewagt, hinter deine Fassade aus großen braunen unschuldigen Augen zu blicken und zu erkennen, wie schlau und gerissen du bist."

Seine Stimme klang längst nicht mehr kalt und fest. Bria ließ die Hände über seine muskulöse Brust wandern, spürte die feinen Haare und küsste ihn auf den Hals. Sie fühlte das Pulsieren seiner Halsschlagader unter den Lippen.

„Alles, was du tust, ist dazu gedacht, einen Mann um den Verstand zu bringen", flüsterte er heiser. Bria nahm das Vibrieren seiner Haut an ihren Lippen bei jedem Atemzug wahr, jedem Wort. „Deine Augen sagen: Nimm mich. Aber wenn du sprichst, scheinst du mich wegjagen zu wollen."

„Im Augenblick neige ich eher zu ‚Nimm mich'", brachte sie mühsam und mit einem brüchigen Lachen heraus, nur eine Haaresbreite davon entfernt zu implodieren. „Du scheinst immer noch ein Problem damit zu haben. Wie wäre es, wenn wir es hinterher analysieren?"

„Wann ist hinterher?" Er legte beide Hände auf ihre Hüften und zog Bria an sich, sodass sie seine Erektion deutlich spürte. Der Druck war beinah schmerzhaft lustvoll. Die eine Hand ließ er zu ihrem Oberschenkel gleiten. Dann hob er ihr Bein an und drückte sie noch fester an sich. Doch noch war er nicht in ihr, wie sie es herbeisehnte. Sie brauchte ihn, jetzt, sofort. „Du spielst mit dem Feuer, Gabriella."

„Ach ja?" Sie schmiegte sich provozierend an ihn. „Na los, dann zeig mir mal dein Feuer, Mr Spock." Ihr Lächeln wich einem erschrockenen Laut, als er mit einer einzigen entschlossenen Vorwärtsbewegung tief in sie eindrang.

Bria war sofort verloren, ihr Schrei hallte durch den Wasserdampf. Nick hielt inne.

Sie brauchte einen Moment, um sich zu fangen. Und festzustellen, dass er sich noch immer nicht bewegt hatte. „Ich kann nicht mehr. Gib mir eine Minute", sagte sie mit belegter Stimme.

Sie brauchte wirklich etwas Zeit. Nur die Tatsache, dass er sie gegen die kühle Wand drückte, hielt Bria noch aufrecht. Andernfalls wäre sie glatt in sich zusammengesunken, völlig geschafft von den Orgasmen, die er ihr bereits beschert hatte. Jeder einzelne davon hatte die Wucht einer Lawine.

„So, die Zeit ist um", sagte er plötzlich und brachte sie damit zum Lachen.

„Das war ja nicht einmal eine Sekunde."

Er rieb das Kinn an ihrem Kopf. Das war sowohl beruhigend als auch verwirrend, besonders da sie spürte, dass er vor Anspannung bebte. „Bist du immer noch sauer?", flüsterte er ihr ins Ohr.

Sie deutete ein Kopfschütteln an, und schon allein das kostete sie unglaubliche Mühe.

„Mir ist noch keine Frau begegnet, die ihren Zorn so schnell vergisst wie du."

Er klang nicht vorwurfsvoll. Bria grinste. „Das ist eine Gabe." Sie fuhr mit der Zunge über seine Haut und biss ihn sanft. So wundervoll dieser Liebesakt auch war, es gefiel ihr nicht, so lange warten zu müssen.

Er zuckte zusammen und bewegte sich unwillkürlich in ihr. Dann legte er die Stirn an ihre. „Was hältst du davon, wenn wir uns an einen anderen Ort begeben?"

„Was hast du vor? Willst du mich umbringen?" Sie klang träge und heiser. Bria fühlte sich lustvoll ausgepowert. Sie schmiegte die Wange an seine Brust, während ihre Muskeln sich fest um seinen Penis schlossen.

Nick gab einen unverständlichen Laut von sich.

„Das wird leicht sein", murmelte sie und küsste ihn aufs Schlüsselbein. Nick bewegte sich erneut in ihr, doch er machte keine Anstalten, die Position zu verändern. Er legte nur den freien Arm um sie und streichelte ihr Haar.

„Mit dir ist nichts leicht", erwiderte er.

„Jedenfalls kann ich mich nicht bewegen", erklärte sie. In ihr pulsierte und pochte es, schlossen sich ihre Muskeln fest um seinen Penis. Sie wollte sich keinen Moment von ihm trennen.

„La petite mort, so nennen die Franzosen den Orgasmus", murmelte er.

Sie lächelte und atmete den salzigen Duft seiner Haut ein. „Der kleine Tod? Das trifft es ganz gut."

Er gab einen Laut von sich, der sie stutzen ließ. Hatte Nick etwa gerade gelacht?

„Ich meine zum Beispiel in die Horizontale."

Bria besaß kaum noch die Kraft, verwirrt die Stirn zu runzeln. „Was?"

„Dieser andere Ort, der mir vorschwebt."

Das klang gut. „Weich?"

Er umfasste ihr Kinn und küsste sie, fest, neckend, verführerisch. „Ich kann nur mit einer Holzbank dienen", sagte er. „Wir könnten nach unten gehen ..."

Erneut küsste er sie, diesmal noch stürmischer und leidenschaftlicher. Er war immer noch in ihr, als er sie quer durch den Raum trug und auf eine Bank bettete, auf die er notdürftig ein paar Kissen geworfen hatte. Hier liebte er sie weiter, bis sie seinen Namen laut herausschrie.

TWELVE

Bria kam mit Jonah zusammen an Deck. Sie trug weiße Shorts, die ihre langen gebräunten Beine spektakulär zur Geltung brachten, dazu ein violettes schulterfreies Top. Jede ihrer Bewegungen wirkte auf natürliche Weise verführerisch. Die Männer drehten sich nach ihr um und warfen ihr bewundernde Blicke zu.

Mir doch egal, dachte Nick, war aber froh, eine Sonnenbrille zu tragen. Sollten sie doch ruhig hinschauen, so viel sie wollten. Er war schließlich derjenige gewesen, der diese Frau stundenlang geküsst und ihren sinnlichen Anblick genossen hatte. Er hatte mehrmals in der Sauna mit ihr geschlafen, außerdem im Fitnessraum bei voller Beleuchtung und dann noch einmal, nachdem sie es endlich bis nach unten geschafft hatten. Dort waren sie ins Bett gefallen, vollkommen erschöpft. Aber dann hatte sie ihn berührt und er sie ...

Miles und Mikhail hatten sich kurz zuvor auf die Tauch-plattform hochgezogen, und Bria ging zu ihnen, um sie zu begrüßen. Paul, der sich gerade den Taucheranzug anzog und sich auf seinen Tauchgang mit Burke vorbereitete, wollte ihr zeigen, was sich in den Eimern befand. Nick beobachtete, wie sich die Neugier auf ihrem Gesicht abzeichnete.

Miles kletterte die Leiter hoch, um Bria zu den Wannen zu führen. Beiläufig winkte er Nick zu und war ansonsten ganz auf die Prinzessin konzentriert.

Sie spähte in die Plastikbehälter voller Seewasser und Fundstücke aus dem Wrack, die nach Cutter Cay geschickt werden sollten. Leise unterhielt sie sich mit Miles, stellte Fragen und lauschte aufmerksam seinen Antworten. Nick vermutete, dass sie dieses Geschick ihrer Erfahrung in der PR-Branche zu verdanken hatte. Sein Team jedenfalls buhlte um ihre Aufmerksamkeit.

Sie hob den Blick und schützte die Augen mit der Hand vor der grellen Sonne. „Habt ihr heute etwas Interessantes gefunden?", rief sie den anderen Männern zu. Miles und Mikhail zogen ihre Eimer auf die Tauchplattform.

„Ja, ein paar ganz hübsche Sachen", rief Olav zurück und grinste breit. „Einen Moment, wir zeigen Ihnen den Fund gleich."

Nick holte sich eine Cola aus dem Kühlschrank und warf seinem Freund einen ernsten Blick zu.

Jonah erwiderte ihn skeptisch, dann schüttelte er den Kopf.

Seit der Kapitän Bria von Nicks Kabine abgeholt und aufs Achterdeck gebracht hatte, wo sich die Tauchplattform befand, war alles gut gegangen. Genau genommen, überlegte Nick, während er sich auf einen Stuhl in den Schatten setzte und die Beine ausstreckte, war in den vergangenen vierundzwanzig Stunden nichts Bedrohliches passiert. Noch immer waren sie bei der Suche nach dem Mörder oder den Mördern allerdings keinen Schritt weiter.

Es gab nach wie vor die ungeklärten Gewalttaten an Bord sowie eine überaus attraktive Prinzessin, die Nicks inneres Gleichgewicht empfindlich störte. Ansonsten ging alles wieder beinah seinen gewohnten Gang. Sie tauchten in Teams, katalogisierten und fotografierten die Funde. Anschließend verpackten sie die Münzen und Fundstücke, um sie nach Cutter Cay zu schicken.

Sie hatten schon ein Vermögen an Gold- und Silbermünzen entdeckt, außerdem wertvolles Zinnbesteck und hübschen Schmuck, hauptsächlich aus Gold und Smaragden. Olav und Nick hatten vor einigen Tagen ein von Gestein verkrustetes Schwert gefunden, das mit kostbaren Edelsteinen besetzt war. Wichtiger und wertvoller waren für Nick jedoch die Gegenstände von geschichtlicher Bedeutung. Zum Beispiel der Medizinkoffer. Der historische Wert, die Aufschlüsse, die dadurch auf die Vergangenheit möglich waren, bedeuteten ihm mehr als das Geld. Denn wer die Geschichte nicht verstand, war dazu verdammt, sie zu wiederholen.

Sein Vater, der Casanova der Karibik, hatte sich nur schwer unter Kontrolle gehabt. Was er wollte, nahm er sich. Daniel Cutter lernte nicht aus der Geschichte und nicht einmal aus seinen eigenen Erfahrungen, was er seinen Mitmenschen damit antat. Er machte wieder und wieder den gleichen Fehler, weil er seinen Schwanz nicht in der Hose behalten konnte. Und so ruinierte er seine Ehe und machte seinen drei Söhnen das Leben schwer.

Nick beobachtete, wie Bria den Kopf in den Nacken legte und über einen von Burkes blöden Witzen lachte. Zum Glück habe ich meine Gefühle besser unter Kontrolle, dachte Nick.

„Was wirst du tun wegen morgen?", wollte Jonah wissen, der ebenfalls zu Bria schaute, die jetzt gerade den Männern irgendetwas erklärte und dabei mit den Händen gestikulierte.

In der vergangenen Nacht war sie angespannt und verschlossen gewesen. Jetzt lachte sie ungezwungen. Etwas in ihm zog sich zusammen. Ohne Wirkung war sie nie auf ihn, ob sie nun fröhlich oder wütend war. Und sie war schnell wütend, obwohl ihr Zorn auch ebenso schnell wieder verpuffte.

Heute Morgen, als er zu seinem Tauchgang aufbrach, war sie gut gelaunt und ganz sie selbst gewesen. Und noch früher, als sie eng umschlungen aufwachten, hatte sie es kaum erwarten können, erneut mit ihm zu schlafen.

Bria nahm eine Tube Sunblocker entgegen und befahl Miles, sich umzudrehen, damit sie ihm den Rücken eincremen konnte. Der Idiot war knallrot. Die Haut würde sich pellen und vermutlich von Neuem verbrennen. Unwillkürlich stellte Nick sich vor, wie Bria ihm den Rücken eincremte und die Vorderseite auch ...

„He, Nick? Was ist mit morgen?" Jonah klang belustigt. „Klar, die Prinzessin ist wirklich umwerfend, aber wirst du ..."

„Vergiss es", schnitt Nick ihm das Wort ab. „Komm bloß nicht auf irgendwelche dummen Gedanken. Im Augenblick ist sie schon vergeben."

„Oh, da markiert jemand sein Revier, was?" Jonah hob eine Braue.
„Na, meinetwegen. Die Warnung ist zwar überflüssig, aber ich
bestätige, dass sie klar und deutlich angekommen ist." Er nahm zwei
kalte Flaschen Wasser aus der Kühlbox und warf Nick eine zu, der sie
ohne hinzusehen auffing.

Jonah schraubte den Deckel ab und trank ausgiebig, wobei er Bria
im Auge behielt, die lachte und scherzte. Dabei sah sie so sexy aus,
dass sie jeden Mann in Versuchung geführt hätte. „Auch wenn du
meine Meinung in dieser Angelegenheit nicht hören willst, aber glaubst
du, das war klug? Es könnte doch auch durchaus sein, dass die
Marokkaner sie dir geschickt haben, um dich abzulenken."

„Falls es so wäre, müsste man ihnen zu ihrem Erfolg gratulieren",
sagte Nick und klang so unsicher, wie er sich fühlte. Mikhail schaute
Bria unverfroren ins Dekolleté, als sie sich zu etwas herunterbeugte,
was Levine ihr zeigte. Nick verspürte plötzlich zu seinem Erstaunen
einen Anflug von ... wie bitte? Eifersucht?

Das war ihm noch nie passiert.

Er sah zu Jonah und schüttelte den Kopf, da sein Freund nur grinste.
Ja, ganz klar, er hatte den Verstand verloren, und das wussten sie beide.

Nick trank das kalte Wasser und mischte es mit dem Rest seines
Softdrinks. „Eine Überlegung war es wert. Aber willst du hören, was
ich denke? Ich glaube nicht daran. Wir haben uns letzte Nacht
ausgiebig miteinander unterhalten. In den Vereinigten Staaten wartet
ein Job auf sie. Es ist völlig abwegig, dass sie etwas mit den
Marokkanern zu tun hat. Sie befand sich einfach nur zur falschen Zeit
am falschen Ort."

„Mag sein. Aber das erklärt Halkias' Angriff nicht."

„Es sind nur zwei vernünftige Erklärungen möglich. Entweder
geschah der Angriff einfach deshalb, weil sie eine Frau ist. Oder weil
sie an jenem Tag zufällig in Tarfaya war und irgendwer keine Zeugen
für dieses Treffen wollte."

„Noch ein Grund mehr, sie vom Schiff zu bringen", argumentierte Jonah.

„Du hast ja recht. Ich werde sie wegbringen, sobald ich kann. Vertrau mir." Nick setzte sich auf und legte die Arme auf den Tisch. Es gefiel ihm nicht, dass man ihm auf seinem eigenen Schiff sagte, was er zu tun hatte. Es ging doch nur noch um ein paar Tage, und bis dahin wollte er diese Geschichte mit Bria genießen.

„Sie ist wie Folter - ein Mann kann nur ein gewisses Maß aushalten, bis er zusammenbricht."

„Ich springe gern für dich ein, um dich zu retten."

„Nicht nötig", erwiderte Nick gereizt. Niemand musste ihn vor dieser Frau retten. Er würde sich der Folter immer wieder aussetzen, bis sie beide nicht mehr konnten ...

Verdammt.

„Der Schmuck, das Schwert und das Zinnbesteck bleiben hier", kam Nick endlich auf Jonahs ursprüngliche Frage zurück. Nick flog regelmäßig mit dem Helikopter nach Las Palmas, um dort einige der wertvolleren Stücke abzuliefern. Von dort wurden sie per Kurier weiterverschickt. Die übrigen Eimer blieben an Bord.

Außerdem befanden sich noch ungeschliffene Blutdiamanten im Wert von fast hundert Millionen Dollar ganz in der Nähe, in einem genial einfachen Versteck. Sie lagen im Wasser in den Plastiktonnen unten im Laderaum, die für jedermann sichtbar waren.

Aber diese Woche würde Nick den Flug nicht machen. Aries hatte Funkstille angeordnet. Nick musste sich ruhig verhalten, und bis auf Weiteres durfte niemand die *Scorpion* verlassen oder an Bord kommen. Die Tatsache, dass sie den Wert seines Schatzes grob auf mehrere Millionen Dollar geschätzt hatten, war dabei unerheblich. Nach dem Reinigen würde er wirklich ein Vermögen wert sein. Aber da sich auch noch die Diamanten an Bord befanden, war der Schatz nur eine Sache.

„Aries will, dass wir an Ort und Stelle bleiben", erklärte er. Ihm gefiel nicht, dass Bria länger als nötig an Bord eines Schiffes bleiben sollte, auf dem man ihr nach dem Leben trachtete. Es war viel zu gefährlich. Hatte aber den Vorteil, dass er ihre potenziellen Mörder erwischen würde. „Das kann einen oder zwei Tage warten."

Bria kletterte flink die Leiter hoch. Dass sie joggte, sah man ihren spektakulären Beinen an, die in den weißen Shorts besonders sexy zur Geltung kamen. Lächelnd trat sie zu den beiden Männern an den Tisch. „Burke und Olav haben mich eingeladen, mit ihnen zu tauchen." Sie sah Nick herausfordernd an. „Hast du ein Problem damit?"

Entweder Jonah oder er begleitete die Männer grundsätzlich bei ihrem Tauchgang. „Jonah will nicht tauchen", erklärte Nick. Sein Freund trug heute Morgen seine weiße Kapitänsuniform und hatte Dienst. Er liebte das Tauchen und nutzte jede Gelegenheit dazu, wenn er die *Scorpion* nicht befehligte. Aber er würde Nick diese Eigenmächtigkeit schon verzeihen. „Ich werde mitkommen."

Sie sah erstaunt zu Jonah, der die Hände hob und keine Miene verzog. Doch Nick wusste, dass ihn das Geplänkel zwischen Nick und der einzigen Frau an Bord prächtig amüsierte.

„Ich kann heute Morgen wirklich nicht tauchen", versicherte Jonah ihr und hatte sichtlich Mühe, nicht zu grinsen.

Nick sah zu seinem Freund. „Musst du das Schiff nicht führen?"

Jonah salutierte. „Ja, muss ich. Absolut. Tja, dann beeile ich mich mal lieber und kümmere mich um Schiffsangelegenheiten."

Bria richtete ihre großen braunen Augen auf Nick und schenkte ihm ein Lächeln, das ihm durch und durch ging. „Dann wirst du also mein Tauchbegleiter."

Er stand auf. „Los, suchen wir für dich einen Anzug." Sie würden beide Taucheranzüge tragen, Sauerstoffflaschen und Schwimmflossen. Sie würden unter Wasser sein, bestimmt eine Stunde. Zeit, einmal nicht daran zu denken, wie wundervoll Bria schmeckte, wie seidig sich ihre Haut anfühlte. „Bist du schon mal getaucht?", erkundigte er sich auf dem Weg zu seiner - ihrer - Kabine, wo sie sich einen Badeanzug aus seiner Kommodenschublade nahm, in der sich zuvor seine T-Shirts befunden hatten.

Mit einer Handvoll rotem Stoff ging sie zum Bad, um sich umzuziehen. „Ich hatte Unterricht und bin vielleicht ein halbes Dutzend Mal im Urlaub getaucht."

„Warum gehst du?", wollte er wissen und lehnte sich an den Türrahmen zwischen Büro und Schlafzimmer. Das zerwühlte Bett und das teilweise auf dem Boden liegende Bettzeug erinnerte an ihr ausdauerndes Liebesspiel heute Morgen. „Ich habe doch schon jeden aufregenden Zentimeter an dir gesehen."

Sie warf ihm einen neckischen Blick zu. „Weil du abgelenkt bist, wenn du mich nackt siehst. Und wenn du abgelenkt wirst, werde ich auch abgelenkt. Ich möchte aber wirklich tauchen."

Er lachte. „Du hast nicht zufällig auch dein PADI-Tauch-buch bei dir, oder?", neckte er sie. Wahrscheinlich übertrieb sie, was ihre Erfahrung betraf. Aber sie würden nicht lange tauchen, und da er sie ohnehin bewachen musste, konnte er das ebenso gut unter Wasser tun.

„Das befindet sich in meiner anderen Handtasche", rief sie aus dem Bad und schloss die Tür hinter sich. „Ich gebe es dir später."

Nick fühlte sich beschwingt und ein wenig benommen, als hätte er Helium eingeatmet.

Mit einem Handtuch über der Schulter kam Bria kurz darauf wieder heraus. Sie war bekleidet mit einem roten Badeanzug, in dem jede andere Frau vermutlich sittsam gewirkt hätte. Bria sah darin jedoch zum Anbeißen sexy aus. An ihr schien das Kleidungsstück nur den einen Zweck zu haben, nämlich ihren Körper erotisch zur Geltung zu bringen - die Wölbung ihrer Brüste ebenso wie ihre Taille, die sanfte Rundung ihrer Hüften und die langen goldbraunen Beine. Nick fühlte sich hin- und hergerissen. Einerseits hoffte er, Aries würde bald anrufen. Andererseits hoffte er, dass der Agent sich Zeit ließe.

182

Sie stiegen hinunter auf die Tauchplattform. Das Geräusch des Gebläses, das den Sand vom Meeresboden blies, erschwerte die Kommunikation. Eine warme Brise wehte über das von der Sonne beschienene Wasser. Nick suchte die passende Ausrüstung zusammen.

„Wir werden uns das Wrack der El Puerto ansehen, und ich werde dir ein paar Stücke zeigen, die wir noch nicht geborgen haben."

Sie strahlte. „Klasse."

Er absolvierte mit ihr einen Sicherheitscheck, erklärte ihr die Ausrüstung und sorgte dafür, dass sie wusste, wie die Atemmaske, die Taucherbrille und die Tarierweste funktionierten. Dann gab er ihr einen Taucheranzug, den sie über ihren roten Badeanzug zog. Er saß wie eine zweite Haut, unter der sich jede ihrer Kurven abzeichnete.

„Du wirst einen Bleigürtel brauchen", sagte er und versuchte, sie mit sachlichem Auge zu mustern, um einzuschätzen, welches Gewicht sie benötigte. Sie anzusehen, hatte jedoch die gewohnte Wirkung auf ihn, und prompt bekam er eine Erektion.

Er nahm einen Gürtel aus dem Ausrüstungsschrank, löste vier der kleinen, wie Pistolenkugeln geformten Gewichte mit etwas mehr Kraft als nötig und stellte die Weite wieder so ein, dass der Gürtel Bria passen würde. Dann legte er ihn ihr um die Hüften - wozu er Bria anfassen musste. Trotz der Hitze erschauerte sie.

Er schaute fragend zu ihr auf. „Alles in Ordnung, Prinzessin?" Ihre Schönheit war atemberaubend.

Sie schüttelte ein wenig belustigt den Kopf. „Erzähl mir, was wir dort unten sehen werden."

„Erst machen wir uns fertig." Er half ihr bei der Weste, an der die Sauerstofftanks und das Atemgerät befestigt waren. „Mach es so wie ich." Er führte ihr vor, wie man die Weste anzog.

„Ich bin schon getaucht", erinnerte sie ihn.

Nick hakte die Verschlüsse ein. „Die El Puerto war auf dem Rückweg nach Cadiz. Sie kam aus Cartagena und Potsi, mit Tonnen von Gold und Silber und kostbaren Edelsteinen an Bord."

Bria ächzte, als die Weste mit den schweren Sauerstofftanks auf ihrem Rücken landete. Doch ihre Augen leuchteten bei der Aussicht auf Gold, Silber und Juwelen. Sie würde staunen, dachte Nick, wenn sie wüsste, welcher Schatz sich bereits an Bord der *Scorpion* befindet.

„Geriet sie in einen Sturm?"

„Nein, in ein Seegefecht mit einem portugiesischen Kriegsschiff", antwortete Nick, immer noch fasziniert von ihrem Anblick im hautengen Neopren.

„Ah, eine Seeschlacht. Wie aufregend."

„Kann man wohl sagen. Ich werde dir die Kanonen der El Puerto und der portugiesischen Galeone Säo Juan Poinsat zeigen. Sie liegen praktisch Seite an Seite, was diese Bergung umso faszinierender macht. Damals kämpften die beiden Schiffe auf kurze Distanz, und der Kapitän der El Puerto versuchte vermutlich, das feindliche Schiff zu entern."

„Sie sind zusammen gesunken?"

„Ja. Die El Puerto sank nach einem halben Dutzend Treffer von der Säo Juan Poinsat", bestätigte er. „Ich werde dir zeigen, wo sie getroffen wurde. Wahrscheinlich schossen sie gleichzeitig, und das war das Ende für beide. Sie wurden von der See verschlungen und erst jetzt wiederentdeckt."

Mikhail kam zu ihnen und reichte Bria ihre Tauchermaske mit integriertem Atemgerät und Kommunikationssystem. An Nick gewandt sagte er: „Keine Strömung heute Morgen, Sichtweite fünfundvierzig Meter."

Nick zog die Riemen ihrer Maske am Kopf fest und fluchte im Stillen, da ihm der Duft ihrer Haare in die Nase stieg und seine Konzentration beeinträchtigte.

Je eher Gabriella Visconti von seinem Schiff verschwand, desto besser.

Nick war dieses ständige Auf und Ab von Emotionen nicht gewohnt. Sobald er in Brias Nähe war, verlor er sein inneres

Gleichgewicht. Es war, als würde ihn der Strahl des mächtigen Unterwassergebläses erwischen und am Meeresboden umherwirbeln.

Aber ihm missfiel nicht nur dieser ständige Aufruhr der Gefühle - es war auch peinlich, in einem Taucheranzug eine Erektion zu bekommen, weil man sie schlecht verbergen konnte. Mit etwas Glück würde Aries Kontakt zum Schiff aufnehmen, während er mit Bria tauchte. Leider freute Nick sich nicht wirklich auf die Aussicht, die Prinzessin innerhalb der nächsten Stunden nach Las Palmas zu fliegen.

Der Sex war gut, sogar unfassbar gut. Trotzdem würde er sie schnell vergessen. Sobald er sie nicht mehr ständig sah, würden sich auch seine Hormone wieder beruhigen.

Er atmete tief ein. Ja, wenn sie erst weg war, würde er sich wieder viel besser unter Kontrolle haben.

Bis dahin quälte ihn wahrscheinlich weiter das Verlangen nach ihr.

„Um Kontakt zu mir aufzunehmen, drück einfach diesen Knopf hier." Er nahm ihre Hand und half ihr, den Funkknopf an der Seite ihrer Tauchermaske zu finden. Dann ließ er sie schnell wieder los. Seine Reaktion auf sie war nur auf Pheromone zurückzuführen, das war ihm klar. Dennoch hatte er sich in seinem ganzen Leben noch nicht so gefühlt.

In gewisser Hinsicht war das zermürbend.

„Das funktioniert bis zweihundert Meter, genau wie ein Walkie-Talkie. Bist du bereit?"

Bria nickte und wirkte aufgeregt. Ihr Lächeln löste eine verrückte chemische Reaktion in seinem Gehirn aus, denn ganz gegen seine Gewohnheit erwiderte er ihr Lächeln, während er seine eigene Tauchermaske festzurrte.

Gemeinsam ließen sie sich von der Tauchplattform ins Wasser fallen und folgten der Leine hinunter ins klare blaue Wasser. Die Sicht war ausgezeichnet, und Nick deutete auf die Wracks etwa dreißig Meter unter ihnen. Da er beide Galeonen ausgiebig studiert hatte, wusste er genau, wie sie aussahen. Für das ungeübte Auge jedoch sahen die vom Holzwurm zerfressenen Balken auf dem Meeresgrund nur wie von Korallen überwucherte Klumpen aus.

„Hörst du mich gut?", fragte er per Unterwasser-Headset. Bria hob den Daumen. „Drück einfach den Knopf und sprich ganz normal."

„Sieh nur, die Schildkröte!", rief Bria aufgeregt einige Minuten später. Und ihre raue, sinnliche Stimme durch die Kopfhörer zu hören, bescherte Nick seine erste Unterwasser-Erektion.

THIRTEEN

Sie schwebten im Wasser und hielten ihre Position beinah lautlos, während sie die Schildkröte träge vorbeischwimmen sahen. Fünf Sandtigerhaie glitten durch einen Schwarm winziger leuchtend bunter Zwergbarsche. Die Haie verharrten einen Moment inmitten des Schwarms aus Blau, Orange und Gelb. Dann schossen sie davon und verschwanden im blauen Wasser hinter dem Rumpf der El Puerto. Der Schwarm Zwergbarsche bewegte sich wie ein einziges Wesen in einem bunten Bogen in die andere Richtung.

Bria vollführte eine anmutige Pirouette, um ihnen hinterherzuschauen. Die Luftblasen ihres Atemgerätes stiegen in einer Säule über ihrem Kopf auf. „Atemberaubend", sagte sie mit erneuter Begeisterung.

Ja, atemberaubend, dachte Nick, meinte aber sie.

Je tiefer sie kamen, desto schwächer wurde das Licht, bis die Unterwasserwelt nur noch aus blauen Schemen bestand. Die dunklen Umrisse der Wracks hoben sich klar vom goldenen Sand des Meeresbodens ab.

Die *Säo Juan Poinsat* ruhte etwa hundert Meter von ihnen entfernt. Nick nahm Bria zuerst mit zu dem portugiesischen Wrack. Viel war nicht mehr davon übrig, daher konnte man kaum erkennen, was es einmal gewesen war. Die Holzbalken, die im Kampf nicht komplett verbrannt und verdreht waren bis zur Unkenntlichkeit, waren dem Schiffsbohrwurm zum Opfer gefallen.

„Wow", sagte Bria in ihr Mikrofon in der Tauchermaske. „Was ist denn mit diesem Schiff passiert?"

„Die *El Puerto* hatte *Bomba* an Bord, keramische Feuertöpfe voller brennbaren Materials. Die schleuderten sie gegen die Segel und in die

Takelage des feindlichen Schiffes. Während die Portugiesen auf das spanische Schiff schossen, fingen sie selbst Feuer und sanken."

„Eine grauenhafte Art zu sterben", meinte Bria.

Von dem Kriegsschiff war nicht mehr viel übrig. Nick führte Bria zur *El Puerto*. Die einst prachtvolle Galeone lag auf ihrer Backbordseite in einem Sechzig-Grad-Winkel im Sand. Nick berührte Brias Schulter und zeigte auf die großen Löcher im Rumpf. „Das ist einer von vier direkten Treffern unterhalb der Wasserlinie durch die portugiesischen Kanonen. Sie sank schnell."

„Darf ich es mal anfassen?"

Ihre echte Aufgeregtheit freute ihn. „Nur zu."

Er folgte ihr zum Wrack hinunter und schaute zu, wie sie vorsichtig mit den Fingern über die ausgefransten Ränder der Löcher im Rumpf fuhr. Genau das Gleiche hatte er auch getan, als er das Wrack zum ersten Mal gesehen hatte.

„Weißt du, ob irgendwer überlebt hat?"

„Von den dreizehnhundert Mann beider Schiffe wurden fünf am nächsten Tag von einem Fischerboot gerettet."

„Das ist gut. Ich meine, es ist gut, dass Menschen übrig geblieben sind, um davon zu berichten. Hoffentlich konnten sie Kontakt zu einigen Familien aufnehmen ..."

Nick schüttelte den Kopf.

„Was?"

„Es geschah vor vierhundert Jahren, während des Krieges." Bria zuckte die Schultern und wirbelte mit ihren Schwimmflossen den Sand ein wenig auf. „Stimmt. Die Familien wären jedenfalls sicherlich froh gewesen, Nachricht zu erhalten, auch wenn es schlechte Nachrichten waren."

„Ja, sicher", sagte Nick trocken.

Sie boxte ihn gegen den Arm. „Zyniker." Bria schaute sich um, offenbar fasziniert von den unzähligen verschiedenen Fischarten, die langsam durchs Wasser schwammen. Die Menschen schienen sie keineswegs zu beunruhigen.

„Da sind die anderen beiden." Bria zeigte in die Richtung, wo Burke und Olav in gut zehn Meter Entfernung, nur schemenhaft erkennbar, ihre Körbe füllten. „Kann ich mir ansehen, was sie gefunden haben, bevor wir wieder auftauchen?"

„Klar. Alles befindet sich nahe dem Wrack. Es gibt kein großes Trümmerfeld, weil die Schiffe so dicht beieinanderliegen und rasch gesunken sind. Auf dem Weg zum Meeresgrund sind sie auseinandergebrochen. Der Aufprall auf dem Boden erledigte den Rest." Nick tauchte einige Meter nach unten, hob etwas aus dem Sand auf und schwamm zu Bria zurück. Er reichte ihr, was er gefunden hatte. „Hier."

Offenbar hatte sie keine Ahnung, was sie da in Händen hielt. Nick fand es faszinierend, dass ihre Begeisterung vermutlich die gleiche gewesen wäre, wenn er ihr statt der von Ablagerungen verkrusteten Goldmünzen das mit Juwelen besetzte Schwert im Wert mehrerer Millionen aus seinem Safe gezeigt hätte.

„Korallen?" Sie fuhr mit dem Finger über den grauen Klumpen und sah Nick mit glänzenden Augen an. In diesem Moment spürte er, wie sich etwas in ihm zusammenzog. Wie konnte er sie verdächtigen, etwas anderes zu sein als das, was sie behauptete? Sie schien durch und durch aufrichtig. Allerdings war eine solche Überlegung unlogisch, denn jeder hatte irgendetwas zu verbergen. Und jeder log, wenn es um seine eigenen Interessen ging.

Vielleicht war Bria tatsächlich begeistert von all dem Neuen, das sie gerade entdeckte.

Oder aber sie schätzte insgeheim schon den Wert des Schatzes im Verhältnis zur Investition ihres Bruders ein.

„Münzen", antwortete er schließlich. „Handgefertigte Münzen wie diese waren einst das am weitesten verbreitete Geld auf der Welt." Und zum Schatz, der sich bereits auf der *Scorpion* befand, gehörten mehrere Hunderttausend solcher Münzen.

Nick schwamm mit ihr die Längsseite der *El Puerto* ab und erklärte ihr all die Dinge, die sie vielleicht interessierten. Er genoss ihre Freude an dem, was er liebte. Auf einmal sah er alles mit ihren Augen und deshalb aus ganz neuer Perspektive. Zu seinem Erstaunen hatte er richtig Spaß.

Ein gelber Zackenbarsch schoss an ihnen vorbei und erschreckte Bria. Sie zuckte zurück, und Nick griff automatisch nach ihr. Der Fisch verschwand hinter den Überresten des Vorschiffs, und drei Stachelrochen folgten völlig unbeeindruckt.

„Was legt er in seinen Korb?", fragte Bria und deutete zu Olav, der in der Ferne kaum noch zu erkennen war. „Noch mehr Münzen?"

Da Nick genau wusste, in welchem Abschnitt die Männer arbeiteten, konnte er ihre Frage beantworten. „Dort hinten befinden sich Silberbarren." Gemeinsam schwammen sie näher heran. „Die wiegen pro Stück hundert Pfund. Sie lagen in einer Holzkiste, die jedoch vom Schiffsbohrwurm gefressen wurde. Die Barren behielten die Form der Kiste, in der sie transportiert wurden."

Die beiden Männer arbeiteten weiter, während Nick beschrieb, was sie taten, bis Bria das Interesse zu verlieren schien. Er berührte ihren Arm, und sie schwammen zurück zu den Wracks.

„Gibt es auch Gold?"

„Tonnenweise." Und das meinte er buchstäblich. Nick hatte über das kleine Schiff gründlich recherchiert. Das war mühsam gewesen, weil es nicht viele schriftliche Aufzeichnungen darüber gab. Doch sein Instinkt hatte ihn letztlich nicht im Stich gelassen. Das spanische Schiff war beladen mit Gold aus der Neuen Welt und hatte Nick und sein Team nicht enttäuscht.

„Wir wissen, dass das Schiff in Potsi war, weil wir überall entsprechende Münzen fanden. Man kann sie anhand des Kreuzes mit den Löwen und der Burg leicht identifizieren." Ein Vermögen von, grob geschätzt, hundertvierzig Millionen Dollar.

Schwärme smaragdgrüner Papageienfische zogen über das portugiesische Wrack hinweg und stiegen zusammen mit Nick und Bria auf, die sich auf den Rückweg zur *Scorpion* machten.

Nick umrundete die *El Puerto* und machte Bria auf Dinge aufmerksam, von denen er glaubte, dass sie ihr gefallen könnten. Schließlich signalisierte er ihr, dass es Zeit sei, wieder aufzutauchen.

„Noch zehn Minuten?", bat Bria wie ein Kind, das darum bettelte, noch ein wenig aufbleiben zu dürfen.

„Na schön. Ich zeige dir, wo die Feuerbehälter aufbewahrt wurden." Idiotischerweise musste Nick nach diesem Vergleich die ganze Zeit daran denken, wie wohl ein Kind mit Brias Lächeln und seinen Augen aussehen würde.

Während Nick sich die Brust mit einem Handtuch abtrocknete, beobachtete er, wie die Männer Bria umschwirrten. Sie sah aber auch zum Anbeißen aus. Er selbst fühlte sich ja ständig zu ihr hingezogen. Doch ihre körperlichen Attribute, so spektakulär sie auch sein mochten, waren nicht das Einzige, was ihn so verrückt machte.

Ihr Staunen und ihre Begeisterung waren ansteckend, und wegen dieser Reaktionen hatte er den Tauchgang noch mehr genossen. Sie war so begeistert von allem, was sie sahen, und so stolz auf die gefundene Münze, dass sie ihren eigenen kleinen Schatz den ganzen Weg zurück an die Oberfläche über nicht mehr losließ.

Nick warf das feuchte Handtuch auf den Sessel und nahm seine Armbanduhr vom Tisch. Während er sie umband, beobachtete er, wie Bria mit seinem Team lachte. Er nahm das Headset, das er stets bei sich führte, außer unter Wasser. Oder beim wilden Sex mit... Seine Lippen zuckten. Verdammt, sie war ...

Er schob sich das Gerät ins Ohr und war überrascht, dass es sofort piepte. Aber Aries war es nicht. Er berührte das Ohrstück, um es zu aktivieren. „Arbeitet deine beschissene Uber-wachungskamera endlich?", neckte er Jonah - und stutzte sofort. Seit wann machte er Scherze und neckte irgendwen? Das war ja ganz etwas Neues.

„Wo hält Bria sich auf?"

Nick witterte sofort die Gefahr und war hellwach. „Gut drei Meter vor mir. Wir sind gerade vom Tauchgang zurück. Warum?"

„Schließ sie in deiner Kabine ein." Die Stimme des Kapitäns klang ernst. Nick nahm sofort seine SIG Sauer in die Hand, griff nach seinem T-Shirt und legte es sich über den Unterarm, um die Waffe darunter zu verbergen. Dann ging er zu Bria.

Mit geübtem Blick suchte er sorgfältig die Umgebung ab, von Backbord nach Steuerbord und wieder zurück. „Okay, du kannst sprechen."

Bria, Miles, Mikhail, Stan - sie lachten. Das Wasser glitzerte in der Sonne. Auf der Tauchplattform warteten die Plastikkörbe darauf, in den Laderaum gebracht zu werden, wo sie bis zum Abtransport nach Cutter Cay lagerten.

Alles wirkte vollkommen normal. Aber Jonahs Ton verriet, dass irgendetwas ganz und gar nicht stimmte.

„Komm zum Laderaum", sagte der Kapitän und legte auf.

Bria besaß viele Eigenschaften. Begriffsstutzigkeit gehörte glücklicherweise nicht dazu. Als Nick sie zu sich rief und sie sein Gesicht sah, lief sie gleich los. Sie trafen sich oben an der Leiter, die zur Tauchplattform hinunterführte, und er half ihr nach oben. Während sie über das Deck eilten, gab er ihr ein Handtuch zum Abtrocknen.

„Was ist passiert?", erkundigte sie sich besorgt.

„Ich weiß es nicht. Jonah braucht mich, und ich will, dass du dich in unserer Kabine einschließt, bis ich weiß, was zur Hölle los ist."

„Einverstanden." Sie legte ihre kühle Hand in seine. „Gehen « wir.

Als sie in seinem Büro ankamen, öffnete er den Safe und nahm eine Bersa heraus, die er Bria reichte. „Kannst du wirklich damit umgehen?"

Sie wog die Waffe in der Hand. „Ja."

„Die behältst du ab jetzt bei dir, bis du das Schiff verlässt." Er gab ihr zwei Magazine aus dem Safe dazu und stellte sicher, dass sie ihn nicht angeschwindelt hatte, indem er zusah, wie sie die Waffe lud.

„Du lässt niemanden herein." Er zog sein T-Shirt an und steckte die SIG hinten in den Hosenbund. „Niemanden außer mir und Jonah. Ganz egal, was passiert, du bleibst hier, bis einer von uns dich holt. Verstanden?"

„Ja, Sir." Sie legte die Hand flach auf seine Brust und gab ihm einen leichten Schubs. „Ich komme schon zurecht. Sei vorsichtig. Geh!"

Nick machte sich auf den Weg und rannte die Treppe hinauf zum Frachtraum. Er klopfte an die einzige geschlossene Tür. „Jonah? Ich bin's, Nick."

Die Tür wurde aufgerissen. Jonah, eine Beretta in der Hand, sah grimmig aus, was Nicks Adrenalinpegel nicht gerade senkte. Er registrierte die mit Seewasser gefüllten Plastiktonnen, die aufgereiht an der Wand standen und in der Mitte eine Insel bildeten. In drei sorgfältig markierten Behältern befanden sich die Blutdiamanten im Wert von fast hundert Millionen Dollar, versteckt zwischen Goldmünzen, die selbst schon ein Vermögen wert waren.

„Jemand hat die Diamanten gestohlen?" Das war alles, woran er denken konnte. Wenn es so war, mussten sich die Diebe noch an Bord befinden. Abgesehen von Bria war seit Tagen niemand an Bord gekommen oder hatte das Schiff verlassen. Für einen Sekundenbruchteil kam ihm in den Sinn, jemand könnte die Diamanten an Bria weitergegeben haben, die sie dann dem Helikopterpiloten übergab, der so schnell wieder weggeflogen war.

Ein durchaus denkbares Szenario. Trotzdem glaubte Nick nicht daran.

„Nein, ich habe nachgesehen. Dabei habe ich es ja bemerkt ... komm hier entlang." Jonah ging voran, zwischen den Plastiktonnen hindurch.

Nick roch den Tod, bevor er ihn sah. „Verdammt. Wer ist es ?"

„Fakhir. Hat als Küchenhilfe in Tarfaya angeheuert, zwei

Tage bevor wir ausgelaufen sind."

„Ich nehme mal nicht an, dass er eines natürlichen Todes gestorben ist, oder?", fragte Nick, doch der Blick seines Freundes sagte alles. „Ja, das dachte ich mir. Was ist denn hier unten passiert? Die einzigen Personen, die die Nummern der Tonnen kennen, sind wir beide und die Marokkaner."

Er und Jonah waren sich einig gewesen, dass es besser sei, so wenige Leute wie möglich in das Versteck der Diamanten einzuweihen. Es gab vielleicht tausend Behälter an Bord. Die mit den Diamanten finden zu wollen, wäre wie die sprichwörtliche Suche nach der Stecknadel im Heuhaufen.

Der Plan der Marokkaner sah vor, ihren Verbindungsmännern an Bord diese Informationen zu geben. Aber erst, wenn wir Cutter Cay erreicht haben, dachte Nick. Es war viel zu früh!

Der Gestank wurde schlimmer, je weiter sie durch das Labyrinth aus Behältern gingen, die teilweise bis zur Decke gestapelt waren.

„Er liegt hier drüben." Jonah musste über die Beine der Leiche springen, um auf die andere Seite zu kommen.

„Heiliger Strohsack." Fakhir lehnte in halb sitzender, halb liegender Position an der Wand, mit weit aufgerissenen toten Augen. Sein weißes T-Shirt und die Shorts waren mit zum Teil schon getrocknetem Blut getränkt.

Man hatte ihm mit einem sehr scharfen Messer oder Ähnlichem die Kehle von einem Ohr zum anderen aufgeschlitzt.

„Alfonso schärft seine Messer immer gut, aber so scharf nun auch wieder nicht."

Fakhirs Kehle war bis zur Wirbelsäule aufgeschnitten worden. Es war ein grauenhafter Anblick.

Nick schaute sich um. Ganz in der Nähe befand sich die Plastiktonne mit der Nummer 579 C, die Diamanten enthielt.

„Da gebe ich dir recht", sagte Jonah. „Sieht chirurgisch aus. Ich habe mich umgesehen, während ich auf dich gewartet habe, konnte aber nirgends eine Waffe entdecken. Zum Glück halten wir diesen Lagerraum blitzblank sauber und ordentlich, sonst

hätten wir für eine mögliche Spurensuche ein Jahr gebraucht."

„Ich sage es nur ungern", erklärte Nick, „aber so lange werden wir wohl tatsächlich brauchen. Die Waffe könnte in jeder dieser Tonnen sein, und wenn wir sie nicht leeren, werden wir sie nicht finden." Drei Monate harter Arbeit wegwerfen? Auf keinen Fall. Zumindest noch nicht.

„Gutes Argument." Jonah deutete auf die Tonne Nummer 579 C.

„Ist mir auch schon aufgefallen", bestätigte Nick. „Das ist kein Zufall. Sichere diesen Teil des Laderaums. Niemand darf herein oder hinaus, bis wir Kontakt zu Aries aufgenommen haben und wissen, wie sie die Sache angehen wollen."

„Was ist mit Fakhir?"

Nick warf erneut einen Blick auf die Leiche. „Aries wird sich wohl hierherbemühen und selbst um diese Angelegenheit kümmern müssen." Zorn stieg in ihm auf. „Ich will jedenfalls keinen Killer an Bord meines Schiffes haben, und eine stinkende Leiche auch nicht. Mit diesem zweiten Mord ändert sich alles. Ich werde nicht hinnehmen, dass irgendwem aus meiner Crew etwas passiert. Scheiß auf Aries' Bitte ..."

„Befehl", verbesserte ihn Jonah leise.

Nick fuhr mit der Hand durch die Luft, als könnte er diesen ganzen Schlamassel wegwischen. „Scheiß auf seinen Befehl, Funkstille zu halten. Nimm Kontakt zu ihm auf. Ich habe genug von diesem Chaos. Er und seine Leute sollen sich schleunigst herbewegen und ihren Mist beseitigen. Bis dahin lass uns diesen Kerl irgendwo unterbringen, wo niemand über ihn stolpert."

Jonah wirkte skeptisch. „Ich soll dir helfen, eine Leiche zu verstecken?"

Nick musterte den Mann, der ihm nahestand wie ein Bruder und dem er sein Leben anvertrauen würde. „Hast du etwa ein Problem damit?"

„Absolut nicht."

„Nebenan befindet sich der alte begehbare Kühlschrank, zusammen mit all dem Plunder, den wir loswerden wollen. Da legen wir ihn hinein, bis Aries und sein Team auftauchen und ihn abholen."

Jonah wurde blass. „Das Ding funktioniert praktisch nicht, deshalb bewahren wir ihn ja auch hier unten auf."

„Na ja, ich glaube nicht, dass es ihm etwas ausmachen wird, wenn die Temperatur nicht konstant ist", bemerkte Nick trocken. „Bleib hier, ich schalte ihn ein und sorge dafür, dass niemand in der Nähe ist."

Er verließ den Raum mit der Pistole in der Hand. Falls jemand aus irgendeinem Grund hier herunterkäme, würde er sich eine Erklärung einfallen lassen. Bitte oder Befehl, Bria musste die *Scorpion* so schnell wie möglich verlassen.

Es missfiel ihm extrem, nicht zu wissen, was auf seinem eigenen Schiff vorging. Es behagte ihm nicht, dass überall Leichen auftauchten. Und er hatte keine Ahnung, welche Rolle Bria bei der ganzen Sache spielte. Falls sie damit zu tun hatte. Er wusste nur, dass er sich schwerlich darauf konzentrieren konnte, Antworten zu finden, wenn er ständig an Sex mit der aufregenden Prinzessin denken musste. Oder sich Sorgen machte, dass sie das nächste Opfer sein könnte.

Diese Vorstellung setzte Nick zu. Er wollte sie wirklich unbedingt vom Schiff herunterhaben.

Eiligen Schrittes lief er den Gang entlang zum Vorratsraum und dachte gründlich und vernünftig darüber nach. Er selbst würde Bria nach Teneriffa fliegen und sie dann in ein Flugzeug zum Festland setzen, damit sie nach Sacramento zurückkehren konnte. Dort würde sie in Sicherheit sein, ihren neuen Job antreten und ihn schließlich vergessen. Aber würde sie tatsächlich sicher sein? Immerhin war sie hier angegriffen worden. Nick fragte sich, warum ihr Angreifer sterben musste und ob Halkias' Mörder auch den Küchengehilfen umgebracht hatte. Und warum diese beiden? Was steckte dahinter?

Was immer der Grund für die brutalen Taten sein mochte, sein Instinkt riet ihm, Bria vom Schiff zu bringen, solange ein

Mörder unter ihnen war. Aber was, wenn es letztlich doch um sie ging? Wenn jemand ihr nach Kalifornien folgte? Wer würde sie dort beschützen?

Möglicherweise war Halkias einfach scharf auf sie gewesen. Vergewaltiger waren nicht notwendigerweise auch Mörder. Nick knirschte frustriert mit den Zähnen. Solche Überlegungen brachten ihn jetzt, wo Brias Angreifer tot war, auch nicht mehr weiter. Die Frage blieb - hatte derjenige, der für Halkias' Tod verantwortlich war, auch Fakhir auf dem Gewissen?

So oder so, die Sache war übel.

Hatte Aries recht? Wurden eingehende und ausgehende Gespräche auf der *Scorpion* abgehört? Oder manipulierte Aries ihn und sein Unternehmen für seine eigenen Zwecke?

„Zur Hölle mit allen." Nick würde den Helikopter nehmen und nach Gran Canaria oder Teneriffa fliegen. Dort würde er von einem öffentlichen Telefon aus Kontakt zu Aries aufnehmen und Antworten auf seine Fragen bekommen.

Er stieß die Tür zum Lagerraum auf, tastete nach dem Lichtschalter und betrat den mit Gerümpel vollgestellten Raum. Selbst wenn der Agent für Bria eine Eskorte schicken würde, konnte es wertvolle Stunden, wenn nicht Tage kosten, ehe Nick die Gewissheit hätte, dass sie in Sicherheit war.

Am besten wäre es, sie gleich nach Marrezo zu bringen.

Nick konnte vorgeben, ihrem Bruder die Investition erstatten zu wollen. Auf diese Weise könnte er dafür sorgen, dass Bria im königlichen Palast untergebracht wurde, wo sie rund um die Uhr bewacht wäre. Nick konnte das Geld von seinem Privatkonto nehmen, dann würde es niemand merken.

Er kämpfte sich zwischen Liegestühlen, Tischen und zerbrochenen Lampen hindurch, bis er ganz hinten den alten begehbaren Kühlschrank entdeckte. Er stöpselte ihn ein. Das Gerät ratterte und gab ein Brummen von sich. Das genügte Nick. Er machte sich auf den Rückweg, um Jonah beim Transport der Leiche zu helfen.

Nick hatte ihr damit gedroht, die Schiffsreise abarbeiten zu müssen. Bria grinste. Obwohl die Vorstellung reizvoll war, hatte er sicher nicht gemeint, sie solle es sich in der Horizontalen verdienen. Sie musste etwas Konstruktives tun. Am besten etwas, das ihr dazu verhalf, die Kabine zu verlassen.

An Bord befand sich nach wie vor ein Mörder. Doch mit der Bersa fühlte sie sich einigermaßen in der Lage, sich notfalls verteidigen zu können. Allerdings hatte Nick ihr befohlen, ohne ihn oder Jonah nirgendwohin zu gehen. Und sie hatte nicht die Absicht, unnötig etwas zu riskieren.

Sie hatte keine Ahnung, was Nick so sehr in Alarmbereitschaft versetzt hatte, und sie wollte sich nicht alle möglichen Szenarien ausmalen, wenn sie ohnehin nichts tun konnte. Stattdessen würde sie versuchen, sich irgendwie zu beschäftigen.

Sie war gut darin, Listen zu erstellen. Immerhin hatte sie während des einen Jahres Arbeitslosigkeit unendlich viel Zeit auszufüllen und kein Geld zum Reisen gehabt. Sie legte ihren Notizblock beiseite, in den sie mystische Kreaturen gezeichnet hatte, weil der Blick auf das endlos weite Meer draußen ihr zu langweilig geworden war. Jetzt nahm sie die Pistole, die Nick ihr gegeben hatte, und erhob sich aus dem Sessel neben dem Schlafzimmerfenster.

Nick hatte die Tür zum angrenzenden Büro offen gelassen. Bria betrat es aus Neugier und Lust auf ein wenig Abwechslung. Ihre nackten Zehen gruben sich in den weichen Wollteppich. Im Gegensatz zum restlichen Schiff war es angenehm farbenfroh hier drin. Auch roch es gut in dem Büro, ein bisschen nach Tabak, obwohl sie Nick nie hatte rauchen sehen. Ein wenig staubig wegen der alten Manuskripte und

Karten, die überall herumlagen. Vor allem jedoch roch es nach Nick, was seine Wirkung auf sie nicht verfehlte.

Sie mochte das sinnliche Kribbeln, das dieser Duft auslöste. Sehr.

Bria legte die Pistole an einen Platz, den sie jederzeit erreichen konnte. Dann umrundete sie den riesigen Schreibtisch, um das große Fenster zu öffnen. Eine Klimaanlage war ja toll, aber die warme, salzige tropische Brise würde ihr zumindest die Illusion verschaffen, nicht eingesperrt zu sein.

Nick hatte darum gebeten, dass sie weder seinen Computer noch sein Telefon benutzte, was Bria etwas arrogant fand. Da die Sachen aber nun mal ihm gehörten und er daher jedes Recht besaß, sie darum zu bitten, die Finger davon zu lassen, suchte Bria sich einen Kugelschreiber aus seiner Schreibtischschublade und nahm sich ein Blatt Papier aus seinem Drucker.

Sie machte es sich in seinem Sessel bequem, um eine Liste anzufertigen von allem, was sie so an Bord dieses Schiffes tun konnte. Auch der wuchtige Ledersessel verströmte Nicks würzigen, maskulinen Duft. Er benutzte weder Eau de Toilette noch parfümierte Duschgels, was ihm einen natürlichen, unglaublich sinnlichen Duft bewahrte.

1.

Sie schloss die Augen und dachte nach. Doch ihr fiel nichts ein, was auf diesem Schiff zum Beispiel unbedingt beachtet werden musste. Stattdessen dachte sie daran, wie es gewesen war, Nick zu küssen und wie sich seine Lippen dabei angefühlt hatten.

Auf diese Weise würde sie keine Liste erstellen können. Sie machte die Augen wieder auf und fertigte am Rand der Seite eine rasche Skizze seines Mundes an. Danach unternahm sie einen neuen Versuch.

2.

Ihr fiel einfach nichts ein. Ihr Kugelschreiber wanderte zur nächsten Zeile.

3.

4.

Nicks Team bestand aus vierzehn Leuten - nein, dreizehn, Halkias war ja tot. Jeder schien äußerst effizient zu arbeiten, denn alles an Bord lief reibungslos. Daher bezweifelte sie, dass es in Nicks Sinn wäre, wenn sie die Decks schrubbte. Aber da sie endlich etwas in ihre Liste aufnehmen musste, schrieb sie:

5. Decks schrubben.

Putzen konnte sie, sogar gut.

4. Reinigungsservice.

Sie klickte mehrmals mit dem Kugelschreiber und kaute auf der Unterlippe. Fügte dem gezeichneten Mund ein Paar Augenbrauen hinzu. Schrieb:

3. Fundstücke aus dem Wrack sortieren.

Das war gut. An Deck standen noch jede Menge Körbe und Tonnen herum mit Sachen, die sortiert werden mussten. Das konnte sie bestimmt mit Leichtigkeit.

2.

Noch immer nichts. Sie klickte mit dem Kugelschreiber.

Ihr Blick fiel auf den dunklen Computerbildschirm. Zu gern hätte sie ihre E-Mails gelesen und ihre Facebook-Seite besucht. Sie hätte auch gern Mr McMan von McMan und Tate, der Bria in wenigen Tagen zur Arbeit erwartete, eine Nachricht geschickt. Wenn sie sich beeilte, würde Nick es nie erfahren. Bria streckte die Hand aus, um den Computer einzuschalten, schreckte jedoch zurück, als die Tür aufging und er hereinkam.

„War es etwas Ernstes?", erkundigte sie sich. Sein Pokerface verriet jedenfalls absolut nichts.

„Nichts, womit Jonah und ich nicht fertig werden." Er zog die SIG unter seinem T-Shirt hervor und legte sie auf den Rand des Schreibtisches neben die Bersa. „Ich habe nachgedacht und bin zu dem Schluss gekommen, nicht auf meiner Meinung zur Investition König Dravens zu beharren."

Bria brauchte einen Moment, bis sie begriffen hatte, was er da sagte. Dann strahlte sie. „Danke, das ist ja wundervoll!" Ihre erste Empfindung war Dankbarkeit. Ihr zweiter Gedanke war: Wow, es ist ihm fünf Millionen Euro wert, mich loszuwerden! „Was hat dich dazu bewogen, deine Meinung zu ändern?"

Seine Miene blieb undurchdringlich, doch seine Schultern spannten sich an. „Ich fände es bedauerlich, wenn fünf Jahrhunderte Geschichte und Tradition durch die Verzweiflung eines einzigen Mannes zerstört würden."

„Das ist sehr großzügig von dir. Ich weiß, dass Draven dir dankbar sein wird." Würde er nicht. Ihr Bruder würde ausrasten, weil sie sich in seine Pläne, zu Reichtum zu gelangen, eingemischt hatte. Wahrscheinlich würde er ihr nie verzeihen, dass sie ihn - seiner Meinung nach - um ein Vermögen gebracht hatte.

Das nahm sie gern in Kauf, wenn dadurch das Darlehen zurückgezahlt und Marrezo vor dem Ruin bewahrt werden konnte. Dem Land würden schwere Zeiten bevorstehen, aber es war zu schaffen. Draven musste nur besser haushalten.

„Kannst du das per Computer erledigen?", fragte sie und faltete beiläufig das Blatt Papier zusammen, auf dem sie gezeichnet hatte. Sie erhob sich aus seinem Sessel. „Oder musst du einen Bankwechsel schicken? Ich habe keine Ahnung, wie solche Sachen laufen. Immerhin handelt es sich um eine große Summe ..."

„Wir werden es ihm gemeinsam bringen."

Verblüfft blieb sie auf dem Weg um den Schreibtisch stehen und schob das Stück Papier in ihre Gesäßtasche. „Du willst mit mir zusammen nach Marrezo?"

Er nickte. Seine eisblauen Augen waren ruhig auf sie gerichtet. „Klar. Pack deine Sachen. Wir reisen ab, sobald du fertig bist."

Bria zögerte. Irgendetwas stimmte hier nicht. Er war nicht der Typ, der eine einmal gefällte Entscheidung wieder rückgängig machte. Trotzdem konnte er plötzlich nicht schnell genug aufbrechen. Was sollte das? Glaubte er vielleicht, er könnte sie so einfach loswerden ? Nach allem, was letzte Nacht zwischen ihnen geschehen war? Und heute Morgen?

Sie setzte sich auf die Schreibtischkante. „Habe ich das richtig verstanden? An Bord deines Schiffes wütet ein irrer Killer. Und normalerweise zahlst du Investoren nie vorzeitig aus. Du weißt, mein Bruder ist... na, sagen wir, er handelt finanziell nicht allzu verantwortungsbewusst. Hinzu kommt, dass du mitten in der Bergung eines Schatzes steckst.“

„Mit der Bergung sind wir fast fertig“, korrigierte er sie. „Ich werde nicht lange fort sein. In der Zwischenzeit wird Jonah sich um alles kümmern.“

„Aha.“ Jetzt fühlte sie sich gekränkt. „Wir reisen zusammen ab, und du kommst allein zurück.“ Sie sprang von seinem Schreibtisch und zwang sich zu einem Lächeln. „Habe verstanden.“

Er kniff die Augen zusammen. Was? Hatte er eine andere Reaktion erwartet? Verdient hatte er jedenfalls nichts anderes. „Ich bin sofort fertig“, erklärte sie leichthin und wurde damit belohnt, dass er die Augen noch ein wenig mehr zusammenkniff. „Ich hatte ja nicht viel Gepäck bei mir.“

Nick sagte nichts, und sie ging schweigend zur Tür, wo sie sich noch einmal umdrehte. „Hast du die Chartergesellschaft gebeten, einen Helikopter zu schicken? Oder möchtest du, dass ich das erledige?“

Er verschränkte die Arme vor der breiten Brust. „Ich werde dich nach Teneriffa fliegen. Von dort fliegen wir weiter zu deiner Insel.“

FOURTEEN

Der fünfsitzige Helikopter schien ein neueres Modell und mit allen Extras ausgestattet zu sein. Er stand auf dem Heliport und sah aus wie eine große weiße Libelle. Nick erwies sich als ausgezeichneter Pilot, aber Bria hatte auch nichts anderes erwartet. Während der fünfunddreißig Minuten Flugzeit von der *Scorpion* zum Flughafen von Teneriffa war er sehr konzentriert. „Kannst du mit deinem Handy ins Ausland telefonieren?", fragte Bria über Kopfhörer. „Ich will meinen Bruder anrufen und ihm sagen, dass ich mit dem Geld auf dem Weg bin."

„Es liegt hinten. Du kannst anrufen, bevor wir in Teneriffa ins Flugzeug steigen."

„Ich weiß deine Hilfe wirklich zu schätzen, aber ich bestehe darauf, meinen Flug nach Marrezo selbst zu bezahlen." „Wir nehmen keinen Linienflug. Ich habe einen Learjet gechartert. Damit sind wir schneller."

Natürlich hatte er einen Jet gechartert. Bria konnte nur hoffen, dass sie wirklich ihren Job behielt, denn ihre gesamten Ersparnisse waren durch diese verrückte Reise aufgezehrt worden. Vielleicht würde Draven ... nein, würde er nicht. Und sie würde ihn nicht bitten. Trotzdem wollte sie Nicks Geld nicht. „Dann bestehe ich darauf, dir das Geld dafür zu geben, sobald ich wieder in Sacramento bin."

„Ich will dein verdammtes Geld nicht", entgegnete er mit einer solchen Entschiedenheit, dass Bria stutzte. Im nächsten Moment hatte er sich wieder völlig unter Kontrolle und sagte mit seiner typischen ausdruckslosen Miene: „Gut. Wir klären das später."

Wow. Bria betrachtete sein Profil, während sie tief über die kleine Insel Teneriffa hinwegflogen. Hatte sie gerade einen Moment der

Unbeherrschtheit bei ihm erlebt? Interessant. Lag es an ihr? Oder an der Nachricht, die er von seinem Kapitän erfahren hatte? Wahrscheinlich Letzteres.

Sie streckte die Beine aus, so weit es der beengte Platz zuließ, und fragte: „Was wollte Jonah denn so Dringendes? Sind wir deshalb so eilig aufgebrochen?"

Er hielt den Blick geradeaus gerichtet und antwortete erst nach einer Weile. „Ich bringe deinem Bruder seine Investition zurück. Das wolltest du doch, oder?"

„Ja. Aber das beantwortet nicht meine Frage. Du könntest mir einen Bankscheck geben oder so etwas, den ich dann auf meiner Zwischenstation bei Draven abgebe. Ehe ich zurück nach Sacramento fliege."

„Ich möchte, dass du für eine Weile bei deinem Bruder bleibst."

Diese Aussicht fand Bria wenig verlockend. „Warum? Und wie lange ist ‚eine Weile'?"

Seine Finger schlossen sich für einen Moment fester um den Steuerknüppel, doch sein Ton blieb ruhig. „Bis die Probleme an Bord der *Scorpion* zu meiner Zufriedenheit gelöst sind." Sie schüttelte den Kopf. „Das ist noch immer keine Antwort. Was genau ist eigentlich passiert?"

Nick schwieg.

„Lüg mich nicht an, Nick."

In seinen Augen las sie, dass er einen Entschluss fasste, noch ehe er antwortete. „Jonah hat ein weiteres Mitglied der Crew tot aufgefunden. Man hat ihm die Kehle durchgeschnitten." Unwillkürlich legte sie die Hand an ihren Hals. „Wer ist der Tote?"

„Fakhir."

„Der Küchengehilfe? Der mit den Hasenzähnen und dem süßen Lächeln?" Sie schloss die Augen. „Um Himmels willen, warum nur? Ich verstehe das nicht. Warum sollte jemand ihn umbringen? Er war so nett und schüchtern ..."

„Dein Bruder wird eine gut ausgebildete Sicherheitsgarde für sich und den Palast haben. Bleib dort, bis ich mich wieder melde."

Sie machte die Augen wieder auf und war geblendet von der hellen Sonne. „Das ist ziemlich diktatorisch von dir", erklärte sie. „Du bist nicht für mich verantwortlich. Außerdem habe ich gelernt, mich selbst zu verteidigen. Schon vergessen? Mal ganz abgesehen davon, dass du bis jetzt nicht beweisen konntest, dass das alles etwas mit mir zu tun hat. Möglicherweise gibt es tatsächlich eine Verbindung zwischen den beiden Vorfällen. Aber ich kannte Halkias gar nicht, und mit Fakhir habe ich mich höchstens ein paarmal kurz unterhalten. Ihn kannte ich also im Grunde auch nicht. Daher haben die beiden Fälle vielleicht nichts mit mir zu tun, selbst wenn es eine Verbindung zwischen ihnen gibt."

Nicks Miene verhärtete sich.

Bria holte tief Luft. „Niemand wird mir bis nach Sacramento folgen, um mir etwas anzutun." Sie schaute nach unten, als sie tief über dem Flughafen flogen, und hob ihre Handtasche auf den Schoß. Sie nahm einen Lippenstift heraus, drehte die Kappe ab und hielt den Stift in der Hand, ohne ihn zu benutzen.

Nick schwieg weiter.

„Was diesen beiden Männern widerfahren ist, so grässlich es auch war, hat absolut nichts mit mir zu tun. Ich arbeite für ein Public-Relations-Unternehmen und nicht für irgendeine terroristische Vereinigung oder so etwas. Und das bedeutet, dass ich ganz beruhigt nach Sacramento zurückkehren kann, ohne die Begleitung irgendwelcher Spezialagenten." Nach einer kurzen Pause fügte sie hinzu: „Es sei denn, du kannst das Gegenteil beweisen."

Sein Instinkt war kein Beweis.

Interessant fand Nick jedoch, dass Bria Spezialagenten und Terroristen erwähnte. Was wusste eine Werbemanagerin denn von solchen Dingen? Nick blieb es erspart, antworten zu müssen, da die Landeanweisungen des Towers kamen. Innerhalb weniger Minuten landete er den Helikopter sanft auf dem Rollfeld und ließ den Rotor langsam ausdrehen. Der Robinson-Hubschrauber, auch R66 genannt, mit ausgeklügelter

Technik, Aluminiumblechlegierung und Chromoly-Stahl, war Nicks neuestes Spielzeug. Mit einer Reisegeschwindigkeit von hundertzwanzig Meilen pro Stunde hatten sie den Weg von der *Scorpion* bis zum Flughafen in Rekordzeit geschafft.

Nick fühlte sich schon ein wenig besser.

Sie schnallten sich ab, stiegen mit ihren Taschen aus und gingen zu dem wartenden Wagen. Auf dem Rollfeld herrschte brütende Hitze. Nicht das kleinste Lüftchen wehte, und doch nahm er Brias Pfirsichduft wahr. Sie trug eine Sonnenbrille, und ihre Lippen waren kirschrot geschminkt.

Er wusste genau, wie diese Lippen sich anfühlten. Geschminkt oder ungeschminkt.

Der wartende Fahrer brachte sie umgehend zu einem anderen Teil des Flughafens. Auf der Startbahn wartete ein Pilot im Cockpit eines eleganten weißen Learjets auf sie. Sobald Nick und Bria den Jet bestiegen und sich angeschnallt hatten, hob das Flugzeug auch schon ab.

Sie waren die einzigen Passagiere in der luxuriösen achtsitzigen Kabine. Der Flug nach Marrezo dauerte viereinhalb Stunden. Nick ging nach vorn, um die Crew vor dem Start zu begrüßen, dann setzte er sich auf die andere Seite des Ganges neben Bria.

Eigentlich hatte er den gesamten Flug über schlafen wollen. Zumindest so tun wollen, als ob er schliefe. Das fiel ihm nicht schwer, da sie beide in der vergangenen Nacht kaum Ruhe gefunden hatten. Allerdings war er nicht wirklich müde, und auch die Prinzessin sah trotz des Schlafmangels hellwach und sexy aus.

„Warst du schon mal in Marrezo?", fragte sie, winkelte die Beine auf dem Sitz an und stützte die Wange in die Hand. Ihre schwarzen Haare glänzten in der Sonne, die durch das Fenster neben ihr schien.

Nick legte die Hände auf den Sicherheitsgurt und schloss die Augen. „Nein."

„Möchtest du, dass ich dir davon erz..."

„Ich schlafe."

„Du bist ein Armleuchter", murmelte sie, aber es klang nicht wütend.

Nick musste sich ein Lächeln verkneifen, als sie anfing, in ihrer Umhängetasche nach Stift und Block zu kramen.

Sie redete nicht mehr, aber das hieß nicht, dass er seine Ruhe vor ihr hatte. Ihr Stift kratzte auf dem Papier. Sie unterhielt sich leise mit der Flugbegleiterin, mit der sie bei einem Softdrink die ganze Lebensgeschichte austauschte. Anscheinend erwachte der PR-Profi in ihr, denn die von ihr geschilderte Geschichte war drastisch bearbeitet. Außerdem erwähnte sie nur ganz nebenbei, dass sie und Nick befreundet seien. Kein Wort darüber, dass sie eine Prinzessin war. Dann zeichnete sie eine Weile, ging zur Toilette, kam wieder zurück. Nick glaubte genau spüren zu können, wie sie ihn mit ihren großen braunen Augen betrachtete. Doch er machte seine Augen nicht auf. Nicht einmal, als er ihre Fingerspitzen ganz sacht an seinem Flaar spürte.

Sie kehrte auf den Platz auf der gegenüberliegenden Seite des Ganges zurück. Das Leder knirschte, als sie es sich erneut bequem machte, und nach einigen Minuten hörte er sie gleichmäßig atmen.

Nick drehte den Kopf zur Seite und öffnete die Augen. In dem luxuriösen Ledersitz zusammengerollt wie eine Katze, sah sie ganz wie eine schlafende Prinzessin aus. Ihre dunkle Mähne umhüllte ihre Schultern, die sinnlichen Lippen waren leicht geteilt, die langen Wimpern bildeten auf faszinierende Weise winzige Schatten auf ihren zart geröteten Wangen.

Nick konnte sich an die Märchen seiner Kindheit nicht mehr genau erinnern. War die Prinzessin diejenige, die durch einen Kuss geweckt worden war? Oder hatte sie den Frosch geküsst?

Er fühlte sich hin- und hergerissen zwischen Belustigung und Erregung. Es schien ihm, als sei jede Minute, in der er nicht mit ihr schlief, Vorspiel. Seit er sie zum ersten Mal auf dem Marktplatz von Tarfaya gesehen hatte, begehrte er sie. Und sie jetzt schlafend zu sehen, löste eine eigenartige, bisher völlig unbekannte Sehnsucht in ihm aus. Vielleicht kam dieses merkwürdige Gefühl in der Brust aber auch nur vom Sodbrennen, ausgelöst durch ein üppiges Frühstück und anschließenden Sex.

Wie dem auch sei, er betrachtete sie noch eine Stunde im Schlaf, ehe er selbst einschlief.

Bria öffnete langsam die Augen und streckte sich. Dabei merkte sie, dass Nick sie ansah. Sie wusste, wie sie morgens früh nach dem Aufstehen aussah, und das konnte jetzt, nach diesem Nickerchen, nicht viel anders sein. Wahrscheinlich waren ihre Haare wild zerzaust und ihre Augen verschlafen. Außerdem musste sie dringend aufs Klo.

Sie streckte sich ausgiebig und legte die Arme über den Kopf. Unbewusst fuhr sie sich beim Aufsetzen durch die Haare und schwang die nackten Füße auf den dicken Teppich. „Habe ich geschnarcht?" Sie tastete vor dem Sitz nach ihren Schuhen.

Ohne die Miene zu verziehen, antwortete er: „Wie eine Motorsäge."

Erschrocken fragte sie: „Im Ernst?"

„Nein, du hast wie eine gut gefütterte Katze geschlafen und praktisch geschnurrt."Bria sah zur Tür, hinter der die Flugbegleiter saßen, und wandte sich mit einem provozierenden Blick wieder an Nick. „Ich könnte noch mehr schnurren."

„Wir landen in zwanzig Minuten", gab er zu bedenken, obwohl seine Augen etwas anderes sagten. Bria konnte froh sein, dass die Glut darin sie nicht in Flammen aufgehen ließ.

Mit einem frechen Lächeln stand sie auf, ging zu ihm und setzte sich auf seinen Schoß. Deutlich spürte sie seine Erektion. „Oh, du freust dich ja, mich zu sehen", sagte sie, entzückt von dieser Entdeckung. So versessen darauf, sie loszuwerden, konnte er doch nicht sein.

Sie schlang ihm die Arme um den Nacken. „Nur zwanzig Minuten?" Sie küsste ihn sacht aufs Kinn und stellte dabei fest, dass er eine Rasur benötigte. Aber sie mochte die Bartstoppeln, weil sie seine Gesichtszüge weniger hart machten und seinen sinnlichen Mund hervorhoben. „Na dann sollten wir am besten keine Zeit mehr verlieren." Sie streichelte seine Wange und ermutigte ihn, sie zu küssen.

Er fuhr ihr mit den Fingern durchs Haar, und sein Gesicht war ihrem so nah, dass sie Hunderte von verschiedenen Farben erkennen konnte, aus denen sich das ungewöhnliche Blau seiner Augen zusammensetzte. Türkis, Indigo, Kobalt...

„Du magst es gefährlich, was?", flüsterte er.

Erst seit ich dich kennengelernt habe, dachte sie. „Zwanzig Minuten", wiederholte sie leise. Wie lange würde er mit ihr in Marrezo bleiben? Ein paar Stunden? Eine Nacht? „Möchtest du die mit Reden vertun ...“

Nick presste die Lippen auf ihre und küsste sie leidenschaftlich, als hätten sie alle Zeit der Welt für sinnliche Küsse. Hatten sie aber nicht. Plötzlich brannten Bria Tränen der Frustration in den Augen. Sie fuhr Nick mit gespreizten Fingern durchs Haar und drückte ihre Brüste voller Sehnsucht fest an seine muskulöse Brust. Am liebsten hätte sie ihn nie wieder losgelassen.

Seine Zunge umspielte ihre, was Brias Verlangen nur noch größer machte.

Das Sonnenlicht fiel in die Kabine und änderte seine Richtung, als das kleine Flugzeug eine Kurve flog. Nein, dachte sie, nicht jetzt schon.

Sie stöhnte, was zur Folge hatte, dass Nicks legendäre Coolness bröckelte. Bria fühlte, wie sehr er sie begehrte. Nicht irgendeine Frau, sondern sie, Gabriella Ilaria Elizabetta Visconti.

Niemand hatte sie jemals so begehrt wie Nick.

Mit einem kehligen Laut des Verlangens küsste er sie wild und stürmisch. Bria gab sich ganz ihren Gefühlen hin und genoss die Art und Weise, wie Nick plötzlich die Kontrolle über sich verlor.

Ihre Brustwarzen sehnten sich nach seiner Liebkosung, deshalb presste Bria ihre Brüste fester an seine breite Brust. Das stillte jedoch nicht ihre Begierde. Im Gegenteil, jedes Körperteil, jede Zelle ihres Körpers schien sich verzweifelt nach Nick zu sehnen. Sie konnte es nicht mehr erwarten, bis er die pulsierende Leere in ihr ausfüllte.

Er versuchte es, indem er sie in ein aufregendes, heißes Zungenspiel zog. Das war kein vorsichtiges erotisches Necken mehr, sondern die reinste Sünde. Verlockend. Seine Lippen lagen warm auf ihren, und als er den Daumen in ihre Wange grub, dicht neben ihrem Mundwinkel, sog sie scharf die Luft ein. Sanft drückte er ihren Kopf nach hinten, um sie dann noch intensiver zu küssen. Um sie herum drehte sich alles, und Bria vergaß die Flugbegleiter.

Ihr war egal, wann sie verschwunden waren.

Oder ob sie überhaupt gegangen waren.

Bis Nick ihr Gesicht umfasste und sich sanft von ihr löste. Seine Lippen lagen noch für einen kurzen Moment auf ihren, dann flüsterte er: „Wir sind eben gelandet."

Benommen schaute sie aus dem Fenster und erkannte das winzige Steingebäude, in dem sich Marrezos Flughafenterminal befand. Bria hatte das Aufsetzen des Flugzeugs gar nicht gemerkt.

Die Abfertigungshalle war ursprünglich ein jahrhundertealtes Bauernhaus. Vor ungefähr sechzig Jahren war der Tower hinter das Haus gebaut worden, was das Terminal etwas unwirklich aussehen ließ. Nick und Bria verließen den Jet zusammen mit der Crew und gingen in das Gebäude.

Der Wartesaal enthielt zwei alte Sofas, einen zerschrammten kunststoffbeschichteten Tisch und einen Colaautomaten aus den 1970ern. Einen Großteil der hinteren Wand nahmen zwei kunstvoll gerahmte, verblasste Drucke ein. Die zwei Porträts zeigten Brias Eltern in königlicher Kleidung.

Bria wandte den Blick ab. Es schmerzte sie jedes Mal, ihre Eltern zu sehen. Die Originale hingen früher über dem Kamin im Palast. Draven hatte sie gegen Bilder von sich und Dafne ausgetauscht. Bria verstand nicht, warum er das getan hatte. Sie wünschte, er hätte alles genauso gelassen, wie es einst war.

Aber er war der neue König und wollte das Alte so schnell wie möglich loswerden.

Da sie nicht bleiben würde, hatte sie auch kein Recht, ihrem Bruder irgendwelche Vorhaltungen zu machen. Daher behielt sie ihre Meinung für sich.

Zwei Männer eilten ihnen entgegen, um sie zu begrüßen. Der ältere der beiden erbleichte, als er Bria erkannte. „Principessa Gabriella?"

Die Augen des jüngeren Mannes weiteten sich, und er machte einen nervösen Schritt zurück. „Wir wussten nicht, dass Sie kommen! Andernfalls hätten wir die Presse informiert und Erfrischungen bereitgestellt..."

Bria zuckte innerlich zusammen, ließ sich jedoch nichts anmerken, sondern setzte ein strahlendes Lächeln auf, um die Besorgnis der beiden Herren zu zerstreuen. „Eine Zeremonie ist wirklich nicht nötig", versicherte sie ihnen rasch. „Es handelt sich nur um einen Kurzbesuch bei meinem Bruder."

Der jüngere Mann platzte heraus: „Aber der König hält sich in Rom auf, Principessa!"

Sie sah zu Nick.

„Ich nehme an, der Palast ist weiterhin bewacht", meinte er. „Wahrscheinlich." Draven hatte so viele Bodyguards und Bedienstete, dass der Bankrott des Staates eigentlich kein Wunder war.

Der ältere der beiden Männer rieb sich den Hinterkopf. „Principessa, würden Sie mir ein Autogramm für meine Enkelin geben? Sie träumt davon, auch eines Tages eine Prinzessin zu sein."

Diesen Traum hatte Bria auch einmal gehabt. Sie wartete geduldig, bis der Mann einen Kugelschreiber und ein Stück Papier, einen Kassenbon, hervorgekramt hatte. Sie schrieb das Autogramm und setzte eine kurze Nachricht an die kleine Möchtegernprinzessin darunter.

„Würden Sie bitte die Flugzeugcrew im Hotel in Pescarna unterbringen?", wandte sie sich an den jungen Mann.

Es gab nur ein Taxi auf der Insel, und der Besitzer glänzte stets durch Abwesenheit, wenn man ihn brauchte.

Der jüngere der beiden Männer musterte mit fragender Miene Nick und wandte sich errötend an Bria. „Es wird uns eine Ehre sein. Benötigen Sie eine Fahrgelegenheit? Selbstverständlich werden wir Sie zuerst zum Palast bringen."

„Nein danke. Ich werde anrufen und den Wagen herschicken lassen."

Das Terminal wurde mit der gebührenden Eile geschlossen, und der Pilot sowie Kopilot und Flugbegleiterin wurden hinausgescheucht. Man verfrachtete sie in einen klapprigen Pick-up-Truck, dessen Türen mit silbernem Klebeband zugehalten wurden.

„Vom Privatjet in einen Pick-up aus den 80ern." Bria winkte, als der alte Wagen langsam über das Rollfeld fuhr und sie und Nick allein vor dem jetzt abgeschlossenen winzigen Flughafengebäude zurückließ.

„Ich bin beeindruckt", sagte Nick, dessen dunkle Haare vom Wind zerzaust waren. Er hatte seine Sonnenbrille nicht aufgesetzt. Im Sonnenlicht wirkten seine Augen hell und klar und hatten nichts Geheimnisvolles mehr.

„Wovon?", fragte Bria und senkte den Blick von seinen Augen zu seinem Mund. Sofort erinnerte sie sich an den leidenschaftlichen Kuss und daran, diesen Mund schon überall an ihrem Körper gespürt zu haben. Würde sie diese Lippen noch einmal fühlen, bevor er abreiste?

Der warme Mittelmeerwind wehte ihr eine Strähne ins Gesicht. Sie atmete tief ein.

Nicks Miene war undurchdringlich wie immer, als er sie einige Sekunden lang ansah. Dann nahm er ihre Hand, als sie gerade dabei war, die Strähne in ihrem Pferdeschwanz festzustecken.

Mit rauer Stimme wiederholte sie ihre Frage. „Wovon bist du beeindruckt?" Sie erschauerte, als er die Hand für einen Moment auf ihr Ohr legte, ehe er sie wieder sinken ließ. Sie musste aufhören, an Sex zu denken, sonst sprang sie ihn noch hier mitten auf dem Rollfeld an. „Von der Effizienz der Angestellten des Marrezo International Airport?"

„Nein, von dir." In seiner Stimme schwang eine gewisse Bewunderung mit. „Du warst ganz in deinem Element."

„Ich gehöre nicht hierher."

„Von wegen. Du hast gelächelt und warst großzügig. Du hast ein Autogramm gegeben für ein Kind, das du nicht kennst. Und du hast dafür gesorgt, dass die Flugzeugcrew untergebracht ist. Du hast mit deinem Charme praktisch alle um den Finger gewickelt, Principessa."

Zum ersten Mal sprach er ihren Titel mit Respekt aus statt spöttisch. Bria schloss die Augen und atmete tief den Geruch der Insel ein. „Es tut erstaunlich gut, wieder hier zu sein." Nirgendwo sonst auf der Welt roch es so wie in Marrezo. Es war eine magische Mischung aus Kiefern und Meer und dem Geruch frisch gepflügter Erde in den nahe gelegenen Weinbergen. Sie stellte sich den Duft köchelnder Tomatensoße zum Abendessen vor und den des kräftigen Rotweins, für den Marrezo berühmt gewesen war. Und es wieder sein würde, nachdem Draven sein Kapital zurückerhalten hatte.

„Ich finde den Tower und das alte Bauernhaus unter historischem Aspekt zwar unglaublich faszinierend - aber hast du auch für uns beide einen Plan?" Amüsiert schob er die Hände in die Taschen. „Ich hab's nicht eilig. Ich frage nur mal so." Ein Plan? „Mist", sagte sie. „Bei all dem Chaos habe ich vergessen, das Telefon zu benutzen." Andererseits war die Aussicht verlockend, an einem so schönen Tag wie diesem die paar Kilometer nach Pavina mit Nick zu Fuß zu gehen. „Es ist nicht weit. Macht es dir etwas aus, wenn wir laufen?"

„Mir nicht. Aber was ist mit deinen Absätzen?"

„Wenn es sein muss, laufe ich in denen eine Meile in zehn Minuten." Oder sie würde sie ausziehen und barfuß gehen, so wie sie es in ihrer Kindheit getan hatte. „Es gibt zwei Orte auf der Insel. Einmal Pescarna, ein Fischerdorf, etwa zehn Meilen in diese Richtung. Nach Pavina geht es dort entlang. Dort liegt auch der Palast. Darf ich dein Handy benutzen? Meines funktioniert hier nicht. Ich sage nur eben Bescheid, dass wir hier sind, dann können wir los."

Nick gab ihr sein Handy, und Bria wählte, während sie über das Rollfeld auf eine Baumreihe zugingen.

Nick schaute sich noch einmal zu dem einsamen Tower um. „Ich nehme an, der Flughafen macht dicht, wenn die beiden Mitarbeiter weg sind?"

Bria lachte und nickte, während sie mit dem Handy am Ohr darauf wartete, dass die Verbindung zustande kam. „Wir ... sie haben einen Flug pro Woche abzuwickeln. Wenn es hoch kommt. Silvio, der Ältere, hat ständig sein Funkgerät dabei. Wenn sie gebraucht werden, kommen sie."

„Ruhiger Job. Ist er da auch krankenversichert?"

Sie warf ihm einen befremdeten Blick zu. „Marrezo kümmert sich um seine Einwohner, einschließlich Krankenversicherung. Die beiden bekommen ein Gehalt und leben auch ganz gut vom Fischen."

„Ah, davon verstehe ich etwas. Eine Rute, eine Rolle und eine Kühlbox mit Bier an einem sonnigen Tag."

„Es ist ein einfaches Leben und hat eher weniger mit Schatztauchen zu tun."

Er runzelte die Stirn. „Oder mit einem Job in Kalifornien?" Statt darauf zu antworten, wandte Bria sich ab. Sie war überrascht gewesen, als Nick dem Piloten gesagt hatte, er solle erst am nächsten Tag zurückfliegen. Aber selbst vierundzwanzig Stunden mit ihm reichten ihr nicht einmal annähernd. Trotzdem war sie froh, dass er nicht gleich wieder ins Flugzeug gestiegen war, um zur *Scorpion* zurückzufliegen. Das Telefon am anderen Ende der Leitung klingelte noch immer. Heimat. Bria fühlte ein emotionales Ziehen in der Brust. Egal, wo sie war und wie lange sie fort war - und so sehr sie auch fand, sie solle sich nicht in Dravens Leben einmischen -, Marrezo würde stets ihre Heimat sein. Sie verband einfach zu viele frühe Erinnerungen mit diesem Land - und natürlich Erinnerungen an ihre Eltern.

Endlich meldete sich jemand. Wahrscheinlich ein Butler von niederem Rang, da Draven den Pomp und die Förmlichkeiten genoss, die sein Titel mit sich brachte. Der Mann bat sie, am Apparat zu bleiben, und kurze Zeit später hatte sie ihre Schwägerin Dafne an der Strippe.

„Von hier in Pavina", antwortete Bria, als Dafne sich erkundigte, von wo aus sie anrufe. „Wir sind gerade am Flughafen gelandet. Ich habe einen Freund bei mir, und wir gehen zu Fuß. Wir werden in etwa zwanzig ... nein, wirklich." Sie verdrehte die Augen. „Es ist doch nur ... genau. Bis er den Wagen aus der Garage geholt hat, sind wir wahrscheinlich längst da. Okay, wir gehen ihm entgegen, denn es ist zu heiß, um herumzustehen ... nein, war ich nicht... ja, ich bin sicher, dass es in gewissen Kreisen als unhöflich gilt, unangemeldet vorbeizuschauen, aber ich ... " Sie wollte sagen, dass sie schließlich zur Familie gehöre. Stattdessen sagte sie: „Aber ich bin nun einmal da."

Nachdem sie das Gespräch beendet hatte, gab sie Nick das Handy zurück. „Reizende Dame", sagte sie, ohne eine Miene zu verziehen. Sie schob ihre Umhängetasche höher auf die Schulter und setzte ihren Weg Richtung Straße fort. In der Luft lag der angenehme Duft von Kiefern. Sie atmete tief ein. So sehr dieser Geruch schöne Kindheitserinnerungen weckte, er gemahnte auch an Verrat und Tod. Die Zeit der Abwesenheit hatte die bitteren Erinnerungen nicht ausgelöscht, auch wenn Bria das insgeheim vielleicht gehofft hatte.

„Verstehst du dich nicht mit deiner Schwägerin?", erkundigte Nick sich und nahm ihr die schwere Umhängetasche ab, um sie sich selbst über die Schulter zu hängen.

Bria schenkte ihm ein dankbares Lächeln und hakte sich bei ihm unter. „Sie hält sich für Grace Kelly, nur hübscher, mit mehr Klasse und viel, viel reicher. Dummerweise ist sie keines davon. Wie dem auch sei, Königin Dafne schickt uns einen Wagen. Ich darf hinzufügen, dass es sich nicht um irgendein

Auto handelt. Falls du eine Schwäche für Autos hast, wirst du beeindruckt sein, denn der Wagen ist eine echte Schönheit, selbst nach heutigem Standard."

Nicks Lächeln ließ sie schon wieder dahinschmelzen. „Ich kenne mich mit Schönheit ein bisschen aus."

Sie erwiderte sein Lächeln. „Ich mich auch."

Er schüttelte lachend den Kopf. „Du bist mir vielleicht eine, Gabriella Visconti. Erzähl mir von dem Wagen."

„Es ist ein 1959er Rolls-Royce Silver Cloud, der sich laut Dafne schon seit zehn Generationen in der Familie befindet." Bria grinste.

„Da eine Generation etwa fünfundzwanzig Jahre sind, wäre der Wagen schon ziemlich alt", bemerkte er trocken.

„Mathe ist nicht ihre Stärke", sagte Bria unbeschwert. Sie war so glücklich, mit Nick in der Sonne die Straße entlang nach Pavina zu wandern, dass sie es kaum aushalten konnte. Und sie weigerte sich, auch nur eine Stunde weit in die Zukunft zu blicken. Jetzt und hier, in diesem Augenblick, an seiner Seite gehend, war alles absolut vollkommen. „Der Wagen gehörte ursprünglich meinem Großvater, und danach meinem Vater. Ich nehme an, er war der Familienwagen ... autsch!" Bria hüpfte auf einem Fuß, da ihr Absatz in einem Spalt in der kopfsteingepflasterten Straße stecken geblieben war.

„Hier", sagte Nick ungeduldig. „Nimm meine Hand, sonst fällst du noch und brichst dir den Hals." Ohne auf ihr Einverständnis zu warten, verschränkte er seine Finger mit ihren.

Sie war es gewohnt, auf hohen Absätzen zu gehen, und machte sich keine Sorgen, dass sie stürzen könnte. Doch die Gelegenheit, Nicks Hand zu halten, würde sie sich um nichts auf der Welt entgehen lassen.

Schon gar nicht jetzt, wo jeder Schritt Richtung Palast letztendlich bedeutete, ihn bald zu verlieren. Der Duft seiner Haut, durch die Hitze noch intensiver, vermischte sich mit den heimatlichen Gerüchen und prägte sich unauslöschlich ihrem Gedächtnis ein.

Das Dunkelgrün des Kiefernwaldes begleitete die Straße auf der rechten Seite. Links lagen die Weinberge mit ihren symmetrischen Spalieren, so weit das Auge reichte. Und hinter dem Grün der Rebstöcke erhob sich der Monte Tolaro, dessen abgeflachte Spitze den Himmel zu berühren schien.

„Du siehst aus wie deine Mutter."

„Danke", sagte sie leise, denn seine Worte berührten sie zutiefst. „Ich versuche ihr durchaus nachzueifern."

„Indem du Königin wirst?"

„Um Himmels willen, nein!", rief sie ein wenig heftig. Sie trat einen Schritt zur Seite, ohne sich von ihm zu lösen. Sie liebte das Gefühl, im Gehen seine Hand zu halten. „Mein Bruder ist der rechtmäßige König. Obwohl es ihm nicht guttut, dieses Luxusleben zu führen. Als ich zu seiner Krönung da war, sah ich erschrocken, wie schwer er geworden ist." Das war eine Untertreibung - Draven war nicht schwer, sondern enorm fettleibig. „Gesundheitsgefährdend, würde ich sagen."

„Darüber musst du dir zum Glück keine Sorgen machen. Außerdem wärst du immer begehrenswert, egal welche Kleidergröße du hast."

„Ich habe nicht nach Komplimenten gefischt", erwiderte sie. „Für mein Aussehen sind meine Gene verantwortlich. Meine Mutter pflegte mich immer daran zu erinnern, dass das Aussehen verblassen würde, Integrität aber für immer bliebe. Sie war wirklich eine erstaunliche Frau."

„Klingt ganz so."

„Lebt deine Mutter noch?", fragte Bria, während sie weiter die Straße entlanggingen.

Nick hielt den Blick geradeaus gerichtet. „Sie starb, als wir noch Kinder waren. Da war ich ungefähr sechs. Sie kam bei einem Autounfall mit einem betrunkenen Fahrer ums Leben." Sie drückte seine Hand. „Das tut mir leid, Nick. Ich war sieben, als meine Mutter starb. Es kommt einem ungerecht vor."

„Ich habe nur noch schwache Erinnerungen an sie. Die meisten haben mit etwas zu tun, was mein Vater getan oder nicht getan hat. Die Ehe meiner Eltern war nicht ohne Spannungen, um es einmal so auszudrücken." Er zögerte einen Moment. Bria war froh, dass er ihr das Vertrauen entgegenbrachte und tatsächlich weitererzählte. „Sie zog mit mir, Logan und Zane zu ihrer Mutter nach Portland. Dad passte das nicht, deshalb holte er uns zurück nach Cutter Cay."

„Sie starb, bevor sie euch zurückgewinnen konnte. Arme Frau."

Nick blieb stehen. „Woher weißt du das?"

„Na ja, wenn sie euch geliebt hat, wird sie um euch gekämpft haben, und zwar mit Klauen und Zähnen. Ihr brauchtet eure Mutter." Sie bedeutete ihm, weiter im Schatten zu gehen. „Nur der Tod kann eine Mutter von ihren geliebten Kindern trennen."

„Sie starb, während die Anwälte die Sache ausfochten."

Die alte Stadtmauer Pavinas kam in Sicht. Bria verlangsamte ihre Schritte. Sie wollte nicht, dass dieser Augenblick schon endete. „Wie war dein Vater?"

„Er starb vor ein paar Jahren an einem Herzinfarkt." Nick zuckte mit den breiten Schultern. „Er war eben, wie er war. Wir hatten ein gutes Leben auf Cutter Cay. Er brachte uns alles bei, was wir über Boote und das Schatztauchen wissen. Aber Liebe ... ich bin mir nicht sicher, ob er überhaupt wusste, was das war. Jedenfalls war er niemals treu. Logan und ich haben uns eine Zeit lang Sorgen gemacht, Zane könnte genauso werden", gestand er. „Aber dann lernte er jemanden kennen, und damit schienen sich unsere Befürchtungen erledigt zu haben."

„Zane hat sich verliebt?"

„O ja. Mit Teal hat er eine ebenbürtige Partnerin gefunden." „Er ist glücklich."

„Und wie."

„Du freust dich sicher für ihn", vermutete sie.

„Ja, das tue ich. Ich bin ..." Er stieß die Luft aus. „Ich bin erleichtert. Wir alle erinnern uns noch gut daran, wie es war. Die Lügen und der ganze Mist. Die Trinkerei. Erzähl mir mal eine schöne Erinnerung an deine Eltern."

„Du meine Güte ... ich erinnere mich an ein Familienpicknick, Monate vor der Katastrophe. Meine Eltern, Draven und ich quetschten uns zusammen mit unseren fünf Hunden in den Rolls. Es wurde der beste Tag meines Lebens." Ihr fiel der wehmütige Unterton in ihrer Stimme selbst auf, und sie warf Nick einen neckenden Blick zu, bevor alles zu schnell zu tief und ernst werden konnte. „Jedenfalls bis vor einer Woche." Sein sinnlicher Mund verzog sich zur Andeutung eines Lächelns.

„Wir fuhren zu den Höhlen hier in den Bergen, die über dem Meer aufragen." Sie zeigte auf die Berge, die sich mehr als tausend Meter hoch in den blauen, nur von einzelnen grauen Wolken betupften Himmel erhoben.

„Die sind wirklich beeindruckend."

„In einer Höhle gibt es einen See und heiße Quellen. Das ist toll. Draven drohte damit, mich in den Tunnel zu werfen, durch den das Quellwasser des Sees ins Meer fließt. Ich durfte da nicht schwimmen. Ich glaube, meine Mutter hatte Angst, er würde es tun. Dreizehnjährige Jungs halten nicht viel von ihren siebenjährigen Schwestern. Hast du eigentlich Schwestern? Du hast nie etwas erzählt."

„Nein, es gibt nur Zane und Logan. Obwohl ..."

„Obwohl was?" Sie blieb stehen und betrachtete ihn. Die Sonne schien auf sein dunkles Haar, und seine Augen sprachen plötzlich Bände - allerdings hatte Bria keine Ahnung, was sie sagten. Aber vielleicht bildete sie sich das auch nur ein. Nick Cutter war schließlich dafür bekannt, sich nie anmerken zu lassen, was in ihm vorging.

„Das klingt geheimnisvoll", bemerkte sie leichthin und schwang, als sie weitergingen, ihre miteinander verschränkten Hände.

Eine ganze Weile schwieg er, und sie sah ihn an, um herauszufinden, ob er es bereute, ihr intime Details über seine Familie erzählt zu haben. Als sie schon glaubte, er würde gar nicht mehr darauf reagieren, sagte er: „Vor einiger Zeit erhielt Logan einen Anruf von einem teuren Anwalt aus New York, der angeblich jemanden vertritt, der behauptet, unser verschollener Bruder zu sein."

„Interessant." Die alten Steinmauern von Pavina kamen erneut in Sicht, als sie um die nächste Kurve gingen. Bria verlangsamte ihre Schritte. „Wusstest du von diesem Bruder? Wie geht ein Bruder überhaupt verschollen?"

Nick wirkte ruhig. „Das ist doch ein abgekartetes Spiel. Cutter Salvage war in den vergangenen Jahren extrem erfolgreich."

„Du glaubst nicht, dass der Kerl der ist, für den er sich ausgibt?"

„Sollte er tatsächlich eines Tages auftauchen, werden wir eine Menge Fragen an ihn haben. Ein DNA-Test wird erst der Anfang sein. Ach du Schande ... " Er blieb staunend stehen, als der Wagen um die Kurve bog. „Ich bin verliebt."

FIFTEEN

Schön wär's, dachte Bria. Laut sagte sie: „Damit habe ich gerechnet. Deshalb die Warnung. Sabbere bloß nicht die Polster voll, sonst lässt Dafne dich zu Fuß gehen." Sie hielt ihn nicht fest, als er ihre Hand losließ, obwohl sie das gern getan hätte.

Der wundervolle Wagen, dessen silberner Lack auf Hochglanz poliert war, verlangsamte seine Fahrt und hielt schließlich am Straßenrand.

Der Fahrer stieg aus, wobei er hastig sein schwarzes Jackett zuknöpfte, was angesichts der Hitze übertrieben wirkte. Strahlend und sich verbeugend, öffnete er schwungvoll die hintere Tür. „*Buon pomeriggio, Principessa!*"

„ *Buon pomeriggio,* Enzo ", erwiderte sie freundlich. Sie hatte den Mann vor zwei Jahren kurz kennengelernt. Seine Frau war Dafnes persönliches Mädchen für alles - was immer die arme Frau für ihre Schwägerin tat, sie wurde sicher nicht annähernd gut genug bezahlt. Bria bedeutete Nick, er solle zuerst einsteigen und durchrutschen. „*Stai bene? Come sta la tua belissima moglie?*", fragte sie den Fahrer.

Die Freude darüber, dass sie sich noch an seine Frau erinnerte, stand dem Mann deutlich ins Gesicht geschrieben. „*Sta molto bene, grazie per esservelo ricordato, Principessa.*"

Bria stieg ein und grinste, als sie sah, wie Nick sanft mit der Hand über die butterweichen, gepflegten dunkelgrünen Ledersitze strich. Enzo warf die Tür zu, was ein solides, teures Geräusch verursachte.

Obwohl der Wagen von außen riesig wirkte, bot er im Fond nur Platz für zwei Passagiere, sodass Nick nah genug bei ihr saß, um mit dem Ellbogen gegen ihren nackten Arm zu stoßen. Er untersuchte gerade ehrfürchtig das mit edlem Holz verkleidete Innere des Wagens.

„Linkssteuerung", murmelte er, den Sitz vor ihm streichelnd. „Sechszylinder-Reihenmotor, Stahlguss-Motorblock, Aluminiumzylinderkopflegierung

Da die Straße eng war, sich auf der einen Seite der Wald und auf der anderen die Weinberge befanden, musste Enzo den ganzen Weg zurückfahren, den Nick und Bria gekommen waren. Erst am Flughafen konnte er wenden. Bria schlug die Beine übereinander und lehnte sich zurück. Sie genoss Nicks Gesellschaft so sehr, wie er sich am Wagen erfreute.

„Sag mir Bescheid, falls ihr zwei einen Moment allein sein wollt", meinte sie amüsiert. Ihr Vater hätte Nick gemocht, dachte sie wehmütig. Bei ihrem Bruder war das ganz offensichtlich der Fall, denn der hatte eine enorme Summe in Nick investiert. Aber was hätte ihre Mutter von ihm gehalten? Wäre Nick für ihren Geschmack zu distanziert gewesen? Manchmal fragte Bria sich, ob der Tod ihrer Eltern einer der Gründe dafür war, weshalb sie nie daran gedacht hatte, selbst eine Familie zu gründen. Sie konnte sich einfach eine Hochzeit ohne sie nicht vorstellen.

Während der restlichen Fahrt unterhielten Nick und Enzo sich auf Italienisch über Rolls-Royce. Bria war froh, eine Sonnenbrille zu tragen. Denn in ihren Augen brannten Tränen.

Das alte Städtchen Pavina war für den Autoverkehr gesperrt. Der Rolls folgte mehrere Meilen weit der sich dahinschlängelnden Stadtmauer, bis sie ein großes Tor passierten und in eine Auffahrt aus Muschelkalk einbogen. Der Palast, aus enormen dunkelgrauen Basaltsteinen und goldgelbem Granit erbaut, stellte eine interessante Mixtur verschiedener Epochen dar.

Nick staunte, während der Luxuswagen die sanft geschwungene Auffahrt hinauffuhr. Mindestens hundert Leute arbeiteten in den gepflegten Gärten rund um den Palast. An der Vorderseite war ein Gerüst errichtet worden, auf dem sich etwa ein Dutzend Arbeiter befanden. Für jemanden, der bankrott war, investierte König Draven

Visconti ein königliches Vermögen, um seinem Zuhause den Glanz früherer Zeiten zurückzugeben. Nick hoffte nur, dass der Kerl genauso viel für seine Untertanen ausgab, die sich ihr Leben wieder aufzubauen versuchten.

Der Wagen hielt vor einer weit geschwungenen Treppe, die zu einer massiven Doppeltür hinaufführte. Die Reifen knirschten leise auf dem Kies. Der ursprüngliche Wassergraben um den Palast war nun mit Rasen und blühenden Büschen bepflanzt.

Enzo sprang aus dem Wagen und hielt Bria die Tür auf. Nick stieg auf seiner Seite aus und ging um den Wagen, um sie zu begleiten.

Auf den obersten Steinstufen der Treppe stand eine modisch gekleidete, zu dünne, zu blonde und zu gebräunte Frau Ende vierzig. Sie trug ein konservatives Businesskostüm aus irgendeinem unangenehm glänzenden Stoff in einem eigenartigen Grünton. Sie war mit so viel Gold und Edelsteinen behängen, dass man davon die Inselbewohner ein Jahr lang hätte ernähren können.

„Bereite dich schon mal auf etwas vor", bemerkte Bria leise. Dann stieg sie in gerader Haltung und mit wippendem Pferdeschwanz die Treppe hinauf. Nick folgte ihr und passte sich ihrem Tempo an.

Dafne trug die seidigen blonden Haare zu einem simplen Knoten gebunden, der an Grace Kelly erinnern sollte. Sie breitete die Arme in einer Willkommensgeste aus. „ *Gabriella, benvenuti a casa mia sorella cara!* "

Die Königin sprach schlecht Italienisch, mit starkem Afrikaans-Akzent. Nick hatte keine Probleme, den einzuordnen: Pietermaritzburg, Geburtsort Südafrika, mehrere Jahre auf öffentlichen Schulen, dann ein sozialer Aufstieg vermutlich in ein gutes Internat in Durban und schließlich Johannesburg.

„Danke, Dafne", erwiderte Bria auf Englisch. Die Königin hatte sich kaum einen Schritt bewegt. Sie wartete einfach, bis die beiden oben angekommen waren, um sie zu begrüßen. Als es so weit war, ließ sie die Arme sinken. Offenbar hatte sie nie die Absicht gehabt, irgendwen herzlich zu begrüßen oder gar zu umarmen. Bria strich sich eine Strähne aus dem Gesicht. „Das ist Nick Cutter von Cutter Salvage."

Dafnes nachgezogene Augenbrauen hoben sich, ehe sie ihm ihre schmale, blasse, schwer beringte Hand hinhielt. Nick nahm sie galant und deutete einen Handkuss an, weil sie genau das erwartete. Nicht, dass es ihn sonderlich interessierte. Aber hätte er ihr diese Geste verweigert, hätte Bria es wahrscheinlich ausbaden müssen. Und das wollte er nicht. Allerdings ergründete er lieber nicht näher, woher dieser Wunsch, sie zu beschützen, kam.

„Euer Majestät."

Dafne schenkte ihm ein entspanntes Lächeln, als er sich wieder aufrichtete. „Charmant", sagte sie auf eine Weise, die sie vermutlich für britisch vornehm hielt. Was sie nicht einmal annähernd war. Ihre Herkunft aus der Unterschicht Südafrikas schimmerte deutlich durch.

Weniger freundlich wandte sie sich an Bria. *„ Tu sei troppo presto. Il Re e stata ritardata a Roma. "*

Wie der ältere Mann am Flughafen ihnen schon berichtet hatte, hielt König Draven sich in Rom auf. Nick fragte sich, ob die Frau ihren Mann auch auf diese ärgerliche, überhebliche Weise „König" nannte, wenn sie im Bett waren. Dafne liebte es ganz offensichtlich, die Frau des Königs zu sein. Nick verstand jetzt, warum die temperamentvolle, fröhliche Bria diese Eiskönigin nicht mochte.

„Kein Problem", erwiderte Bria ohne weiteren Kommentar, was Nick gefiel. Die meisten Frauen hätten in dieser Situation geplappert, um das verlegene Schweigen zu überbrücken. Bria verhielt sich anmutig und höflich, aber sie tat nichts, um ihre Schwägerin in einem besseren Licht erscheinen zu lassen. „Dann warten wir eben."

Die Königin schürzte die Lippen und läutete eine kleine goldene Glocke. Ein Mann in einem schwarzen Anzug tauchte hinter den sechs Meter hohen, mit Schnitzereien verzierten Mahagonitüren auf. Er sah aus wie ein Ringer, kurz und stämmig, mit der platten Nase eines

Preisboxers. Sein Anzug, bemerkte Nick, war maßgeschneidert, um die Waffe zu verbergen, die er unter dem Arm trug. Da das Jackett zugeknöpft war, kaschierte es auch erfolgreich die gewölbte Brust, die eine schusssichere Weste verriet. Der Mann hatte ineinander übergehende Augenbrauen und sah die Königin fragend an.

„Darf ich davon ausgehen, dass ihr zwei ein gemeinsames Zimmer wünscht?", wandte Dafne sich mit eisiger Verachtung und ausdrucksloser Miene an Bria.

Nick nahm Brias Hand. Er mochte es, mit ihr Händchen zu halten. Auch das war etwas Neues für ihn. Diesmal geschah es jedoch zur moralischen Unterstützung und aus Solidarität. Sie sollte wissen, dass er an ihrer Seite war.

„Selbstverständlich", lautete Nicks prompte und ebenso kühle Antwort.

„Absolut", pflichtete Bria ihm beinah gleichzeitig bei.

„Alfonse wird euch zu eurem Zimmer führen, damit ihr euch frisch machen könnt. Wir sehen uns beim Abendessen." Und damit entließ sie die beiden.

An Bria schien das alles abzuprallen. Sie ging an Alfonse vorbei, der zur Seite trat, in den Palast. Nick war jedoch genervt. Dabei hatte diese Dafne erst zwei Sätze von sich gegeben.

Verdammt. Langsam kamen ihm Zweifel, ob es richtig gewesen war, Bria zu ihren wenig freundlichen Verwandten zu bringen. Andererseits sollte sie hier nicht in erster Linie glücklich werden, sondern in Sicherheit sein.

Während Bria duschte, benutzte Nick das Haustelefon, um Kontakt zu dem T-FLAC-Agenten aufzunehmen und ihm von den jüngsten Entwicklungen zu berichten.

„Der Tote wird nicht verwesen", bemerkte Aries knapp.

„Das mag ja sein", erwiderte Nick verärgert. „Aber das heißt nicht, dass ich eine Leiche an Bord meines Schiffes haben will. Kümmern Sie sich darum."

„Kehren Sie zurück nach Cutter Cay. Bevor Sie anlegen, wird das Problem gelöst sein."

„Das kann ich nur hoffen." Die Dusche nebenan wurde abgestellt. „Meine Leute sind in Gefahr. Die Prinzessin wurde angegriffen, ich habe einen Toten und einen Mörder an Bord. Die Sache wird allmählich kompliziert. Sie haben vierundzwanzig Stunden, um das Problem zu lösen. Andernfalls nehme ich die Angelegenheit selbst in die Hand."

„Unternehmen Sie nichts, was diese Operation gefährden könnte, Cutter. Drei Tage sollten genügen, diese Dinge zu klären."

„Ich wiederhole mich ungern", sagte Nick kühl. „Ich habe ein Bergungsunternehmen und führe keine Geheimoperationen durch. Das ist Ihre Sache. Klären Sie die Angelegenheit innerhalb dieser drei Tage, sonst werde ich vielleicht ohne Crew oder Diamanten nach Cutter Cay zurückkehren."

Er legte den Hörer behutsam auf, leise „Scheiße" murmelnd.

Nach einer Stunde hielt Bria es in der neu eingerichteten Suite im oberen Stockwerk nicht mehr aus. Man sah in allen Räumen, dass der Palast restauriert wurde. Aber der grelle, demonstrativ schlechte Geschmack, den sie überall wahrnahm, weckte in ihr die Sehnsucht nach dem simplen Weiß-in-Weiß der *Scorpion*.

„Lass uns von hier verschwinden", schlug sie Nick vor, als sie, in ein Badetuch gewickelt, aus dem luxuriösen Bad kam. „Wir können heute Abend meinen Cousin Antonio besuchen. Was meinst du?"

Nick, der an einem der hohen Fenster stand, drehte sich um und lächelte. „Du bist der Boss."

„Dafne ist der Boss." Bria schüttelte sich. „Warte, ich ziehe mich nur schnell an."

Er musterte ihren feuchten Körper und die nassen Haare mit anerkennendem Blick. „Meinetwegen brauchst du dich nicht zu beeilen."

„So gern ich auf deinen lüsternen Blick auch eingehen würde, ich halte es hier nicht mehr länger aus. Können wir das also verschieben? Ich bin in fünf Minuten fertig, versprochen."

Er lehnte sich mit der Hüfte an die Fensterbank. „Ich habe es nicht eilig."

„Du könntest mir Gesellschaft leisten, während ich mich zurechtmache", schlug sie vor, ehe sie ins Bad zurückkehrte.

„Wenn ich nicht mit dir schlafen darf, bleibe ich lieber hier draußen und schaue den hundert Gärtnern dabei zu, wie sie Bäume in merkwürdige und unnatürliche Formen schneiden. Also lass dir nicht zu viel Zeit, ich habe Hunger. Und Essen wird anscheinend alles sein, was ich in nächster Zeit bekomme."

Bria verschwand beschwingt im Bad, wo sie Lidschatten und Lippenstift auftrug. Da sie nichts anderes dabeihatte, zog sie das rote Kleid über ihren eingecremten, vollkommen nackten Körper.

Sollte Nick ruhig den ganzen Abend daran denken.

Niemand hielt sie auf, als sie durch die hohen Eingangstüren ins Freie traten. Natürlich gab es auch keinen Grund dafür. Dies war ebenso Brias Zuhause wie Dravens. Sie mochte vielleicht nicht willkommen sein, aber eine Gefangene war sie nicht.

Es fühlte sich nur so an.

Auf halbem Weg die Auffahrt hinunter rief sie mit Nicks Handy ihren Cousin an, und sie vereinbarten, sich in einer Stunde in einer trattoria auf der anderen Seite der Stadt zu treffen.

Sie schlenderten durch den Ort. An einem Imbissstand kaufte Bria ein Stück Pizza für Nick, weil er sagte, er sei so hungrig, dass er nicht bis zum Abendessen warten könne. Als er den ersten Bissen gekostet hatte und sie von anderen Passanten umringt waren, ließ sie ihn spüren, dass sie unter dem Kleid vollkommen nackt war.

„Und du glaubst, dass ich mich dafür nicht rächen werde?", murmelte er und drängte sie gegen eine Gassenmauer.

Lachend schlang sie ihm die Arme um den Nacken und küsste ihn sanft auf die Lippen. Sie fühlte sich schamlos und glücklich. „Darauf wette ich."

Sie teilten sich die Pizza im Gehen. Es war ein warmer Sommerabend, und die Straßen waren voller Menschen, die einen Abendspaziergang unternahmen, mit Freunden plauderten oder einen kühlen Drink genossen. Das abendliche Flanieren und Plaudern wurde fare lo struscio genannt. Bria erinnerte sich daran, wie sehr sie dieses unbeschwerte Schlendern als kleines Mädchen mit ihren Eltern genossen hatte.

Viele Leute erkannten sie, weil sie ihrer Mutter so ähnlich sah. Manche blieben stehen, die meisten jedoch verbeugten sich respektvoll und gingen weiter.

„Du bist eine Berühmtheit", stellte Nick fest. Er hielt wieder ihre Hand. Allerdings nur, damit sie unter all diesen flanierenden Menschen nicht getrennt wurden, wie er ihr versicherte. Bria war es absolut recht, egal wie die Begründung lautete. Sie war nie Händchen haltend durch die Straßen geschlendert. Es war schön und hatte etwas Unschuldiges.

„Die meisten Leute, die wissen, wer ich bin, sind im Alter meiner Eltern", erklärte sie und lächelte zwei älteren Damen zu, die sie anstarrten. „Sie erkennen mich also aufgrund der Ähnlichkeit mit meiner Mutter."

Das machte sie traurig, denn sie fand, ihre Eltern sollten auch heute noch das Land regieren. Wären sie an der Macht geblieben, gäbe es heute bessere Straßen und noch die vielen kleinen Geschäfte, von denen etliche mittlerweile hatten schließen müssen. „Junge Leute ziehen nicht mehr hierher, um eine Familie zu gründen", sagte sie, als Nick stehen blieb, um sich einen großen Pappbecher frisch gepressten Saft zu kaufen.

„Heute Abend ist auf jeden Fall genug los", bemerkte er, während er ihr von dem Saft anbot.

Sie trank einen Schluck, und die Säure ließ sie das Gesicht verziehen. Ihre Grimasse brachte Nick zum Lachen -genau, wie sie es beabsichtigt hatte. Sie trank einen weiteren großen Schluck des Safts. Er schmeckte noch genauso wie damals, als sie und ihre Mutter immer am Markttag hergekommen waren.

„Aber es wird noch einige Jahre dauern, bis die Weinberge wieder Erträge abwerfen, und die Industrie ist auch weitgehend zum Erliegen gekommen. Vor zwanzig Jahren, als die Menschen flohen, waren viele von ihnen noch Kinder. Heute ist das hier nicht mehr ihre Welt. Sie wollen in großen modernen Städten leben, mit Internet und tausend TV-Kanälen." „Hast du Public Relations studiert, um deinem Volk zu helfen?" Nick legte ihr den Arm um die Taille und half ihr, den Becher festzuhalten, als mehrere Leute lachend und scherzend aus einer Gasse strömten. Sie sprachen Englisch, offenbar waren es Touristen. Bria freute sich darüber, dass ihr kleines Königreich wieder als Urlaubsziel wahrgenommen wurde.

Durch den dünnen Stoff ihres Kleides hindurch tätschelte Nick ihren Po und rief ihnen beiden ins Gedächtnis, dass sie darunter nackt war. „Marvin ermutigte mich zu vielen Dingen, in der Hoffnung, dass ich eines Tages heimkehren würde. Die PR-Branche schien ein breites Spektrum abzudecken, um eventuell den Tourismus anzukurbeln oder Firmen nach Marrezo zu locken, die hier Ferienhäuser für die Touristen bauen. Ich arbeitete eine Zeit lang im Hotelmanagement, sogar in einem Reisebüro und war für internationale Geschäftsbeziehungen zuständig, alles in der Hoffnung, damit etwas zum Besseren bewegen zu können. Doch so sehr ich meinem Land auch helfen will, es wird nicht passieren."

Er nahm ihr den Becher ab und trank. Sein gebräunter Hals bewegte sich bei jedem Schluck. Schließlich gab er ihr den leeren Becher zurück. „Alles, was du seit unserer Ankunft hier getan hast, zeigt mir, wie sehr du dein Land liebst. Liegt es an Dafne, dass du trotzdem nicht hierher zurückkehren willst?" „Dafne ... die ist, wie sie ist." Bria senkte den Blick und musste zu ihrer eigenen Überraschung gegen die Tränen ankämpfen. „Es hat eher etwas mit Draven zu tun. Du hast recht.

Ich liebe mein Land. Aber er hat mir klar zu verstehen gegeben, dass er an meiner Rückkehr nicht interessiert ist. Er sieht nicht ein, dass ich hierher gehöre. Das verletzt mich unendlich. Denn ich habe den Großteil meines Lebens damit verbracht, mich auf eine triumphale Rückkehr und all das Gute, was ich hier tun könnte, vorzubereiten."

„Du wärst auf jeden Fall eine Bereicherung."

Sie warf den leeren Becher in einen Mülleimer. „Was soil's, die Dinge ändern sich. Manchmal sogar zum Besseren, selbst wenn wir es nicht gleich erkennen. Meine Fähigkeiten bleiben ja nicht ungenutzt. Außerdem herrscht da eine gewisse Befangenheit zwischen mir und meinem Bruder. Trotz des Altersunterschiedes standen wir uns früher ziemlich nah. Jetzt, wo wir älter sind und ganz verschiedene Leben geführt haben, ist das nicht mehr der Fall. Wir kommen einfach nicht mehr klar miteinander. Da beneide ich dich um deine enge Beziehung zu deinen Brüdern. Die Familie ist alles. Seit Marvin gestorben ist, fühlte ich mich ein bisschen aus der Bahn geworfen."

„Das ist verständlich. Schließlich hast du all die Jahre geglaubt, er sei der einzige Familienangehörige, der dir noch geblieben sei selbst wenn es keine Blutsverwandtschaft zwischen euch gab."

„Ich habe noch Antonio. Ich glaube, du wirst ihn mögen ... oh, da ist er ja! Tonio!" Bria ließ Nicks Hand los und rannte über die Straße, um sich ihrem Cousin in die Arme zu werfen. Er hob sie hoch und wirbelte sie herum. Dann hielt er sie mit einem Arm um die Taille gefasst. Sie bog den Kopf zurück, und er gab ihr einen Kuss auf den Mund.

Antonio war fast so groß wie Nick, hatte schwarzes Haar und freche braune Augen. Als Bria das letzte Mal zu Hause gewesen war, hatte sie gesehen, wie die Frauen ihm aufreizende Blicke zuwarfen und wahrscheinlich heimlich ihre Telefonnummern zusteckten. Er sah gut aus, war Single und als Besitzer eines Weingutes einigermaßen wohlhabend. Zwar brachten die Weinberge noch keine Erträge, aber es gab Vorräte des berühmten Weines seiner Familie, die er in der Zwischenzeit verkaufen konnte.

Bria nahm Antonios Hand und zog ihn hinter sich her über die Straße, um ihn mit Nick bekannt zu machen.

„Wir unterhalten uns auf Englisch, einverstanden?", fragte Tonio mit gesenkter Stimme. „Dann verstehen uns weniger Leute."

Sie betraten die *Trattoria Amici,* die auf den ersten Blick aussah wie ein kleines Lebensmittelgeschäft an der Ecke. Der Duft von Tomaten, Knoblauch, Basilikum und frisch gebackenem Brot ließ Bria das Wasser im Mund zusammenlaufen.

Der schmale Eingangsbereich war gefüllt mit Menschen, die auf einen Tisch warteten. An den Wänden stapelten sich bis zu den Deckenbalken hinauf Holzkisten mit Wein, staubige Olivenölflaschen, Säcke mit Linsen und Kichererbsen aus heimischem Anbau, Honigtöpfe und geflochtene Stränge mit Zwiebeln, Knoblauch und Peperoni.

Antonio nahm eine staubige Flasche aus dem Regal, wischte sie mit einer der rot-weiß karierten Servietten von einem der Tische ab und präsentierte sie Bria stolz. *Frutti del dios.* Der edle Wein seiner Familie. Bria hob den Daumen. Heute Abend würde sie herrliche heimische Kost genießen, köstlichen Rotwein trinken und anschließend mit Nick eine Nacht im Palast verbringen, die er niemals vergessen würde.

Bei dem Gedanken daran musste sie lächeln. Nick legte ihr den Arm um die Taille und umfasste unbemerkt von den anderen Gästen ihren Po.

„Offenbar haben wir den gleichen Gedanken", wisperte sie mit sinnlicher Stimme.

„Ich habe keinen Hunger", flüsterte er ihr ins Ohr. „Du etwa?"

„Und wie", sagte sie übermütig.

Im hinteren Teil des Ladens gab es ein Dutzend Tische nahe der Küche. In dem kleinen Lokal war es heiß und laut, es herrschte Stimmengewirr und Besteckgeklapper. Die Atmosphäre war geprägt von ausgelassener Fröhlichkeit. Bria hätte das, was diesen Ort ausmachte, gern auf Flaschen gezogen, um daran zu schnuppern, sobald sie in Sacramento Heimweh bekam.

Nick, der neben ihr stand, strich ihr eine Haarsträhne aus dem Gesicht und streichelte zärtlich ihre Wange. „Du liebst es, nicht wahr?"

„Der Tisch ist bereit. Kommt." Antonio bahnte sich einen Weg zwischen den wartenden Gästen hindurch, rief dem Besitzer des Lokals etwas zu und führte Nick und Bria zu einem ruhigen Tisch ganz hinten.

„Ihr braucht gar nicht erst in die Karte zu schauen. Giovanni bringt uns die Spezialität des Hauses." Antonio entkorkte den Wein und gab ihm ganze dreißig Sekunden zum Atmen, bevor er drei Gläser vollschenkte. „ Cin Cin!"

Antonio fragte Nick nach seinem Job, und so erzählte er vom Tauchen und der Schatzsuche. Dann unterhielten sie sich über Antonios Pläne zur Wiederbelebung seines Weingutes. Die Weinberge entlang der Straße zwischen Pescarna und Pavina gehörten ihm. „Ein Jahr noch, vielleicht zwei, ehe wir wieder Trauben für hervorragende Weine ernten können. Wir werden sehen." Das Essen wurde gebracht. In großen Schalen dampfte Tomatensuppe mit Basilikum, gegrilltes Gemüse und eine Fülle von Meeresfrüchten.

„Nick hat großzügigerweise angeboten, Dravens Investition in das Bergungsprojekt zurückzuzahlen."

Tonio hielt mit dem Suppenlöffel auf halbem Weg zum Mund inne. „Die ganzen fünf Millionen Euro?"

Bria nickte. „Ich weiß, du konntest Draven nicht dazu bewegen, seine Strategie noch einmal zu überdenken. Aber sobald das Bankdarlehen zurückgezahlt ist, können wir ein paar kurzfristige Investitionen tätigen, um den Menschen im Land zu helfen."

232

Tonio ließ den Suppenlöffel sinken, ohne gekostet zu haben. „Dravens Vorstellung von guten Gewinnen scheint sich ebenso wenig verbessert zu haben wie sein Verständnis von hoch riskanten und vorsichtigen Investitionen."

„Wenn du auf die Summe anspielst, die er offenbar für die Restaurierung des Palastes investiert, muss ich dir zustimmen."

„Eigentlich sprach ich eher von dem Darlehen mit dem übertrieben hohen Zinssatz, das in Kürze fällig wird. Diese Bergungsoperation war die einzig kluge Investition, die er in letzter Zeit getätigt hat. Auch wenn sie im Prinzip hoch riskant war. Nichts für ungut, Nick."

„Kein Problem." Nick lehnte sich zurück. „Trotzdem muss ich nachhaken. Wollen Sie damit andeuten, dass es besser wäre, wenn ich ihm seine Investition nicht zurückzahle?"

„Für das Land wäre es wohl besser", sagte Tonio skeptisch. „Nur bezweifle ich, dass Draven die Summe diesmal konservativer investieren wird. Und nichts wird ihm eine solche Rendite bescheren, um rechtzeitig in zwanzig Tagen dieses dumme Darlehen zurückzahlen zu können."

„Aber?", fragte Bria und schwenkte gedankenverloren ihren Wein im Glas.

„Aber ich glaube, das Geld, das er bei Cutter Salvage investiert hat, interessiert ihn gar nicht so sehr. Ich glaube, er hat irgendetwas anderes im Sinn, das ich nicht durchschaue."

Bria warf Nick über den Rand ihres Weinglases einen Blick zu. Dravens Finanzminister kannte die Einzelheiten zur Finanzlage des Landes nicht? „Hast du eine Ahnung, was das sein könnte?"

Antonio schüttelte den Kopf. In dem Moment klingelte Nicks Handy. Er zog es aus der Tasche, schaute aufs Display und runzelte die Stirn. „Das ist mein Bruder. Tut mir leid, aber ich muss das Gespräch entgegennehmen. Ich werde solange hinausgehen." Noch beim Aufstehen meldete er sich. „Hallo Logan ... " Er ging zwischen den

Tischen hindurch. Tonio wartete, bis er außer Hörweite war. „Ich mag ihn,*fiammetta*", verriet er Bria.

Seit Ewigkeiten hatte niemand mehr diesen Kosenamen benutzt, der so viel bedeutete wie „Wildfang". Ihr Cousin, der ihr, da sie fast im gleichen Alter waren, nahestand wie ein Bruder, hatte sie immer so genannt. „Ja, ich mag ihn auch. Aber morgen kehrt er auf sein Schiff zurück, und ich muss hierbleiben. Zumindest für einige Tage."

„Dann ist es nichts Ernstes? Er scheint sehr an dir interessiert zu sein."

Sie zuckte die Schultern. „Tonio, ich möchte dir ein Bild zeigen." Bria nahm ihren Skizzenblock aus ihrer Umhängetasche. „Dieser Mann arbeitet auf Nicks Schiff. Ich meinte, ihn von irgendwoher zu kennen. Allerdings habe ich ihn nur kurz gesehen. Kommt er dir bekannt vor?" Es war natürlich eher unwahrscheinlich. Aber Halkias hatte völlig überrascht gewirkt, sie zu sehen, und sie außerdem Principessa genannt. Die Vorstellung, dass sie ihn eigentlich kennen müsste, sich aber nicht erinnern konnte, machte ihr schon seit Tagen zu schaffen.

Antonio nahm den Skizzenblock und hielt ihn unters Licht. „Der Grieche. Ich glaube, sein Name ist Cappi."

„Cappi Halkias", sagte Bria grimmig.

„Du hast sein Gesicht sehr gut gezeichnet, besonders hier um die Augen. Ja, das ist er. Er war Dafnes persönlicher Bodyguard, als sie und Draven heimkehrten. Was macht er auf Cutters Schiff?"

Vage erinnerte sich auch Bria wieder an ihn. Sie klappte ihren Skizzenblock zu, verstaute ihn in ihrer Umhängetasche und antwortete ihrem Cousin. „Er hat versucht mich umzubringen."

SIXTEEN

Ich fühle mich wie ein Teenager, der sich mit seinem Freund ins Haus schleicht", flüsterte Bria.

Nick grinste. „Warst du der Typ, der Jungs mit ins Haus schmuggelt?"

„Mit Marvin als Aufpasser?" Sie dämpfte ihr Lachen an seiner Schulter. „Um Himmels willen, nein."

Es war zwei Uhr morgens. Ein verschlafener Wachposten hatte ihnen die schweren handgeschnitzten Türen aufgeschlossen und sie hereingelassen.

Sie lehnte sich an Nick, während sie barfuß über den kühlen weißen Carrara-Marmor der Eingangshalle ging. Irgendwo zwischen Pavina und dem Palast hatte sie ihre Schuhe verloren. In dem riesigen, widerhallenden Raum roch es nach frischer Farbe. Der Geruch wurde nur leicht überlagert von dem Duft der großen weißen Casablanca-Lilien in einer mannshohen Vase auf dem vergoldeten Tisch aus dem siebzehnten Jahrhundert, der in der Mitte der Halle prangte.

Dunkle, großformatige Ölgemälde hingen an den Wänden, davor standen mannshohe Statuen. Von der alten unaufdringlichen Eleganz war nichts geblieben, Draven hatte den Palast auf eine neureiche Art prunkvoll gestalten lassen, die Bria anwiderte.

Zwei Wandleuchter gaben ein wenig Licht und warfen Schatten auf die weißen Marmorbüsten, die auf hohen Sockeln entlang der Wände standen und deren leere Steinaugen blicklos waren. Nick steuerte Brias unsichere Schritte auf die geschwungene Treppe am Ende der Halle zu. Sie legte einen Finger auf die Lippen. „Pst", wandte sie sich an die Marmorköpfe. „Autsch!"

Nick hielt sie fest, als sie auf dem glatten Boden stolperte. Er hatte ihr einen starken Arm um die Taille gelegt, was reizend war und ihr half, das Gleichgewicht zu halten. Seine gespreizten Finger lagen direkt unterhalb ihrer Brust.

„Ich liebe deine Hände", sagte sie ganz ernsthaft. Ja, sie liebte seine großen, geschickten Hände, die sie warm durch den dünnen Stoff ihres Kleides spürte.

Überall auf ihrem Körper wollte sie seine sanften Berührungen spüren. Und zwar am liebsten jetzt gleich. Der Abend mit dem wundervollen Essen, dem herrlichen Wein und endlosen Gesprächen hatte sich in eine Art Vorspiel verwandelt. Irgendwann hatte Nick während des Essens ihr Kleid hochgeschoben und unbemerkt ihren nackten Po gestreichelt.

Als sie bei der mit Brandy verfeinerten Kirschtorte angelangt waren, ließ er die Finger über ihre Oberschenkel wandern. Nur die Tatsache, dass Bria rasch die Beine übereinanderschlug, verhinderte, dass er weiter vordrang. In seinen Augen lag ein übermütiges Funkeln, als er sacht zudrückte.

Im Lauf des Abends hatte Bria sich aus der Unterhaltung über Dravens haarsträubende finanzielle Entscheidungen ausgeklinkt und stattdessen Nick betrachtet, während er ihren Körper unter dem Tisch mit der Hand erkundete.

„Würde dein Vater da oben an der Treppe nicht mit einem geladenen Gewehr warten?", meinte Nick belustigt.

Bria warf ihm einen Blick zu. Im schwachen Licht der Wandleuchter funkelten seine blauen Augen. Sie lenkte ihre Aufmerksamkeit von seinem Mund und der Vorstellung, was er hoffentlich damit alles anstellen würde, zurück zu seiner Frage.

„Wahrscheinlich mit einer automatischen Waffe", bestätigte sie und drehte sich um, sodass sie vor ihm rückwärts laufen musste. Ein kleines Kunststück, das ermöglicht wurde durch Nicks starke Hand, die sie hielt. „Schließlich bin ich seine kleine Prinzessin. Pst. Komm, wir nehmen die Dienstbotentreppe und überlisten ihn." Es war besser zu lachen, als sich daran zu erinnern, dass es keinen wartenden Vater gab. Niemals gegeben hatte, als sie ein Teenager war … Ja, sich gegenseitig zu necken, war besser, als sich an den Schmerz zu erinnern.

Sie zog Nick hinter sich her, lief eine Weile rückwärts und schmiegte sich wieder an seine Seite, wobei sie seinen Arm um ihre Schultern legte. Sie war ein klein wenig beschwipst. Er hingegen stand fest wie ein Felsen.

Geradezu beängstigend.

Auf dem Umweg durch die schäbigeren Personalflure erreichten sie irgendwann die Treppe für die Bediensteten. Oben brannte nur eine einzige schwache Birne, sodass unten am Fuß der Treppe alles im Dunkeln lag.

„Keine Waffen", flüsterte sie und wischte sich theatralisch die Stirn. Die Glut in Nicks Augen ließ sie stolpern und das Blut durch ihre Adern rauschen. „Aber wenn ich schon Hausarrest bekomme, bis ich als Jungfrau in die Ehe gehe, könntest du mich dann wenigstens noch einmal küssen?"

„Es ist mir ein Vergnügen, Prinzessin." Diesmal klang es überhaupt nicht beleidigend, als er ihren Titel aussprach. Seine Stimme bekam einen sinnlichen Unterton, sodass es wie ein Kosename klang. Er umfasste ihr Gesicht und streichelte mit dem Daumen ihre Wange. Ein sinnlicher Schauer überlief Bria. Die Blicke zwischen ihnen erzeugten ein erotisches Knistern.

„Wie viel von Antonios gutem Wein hast du eigentlich getrunken?"

Bria legte ihre Hand auf seine muskulöse Brust und fühlte seinen gleichmäßigen Herzschlag. Sie stellte sich auf die Zehenspitzen und hob ihr Gesicht. „Das ist ein ausgezeichneter Wein, was? Du solltest ein paar Kisten kaufen und nach Hause schicken."

„Habe ich schon." Er strich ihr die Haare aus dem Gesicht. „Mit jedem Glas klangst du italienischer."

„Ich bin nicht betrunken, nur ein bisschen beschwipst. Das fühlt sich ganz gut an. Ich will mich morgen noch nicht von dir verabschieden. Möglicherweise werde ich ein paar Tränen vergießen." Sie küsste ihn sacht. Seine Lippen waren kühl und trocken, und Brias Lippen hingen an seinen, als er die Arme um ihre Taille legte.

Mit belegter Stimme murmelte er: „Ich will nicht, dass du weinst."

„Nein. Ich weiß. Das ist schon in Ordnung." Ein Schauer überlief sie, als er ihr Lid küsste und dann ihre Schläfe.

„Ist dir kalt?"

Im Gegenteil, sie glühte, und ihr Herz pochte. Sie schüttelte den Kopf und schob die Hände an seiner Brust hinauf, um seinen Nacken zu umfassen, während sie ein paar Schritte rückwärts ging. Mit dem Knöchel stieß sie gegen die unterste Stufe. Sie stieg hinauf. Jetzt war sie nahezu so groß wie er. Bria machte noch einen Schritt. „Endlich befinden wir uns auf Augenhöhe."

Sein leises Lachen löste ein Glücksgefühl in ihr aus, als würde goldener Champagner in ihren Adern prickeln. „Ja, das glaubst du, was?" Er legte ihr die Hände auf die Hüften und schob ihren Rock langsam hoch. Die kühle Luft im Flur strich über ihre nackte Haut. „Möchtest du nach oben gehen?"

Sie schüttelte den Kopf.

„Hier wimmelt es nur so von Bediensteten", warnte er. „Jederzeit kann irgendwer auftauchen."

Da ihr das Sprechen vor Erregung schwerfiel, zuckte sie nur die Schultern. Es wäre ihr sogar egal, wenn eine Horde bewaffneter Gorillas plötzlich auftauchen würde.

Auffordernd strich Nick über ihre Arme. Bria hob sie, und er schob ihr Kleid hoch bis zu ihren nackten Brüsten. Langsam zog er es ihr ganz aus, sodass sie vollkommen bloß vor ihm stand. Mit leisem Rascheln fiel das Haar auf ihre Schultern.

„Wow", flüsterte Nick ehrfürchtig und hielt ihre Arme weit auseinander, um ihren nackten Körper zu betrachten. „Du bist so wunderschön."

Bria fühlte sich benommen und merkte kaum, dass Nick sie behutsam auf die Treppenstufe hinunterdrängte. Sie streckte die Arme über den Kopf und bog den Rücken durch. Mit zärtlichem, geradezu liebkosendem Blick betrachtete Nick sie vom Kopf bis zu den Oberschenkeln. Seine Miene wirkte jedoch angespannt. Diesmal hatte er absolut nichts Unerschütterliches an sich. Spock hatte sich aus dem Gebäude gebeamt.

Er stand am Fuß der Treppe, mehrere Stufen über ihm lag Bria ausgestreckt wie eine Jungfrau auf dem Opferaltar. Ohne den Blick von ihr abzuwenden, zog er sich das T-Shirt aus. Sie hörte den sanften Ton, mit dem es hinter ihm auf den mit Teppich ausgelegten Stufen landete.

Seine Haut wirkte im gedämpften Licht wie braune Seide, die über seinen beeindruckend gewölbten Bauchmuskeln spannte. Überdeutlich erkannte sie an seiner Jeans, wie erregt er war. Noch immer sah er Bria wie gebannt an, als er die Hand auf den Hosenknopf legte.

Bria setzte sich auf. „Lass mich das machen", hauchte sie und streckte die Hände nach ihm aus. Mit zitternden Fingern bekam sie den Knopf auf und begann, den Reißverschluss herunterzuziehen. Einen. Zahn. Nach. Dem. Anderen.

Nicks Kehle entrang sich ein unartikulierter Laut. „Du machst mich fertig."

Bria wollte auf verrückte Weise einen Eindruck bei ihm hinterlassen, der verhinderte, dass er sie jemals vergaß, egal wohin er auch ging und welches Meer er befuhr.

Und sie selbst würde dadurch immer ein Stück von ihm im Herzen tragen.

Sie beugte sich vor und schob die Hände in seine Hose. Ein Zittern ging durch seinen Körper, und seine Bauchmuskeln spannten sich an. Bria fuhr mit den Fingerspitzen über seinen flachen Bauch und seine schmale Taille und fühlte das Spiel seiner Muskeln. Sie liebte es, seine Wärme zu spüren. Sanft presste sie die Lippen auf seine glühende Haut, die in dem Dreieck seiner geöffneten Hose zum Vorschein gekommen war. Hier war seine Haut blasser und noch seidiger. Dunkle Härchen liefen dort zusammen und verschwanden unter dem elastischen Bund seiner Boxershorts. Mit der Zunge fuhr sie durch seinen Bauchnabel und tauchte hinein. Seiner Erektion, die sich in den Boxershorts wölbte, wich sie dabei bewusst aus.

Nick umfasste ihren Kopf, griff in ihr Haar und dirigierte sie behutsam dorthin, wo er sie brauchte.

Mit beiden Händen schob sie Jeans und Boxershorts ein Stück hinunter und fuhr mit der Zungenspitze von einer Hüfte zur anderen. Er erschauerte. Sein ganzer Körper schien sich anzuspannen, als sie flüsterte: „Mach dich bereit... einen langsamen ... Tod zu sterben.“

Als sie seinen aufgerichteten Penis befreite, packte er ihr Haar fester. „Lass uns ... nach ... o wow, Prinzessin ... nach oben gehen.“

„Ich will dich überall kosten.“ Mit den Fingern erkundete sie ihn und ließ ihr Haar über seine Haut gleiten. Sie mochte es, dass er sich samtig wie Wildleder anfühlte, und sie mochte seinen leicht salzigen Geschmack. Allein schon seine Größe beeindruckte sie. Sie hatte so etwas noch nie getan und war sich deshalb nicht sicher, ob sie es schaffen würde. Aber sie wollte es unbedingt probieren, und darum fuhr sie mit der Zunge an seinem harten Penis entlang, in sanft kreisenden Bewegungen. Sacht presste sie die Lippen auf die geschwollene, pulsierende Ader. Die Eichel zuckte in ihrer Hand.

„Oh ...“ Sie fand seine unverstellte Reaktion wundervoll, besonders da er überhaupt keine Kontrolle mehr darüber zu haben schien.

Erneut verwöhnte sie ihn mit der Zunge, schloss die kühlen Finger um sein Glied, drückte zu und massierte ihn. Sie erforschte ihn, liebte ihn, und dann nahm sie ihn in den Mund. Zuerst ließ sie die Zunge um seine Penisspitze kreisen. Nick gab einen unartikulierten Laut von sich und schob unwillkürlich das Becken vor.

Sein Griff in ihrem Haar wurde fester.

Bria fuhr mit ihrer Zunge von der Wurzel bis zur feucht glänzenden Spitze und von dort wieder zurück, ließ die Zunge kreisen, saugte, in der Gewissheit, dass sie ihn langsam, aber sicher um den Verstand brachte. Es war herrlich, plötzlich diese Macht über ihn zu haben. Die Macht, seine scheinbar unerschütterliche Selbstbeherrschung ins Wanken zu bringen.

Sie genoss das Wissen, dass sie eine Lust in ihm wecken konnte, die ihn zwang, seine ruhige Distanziertheit völlig aufzugeben. Und sie liebte seinen würzigen, sinnlichen Duft. All das befeuerte ihre Begierde. Sie spürte seinen wilden Herzschlag an ihrer Zungenspitze, mit der sie ihn verwöhnte, während sie gleichzeitig seinen Penis massierte.

„Bria ...!" Ein Beben durchlief seinen Körper, als er kam.

Bria ging an einem Bediensteten vorbei, der eine Vase mit weißen Chrysanthemen trug. Sie hatte ihre Schwägerin im Wintergarten im hinteren Teil des Palastes gefunden. Der verglaste Raum erstreckte sich über die Rückseite des Gebäudes und bot einen Panoramablick über die Gärten und den kleinen Zierteich, der sich zwischen die sanften Hügel schmiegte.

Sie erinnerte sich daran, wie viel Spaß es gemacht hatte, als Kind lachend und unbeschwert durch das grüne Gras zu rollen. Unwillig löste sie sich vom Anblick der sonnigen Gärten, in denen Gärtner stutzten und pflanzten - eine weitere unfassbar kostspielige Sache allein zum Vergnügen des Königspaares, die Bria nicht verstand.

Goldene Sonnenstrahlen fielen durch die großen Terrassentüren und die teuren Bleiglasfenster. Bria überquerte weite Marmorfußböden und hektargroße weiche Perserteppiche, wich Inseln aus vergoldeten Möbeln aus und ging entschlossenen Schrittes auf ihre Schwägerin zu.

Dafne trug ein goldfarbenes Kostüm und Pumps mit halbhohem Absatz. Ihren Hals schmückte eine Perlenkette, die Brias Mutter gehört hatte, und die Ohren zierten die tropfenförmigen Diamanten ihrer

Großmutter. Zu dieser albernen förmlichen Aufmachung trug Dafne eine grüne Leinenschürze, während sie an einem Tisch aus vergoldetem Gusseisen und Marmor Blumen beschnitt.

Dafne konnte von Glück sagen, dass Bria leichte Katerkopfschmerzen hatte und daher nicht in der Stimmung für einen Streit war.

„ *Buongiorno, sorella.* " Dafne erschrak, als sie Brias Stimme hörte. Wahrscheinlich mochte sie es weder, „Schwester" genannt zu werden, noch dass man italienisch mit ihr sprach.

Mit der Gartenschere in der einen und einer gelben langstieligen Rose in der anderen behandschuhten Hand hielt sie inne. „Du bist früh auf." Die Kristallvase enthielt bereits mindestens drei Dutzend gelber Rosen, und weitere befanden sich in der Schachtel auf der anderen Seite des Tisches.

Bria hatte gesehen, wie sie vor einer Stunde geliefert wurden, als sie von ihrer Joggingrunde zurückkam. Außer diesen Rosen waren noch mehr Blumen geliefert worden, genug, um ein komplettes Staatsbankett damit zu schmücken oder zwei Hochzeiten.

Kein Wunder, dass Marrezo kein Geld mehr hat, dachte sie, verärgert über diese Extravaganz, während es doch Leute im Land gab, die dringend Arbeit suchten, um ihre Familien versorgen zu können.

Die Königin widmete sich wieder ihrem Blumenarrangement.

Bria schob die Stiele und Blätter vom Tisch und lehnte sich mit der Hüfte dagegen. „Weißt du eigentlich, warum Cappi Halkias auf Nick Cutters Schiff gearbeitet hat?"

Dafne machte sich nicht einmal die Mühe, von ihren Rosen aufzuschauen, von denen sie Blütenblätter zupfte. „Wer?"

„Dein Bodyguard."

Brias Schwägerin wedelte mit einer Rose wie mit einem Zauberstab. „Du meine Güte, Gabriella, woher um Himmels willen soll ich denn wissen, wo und warum ein verstimmter ehemaliger Angestellter heute arbeitet?"

„Für dich arbeitet er nicht?"

Dafne rammte die Rose in die bereits überfüllte Vase. Dabei brach der Stiel, sodass die Rose schlapp aus dem restlichen Strauß heraushing. Dafne zerrte die widerspenstige Blume wieder heraus und warf sie in die Schachtel zu ihren Füßen. „Ich habe ihn vor Jahren wegen Diebstahls und ungebührlichen Benehmens gefeuert."

Bria stutzte. „Aber er war zur Krönung hier."

„Und kurz darauf wurde ihm gekündigt." Dafne nahm eine weitere Rose und betrachtete sie genau. „Worum geht es denn eigentlich? Ich muss mit den Blumen hier fertig werden."

„Er hat vor ein paar Tagen versucht, mich umzubringen." Die Königin sah nicht einmal auf. „Du übertreibst bestimmt mal wieder. Warum sollte er denn so etwas machen?"

Am liebsten hätte Bria ihr die Rose aus den Fingern gerissen und sie ihr ins Gesicht geschlagen. „Er hat mich wiedererkannt ..."

„Na, da hast du's ja schon", schnitt Dafne ihr das Wort ab und schüttelte die Blätter rings um die Rosen, damit der Strauß symmetrischer aussah. Das aber würde wohl nicht passieren. „Er hat dich wiedererkannt und wollte dich kurzerhand kidnappen, um ein Lösegeld zu erpressen, weil er wusste, wie sehr der König dich liebt. Draven hätte jede Summe bezahlt, um seine kleine Schwester unversehrt zurückzubekommen." Sie hörte sich an wie eine Detektivin, die einen großartigen Fall löst.

Bria musste sich ein Lachen verkneifen. „Der Mann hatte nicht vor, mich zu kidnappen. Wir befanden uns an Bord eines Schiffes mitten auf dem Atlantischen Ozean. Er hat mich gewürgt."

Dafne schenkte der ganzen Sache keine große Aufmerksamkeit. Offenbar war sie der Ansicht, dass die Lösung ihres Problems in mehr Rosen bestand. Sie nahm die Schere und beschnitt einen weiteren Stiel. „Nun, wenn er dich hätte töten wollen, dann wärst du jetzt auch tot", verkündete sie mitleidlos. „Ich bin mir sicher, er wollte dir nur Angst machen."

„Hat er nicht geschafft", erwiderte Bria knapp und hob eine aussortierte Rose mit zerknitterten Blütenblättern auf. „Ich war höchstens angepisst."

„Gabriella! Bitte, denk an das Personal." Dafne warf einen Blick über die Schulter zu ihren Bodyguards, die, auf alle vier Ecken des Raumes verteilt, mit offenen Augen zu schlafen schienen. Dann stopfte sie die nächste Rose in die übervolle Vase, ohne jede Präzision und ohne den geringsten Sinn für Ästhetik.

Bria riss sich zusammen, um keine bissige Bemerkung darüber zu machen. „Deine Vermutung ist auch unlogisch", bemerkte sie. „Ich habe den Mann nur einmal getroffen und konnte mich nicht einmal an ihn erinnern. Ich wusste nicht, warum er mir bekannt vorkam. Bis gestern Abend. Welchen Grund könnte er denn gehabt haben, meinen Tod zu wollen?" Dafne zeigte mit der Gartenschere auf sie. „Du fragst nach der Motivation eines Angestellten, den ich seit Jahren nicht gesehen habe?" Rücksichtslos schnitt sie einer in Ungnade gefallenen Blume den Kopf ab. „Du warst schon immer ein ungestümes Mädchen, Gabriella."

Wieso immer? Dafne kannte sie doch erst seit zwei Jahren. Damals hatte sie eine einzige Woche in der Nähe dieser Frau gewohnt, und jetzt waren es noch keine vierundzwanzig Stunden.

„Wenn du Antworten willst", fuhr sie gelangweilt fort, „dann solltest du Halkias vielleicht selbst befragen. Nur er kennt seine Absichten."

„Das würde ich ja gerne, aber unglücklicherweise ist er tot." Dafne reagierte darauf nicht stärker, als hätte Bria ihr erzählt, er habe keine Nachsendeadresse hinterlassen. Sie zog den Handschuh aus und legte einfach langsam die Gartenschere auf den Marmortisch, wobei ihre Ringe leise auf der glatt polierten Oberfläche klackten. Dann sah sie mit einem höflichen Lächeln zu Bria. Ihre Augen jedoch waren kalt und distanziert.

„Damit ist die Sache ja dann wohl erledigt, oder? Und jetzt muss ich los. Der König hat sich in Rom verspätet und mich gebeten, ihm wichtige Unterlagen zuzufaxen."

Bria stieß sich vom Tisch ab. „Draven wird nicht bis mittags zurück sein?"

„Erwähnte ich das nicht? Er befindet sich zurzeit in einem wichtigen Geschäftsmeeting. Man kann von ihm nicht erwarten, dass er angelaufen kommt, sobald du mit den Fingern schnippst, Gabriella. Du musst warten." Sie wedelte mit der Hand, als wolle sie ein ärgerliches Insekt vertreiben, und rauschte aus dem Raum. Die herumliegenden Rosen und Bria waren vergessen.

Bria betrachtete die verwelkte Rose in ihrer Hand und versuchte sich zu erinnern, ob es überhaupt etwas gab, was sie an der Frau ihres Bruders mochte.

Ihr fiel absolut nichts ein.

Da es früh war und ihnen noch vier Stunden blieben, gingen Bria und Nick zu Antonio. Sie weckten ihn, praktisch noch im Morgengrauen, beschwerte er sich. Nichtsdestoweniger war Antonio ein wundervoller Gastgeber und bestand darauf, ihnen Sandwiches zuzubereiten und ihnen eine Fahrgelegenheit für die Inseltour zu leihen, die Bria geplant hatte. Er packte ein Picknick in einen alten Rucksack, wobei er die ganze Zeit gutmütig vor sich hin brummte.

Tonio amüsierte sich, als er Nicks Gesicht beim Anblick des Motorrollers sah, den er den beiden präsentierte. Es handelte sich um eine nagelneue limonengrüne Vespa.

Bria grinste, während Nick zwischen Spott und Höflichkeit schwankte.

„Wie wäre es, wenn wir uns den Familienwagen ausleihen ?", schlug er hoffnungsvoll vor.

So entspannt wie momentan hatte Bria ihn noch nie erlebt. Außerdem sah er in seiner ausgewaschenen Jeans und dem blaugrauen

T-Shirt, das seine Augen in einem mediterranen Blau schimmern ließ, unverschämt sexy aus.

Belustigt beobachtete Bria, wie er mit einem leicht angewiderten Zug um den Mund die Vespa musterte. „Ich finde sie schön. Womit hast du ein Problem? Mit der Farbe oder damit, dass es sich um einen Motorroller handelt?"

Nick warf ihr einen gequälten Blick zu, schwang das Bein über den Sitz und klopfte auf den Platz hinter sich. „Steig auf."

Tonio winkte ihnen zum Abschied hinterher.

Bria fühlte sich nach einer leidenschaftlichen Liebesnacht, gefolgt von einem Jogginglauf durch die Straßen, während Nick noch schlief, wunderbar zufrieden und glücklich. Verschwunden waren ihre Kopfschmerzen, und sie spürte frische Energie. In den wenigen Stunden, die ihnen noch bis zu Nicks Abreise blieben, wollte sie ihm einen Teil Marrezos zeigen. So klein die Insel auch war, in der kurzen Zeit war eine Umrundung nicht zu schaffen. Trotzdem wollte sie mit ihm unbedingt an einen ganz bestimmten Ort fahren. Denn so sehr sie sich auch letzte Nacht bemüht hatte, sich in Nicks Gedächtnis zu schreiben - sie selbst wollte auch ganz besondere Erinnerungen an ihn behalten.

Ihr Lieblingsplatz aus der Kindheit war Grotta Zaffiro, ein Labyrinth aus Kalksteinhöhlen im Monte Tolaro. An diesem Ort hatte sie sich, ängstlich und allein zusammengekauert, tief im Innern versteckt, während Marvin ein kleines Boot auftrieb, um sie in Sicherheit zu bringen. Das war zwanzig Jahre her, und seitdem hatte sie die Höhle nicht mehr besucht.

Es war ein herrlicher Tag. Bria hatte schon beim Aufwachen beschlossen, heute nur den Augenblick zu genießen. Sie wollte diese alten Erinnerungen hinter sich lassen und sich stattdessen lieber an den Besuch der Grotta Zaffiro mit Nick erinnern.

Sie fuhren durch das malerische kleine Fischerdorf Pescarna, dessen lachs- und terrakottafarbene Häuser sich in die Hügel schmiegten, mit schwarzen schmiedeeisernen Balkonen davor. In den Blumenkästen blühten blutrote Geranien, und Kanarienvögel zwitscherten in hübschen Käfigen, die an Haken im Schatten hingen.

Alte Männer rauchten auf klapprigen Bänken unter uralten Olivenbäumen. Direkt dahinter begann ein Gürtel mächtiger Pinien, die seit Hunderten von Jahren Wind und Wetter trotzten. Frauen plauderten in Gruppen an den Marktständen und gestikulierten dabei wild.

Nick und Bria fuhren vorbei an den Händlern, die gerade ihre Waren auslegten. Hellgelbe Zitronen, frische grüne Weintrauben und glänzende schwarze Oliven leuchteten im hellen Sonnenlicht in bunten Farben. An manchen Ständen fanden sich hoch aufgestapelte Gemüse- und Obstpyramiden, andere Marktverkäufer ächzten unter dem Gewicht des Tagesfangs.

„Früher haben die Frauen aus dem Ort zwischen den Ständen ihr Kunsthandwerk betrieben, um Touristen anzulocken", rief Bria Nick ins Ohr. Sie hatte die Arme fest um seine Taille gelegt und die Wange an seinen von der Sonne gewärmten Rücken geschmiegt. „Es ist schade, die hier nicht mehr zu sehen. Vielleicht kommen sie eines Tages wieder."

„Du könntest deine Kenntnisse hier gut zur Anwendung bringen, indem du die Touristen nach Marrezo zurückholst."

Das war eine schöne Vorstellung. Dazu war sie ausgebildet, damit hatte sie sich ihr ganzes bisheriges Leben beschäftigt. Doch so sehr sie sich von Nicks Worten ermutigt fühlen mochte, wusste sie auch, dass das nicht passieren würde.

Dafne würde niemals zulassen, dass ihre Schwägerin einen Anteil an dem hatte, was in Marrezo geschah. Sie wollte selbst diejenige sein, die dem kleinen Land seinen früheren Glanz zurückgab. Das würde sie sich von niemandem nehmen lassen.

Bria sagte sich, es sei ihr egal, wer das Land nach vorn brachte. Hauptsache, es geschah überhaupt. Sie lehnte sich an Nicks starken Rücken und atmete die Vielzahl der Düfte ein, die der Wind ihr zutrug, während sie ihn durch die ihr vage vertrauten gewundenen Straßen dirigierte.

Sie kamen bei Vaccaro's vorbei, einer kleinen Bäckerei, an die sie sich noch aus ihrer Kindheit erinnerte. Über dem Schaufenster mit dem goldenen Schriftzug war noch die gleiche dunkelrot und grau gestreifte Markise gespannt.

„Möchtest du etwas mitnehmen?" Nick ging vom Gas und deutete auf das Geschäft.

Dafür würde auf dem Rückweg noch Zeit sein, wenn sie ihm ein paar Orte zeigen wollte, an die sie sich aus ihrer Kindheit erinnerte. „Wir haben genug dabei, das wir in der Grotte essen können."

In den Schluchten zwischen den mehrstöckigen Häusern war es kühl. Der Duft von Oregano, Knoblauch und den stets präsenten Tomaten lag in der Luft. An Nicks breite Schultern gelehnt, lächelte Bria glücklich.

Ein intensiver Fischgeruch überlagerte die Düfte des Marktes, als sie sich dem kleinen Hafen näherten, in dem ein paar Fischerboote lagen. Der Fang war schon verkauft. Möwen stießen herab auf die Fischernetze, ihre lauten Schreie gellten. Die Sonne wärmte Brias Kopf und Schultern. „Früher haben Draven und ich immer an dem kleinen Strandabschnitt dort drüben gespielt", erklärte sie, als sie daran vorbeikamen.

„Logan hat mich wegen des Anwalts angerufen", sagte Nick unvermittelt.

Anwalt? Verständnislos schaute sie zum Strand. Dann fiel der Groschen. „Du meinst den Anruf letzte Nacht?"

„Wir hatten eine DNA-Untersuchung angefordert. Die Ergebnisse sind da." Sie fühlte, wie er tief einatmete. „Der Kerl ist tatsächlich unser Bruder."

Bria fand, dass es eigentlich etwas Erfreuliches sein müsste, neue Geschwister zu finden. Aber aus Nick wurde man eben nie recht schlau. „Wie denkst du darüber?"

„Ich finde es interessant, dass dieser Bursche offenbar eine Menge über uns weiß, wir aber so gut wie nichts über ihn." „Du weißt jetzt, dass er dein Bruder ist", meinte Bria und schloss die Arme fester um seine Taille. Dann zeigte sie unnötigerweise auf das pfeilförmige hölzerne Hinweisschild für die Abzweigung zum Monte Tolaro.

„Möchtest du ihn kennenlernen?", fragte sie, als Nick rechts abbog.

„Er kommt in drei Wochen nach Cutter Cay, um uns alle dort zu treffen."

„Das ist doch gut, oder? Auf vertrautem Boden."

„Logan wird von seiner Bergung extra herfliegen müssen und sicher nicht begeistert sein."

Sie kamen an einem Olivenhain vorbei. Die Stämme und Aste der Bäume waren verdreht, und die staubig aussehenden Blätter verdeckten die Früchte. Bria war der ihr unbekannte Logan egal. Sie sah Nicks Hinterkopf an. „Und wie fühlst du dich dabei?"

Er zuckte die Schultern. „Die Scorpion wird bis dahin ohnehin in ihren Heimathafen zurückgekehrt sein."

Bria fragte sich, wo sie selbst dann wäre.

SEVENTEEN

Die schmale Straße, die sich in waghalsigen Windungen den Monte Tolaro hinaufschlängelte, war aus dem blanken, einst von Lava überzogenen Granitstein gehauen. Der Weg war so eng, dass sich kaum zwei Autos aneinander vorbeischlängeln konnten. Rechts ragte eine grauschwarze Felswand fast dreihundert Meter hoch. Links lag ein schwindelerregender Abgrund zum Ozean hin, dessen Wellen auf zerklüftete Klippen am Fuß des erloschenen Vulkans brandeten.

Jetzt war das Wasser ruhig. Auf seiner Oberfläche spiegelte sich die Sonne und ließ es wie Silberfolie aussehen. Nick verdrängte die Unruhe, die ihn bei dem Gedanken an sein Schiff befiel. Was mochte dort vorgehen, während er hier Tourist spielte?

Die Vespa machte immerhin fünfzig Meilen pro Stunde. Das war nicht atemberaubend, aber er hatte es auch nicht eilig. Er wollte und brauchte die wenige Zeit mit Bria. Sobald sie wieder in Pavina waren, hieß es Abschied nehmen. Und das konnte ruhig noch ein wenig warten.

Bis dahin genoss er es, dass diese wunderschöne Frau die Arme um ihn geschlungen hatte und sie ein paar Stunden ohne jede Verantwortung verbringen konnten. Deshalb wollte er nicht an Leichen, unkooperative T-FLAC-Agenten, versunkene Schätze oder verlorene Brüder denken.

Die Vespa war nicht so schnell wie eine Harley, der Nervenkitzel eher gering. Dafür dauerte die Fahrt länger, und das bedeutete, dass Bria sich länger an ihn schmiegte. Plötzlich wurde ihm klar, wie sehr er sie vermissen würde. Ihren Sinn für Humor und die pure Lebensfreude, die sie ausstrahlte. Den Duft ihrer Haut und die Laute, die sie von sich gab, wenn sie miteinander schliefen.

Jede andere Frau würde es nach ihr schwer haben, was letztlich hieß, dass Nick für sehr lange Zeit allein bleiben würde.

Zwanzig Minuten später erreichten sie die Höhlen. Nick verstand sofort, wie faszinierend die dunklen Eingänge für ein Kind sein mussten.

Bria sprang von der Vespa, kaum dass Nick vor dem Eingang der Höhle angehalten hatte. Er stieg ebenfalls ab und schaute von der Klippe auf das glitzernde Wasser. Unterhalb des von Unkraut überwucherten Schotterparkplatzes lag malerisch das Tyrrhenische Meer. Heute wäre ein guter Tag zum Tauchen. Die See war ruhig, die Sicht klar.

„Komm mit", rief Bria glücklich und aufgeregt. Sie konnte es nicht erwarten, ihm diesen ganz besonderen Ort zu zeigen. Ihr erging es wie ihm, als er sie zum Tauchen mitgenommen hatte. Eine eigenartige Schwermut überkam ihn erneut. Angefangen hatte es heute Morgen, als er aufgewacht war und sofort auf elektrisierende Weise Brias Körper gespürt hatte, weil sie praktisch auf ihm lag.

„Ich möchte dir etwas Erstaunliches zeigen", rief sie ungeduldig. Nick folgte ihr.

Sie trug eine weiße, am Kragen offene Leinenbluse, die sie in ihre enge Jeans gesteckt hatte. Ihren anmutigen Hals schmückte eine Goldkette, dazu hatte sie goldene Ohrringe gewählt. Aber nicht nur dort funkelte es golden, sondern auch noch an einigen Fingern und Zehen. Ihre schwarze Mähne reichte ihr bis auf den Rücken hinunter und wehte im warmen Wind.

In ihren dunklen Augen lag ein Funkeln, als er näher kam, und ihre weichen, ungeschminkten Lippen formten sich zu einem sinnlichen Lächeln. Nick musste sie einfach küssen, auf der Stelle. Er hakte den Zeigefinger in ihren schmalen roten Gürtel, zog sie an sich und küsste sie. Kaum hatte er seine Lippen von ihren gelöst, wusste er, dass das niemals reichen würde.

„Wow", flüsterte sie. „Sollen wir ..."

Nein. Nicht, wenn sie heute noch irgendetwas schaffen wollten. „... uns etwas Erstaunliches ansehen?", griff er ihren

Vorschlag von vorhin auf, sie absichtlich falsch interpretierend. Er nahm ihre Hand. „Na los, geh voran."

Sie führte ihn zum Eingang der Höhlen, einem zerklüfteten Loch im Felsen, groß genug, um mit einem Zug hindurchzufahren. Dieser Eingang führte in die erste Höhlenkammer. Nick brauchte einen Moment, bis seine Augen sich an die Dunkelheit im Innern gewöhnt hatten.

„Es sieht noch genauso aus wie früher." Bria blieb stehen, betrachtete die grob behauenen Granitwände und hielt ihre Haare zusammen, da der Wind sie ihr ins Gesicht blies.

„Hat Marvin dich hier versteckt?"

„Weiter hinten." Sie deutete mit dem Kinn in die Richtung, während sie damit beschäftigt war, ihre Haare zu einem Pferdeschwanz zusammenzubinden. Offenbar versuchte sie durch die Beschäftigung mit ihren Haaren, ihre Aufgewühltheit zu überspielen. Es konnte nicht ganz leicht sein, an die schrecklichen Geschehnisse von damals zu denken.

Sie stieß die Luft aus. „Zwanzig Jahre", sagte sie, als hätte sie seine Gedanken erahnt. „Aber der Geruch der Mineralquellen und des Meeres erinnern mich an glückliche Zeiten. Zum Beispiel an die Picknicks mit meinen Eltern. Oh! Hier haben wir mit meinen Freunden meinen fünften Geburtstag gefeiert." Mit traurigem Lächeln fügte sie hinzu: „Aber es wird mich auch immer an Marvin erinnern. Er war stets für mich da, mein Fels, obwohl ich noch zu jung war, um zu begreifen, dass ich einen brauche."

„Ich glaube, ich hätte ihn gemocht."

Brias Traurigkeit schien zu verfliegen, und sie ließ ihre Haare endlich wieder los. Wie ein dunkler Wasserfall fielen sie über ihre Schultern. „Er hätte dich bestimmt auch gemocht. Marvin war ein ebenso ernster, stiller Typ wie du." Ihr Lächeln wurde breiter. „Ich muss die reinste Plage gewesen sein."

„Du?" Nick wollte seine Hände über ihren Körper gleiten lassen, sie spüren, warm und lebendig. Stattdessen zog er sie näher an seine Seite und sah sie mit gespieltem Erstaunen an. „Du eine Plage, Prinzessin? Darauf wäre ich niemals gekommen."

Lachend warf sie den Kopf in den Nacken. Dann führte sie ihn über den sandigen Boden unter einem Bogengang hindurch, der in die nächste, größere Höhle führte. Hier war es dunkler und der Geruch von Schwefel stärker als der des Meeres.

„Als Kind bin ich mit einem Buch und einem Sandwich hier hinaufgeklettert." Bria schaute sich um und drückte mit ihren schmalen Fingern seine Hand. „Siehst du diesen Felsen, der aussieht wie eine Chaiselongue?" Sie zeigte in die Richtung. „Dort saß ich und las den ganzen Tag. Oder bis Marvin sich langweilte und mich überredete, zum Abendessen nach Hause zu gehen."

Nick runzelte die Stirn. „Du warst wie alt, als sie dich allein hierherkommen ließen?"

„Oh, ich hatte eine Menge Freiheiten. Aber zehn Meilen weit durfte selbst ich nicht allein wegfahren. Marvin war mein Chauffeur. Er gab mir das Gefühl, ich sei hier allein, wenn ich das wünschte. Aber von dort drüben behielt er mich im Auge." Sie zeigte zu einem erhöhten Plateau am Ende der Höhle. „Ich habe glückliche Erinnerungen an diesen Ort. Komm, es gibt noch viel mehr zu sehen. Je tiefer wir gehen, desto besser wird es."

„Seltsamer Ort für die da." Nick deutete auf eine Reihe lädiert aussehender transportabler Toilettenhäuschen, verrostet und mit blätternder blauer Farbe. Die Türen der meisten waren aus den Angeln gefallen.

„Diese Höhle war früher eine große Touristenattraktion", erklärte Bria und fuhr sich durch die vom Wind zerzausten Haare. „Italiener,

Franzosen und auch viele britische Urlauber kamen hierher, um ... warte, ich werde es dir zeigen."

Nick ließ sich weiter von einer Höhlenkammer in die nächste führen, durch zerklüftete Eingänge, vermutlich aus Lavaröhren entstanden. Der Boden blieb sandig und leicht uneben. Bria zog ihre Schuhe aus, um barfuß im kühlen Sand zu gehen. Je tiefer sie in den Berg vordrangen, desto größer wurden die Höhlen. Außerdem wurde es kälter.

„Wir sind fast da", sagte Bria, als sie an ein sanftes Gefälle kamen.

„Uns bleiben nur ein paar Stunden", erinnerte er sie. „Wie lange wird das hier dauern?"

Es schien ihr egal zu sein, was ihn wiederum amüsierte. „Schließ die Augen", forderte sie ihn auf.

Er gehorchte. „Ich hoffe, das ist der Teil, bei dem du mich mit Seidentüchern fesselst und dich gütlich an mir tust."

Bria führte ihn ein Stück weiter. „Ich habe keine Seidentücher mitgebracht."

„Dann verschieben wir das aber auf später, ja?"

Sie drückte seine Hand, schwieg aber für einige Augenblicke. „Hier musst du dich etwas ducken. Okay, jetzt sind wir durch und du kannst dich wieder aufrichten." Die Höhle roch feucht, aber nicht auf unangenehme Weise. „Du kannst die Augen wieder aufmachen."

Nick kam dieser Aufforderung nach. Ihm stockte der Atem. Die kathedralenartige Decke wölbte sich fast zwanzig Meter hoch und schimmerte in einem irisierenden türkisfarbenen Licht. In der Mitte dieser natürlichen Halle befand sich ein stiller See, über dem feine Nebelwölkchen schwebten. Am Ufer wuchsen grüne Bodenpflanzen und Farne.

Die Höhle hatte in etwa die Größe zweier Fußballfelder. Das saphirblaue Wasser war kristallklar und warf flackernde Schatten auf die hellen Wände. „Grotta Zaffiro", murmelte Bria ehrfürchtig.

„Die berühmte Saphir-Grotte. Beeindruckend." Allerdings war Nicks Blick nicht auf das klare Wasser gerichtet oder die Farne und Pflanzen. Es war Brias Gesichtsausdruck, der ihn faszinierte, ihr Strahlen, ihre Begeisterung. Das hatte mehr Schönheit, als jede Höhle haben konnte.

„Hier drin ist genug Licht für die Pflanzen. Ziemlich erstaunlich, oder? Ich habe immer geglaubt, es sei ein Feengarten." Sie deutete auf die üppigen Farne und das Moos am Ufer des Wassers.

„Sie ist viel größer, als ich gedacht habe", gestand Nick. „Wie weit müssen wir noch? Ich habe nämlich Hunger."

„Nur noch ein paar Hundert Meter." Sie gingen am rechten Ufer des Sees weiter. „Die Sicht ist übrigens trügerisch. Das Wasser mag flach aussehen, aber der See ist fast sieben Meter tief. Er speist sich aus einer Quelle, weshalb er eiskalt ist." Nick ging um einen riesigen Farn herum, der so groß war wie Bria. „Tja, dann werden wir wohl nicht schwimmen." „Nein, aber wir können hier essen."

„Gibt es weiter hinten heiße Quellen?"

Bria lächelte. „Ja, tatsächlich."

Nick fällte eine Entscheidung. „Na schön, gehen wir."

Das Saphirblau des Sees wurde blasser, je weiter sie sich entfernten. Der schwache Schwefelgeruch stieg ihm wieder in die Nase, als sie einen kleinen Tümpel mit dampfendem Wasser erreichten. Die unterirdische Quelle, die dieses Wasserloch speiste, befand sich ein ganzes Stück weiter weg, sodass das Wasser eine angenehme Temperatur hatte und der Schwefelgeruch nicht zu intensiv war. Der Tümpel maß vielleicht zwei Meter im Durchmesser und war umgeben von Felsen, die vom Wasser glatt geschliffen und mit einer dicken Moosschicht bewachsen waren. Der Boden war mit weißem, puderigem Sand bedeckt. Dampf waberte träge über die feuchten Steine und stieg zur Decke auf, die sich hier nur noch ungefähr zehn Meter über ihnen wölbte.

Bria wackelte mit den Zehen in dem kühlen üppigen Grün, ehe sie sich im Schneidersitz niederließ und Antonios Rucksack öffnete. „Kein Wunder, dass der so schwer war. Sieh mal!" Sie holte eine Flasche Wein heraus und hielt sie triumphierend hoch. Brias Anblick in all ihrer Begeisterung ließ sein Herz schneller schlagen. Himmel, sie war so schön, mit ihren sinnlichen, ungeschminkten Lippen, ihrer wilden schwarzen

Mähne und den vor Freude geröteten Wangen. Alles an ihr strahlte Freude und Lebendigkeit aus. Sie war jung, sorglos und glücklich.

Mit neugieriger Miene packte sie den Rest des Lunchpakets aus und stellte Schachteln und eingewickelte Päckchen neben sich ins Moos. „Und Fleischklößchen-Panini. Und oh! Mit Schokolade überzogene Biscotti. Ich wette, die sind nach dem Rezept seiner Mutter ..."

„Ich habe keinen Appetit auf Panini oder Biscotti. Auf etwas Italienisches allerdings schon", unterbrach Nick ihr fröhliches Geplapper. Er kniete sich neben sie, fuhr ihr mit den Fingern in ihr seidiges Haar und presste seine Lippen auf ihre.

Mit der anderen Hand machte er sich am obersten Knopf ihrer Bluse zu schaffen. Nach einigen atemlosen Momenten, in denen Bria in seinen Armen lag und ihre Arme um seinen Nacken geschlungen hatte, hob er den Kopf und betrachtete sie.

„Findest du es nicht wunderbar hier?"

„Ja", bestätigte er mit belegter Stimme. „Tue ich."

„Wir könnten nach dem Essen schwimmen ..."

Er legte ihr den Zeigefinger auf die Lippen.

Bria nahm seine Hand fort und küsste seine Finger. Mit einem verführerischen Lächeln hauchte sie: „Rede ich dir zu viel?"

Er bettete sie auf das Moos. „Und wie", flüsterte er, ehe er sie von Neuem küsste.

Das weich aussehende Moos war trügerisch, denn es stellte nur ein dünnes Polster über dem darunterliegenden harten Felsen dar. Doch schon nach allerkürzester Zeit nahm Bria den unbequemen Untergrund nicht mehr wahr, sondern gab sich ganz Nicks Zärtlichkeiten hin.

Er umfasste ihr Gesicht und küsste sie wild und hungrig. Er mochte sie zwar leidenschaftlich küssen, doch sie war unersättlich. Ihr wurde klar, dass sie niemals genug von ihm bekommen könnte. Scharf sog sie die Luft ein und sehnte

sich mit jeder Faser ihres Körpers nach mehr.

Nick ließ die Hand von ihrer Wange zu ihrem Hals gleiten und schob sie in den V-Ausschnitt ihrer Bluse. Seine Finger fühlten sich kühl an auf ihrer erhitzten Haut. Er schob den Daumen in eines der beiden Spitzenkörbchen ihres BHs und streifte ihre harte Brustwarze mit dem Fingernagel. Bria gab einen wimmernden Laut von sich, griff ihm fest ins Haar und bog den Rücken durch, sodass ihre Brust seine Hand berührte.

„Du hast noch viel zu viel an", erklärte sie mit zitternder Stimme, als sie zum Luftholen den Kuss unterbrachen. Ihre Lippen fühlten sich heiß und geschwollen an. Bria packte sein T-Shirt, schob es hinauf zu seiner Brust und zog es ihm über den Kopf. Sie warf es zur Seite und umfasste seinen Hinterkopf.

„Gutes kommt zu denen, die warten können", erwiderte er mit funkelndem Blick.

Aber sie wollte es jetzt. Wollte ihn. Doch er widerstand ihren Bemühungen, ihn näher an sich zu ziehen. Systematisch öffnete Nick einen der winzigen Knöpfe an ihrer Bluse nach dem anderen, bis er den Bund ihrer Jeans erreichte. Er zerrte die Bluse heraus und zog sie auseinander. Darunter kam ihr roter Spitzen-BH zum Vorschein.

„Besseres wird denen beschert, die sich einfach nehmen", versicherte sie ihm und legte die Hand auf seinen Reißverschluss, hinter dem sie seine enorme Erektion spürte. Sie zog den Reißverschluss herunter, und schon lag sein Penis fest und pulsierend in ihre Hand.

Bria konnte kaum glauben, wie zart sich die Haut dort anfühlte. Wie Samt über Stahl. Sie konnte seinen Herzschlag dort fühlen, als sie die Finger fest darum schloss und ihn langsam massierte. Nick bäumte sich beinah auf.

Ohne den sinnlichen Kuss zu unterbrechen, mit dem er sie allmählich um den Verstand brachte, hielt er ihr Handgelenk fest.

Als er sich von ihr löste, öffnete Bria benommen die Augen. Seine Gesichtshaut spannte über den Wangenknochen, seine Augen glichen einem lodernden blauen Feuer. Mit beiden Händen zog er ihr die Jeans herunter.

Dann richtete er sich auf, nahm Brias Hand und zog sie hoch. Dabei stießen ihre Körper sanft aneinander. Sie spürten einander Haut an Haut, heiß und schon feucht vom Dampf um sie herum. Bria schob Nicks bereits offene Jeans und Boxershorts gleichzeitig herunter. Nick trat heraus und kickte die Hose fort.

„Jetzt kommst du mir vor wie Eva." Er nahm ihre Hand, um Bria in das bis zum Oberschenkel reichende Wasser zu führen. Doch stattdessen machte sie sich los, sprang hinein und spritzte ihm Wasser gegen die Brust. Lächelnd zog er sie wieder an sich. Kristallklares, badewannenwarmes Wasser umspülte ihre Taille. Während Nick sie in den Armen hielt, drängte sein aufgerichteter Penis gegen Brias Bauch.

„Ich glaube, im Rucksack war auch ein Apfel", flüsterte sie mit wild pochendem Herzen.

Nick legte die Hände auf ihre Hüften und lehnte sie gegen die von Moos überbewachsenen Ufersteine. „Ich brauche keinen Apfel, um in Versuchung zu geraten."

Ihr fielen sofort viele schlagfertige, witzige Erwiderungen ein, doch sie kam nicht dazu, auch nur ein einziges Wort herauszubringen. Nick drängte sie gegen die Felsen, bis sie seinen Penis fordernd zwischen ihren Oberschenkeln spürte.

Erschauernd gab sie einen lustvollen Laut von sich und klammerte sich an seinen Schultern fest, während er eine Hand an ihrer Seite hinuntergleiten ließ. Er hob ihr Bein an und legte sich ihren Oberschenkel über die Hüfte, sodass sie sich für ihn öffnete.

Bei all dem unterbrach er kein einziges Mal den Blickkontakt. Bria atmete tief die von Dampf erfüllte Luft ein, ohne dass ihre Anspannung sich nennenswert gelöst hätte.

„Was?", fragte er neckend. „Hast du etwas gesagt?"

Sie schüttelte den Kopf.

Mit einer einzigen geschmeidigen Bewegung drang Nick tief in sie ein. Lustvoll stöhnte sie auf und stimmte in seine Laute ein. Ihre Stimmen verschmolzen ebenso miteinander wie ihre Körper. Bria verlor jedes Gefühl für Vernunft und Gleichgewicht.

Es gab nur noch ihn, den Rhythmus seiner Bewegungen, seinen Körper, der sich von ihrem löste, um gleich darauf wieder ganz nah zu sein. Seine Muskeln spannten sich an, während er sie in dem warmen Wasser hielt.

Sie schlang ihm die Beine um die Taille. Obwohl sie versuchte, ihm weiter in die Augen zu sehen, während er ihre Reaktion auf jeden Stoß, jeden wundervollen Zentimeter beobachtete, gelang es ihr nicht. Zu viele intensive, tiefe Gefühle stiegen in ihr auf. Sie schloss die Augen, damit er nicht erkannte, wie viel er ihr bedeutete. Zusammen verwandelten sie sich in flüssiges Licht, grenzenlos und unendlich. Er war die helle Sonne und sie das Meer.

Doch was würde sie sein, wenn die Sonne verschwand? Dunkel wie der Ozean bei Nacht. Nick würde fortgehen. Obwohl sie sich ihm hatte ins Gedächtnis schreiben wollen, hatte sie vor allem eines erreicht: dass er fest in ihrem Herzen war. Sein Lächeln, seine blauen Augen, sein Duft und die Beschaffenheit seiner Haut.

Sie schloss die Augen und genoss jede einzelne Sekunde all der sinnlichen Empfindungen, die dieses Liebesspiel ihr bereitete, um es nie mehr zu vergessen. Bria warf den Kopf in den Nacken und ritt die Welle der Lust, die sich dem Höhepunkt näherte.

Die Mittagssonne funkelte auf dem blauen Meer weit unterhalb der Bergklippe, als Nick und Bria vom Berg herunterfuhren, um in die Zivilisation zurückzukehren. Glücklich erschöpft nach ausgiebigem Sex, meldete sich leise ein Schuldgefühl bei Nick. Schließlich war er schon ziemlich lange fort, während es an Bord seines Schiffes ungelöste Probleme gab. Er wusste, dass Jonah mit allem fertigwerden würde, egal was käme. Trotzdem wollte er, musste er wieder vor Ort sein, um persönlich die Dinge zu klären.

In diesem Augenblick aber saß Bria hinter ihm, an seinen Rücken geschmiegt, die Arme um seine Taille geschlungen. Er spürte ihren warmen Atem im Nacken. Bergab bekam die grüne Vespa extra Schwung, sodass Nicks Haare im Wind wehten. Er genoss dieses Gefühl und wünschte, er müsste nicht schon so bald von Bria Abschied nehmen.

Sie bettete ihr Kinn auf seine Schulter und legte sich mit ihm in die Kurve, genau wie er es ihr erklärt hatte. „Das könnte ich den ganzen Tag machen", rief sie. Der Wind schlug ihm ihr noch feuchtes Haar gegen die Wange.

Nick konnte sich nicht erinnern, wann er das letzte Mal irgendetwas, das nichts mit Tauchen zu tun hatte, einfach nur zum Vergnügen gemacht hatte. Bria besaß die bewundernswerte Fähigkeit, das Leben zu genießen, ganz gleich, was das Schicksal ihr präsentierte - und das war nicht wenig gewesen. Aus den brutalen Erlebnissen ihrer Kindheit war sie als starke, temperamentvolle Frau hervorgegangen, die keine Angst hatte, das Leben bei den Hörnern zu packen. Und sie steckte jeden mit ihrer Begeisterung an. Durch sie schienen die Farben heller und bunter zu leuchten, und Nick war sich nicht sicher, ob er sich jemals wieder an seine frühere Einstellung zu Schwarz und Weiß gewöhnen konnte.

Ein überraschendes dumpfes Grollen war zu hören und veranlasste ihn, kurz zum Himmel hinaufzusehen. „Das klingt, als würde ein

Gewitter aufziehen." Allerdings sah es nicht danach aus. Ihn beschlich ein ungutes Gefühl.

„Dann sind wir gerade noch rechtzeitig aufgebrochen", sagte Bria und schmiegte sich enger an ihn. Nick war sich ihrer Brüste, die gegen seinen Rücken gedrückt wurden, und ihrer Oberschenkel, die er mit sanftem Druck an seinen Hüften spürte, nur allzu bewusst.

Sie hatten mehrmals miteinander geschlafen, und doch war er schon wieder bereit. Er spürte einen Anflug von ... ja, was eigentlich ? Bedauern ? Erleichterung ? Was immer es war, in ungefähr einer Stunde würde diese Episode mit Bria zu Ende sein. Bis dahin wollte er die Situation jedenfalls nicht analysieren, um die verbleibenden Momente nicht zu ruinieren.

Aus dem Augenwinkel nahm er eine Bewegung wahr, wagte es aber nicht, den Blick von der herannahenden nächsten Kurve abzuwenden. Vielleicht waren es vorbeijagende Wolken oder ein tief fliegender Vogel.

Doch sein sechster Sinn meldete sich, und deshalb riskierte er einen Blick den Berg hinauf. Dabei erkannte er einen großen dunklen Schatten am Rand der Klippe über ihnen. Erneut grollte Donner.

Nein, das war kein Donner. Es war das unmissverständliche Geräusch einer Explosion. Noch einmal richtete er den Blick von der gefährlichen Kurve vor ihnen nach oben. Der dunkle Schatten bebte am Rand der Klippe. Nur dass es kein Schatten war, sondern ein riesiger Felsbrocken, der sich durch eine Explosion über ihnen gelöst hatte.

„Festhalten!", schrie Nick, duckte sich, die Hand vorsichtshalber am Bremshebel, und gab Gas.

„Was ist denn passiert?", rief Bria.

Offenbar eine ganze Menge innerhalb weniger Sekunden. Aber ihm blieb jetzt keine Zeit für Erklärungen. „Press dein Gesicht an meinen Rücken!"

Der schwankende Felsen über ihnen hatte etliche kleinere Gesteinsbrocken gelöst, die wie steiniger Hagel herunterprasselten und die Straße in ein gefährlich rutschiges Geröllfeld verwandelten. Es gab keinerlei Möglichkeiten, den Steinsplittern auszuweichen. Sein Ziel musste es sein, nicht von dem riesigen Felsblock, der dort oben am Rand der Klippe balancierte, erschlagen zu werden oder vorher den siebzig Meter tiefen Abhang hinunter in den Ozean zu stürzen.

Bria presste ihr Gesicht an ihn und klammerte sich fest. Er spürte ihren Herzschlag an seinem Rücken.

Mit einem weiteren Krachen löste sich der Fels. Nick fuhr, so schnell er konnte, aber diese Schotterpiste war für solche Geschwindigkeiten nicht gemacht. Mal abgesehen davon, dass der kleine Motorroller ab Tempo fünfzig anfing, fürchterlich zu vibrieren.

Nick fuhr Slalom, um nicht von kleineren Brocken getroffen zu werden. Mit einem Fuß stützte er dabei die Vespa, als sie sich gefährlich schräg in die Kurve legten. Bria verhielt sich tapfer und verkniff sich jeden ängstlichen Laut, der möglicherweise seine Konzentration beeinträchtigt hätte. Kleine Steine knallten gegen das Blech der Vespa und prallten von dort ab gegen seine Arme und Beine. Er spürte, wie die unbedeckte Haut an seinen Armen an mehreren Stellen aufgeschrammt wurde.

Jetzt bedauerte Nick, dass sie keine Helme mitgenommen hatten. Aber sie befanden sich nun mal in Marrezo, und die Italiener hielten nichts von derartigem Schutz.

Er schaltete. Zweiter Gang. Dritter. Vierter. Zurück in den dritten. Mit lautem Krachen landete der Felsbrocken hinter ihnen auf der Straße und zerstörte dabei die Fahrbahn, ehe er den nächsten Abhang hinunterstürzte. Sie hörten ihn weit unten krachend aufschlagen und zerbersten.

„Geschafft", bemerkte Nick grimmig. „Halt dich weiter fest, bis wir unten sind, ja?" Er fühlte ihr Nicken und verlangsamte das Tempo. Nicht sehr, aber genug, um die nächste Explosion zu hören. „Verdammt", knurrte er, denn diese Explosion würde eine heftige Steinlawine in Gang setzen.

Das hier war kein unglücklicher Zufall, wurde ihm plötzlich klar.

Der Motor der Vespa heulte auf, während Nick Zickzack fuhr. Er floh, dabei entsprach es eigentlich seiner Art, sich dem Kampf zu stellen.

„Halt dich gut fest!", forderte er Bria erneut auf und lenkte die Vespa so nah wie möglich an die hoch aufragende Felswand. Und schon prasselte der zweite Steinschlag herunter auf die Straße, teilweise dicke, schwere Lavabrocken von der Größe eines Autos. Nur mit waghalsigen Lenkmanövern gelang es ihm, ihnen auszuweichen.

Irgendwie musste er es schaffen, von dieser Steinlawine wegzukommen, sonst waren sie verloren. Nick gab Gas, und die Vespa schüttelte sich protestierend.

EIGHTEEN

Während Bria sich an ihn klammerte, wurde Nick klar, wie viel in den nächsten kritischen Sekunden von seinen schnellen Reaktionen abhing.

Durch das in einer dicken Wolke herabstürzende Geröll war die Sicht stark eingeschränkt. Unaufhörlich regneten Steine, Zweige, Schutt und Felsbrocken auf sie herab, ergossen sich auf die Straße und wälzten sich über den Rand, um weiter wie ein höllischer Wasserfall in die Tiefe zu stürzen. Die meisten der größeren Steine flogen einfach über sie hinweg. Aber nicht alle.

Bria beugte sich über seinen Rücken und bekam dadurch das Schlimmste ab. Dabei versuchte er doch, ihr Leben zu retten. Aber sie jammerte nicht, während sie ihn vor den scharfkantigen Gesteinsbrocken schützte. Sein Respekt vor ihr wuchs weiter.

Entschlossen hielt er die Vespa schlitternd an. „Platztausch", rief er und schwang das Bein mit Leichtigkeit über den Lenker. „Los, schnell!"

Erschrocken rutschte Bria nach vorn, während Nick hinter ihr wieder auf den Sitz des Motorrollers sprang. Auf diese Weise konnte er sie mit seinem Körper schützen. Er ließ den Motor aufheulen und raste los. Auf Brias dünner Bluse waren am Rücken Schmutz- und Blutflecken zu sehen. Nick war wütend auf sich selbst. Und auf die Dreckskerle, die sie beide umzubringen versuchten.

Bria wusste instinktiv, dass sie sich nicht am Lenker festhalten durfte, deshalb legte sie die Hände auf seine Oberschenkel, während sie zwischen seinen Armen in Sicherheit war.

Wer war ihm nach Marrezo gefolgt? Oder Bria? Egal, das lief aufs Gleiche hinaus. Momentan konnte ihm das herzlich gleichgültig sein. Der Killer befand sich mit ihnen auf dieser Insel. Nick hatte niemanden täuschen können, indem er die Prinzessin heimbrachte. Dabei war er überzeugt gewesen, dass ihr hier nichts geschehen würde. Er war zu fasziniert gewesen von Bria in ihrer natürlichen Umgebung, um die Gefahr zu bemerken. Bis es zu spät war.

Das war ein übler Fehler gewesen. Eigentlich hätte er diese Lektion von seinem Vater gelernt haben müssen - lass dich durch eine Frau nie von deinen Angelegenheiten ablenken.

Aber was, wenn die Frau seine Angelegenheit war?

Nick zog den Gashebel so fest durch, dass seine Fingerknöchel weiß hervortraten. Es nützte nichts, schneller wurde die Maschine dadurch nicht. Im Gegenteil, plötzlich wurde die Vespa langsamer. Verdammt! Er warf einen kurzen Blick zurück und stieß einen Fluch aus. Der Flinterreifen schleifte am Motorgehäuse, das offenbar eingedrückt war. Sie waren vorher schon nicht schnell genug gewesen, und nun verloren sie auch noch an Geschwindigkeit.

Nick schaltete zurück in den dritten Gang, wich den Geröllmassen aus und gab wieder Gas. Das Moped machte einen Satz. Nick fuhr Slalom um den Hindernisparcours aus Vulkangestein und Granit, während ein regelrechter Hagelsturm aus kleineren Splittern herunterregnete.

Ein weiteres gedämpftes Donnern kündigte die nächste Explosion an.

Anscheinend hatten die Angreifer vor, den ganzen Berg in die Luft zu jagen, wenn es sein musste, um Bria und Nick unter Gestein zu begraben.

„Nick!" Sie versuchte, sich zu ihm umzudrehen. Ihre Augen waren weit aufgerissen, das Gesicht blass und mit Staub verschmiert. „Da vorn ist ein Aussichtspunkt. Fahr dorthin!"

Ohne zu zögern, steuerte er den Platz an. Er hielt den Kopf gesenkt und saß halb über Bria gebeugt, während er die Vespa durch das Minenfeld lenkte.

Das Hinterrad blockierte, und der Reifen quietschte, als er das Limit überschritt. In den Geruch von Staub und Geröll mischte sich jetzt noch der von Bremsbacken und Gummi. Lange würden die Reifen das nicht mehr mitmachen.

Die Kupplungsabdeckung fiel klappernd auf die Straße.

Noch mehr Felsen prasselten herab.

Und eine weitere, entfernte Explosion war zu hören.

Die Vespa fing an zu eiern, ein Hinweis auf eine defekte Bremsscheibe. Himmel, was kam als Nächstes?

Nick hielt an der Felswand gegenüber dem Geländer des Aussichtspunktes und ließ den Motor laufen. Er sprang von der Maschine und packte Brias Arm. „Runter!"

Bria musste sich mit beiden Händen an ihm festhalten, um das Gleichgewicht nicht zu verlieren, nachdem sie von der Vespa abgestiegen war. Nick drückte sie gegen die glatte Granitfelswand. Dann wirbelte er herum und zog den Gashebel bis zum Anschlag durch, sodass der Motor aufheulte. „Gib mir das Gummiband aus deinen Haaren." Er band es mehrmals um den Gashebel. „Bleib, wo du bist!"

Er sprang auf das Moped und wendete es mit durchdrehendem Hinterreifen. Jetzt zeigte es zur anderen Straßenseite. Wenn die Angreifer sahen, wie die Vespa die Klippe hinunterstürzte, würden sie vielleicht damit aufhören, sie mit dem ganzen verdammten Berg zu bombardieren.

„Nick!"

Er ignorierte die Panik in ihrer Stimme sowie sein eigenes mulmiges Gefühl und gab Gas. Mit voller Geschwindigkeit raste er auf die andere Seite zu und sprang ab, als der Vorderreifen die Felskante erreichte.

Bria schrie entsetzt auf, als sie durch den Vorhang der herabprasselnden Steine hindurch Nick auf der Vespa über die Felskante rasen sah.

Nein!

Als sie wieder Luft holte, atmete sie schmerzhaft Staub ein und bekam einen heftigen Hustenanfall. Trotzdem behielt sie mit zusammengekniffenen Augen den Punkt im Blick, an dem Nick verschwunden war. Bitte mach, dass ihm nichts passiert ist. Wenn sie nur fest genug betete und hoffte ...

„Au!" Sie zuckte zusammen, als ein faustgroßer Stein sie an der Schulter traf. Der Aufprall brachte sie aus dem Gleichgewicht und zwang sie fast in die Knie. Mit Tränen in den Augen rappelte sie sich wieder auf und presste sich flach gegen die Felswand, um nicht noch mehr abzubekommen.

Nick war mit der Vespa von dem kleinen Aussichtspunkt über die Felskante gefahren. War er ins Meer gestürzt und hatte sich retten können? Bria hoffte es, wusste jedoch, dass er höchstwahrscheinlich auf die Felsen geprallt war. Vor Angst und Schmerz zog sich alles in ihr zusammen. Sie würde nachsehen und Hilfe rufen, sobald sie die Situation einschätzen konnte. Nur hatte Nick das Handy. Sie hatte nichts.

Lieber Himmel, irgendwer musste doch langsam mal mitbekommen, dass der Berg praktisch auseinanderbrach! Die Explosionen mussten bis hinunter in den Ort zu hören gewesen sein. Antonio wusste, wo sie waren, und wenn sie nicht zurückkam, würde er doch sicher ihren Bruder benachrichtigen.

Ja, sie würde sich zuerst um Nick kümmern, und wenn mit ihm alles in Ordnung war, konnten sie auf Draven warten. Die Arme schützend über den Kopf gelegt, lief sie über die Straße. „Ich komme, Nick!"

Sein dunkler Kopf tauchte an der Felskante auf. „Geh zurück!", schrie er. Er zog sich den Felsvorsprung hinauf, bis er mit dem Oberkörper oben war, dann schwang er ein Bein hinauf und zog sich ganz hoch. Ein Felsbrocken schlug neben ihm auf und rollte weiter über die Kante. Nick richtete sich auf und rannte geduckt zu ihr.

Bria war hin- und hergerissen. Sollte sie tun, was er sagte? Oder ihm entgegenrennen, um ihn in Sicherheit zu bringen? Nur zwei Schritte von der schützenden Felswand entfernt streifte sie ein Stein am Kopf. Mit pochendem Herzen blieb sie stehen.

„Was machst du? Geh zurück!"

Sie wich gegen die Felswand zurück, während Nick über die Straße rannte. Bria war fassungslos. Ihr Berg versuchte sie beide umzubringen. Ihre Insel hatte beschlossen, sich ihrer zu entledigen, mit allen ihr zu Gebote stehenden Mitteln. Vielleicht gehörte sie einfach nicht mehr hierher.

Ein weiterer großer Felsbrocken stürzte herab und verfehlte Nick nur um Zentimeter. Gebannt verfolgte sie jede seiner Bewegungen, fühlte jedes Hindernis mit, jedes Geschoss, während er rannte.

Ein ohrenbetäubendes Krachen war zu hören, gefolgt von einem Klatschen, als ein weiterer Brocken auf das steinige Ufer fast hundert Meter tiefer prallte.

Brias Augen und Lungen brannten vom Staub. Sie streckte die Hand nach Nick aus, obwohl er noch einige Meter von ihr entfernt war. „Beeil dich! Schnell!" Die Steinlawine schien überhaupt nicht mehr enden zu wollen.

Nick rannte und sprang mit erstaunlicher Geschwindigkeit über die Hindernisse, und als er endlich bei Bria ankam, war er nicht einmal außer Atem. „Das war dumm von dir!", fuhr er sie an, während er schon ihre zerschrammten blutigen Schultern untersuchte. „Warum hast du dich in solche Gefahr gebracht?"

„Ich dachte, wir gehen zusammen!", schrie Bria, um den noch immer tosenden Lärm der Geröllawine zu übertönen. „Ich habe dich nicht gebeten, den Helden zu spielen und mich hier alleinzulassen. Warum hast du überhaupt die Vespa den Abhang hinuntergestürzt? Wie kommen wir denn jetzt den Berg hinunter?"

Er ließ sie nicht los, und Bria begriff erst jetzt, dass er, während sie redete, sich tatsächlich um ihre Verletzungen kümmerte. „Ich habe einen Plan", erklärte er. Zufrieden, dass nichts gebrochen war, schob er sie wieder näher an die Felswand und stellte sich schützend vor sie.

Es machte sie verrückt, dass Nick so ruhig und gefasst blieb, während sie von der Angst gequält wurde, womöglich hier lebendig begraben zu werden.

„Bist du verletzt?" Sie suchte seine schmutzige Kleidung, sein staubiges Haar ab, sah die blutigen Striemen an der Wange und an seinen Armen. In fieberhafter Eile ließ sie ihre Hände über seine Schultern und seine Brust fahren, auf der Suche nach Anzeichen für eine ernste Verwundung.

Vorsichtig berührte er die brennenden Kratzer an ihrer Schulter. „Wir haben einen langen Weg vor uns." Er streichelte kurz ihre Wange und öffnete die obersten beiden Knöpfe ihrer Bluse.

Bria brachte ein Lächeln zustande. „Ich glaube nicht, dass dies der richtige Moment ist, um mich auszuziehen."

„Verdammt!", knurrte er, als er ihre Schulter entblößte, auf der sich bereits ein dunkler Bluterguss bildete. „Wie sehr tut das weh?"

Bria schob mit einem Schulterzucken die Bluse wieder hoch und knöpfte sie brüsk zu. „Spür ich kaum. Wir sollten uns lieber auf den Weg machen, findest du nicht?"

„Lügnerin."

Sie atmete schwer aus. „Ich spüre nichts, wahrscheinlich bin ich zu benommen."

Er nahm ihre Hand und marschierte los, immer dicht an der Felswand entlang. „Früher oder später wird derjenige, der dort oben ist, herunterkommen. Er wird wissen wollen, ob er sein Werk vollbracht hat."

„Ah, das ergibt mehr Sinn als mein Verdacht, dass dieser Berg mich umzubringen versucht", erwiderte sie trocken. Nick sah sie an, als hätte sie eine Gehirnerschütterung. Sie winkte ab. „Wir sollten die Straße verlassen. Wenn ich mich recht entsinne, führt etwa eine Meile vom Aussichtspunkt entfernt ein Viehpfad hinunter zum Strand. Der Abstieg ist gefährlich, aber ..."

„Schaffst du es?"

„Natürlich." Tatsächlich hatte sie diesen Abstieg nie gemacht, weil ihre Eltern immer der Meinung gewesen waren, sie sei zu jung. Draven hatte den Pfad jedoch schon genommen. Sie erinnerte sich daran, wie sie unten mit ihrer Mutter gewartet hatte, während Draven mit ihrem Vater vom Strand nach oben den steilen Berghang hinauf zum Aussichtspunkt geklettert war.

Damals hatten sie ihr versprochen, sie würde eines Tages auch ihre Chance bekommen. Zwanzig Jahre später war es so weit.

Sie folgten der Serpentine um eine scharfe Kurve. Bria deutete auf einen Schotterplatz mit ein paar Büschen. „Dort beginnt der Pfad."

Auch hier war die Straße mit Geröll übersät. Zum Glück stürzte aber nichts mehr herunter.

„Ich habe schon seit einer Weile keine Explosionen mehr gehört. Das Zeug hier muss von einer vorangegangenen Sprengung stammen", bemerkte Nick grimmig. „Was bedeutet, dass sie unterwegs sind, um unsere Leichen zu suchen. Hoffentlich gewinnen wir durch die verschrottete Vespa ein wenig Zeit." Er drückte ihre Hand. „Bist du bereit?"

„Ja."

Hand in Hand liefen sie los, verließen die Deckung der Felswand und rannten quer über die Straße zum Geländer des Aussichtspunktes. Bria wurde das grässliche Gefühl nicht los, dass sie hier die reinsten Zielscheiben waren. Rutschend und schlitternd erreichten sie den Schotterplatz vor dem geschwungenen Geländer. Dahinter lag ein steiler Abhang, der zum Meer und den Felsen hinunterführte.

Nick half Bria, über das Metallgeländer zu klettern, und hielt sie auf den ersten zehn Metern fest, die besonders steil und deshalb nur auf allen vieren zu bewältigen waren. Sie mussten sich an jedem Strauch und Stein festhalten.

Auf jedem Schritt waren Nicks Hand, seine starke Schulter oder sein muskulöser Unterarm für Bria da, um ihr Halt zu geben. Schweiß lief ihren Hals herunter, was dazu führte, dass ihre Schürfwunden und Prellungen noch mehr brannten. In ihrer Schulter pochte der Schmerz.

„Stopp", zischte Nick plötzlich und drückte sie hinunter auf die heiße Erde. Aber Bria hatte es selbst gehört. Auf der Straße, die sich jetzt etwa zwanzig Meter über ihnen befand, kam ein Fahrzeug mit knirschenden Reifen durch das Geröll.

Es fuhr noch ungefähr eine Meile weiter bergauf bis zu den Höhlen. Nach endlosen zehn Minuten, in denen Bria vor Anspannung zitterte, kehrte der Wagen zurück und hielt dort, wo die Vespa abgestürzt war.

Nick schüttelte den Kopf, als sie ihn fragend ansah. Sie schloss die Augen und lag still, selbst als die Geräusche des Fahrzeugs hinter der nächsten Kurve verschwanden.

Als sie die Augen wieder aufmachte, stellte sie fest, dass Nick sie ansah. Skeptisch hob sie eine Braue, wie sie es bei ihm oft gesehen hatte. Er brachte ein schwaches Lächeln zustande. „Du bist eine bemerkenswerte Frau, Bria Visconti." Dann richtete er sich auf alle viere auf und half Bria, Halt zu finden.

„Du meine Güte, Mr Cutter", erwiderte sie geziert. Doch sie konnte nicht verbergen, dass auch eine Spur Ehrlichkeit in ihrer Stimme mitschwang. „Du verstehst es, einer Frau etwas Tolles zu bieten."

Auf seinem Gesicht zeichnete sich fast so etwas wie ein Grinsen ab, und er strich ihr die feuchten, verfilzten Haare aus dem Gesicht. Dann zeigte er auf den weiteren Verlauf des Pfads. „Der nächste Abschnitt sieht wirklich schwierig aus. Beweg dich langsam und mit Bedacht, auf keinen Fall zu schnell. Wenn wir abstürzen, triumphieren die anderen am Ende doch noch." „Danke für diese ermutigende Warnung. Ich kann es mir lebhaft vorstellen", entgegnete sie trocken und packte einen Strauch, um zu testen, ob der ihr Gewicht hielt. Es klappte, und sie bewegte sich ein weiteres Stück abwärts. Den ganzen Abstieg über blieb Nick an ihrer Seite.

Sie benötigten fast eine Stunde, bis sie unten waren. Nicht einmal in ihrer Kindheit war Bria so verdreckt und zerschrammt gewesen. Ihr

Knöchel und ihre Schulter taten weh, und sie sehnte sich nach einem ausgiebigen heißen Bad. Am liebsten mit Nick. Genau genommen hätten sie diese Höhle niemals verlassen dürfen.

Sie stand auf den Felsen, gegen die schäumend die Wellen anbrandeten, und schaute hinauf zu dem Pfad, den sie hinuntergeklettert waren. „Früher musste ich hier unten warten, während mein Vater und Draven da oben kletterten." Sie wischte sich den Staub aus den Augen. „Ich fand sie schrecklich mutig und konnte es kaum erwarten, bis Dad mir das auch erlauben würde. Jetzt weiß ich, welche Angst meine Mutter dabei ausgestanden haben muss."

Ihre Arme und der Rücken schmerzten, weil sie sich ständig irgendwo hatte festhalten und regelrechte Klimmzüge vollführen müssen. Aber sie hatte das Gefühl, dass ihr Vater stolz auf sie gewesen wäre.

Nick gab ihr einen Kuss auf die staubige Stirn. „Was soll ich bloß mit dir machen?"

„Ich hätte da schon ein paar Ideen", antwortete sie leichthin. „Angefangen mit einem Bad, das du mir einlassen könntest."

Leider schluckte er den Köder nicht. Stattdessen umfasste er ihr Kinn und küsste sie so zärtlich, dass ihr Herz schneller schlug.

„Alles in Ordnung mit dir?"

„Bestens." Bria lachte über sein Äußeres. „Sehe ich etwa genauso schlimm aus wie du?" Er war mit einer dicken Staubschicht bedeckt, in die der Schweiß auf seinem Gesicht und an seinem Hals Spuren gegraben hatte. Er blutete aus einigen Kratzern. Erstaunlicherweise war sein T-Shirt heil geblieben, seine Jeans war jedoch zerrissen.

„Du siehst wundervoll aus."

Bria brachte ein Lachen zustande. „Du bist verrückt. Offenbar hast du eine Gehirnerschütterung."

Zwischen dem Meer und den zerklüfteten Felsen vor dem steil aufragenden Berg gab es einen schmalen Sandstreifen. „Ich glaube, wir können am Strand entlang nach Pescarna gehen", sagte Bria.

„Wir werden es riskieren. Hier im Schutz der Felsen sind wir sicherer, falls jemand uns beobachtet. Aber ich bin dafür, dass wir uns beeilen. Wir müssen so schnell wie möglich zum Flughafen. Wer immer auf meinem Schiff hinter dir her war, ist dir hierher nach Marrezo gefolgt. Deshalb bist du hier nicht sicher."

Dem konnte Bria kaum widersprechen. Und sie hatte noch nicht einmal mit Draven reden können. Aber sie wollte auf keinen Fall, dass er ihretwegen Ärger bekam - tödlichen Ärger womöglich.

Er hatte sich so sehr verändert, dass sie den äußerst selbstsicheren Mann bei der Krönung kaum wiedererkannt hätte. Außerdem hatte er so sehr zugenommen, dass sie auf der Straße glatt an ihm vorbeigegangen wäre.

Diesmal nahm Nick nicht ihre Hand, und Bria passte sich seinen schnellen Schritten an. Der feine goldene Sand knirschte unter ihren Turnschuhen. Kleine Wellen liefen auf den Sand, und am Himmel schien heiß die Sonne.

Bria erinnerte sich daran, wie sie als Kind an diesem Strand getobt und nach Muscheln gesucht hatte, die ihr faszinierende Geschichten von Meerjungfrauen erzählt hatten. Sie erinnerte sich daran, dass ihr Drachen pink gewesen war und Dravens rot, an die Möwen im Wind und ihre auf einer Decke in der Sonne dösenden Eltern.

Der Wind roch nach Meer und Seetang und trocknete Brias verschwitztes Gesicht. „Was soll ich Draven sagen?"

„Ich werde meinen Anwalt veranlassen, Kontakt zu ihm aufzunehmen. Die können untereinander alles Weitere klären. Mach dir seinetwegen keine Sorgen."

„Aber ..." Sie konnte nicht anders, als sich Sorgen zu machen. Draven war alles an Familie, was ihr geblieben war. Inzwischen müsste er aus Rom zurück sein und würde sich seinerseits Gedanken machen, wenn Bria nicht zurückkam.

Nicks Zähne strahlten in seinem verdreckten Gesicht noch weißer als sonst. „Antonio wird dafür sorgen, dass er sein Darlehen zurückzahlt. Gleichzeitig wird er versuchen, ihn zu überzeugen, einen besseren Finanzberater zu finden."

Doch wo werde ich sein? Bria fragte nicht.

NINETEEN

Iedes Mal, wenn Nick auf der Straße über ihnen ein Fahrzeug hörte, duckten sie sich in den Schutz der großen Felsen, die neben ihnen aufragten. Bria hörte das Motorengeräusch immer erst, wenn der Wagen schon fast genau über ihnen war. „Du besitzt das Gehör einer Fledermaus", neckte sie ihn.

„Eine meiner vielen Fähigkeiten."

„Von denen im Schlafzimmer bin ich jedenfalls begeistert."

„Nur von denen?"

„AuchvondeneninderSauna",sagtesie. „Und in der heißen Quelle. Wo auch immer."

Er zwinkerte ihr vielsagend zu, ermutigte sie jedoch nicht weiter zu diesem Geplänkel.

Und sie war viel zu erschöpft, um es zu versuchen.

Eine weitere Stunde verging, bis sie das Fischerdorf erreichten. Nick stellte unter Beweis, dass er auch die Fähigkeit besaß, überall ein Taxi zu bekommen. Es gab nämlich nur ein einziges in Pescarna, und dem liefen sie in der Nähe des Hafens fast vor den Kühler.

Nick besaß wirklich ein Talent dafür zu erreichen, was er wollte.

Bria wünschte, er würde sie wollen. Wie es wohl wäre, zu einer Familie wie den Cutters zu gehören? Zwischen Brüdern, die sich nahestanden und auch noch ein gemeinsames Unternehmen führten. An einem gemeinsamen Ziel arbeiteten. Und demnächst würden sie einen vierten Bruder willkommen heißen. Das kam ihr alles sehr aufregend vor. Genau genommen wie ein Traum, denn sie war praktisch als Einzelkind aufgewachsen.

Das Taxi fuhr holpernd durch die kopfsteingepflasterten Straßen. Auf diese Weise gelangten sie innerhalb weniger Minuten zum

Flughafen, wo die Crew sie bereits, mit dem Bodenpersonal Karten spielend, erwartete.

Eine halbe Stunde nachdem Nick das Taxi angehalten hatte, saßen sie an Bord des Flugzeugs, das sich der Startbahn näherte. „Und was jetzt?", wollte Bria wissen und schnallte sich an. Nick sah aus dem kleinen Fenster. „Wir gehen über zu Plan B."

„Cool." Sie lehnte sich zurück, aber sie war noch zu aufgewühlt, um sich entspannen zu können. Hinzu kam ihre Freude darüber, nach wie vor mit Nick zusammen zu sein. Auch wenn eher heikle Gründe dafür verantwortlich waren. Sie würde so bald wie möglich mit ihrem Bruder sprechen. Aber nicht jetzt. „Und wie lautet Plan B ?"

Die Stewardess kam mit feuchten, heißen Handtüchern, die sie ihnen lächelnd mit einer Zange reichte. Nick rieb sich Staub und Schweiß vom Gesicht. Seine Miene, als er Bria wieder anschaute, ließ ihr das Blut in den Adern gefrieren. Sie bewegte ihr heißes Tuch zwischen den Fingern hin und her. Die Art, wie er sie ansah, verhieß nichts Gutes.

„Ich habe keine Ahnung, ob Halkias' Angriff auf dich sexuell motiviert war oder ..." Nick machte eine Pause. „Oder ob etwas anderes dahintersteckte. Plan A hat dich hierher gebracht. Die teuren Wachleute deines Bruders sollten gewährleisten, dass du hier vor dem, was auf der *Scorpion* vorgeht, sicher bist. Bis eben habe ich nicht geglaubt, dass du das Ziel warst. Trotzdem wollte ich kein Risiko eingehen."

„Ich bin nicht das Ziel."

„Wirklich nicht?", erwiderte er skeptisch. „Wir sind hier in Marrezo, und irgendein Irrer hat gerade versucht, dich unter einer Steinlawine zu begraben!"

„Vielleicht ist dieser Irre aber auch dir gefolgt, um dich unter besagter Steinlawine zu begraben!", konterte sie aufgebracht. „Warum sollte jemand meinen Tod wollen? Ich habe bei keinem meiner Klienten je für schlechte Presse gesorgt oder ihm zu viel Geld für meine

Dienste abgenommen. Mir ist vollkommen schleierhaft, warum jemand einen Menschen umbringen will."

„Es könnte sich um Feinde deines Bruders handeln. Alles sieht nach einem politischen Hintergrund aus. Möglicherweise haben noch andere Leute Wind davon bekommen, dass Draven in Schulden ertrinkt."

„Das ergibt doch alles überhaupt keinen Sinn." Sie versuchte, ruhig zu bleiben. „Warum sollte dann irgendjemand mich umzubringen versuchen?"

Nick sah ihr ruhig ins Gesicht. „Vielleicht gibt es eine hohe Lebensversicherung auf deinen Namen."

Sofort brauste sie wieder auf. „Das ist absolut lächerlich! Erstens gibt es keine. Und zweitens - wenn es eine gäbe, wer hat sie abgeschlossen? Kann man das überhaupt? Eine Lebensversicherung auf einen anderen abschließen? Das wäre doch geradezu eine Einladung zum Mord! Und wer hätte es getan, wenn es möglich wäre? Draven? Das hieße ja, dass mein eigener Bruder meinen Tod will! Das ist absurd."

Sie fühlte, wie sie allmählich hysterisch wurde. Das war ihr noch nie passiert. Wütend, verärgert, gereizt, sauer, ja. Aber hysterisch? Trotzdem passierte jetzt genau das. Wie Gift breitete sich dieses Gefühl in ihr aus. Ihr war zum Heulen. Zum Speien. Oder beides gleichzeitig. Die Vorstellung, dass irgendwer - besonders ihr Bruder - sie umbringen wollte, war verrückt.

Doch wenn diese Person es nicht auf sie abgesehen hatte, dann musste Nick das Ziel sein. Und das machte es fast noch schlimmer.

„Ich stimme dir zu", meinte er in kühlem, vernünftigem Ton, der sie vermutlich trösten sollte, ihr aber nur noch mehr Angst machte. „Aber bis alle Fragen zu meiner Zufriedenheit beantwortet sind und solange wir nicht wissen, ob der Mörder hinter dir oder mir her ist, wirst du dich nirgendwo mehr ohne entsprechenden Schutz aufhalten."

Bria verzichtete darauf, ihm zu erklären, dass sie ganz gut auf sich selbst aufpassen konnte. Ja, in einem Trainingsraum vielleicht. Aber irgendwer hatte zweimal versucht, sie umzubringen. Sie oder Nick. Sie war nicht blöd. „Und wo soll ich hingehen?" Und was ist mit dir? hätte sie am liebsten geschrien. Wer passt auf dich auf?

„Jedenfalls nicht zurück aufs Schiff."

„Sacramento ist weit weg."

„Nein, ich habe Freunde, die auf dich aufpassen werden, bis diese Angelegenheit geklärt ist."

„Habe ich nicht auch ein Wörtchen mitzureden?"

„Nein."

„Ich will nicht bei jemandem sein, den ich nicht kenne ... danke", wandte sie sich an die Stewardess, die ihr ein weiteres feuchtes Handtuch brachte. „Wo werden die auf mich aufpassen?"

„Dort, wo es ihnen am sichersten erscheint."

Mit anderen Worten: Sie würde nicht mit Nick zusammenbleiben. Bria knetete das zweite Handtuch. „Und du kehrst auf die *Scorpion* zurück, auf der sich noch immer ein Mörder befindet." Das war keine Frage. Und Nick antwortete auch nicht. Während er sich den Schmutz vom Gesicht wischte, verwandelte er sich wieder in den Mann, den sie bei ihrer allerersten Begegnung erlebt hatte. Unergründlich. Kalt. Distanziert.

Sobald das Flugzeug die Reiseflughöhe erreicht hatte, ging Bria zur Toilette, um sich gründlich zu waschen. Als sie sich im Spiegel betrachtete, fing sie an zu lachen. Allerdings klang es ein wenig zu schrill. Sie sah arg zerzaust aus und hatte noch immer Spuren ihres Abenteuers im Gesicht. Ihr Make-up war verschmiert, sie hatte blutige Schrammen, und ihre Kleidung war ebenfalls völlig verdreckt. Kein Wunder, dass die Stewardess sie befremdet gemustert hatte, als sie im Taxi vorgefahren waren.

Bria drehte den Wasserhahn auf, um das kleine Waschbecken zu füllen, und zog ihre Sachen aus. Sie wünschte, sie könnte auch gleich die Traurigkeit mit abwaschen, die sich langsam in ihr ausbreitete.

Nick hinterließ Max Aries telefonisch eine Nachricht mit der Aufforderung, ihn so schnell wie möglich zurückzurufen. Er forderte den Antiterror-Agenten auf, Bria von seinen Leuten abholen zu lassen, sobald sie in Teneriffa gelandet waren. Die Steinlawine in Marrezo und Halkias' Attacke bewiesen hinlänglich, wie groß das Risiko für sie war.

Selbst wenn sie für die Marokkaner nur ein bedeutungsloses Opfer wäre, das zufällig zur falschen Zeit am falschen Ort gewesen war, wollte Nick sie so schnell wie möglich aus der Schusslinie nehmen. In Marrezo konnte er sie ebenso wenig zurücklassen, wie er sie auf sein Schiff zurückbringen konnte. Und quer über den halben Globus reisen lassen, zurück in ihr neues Zuhause in den USA, konnte er sie auch nicht. Zumindest nicht, bis er die Diamanten nach Cutter Cay gebracht hatte und Aries und sein Team an ihr Zielobjekt herangekommen waren.

T-FLAC verfügte über sichere Häuser und Leute, die für den Personenschutz ausgebildet waren. Beides brauchte Nick für Bria.

Er hatte nicht die leiseste Ahnung, um wen es bei dieser Sache ging. Aber er würde es herausfinden. Um sich auf diese Aufgabe konzentrieren zu können, musste er Bria in Sicherheit wissen.

„He! Gibt's da draußen irgendwo eine Decke?", rief sie aus der Toilette.

Nick winkte ab, als die Stewardess sofort aus dem Cockpit kam. Er nahm selbst eine Kaschmirdecke von dem Stapel auf einem der freien Sitze und trug sie den Gang entlang.

Brias Gesicht war sauber und wunderschön, trotz der Kratzer und kleineren Blutergüsse auf ihrer olivfarbenen Haut. Sie trug lediglich ihren roten BH und den Slip. Nick reichte ihr die leichte Decke. „Deine Kleidung hat sich in ihre Bestandteile aufgelöst. Eigentlich wundervoll."

„Halt mal." Sie drückte ihm ihre nassen Sachen in die Hand, wickelte sich die Decke in Höhe der Achseln um den Körper und trat aus dem Bad. „Wenn sich die Flugzeugcrew hinter einer Tür befände, die ich selbst abgeschlossen hätte, würde ich nackt herumlaufen."

Sein Lächeln war verschwunden, ehe sie sehen konnte, dass ihre Griesgrämigkeit ihn amüsierte. Zärtlich streichelte er ihre Wange. „Ich könnte die Tür verbarrikadieren."

Sie wich seiner Berührung aus. „Ich fürchte, das verstößt gegen internationale Sicherheitsbestimmungen im Flugverkehr." Ihrer Stimme merkte man nichts an, aber ihre Wangen waren gerötet.

„Sicherheitsbestimmungen hin oder her, es ist gemein, dich so zu sehen und nicht haben zu können." Er hielt ihre Sachen hoch. „Was soll ich damit machen?"

Sie gingen zu ihren Plätzen zurück, wo sie ihm ihre nasse Bluse und die Jeans aus der Hand nahm, um sie über zwei Ledersitzen auszubreiten, auf die durch die kleinen Fenster die Sonne schien. Bria stellte die Luftdüsen ein und erklärte: „Hoffentlich sind die in fünf Stunden wieder trocken. Falls nicht, komme ich wenigstens einigermaßen sauber an. Ich habe es langsam satt, keine vernünftige Kleidung mehr zu haben. Bevor ich Weiterreise, muss ich unbedingt irgendwo einkaufen." „Das lässt sich arrangieren."

„Ohne Geld oder Kreditkarten?"

„Auf jeden Fall. Mach dir deswegen keine Sorgen."

„Ich ..." Sie ließ sich auf ihren Sitz fallen und schaute, auf ihrer Unterlippe kauend, zu ihm auf. Für einen kurzen Moment kniff sie die Augen zu. Offenbar versuchte sie, ihre Gefühle unter Kontrolle zu bringen. „Na schön", begann sie wütend. „Es reicht langsam. Du weißt Dinge, und ich habe ein Recht darauf, sie auch zu erfahren, Nick. Du musst mir alles erzählen. Ich weiß, dass es um irgendetwas Ernstes geht, aber ich habe keine Ahnung, um was. Und da bereits zweimal jemand versucht hat, mich umzubringen, verdiene ich wohl eine klare Antwort."

Da seine Miene verschlossen blieb, zeigte sie ihm kurzerhand ihre nackten Brüste, indem sie die Decke öffnete. „Tja, ich weiß, wie ich dich auftauen kann." Sie wartete, bis er lächelte, dann wickelte sie sich wieder in die Decke. Es sah aus, als hätte sie ein trägerloses Strandkleid an. Heiliger Strohsack. Was sollte er bloß machen, wenn sie getrennte Wege gingen?

„Ich muss einfach wissen, womit ich es zu tun habe", ließ sie nicht locker.

Nick berührte ihre zerschrammte Wange und fasste einen Entschluss. „Ich werde mich auch waschen. Anschließend erzähle ich dir alles, soweit ich es kann. Erkundigst du dich in der Zwischenzeit, ob sie hier etwas zu essen für uns haben? Ich bin gleich wieder da."

Nick wusch sich den Dreck ab, begnügte sich jedoch damit, seine Kleidung auszuschütteln, statt sie ebenfalls zu waschen. Dann verließ er die Toilette wieder. Bria schaute aus dem kleinen Fenster auf die Wolken, und er genoss den Anblick ihres Profils.

Ohne ihn anzusehen, sagte sie: „Molly macht uns was. Ist dir Kaffee recht?"

Er nahm an, dass Molly die Flugbegleiterin war. „Ja, danke." Nick setzte sich ihr gegenüber statt auf die andere Seite des Gangs. „Vor ein paar Wochen bat mich ein Freund, der für eine verdeckte Antiterroreinheit arbeitet, um einen Gefallen. Eine unbekannte Gruppe schmuggelt Blutdiamanten aus Afrika nach Nord- und Südamerika."

Jetzt hatte er Brias ganze Aufmerksamkeit.

Der Anblick ihrer Schrammen und Blutergüsse machte ihn wütend. Wenn er denjenigen erwischte, der dafür verantwortlich war, würde der Betreffende sich wünschen, er hätte es mit jemandem von T-FLAC zu tun statt mit Nick. Um sich zu beruhigen, atmete er mehrmals tief durch und zählte seine Atemzüge.

„Als man herausfand, dass diese Gruppe für den Transport der Diamanten Privatjachten benutzte - wie zum Beispiel die *Scorpion* -, bat man mich ... danke, Molly." Er wartete, bis die Flugbegleiterin das leichte Essen serviert und Kaffee eingeschenkt hatte. Erst als sie die Tür zum Cockpit wieder hinter sich geschlossen hatte, fuhr er fort: „Die

Antiterroreinheit steht kurz davor, die Köpfe der Schmugglerbande zu überführen. Sie brauchen nur noch ein wenig Zeit. Da sie die Route und die Methoden des Transports kannten, baten sie mich, die Diamanten an Bord der *Scorpion* verstecken zu lassen."

Bria ignorierte ihr Essen und konzentrierte sich ganz auf seine Worte.

„Ich folgte zwei Männern von Rabat nach Tarfaya, wo wir uns in der Altstadt trafen. Dort auf dem Marktplatz, wo du Asim Nabi El Malamah batest, dich zur *Scorpion* zu bringen." Bria stutzte. „Woher weißt du, dass ich ihn darum bat, mich zu deinem Schiff zu bringen?"

„Ich war Malamah. Ich glaube, sie haben dich dort gesehen. Und dann warnte jemand an Bord sie, dass du ihren Geschäften in die Quere kommen könntest. Schließlich befandest du dich plötzlich auf dem Schiff, das ihre Diamanten transportiert."

„Ich habe mit diesem Mann gesprochen. Das warst nicht du. Er hatte einen ganz anderen Akzent, gestikulierte anders ..." Sie hielt inne. „Du warst das?" Sie beugte sich vor und gab ihm einen festen Klaps auf den Arm. „Du verdammter Schuft!" Noch einmal boxte sie ihn leicht. „Tollkühner Kerl."

„Als El Malamah ging ich in Tarfaya an Bord der *Scorpion* und versteckte die Rohdiamanten in unseren Tonnen im Laderaum, in denen wir die Gegenstände aus der Bergung des Schatzes aufbewahren. Dann verschwand El Malamah, denn die Marokkaner planten, ihn umzubringen, ehe er auf dumme Gedanken wegen der Diamanten kommen konnte. Schließlich kannte er das Versteck als Einziger."

Bria legte sich die Decke um die Schultern, zog die Füße auf den Sitz und schlang die Arme um die Beine. Sie stützte das Kinn auf ein Knie. „Aber wie werden sie wissen, in welcher Tonne sie die Diamanten finden, wenn du nach ... wohin kommst?"

„Cutter Cay. Jonah und ich haben die drei Tonnen markiert. Ich habe sie informiert und ihnen die Nummern und den Standort durchgegeben. Ich wurde erst bezahlt, nachdem ihre Leute an Bord waren und bestätigt hatten, dass sich die Diamanten auf der *Scorpion*befanden."

„Was waren das für Leute? Gehörten Halkias und der Küchengehilfe dazu?"

„Fakhir heuerte erst in Tarfaya an. Halkias war schon einige Jahre bei uns. Jonah und ich hielten ihn für loyal. Aber Geld regiert die Welt, und offenbar wurde er dafür bezahlt, jeden aus dem Weg zu räumen, den die Marokkaner für bedrohlich hielten."

„Halkias hat vor einigen Jahren für Draven gearbeitet. Dafne hat ihn wegen Diebstahls gefeuert. Ganz so ehrlich war er also wohl nie."

„Wir verdächtigen ..."

„Wer ist ‚wir' ?"

„Jonah und ich. Wir nehmen an, dass Fakhir dabei erwischt wurde, wie er einige der Diamanten in seinen Besitz bringen wollte. Deshalb musste er sterben."

„Wie viele Gangster sind denn an Bord?"

„Wir haben eine Stammcrew und heuern für eine Bergung fünf oder sechs zusätzliche Leute an. In diesem Fall handelte es sich um sechs Leute in Tarfaya. Wobei wir wussten, dass mindestens zwei, wenn nicht gar alle sechs, für die Marokkaner arbeiten."

„Nun, wir wissen, dass es mindestens drei sein müssen. Denn irgendwer muss zwei von ihnen getötet haben."

„Höchstwahrscheinlich sind es mehr. Außerdem wissen wir nicht, warum uns jemand nach Marrezo gefolgt ist. Falls das eine Art Warnung war, verstehe ich sie nicht. Was immer der Grund sein mag, ich kann dich dort nicht ohne Schutz zurücklassen, egal, was ich den guten Jungs versprochen habe."

„Aber im Palast wimmelt es von Sicherheitsleuten und Alarmanlagen", argumentierte Bria und rieb die Decke über ihren Beinen. „Dort wäre ich geschützt gewesen."

„Du bist sicherer bei einem ausgebildeten T-FLAC-Agenten, glaub mir. Ich werde mich auf die Vorgänge auf meinem Schiff nicht konzentrieren können, wenn ich dich die ganze Zeit vor einem zu allem entschlossenen Killer beschützen muss."

„Hinter mir sind sie nicht her."

Nick war nicht bereit, Brias Leben darauf zu verwetten. „Der Meinung bin ich zu neunundneunzig Prozent auch. Aber das eine Prozent Zweifel genügt mir, um dich irgendwo sicher unterzubringen, damit ich mir keine Sorgen um dich machen muss. Deshalb will ich dich nicht in der Nähe der *Scorpion* haben, bis diese Sache vorbei ist."

„Das verstehe ich. Glaub mir, ich möchte auch lieber nicht in der Nähe eines unheimlichen Killers sein. Und du kannst dir nicht einmal sicher sein, dass es einer der frisch Angeheuerten ist, oder? Immerhin hat Halkias seit Jahren für dich gearbeitet."

„Stimmt." Nick atmete schwer aus. „Wenn wir auf Teneriffa sind, wird uns einer der Geheimagenten erwarten. Er wird dafür sorgen, dass ständig jemand bei dir ist, bis sie den oder die Killer erwischt haben. Hoffentlich müssen wir nicht erst den ganzen Weg nach Cutter Cay zurücklegen, bis das passiert. Sobald die Marokkaner und deren Hintermänner im Netz sind, werden Max Aries und sein Team die Diamanten holen. Dann ist mein Job beendet."

„Und ich kann nach Sacramento zurückkehren und meinen neuen Job antreten?"

Nick zögerte. „Ja."

Alles hätte bestens sein können. Nur dass der Mann, den Aries als Bewacher für Bria vorgesehen hatte, bei der Landung fünf Stunden später auf dem Flughafen von Teneriffa

nicht da war.

Nick schob sein Handy in die Gesäßtasche. „Ich werde dich hier nicht auf dem Rollfeld stehen lassen in der Hoffnung, dass vielleicht doch noch irgendwer auftaucht. Dann müssen sie schon zur *Scorpion* rauskommen."

„Vermutlich bin ich hier sicherer, Nick. Im Ernst. Niemand wird hier zwischen all den Touristen versuchen, mir etwas zu tun. Ich bleibe unter Leuten und warte. Ganz sicher wird dein Freund schnell jemanden schicken."

„Und wenn der die Nachrichten seit Stunden oder Tagen gar nicht empfängt? Was machst du dann?"

„Ich komme schon klar. Schließlich hat Marvin mir beigebracht, wie ich auf mich selbst aufpasse. Geh ruhig. Ich weiß, dass du dir Sorgen um Jonah und deine Freunde machst. Mir passiert nichts."

Von wegen, dachte er beim Anblick ihres zerschrammten blassen Gesichts mit den Blutergüssen. Außerdem rieb sie sich die Arme, als sei ihr kalt. Ihre Bluse und ihre Jeans waren immer noch feucht, aber draußen herrschten tropische Temperaturen von über dreißig Grad.

„Das kann ich nicht machen, Prinzessin." Er zog sein Handy wieder aus der Tasche und hinterließ seinem Freund eine ziemlich rüde Nachricht, in der er ihn aufforderte, verdammt noch mal schleunigst in Gang zu kommen und Bria auf der *Scorpion* abzuholen. „Gehen wir."

Der Rückflug in Nicks bereits wartendem Hubschrauber dauerte anderthalb Stunden. Jonah hatte wie angewiesen den Anker gelichtet. Die *Scorpion* befapd sich auf dem Weg in die Karibik, nach Cutter Cay. Aries sollte lieber Zusehen, dass er die Angelegenheit klärte. Nick war es ernst gewesen. Dem Mann blieben noch gut drei Tage, um die Sache in den Griff zu bekommen. Andernfalls würde Nick die gesamte Crew an Land bringen und ein Vermögen in ungeschliffenen Diamanten über Bord werfen.

Er umflog sein Schiff in einer niedrigen Kurve, bevor er auf den Helipad auf dem Sonnendeck zusteuerte.

„Sie sieht anmutig aus wie ein weißer Vogel, der übers Wasser gleitet", meinte Bria und klang dabei ein wenig erschöpft. Nick selbst spürte die Wirkung der dramatischen Stunden jetzt auch. Eine Dusche und eine ruhige Nacht würde sie beide wiederherstellen.

Doch der Anblick seines Schiffes auf dem tiefblauen Wasser, eine Spur aus weiß schäumendem Kielwasser hinter sich herziehend, gab ihm schon neue Kraft.

Wann immer er auf der *Scorpion* startete oder landete, seinem ganzen Stolz, sah das Schiff, das er selbst mit entworfen und ausgestattet hatte, wunderschön aus. Nick landete sanft achtern auf dem Helipad.

Er wandte sich an Bria, als er sich abschnallte. „Versprich mir, dass du keine Dummheiten machst. Ich wiederhole meine Warnung: Bleib immer in meiner oder Jonahs Nähe."

„Geht klar", erwiderte sie mit ernster Miene.

Der Kapitän erwartete sie im Sonnenraum. „Nichts", erklärte er Nick, der noch gar nicht gefragt hatte. „Hallo, Prinzessin. Das ist ja eine angenehme Überraschung." Dann wandte Jonah sich wieder an Nick. „Auf deine Anweisung habe ich das Tauchteam mit dem Motorboot nach Teneriffa geschickt. Die waren alle begeistert, von dort früher als erwartet nach Hause fliegen zu können. Olav habe ich das Schwert anvertraut und den antiken Arztkoffer, um dir einen weiteren Flug zu ersparen."

„Gut." Ein paar Leute weniger, um die Nick sich Sorgen machen musste. Und die kostbaren Fundstücke waren auch in Sicherheit. Mit den Goldmünzen oder Silberbarren würde niemand verschwinden, weil es zu viele waren. Abgesehen davon waren besonders die hundert Pfund schweren und von Gestein verkrusteten Silberbarren viel zu sperrig und schwer.

Nick verschränkte seine Finger mit Brias, und sie lehnte sich sanft an ihn. Jonah betrachtete sie beide und kniff kurz ein Auge zu.

„Hast du mir gerade zugezwinkert, Santiago?", wollte Nick wissen.

Der Kapitän lachte und rieb sich das Auge. „So etwas Pubertäres würde ich nicht machen. Hab nur was im Auge. Wenn ich jemandem zuzwinkern würde, dann dieser tollen Frau." „Spar dir deine Kraft", riet Nick ihm trocken, war Jonah insgeheim jedoch dankbar dafür, dass er wegen ihres Aufzugs keine Fragen stellte. Zumindest vorerst. „Je weniger Leute wir an Bord haben, desto besser. Als Nächstes werde ich einen Teil der Crew im Beiboot wegschicken."

Jonah rieb sich den Nacken und nickte. „Wen denn?"

„Ist mir egal. Da wir keine Ahnung haben, mit wem wir es hier zu tun haben, halbieren wir einfach das Risiko, indem wir fünfzig Prozent der Mannschaft wegschicken."

Jonah sah skeptisch zu Bria und wieder zurück zu Nick. „Die Prinzessin bleibt hier, bis Aries sie abholt und an einen sicheren Ort bringt", erklärte Nick seinem Freund, ohne dass dieser fragen musste. „Fürs Erste bleibt sie immer bei einem von uns, ausnahmslos."

„Ich brauche dringend eine Dusche", sagte sie heiter. „Mit wem mache ich das?" Sie sah von einem Mann zum anderen.

Auch Nick wollte schnellstmöglich duschen, aber er hatte noch ein paar Dinge zu erledigen. Und sich von einer nackten Bria ablenken zu lassen, wäre kontraproduktiv gewesen. „Willst du entscheiden, wer von der Crew geht und wer bleibt?" Jonah ahnte den Zwiespalt seines Freundes und erwiderte: „Ich brauche jetzt mal eine Auszeit ohne Konfrontation. Mir wäre es lieber, wenn du es machst."

Nick grinste dankbar. „Dann erledige ich es von deinem Büro aus." Dort würde er in Ruhe seine Gedanken sammeln und allein duschen können. „Gib ihr die Bersa aus dem Safe."

„Tut mir leid, dass Sie das kurze Streichholz gezogen haben", sagte Bria zu Jonah, als sie an dem kleinen Lift vorbeigingen und die Treppe hinunter zu Nicks Kabine nahmen.

„Nick ist nicht besonders glücklich darüber, die Crew wegzuschicken. Aber er macht sich nun mal große Sorgen wegen

„Er hat mir von der zusätzlichen Fracht erzählt", sagte Bria leise, obwohl niemand in Hörweite war.

„Hat er? Interessant." Jonah blinzelte ein paarmal mit seinem tränenden Auge. „Was das kürzere Streichholz angeht ... Nick schaut auch gern mehrmals am Tag in die Logbücher und Tabellen. Er kümmert sich am liebsten selbst um solche Dinge. Es war also nichts Persönliches."

Genau dafür hatte Bria es bis zu Jonahs Äußerung gehalten. „Er ist sehr verschlossen, finde ich."

Jonah benutzte einen Hauptschlüssel, um Nicks Kabine aufzuschließen. Er ließ Bria eintreten und verriegelte die Tür gleich wieder hinter ihnen.

„Ja, er ist reserviert." Er ließ sie in Nicks Büro folgen. Dort wartete sie, während er den Safe öffnete und ihr die Pistole gab. „Nick fasst nur schwer Vertrauen. Sie können damit umgehen, nicht wahr? Schießen Sie möglichst auf keinen, bis Nick zurückkommt."

Bria grinste. Sie war hundemüde, verwirrt und auch nervös. Sie wünschte, dass Nick recht hatte und sein anderer Freund wirklich auftauchte, um sie abzuholen. Außerdem hoffte sie für Nick, dass der ganze Spuk bald vorbei war, ohne dass noch jemand dabei verletzt oder gar getötet wurde. Bria erschauerte. Sie musste dringend aus ihren feuchten Kleidern und unter die heiße Dusche.

„Er ist einfach so, wie er ist." Jonah nahm einige Schachteln Munition und machte den Wandsafe wieder zu. „Meistens ist er ziemlich ruhig und gesammelt..."

„Meistens?", wiederholte Bria amüsiert und setzte sich ans Fußende des Bettes, um ihre feuchten, sandigen Tennisschuhe auszuziehen. „Jemand hat uns auf einem Berg umzubringen versucht, und er kam nicht mal richtig ins Schwitzen."

„Na ja, dann eben fast immer." Jonah blinzelte mit dem einen Auge mehrmals hintereinander. Inzwischen war es gerötet und tränte noch mehr.

„Reiben Sie nicht dauernd darin herum, sonst verletzen Sie noch die Hornhaut", warnte sie ihn. „Soll ich mal schauen, ob ich herausbekomme, was Ihnen da zu schaffen macht?" Bria ging zu ihm.

Abwehrend hob er die Hand. „Nein, das geht schon. Danke." Er setzte sich in den Sessel am Fenster, schwang die Füße auf die Ottomane und nahm sich eine der Zeitschriften vom Tisch. „Ich warte hier, bis Sie fertig sind. Schließen Sie ab und lassen Sie sich ruhig

Zeit." Ungerührt zog er eine SIG Sauer hervor und legte sie neben sich auf den Tisch.

„Sie denken nicht wirklich, dass irgendwer hier einzudringen versucht, oder?"

„Es spielt keine Rolle, was ich glaube. Es zählt nur, was Nick glaubt." Er rieb sich erneut das Auge und schlug die Zeitschrift auf. „Genießen Sie Ihre Dusche."

Bria ließ sich Zeit. Sie brauchte viel Seife und dampfend heißes Wasser, um den Staub abzuwaschen und einige der schillernden Blutergüsse zu lindern.

Sie bedauerte, dass Jonah dazu verdonnert war, auf sie aufzupassen. Doch mit etwas Glück würde Nick im Schlafzimmer auf sie warten, wenn sie fertig war.

Wohlig schlüpfte sie in den weißen Frotteebademantel, der an der Tür hing, schob die Pistole in die Tasche und schloss die Badezimmertür auf.

Jonah stand vor dem Kommodenspiegel und hatte ihr den Rücken zugekehrt. Bria ging barfuß zu ihm. „Männer!" Sie zog sanft an seinem Arm. „Warum müsst ihr so verdammt stur sein? Lassen Sie mich endlich nachsehen, bevor Sie sich noch das Auge ausstechen."

„Ich fürchte, meine Kontaktlinse hat einen Riss. Ich hab's gleich."

„Wenn Sie es schon hinbekommen hätten, würden Sie nicht mit Ihrem Finger im Auge herumfuhrwerken." Sie umfasste

sein Handgelenk. „Jetzt lassen Sie mich mal."

Langsam drehte Jonah sich um, die Kontaktlinse zwischen den Fingern.

Das eine Auge war dunkelbraun. Das andere, vom Reiben leicht gerötet und von der Linse befreit, war von einem strahlenden Cutter-Blau. Bria erschrak. „Um Himmels willen, Jonah! Weiß Nick es? Er hat keine Ahnung, oder?"

TWENTY

Endlich konnte Nick aufatmen. Er öffnete die Tür zu seinem Büro und ging zur Tür des angrenzenden Schlafzimmers. Sobald er ausgiebig geduscht und seine Gedanken geordnet hatte, würde er wieder einigermaßen fit sein. Sechs Crewmitglieder hatte er umgehend mit dem Beiboot nach Teneriffa geschickt.

Er hatte ihnen nicht einmal die Gelegenheit gegeben, ihre persönlichen Sachen aus den Mannschaftskabinen zu holen, sondern sie zum Boot begleitet und zum Einsteigen gezwungen. Zweifellos würden sie sofort zu irgendwem Kontakt aufnehmen, sobald sie an Land waren. Und ebenso zweifellos bestand die Möglichkeit, dass einer oder mehrere der an Bord verbliebenen Männer zu den Gangstern gehörten. Immerhin war die Chance jetzt geringer. Mehr konnte Nick momentan nicht tun.

Er freute sich darauf, ein paar Stunden mit Bria das Bett zu teilen, ehe er Jonah ausführlich berichtete, was in Marrezo passiert war.

„He, Kumpel, ich bin hier ..." Seine Stimme erstarb. Sein bester Freund und die Frau, die er ... Jonah und Bria standen sehr dicht voreinander. Bria wirkte angespannt, und Jonah sah schuldbewusst aus. Die Szene wurde noch beunruhigender durch Brias Worte, die sie an Jonah richtete.

„Weiß Nick es? Er hat keine Ahnung, oder?"

„Weiß Nick was?", sagte er kühl, und die beiden schauten ihn erschrocken an.

Bria sah blass und besorgt aus. Sie kam auf ihn zu. „Nick

„Was weiß ich nicht, Kumpel?", wandte er sich an seinen besten Freund. Ein Blick in Jonahs Gesicht genügte, und Nick war wie vor den Kopf geschlagen.

Jonah sah ihn unverwandt an. Das eine Auge war von einem gewöhnlichen Braun. Das andere jedoch war Nick so vertraut, als sähe er in einen Spiegel. Oder als sähe er Zane oder Logan an.

„Du Mistkerl! Du bist der verschollene Bruder?", zischte Nick.

Jonah streckte schuldbewusst die Hand aus. „Ich kann es erklären ..."

Zuerst empfand Nick gar nichts. Dann explodierte der Zorn in ihm, und er boxte Jonah auf die Nase. Und der Idiot versuchte nicht einmal, sich zu schützen. Ohne den leisesten Laut ging er zu Boden.

Bria fiel Nick in den Arm und klammerte sich mit beiden Händen daran fest. „Bitte nicht. Lass Jonah doch alles erklären."

Nick schüttelte sie ab und starrte hinunter auf den Mann, den er zwei verdammte Jahre lang so gut zu kennen geglaubt hatte. Der elende Beweis der Untreue seines Vaters. Der Beweis, der Nicks Vertrauen zutiefst erschütterte. Er hatte Mühe, sich zu beherrschen.

„Mich interessieren irgendwelche Erklärungen nicht", sagte er in eisigem Ton. „Stehst du wieder auf? Ich bin noch nicht fertig mit dir."

„Ach, ich bleibe lieber noch eine Weile hier liegen und sehe mir die Decke an", erwiderte Jonah, rappelte sich aber einige Sekunden später hoch, wobei er sich am Sessel festhielt. Er wischte sich mit dem Handrücken die blutende Nase ab, die bereits anschwoll. „Ich hätte eine ganze Menge zu erklären. Aber ich nehme an, das kann warten." Traurig sah er Nick aus einem blutunterlaufenen blauen und einem braunen Auge an.

„Ist dein Name Jonah Santiago?"

„Jonah Cutter."

„Verdammt! Er hat dir auch noch unseren Namen gegeben?"

„Ich fürchte, ja."

„Du hast in deinen Papieren gelogen." Dabei war das noch das Geringste. Etwas anderes fiel ihm aber in diesem Moment nicht ein.

„Bin ich meiner Pflichten entbunden?"

Nick kniff die Augen zusammen und sah diesen Verräter zornig funkelnd an. Er wünschte, er hätte noch fünfzehn Minuten gewartet, denn dann hätte er Jonah zusammen mit dem Teil der Mannschaft wegschicken können.

„Hast du etwas ... hast du etwas mit den Diamanten zu tun?", verlangte er zu erfahren. Ihm fiel auf, wie still Bria geworden war. Seit wann wusste sie eigentlich Bescheid? „Nichts, das schwöre ich."

„Na, wir wissen ja jetzt alle, wie viel dein Wort wert ist", meinte Nick voller Verachtung. Damit hätte er niemals gerechnet. Nie und nimmer. Nicht von Jonah. „Du bleibst Kapitän, bis wir auf Cutter Cay sind. Dann bist du gefeuert, und ich will dich nie Wiedersehen. Da spreche ich auch für Logan und Zane."

„Ist das nicht ein wenig voreilig?"

„Was soll das heißen?", knurrte Nick bedrohlich. „Meinst du vielleicht, wir halten nicht zusammen und sind uns nicht einig? Täusch dich nicht, wir drei sind so." Er hielt seine miteinander verschränkten Finger hoch. „Glaubst du vielleicht, das ändert sich, weil du dich auf mein Schiff und in mein Leben geschlichen hast? Vergiss es und verschwinde von hier. Ich kann dich nicht mehr sehen."

Jonah straffte die Schultern, und ein Wangenmuskel zuckte in seinem Gesicht. Er wandte sich zum Gehen, drehte sich aber noch einmal zu Bria um. Sein Ton war beherrscht. „Schauen Sie sich lieber seine Hand an. Ich glaube nämlich, er hat sie sich an meiner Nase gebrochen." Damit verließ er den Raum und schloss leise die Tür hinter sich.

Nick starrte die geschlossene Tür an. „Ich war so blind. Wie konnte mir das entgehen?"

„Jonah wollte warten, bis ihr drei alle auf Cutter Cay seid. Denk mal darüber nach, Nick. Er wollte es dir zu Hause sagen, wenn du die Unterstützung deiner Brüder hast. Er dagegen musste die Sache ganz allein ausstehen, ohne irgendwen an seiner Seite. Überleg mal, wie ihm zumute gewesen sein muss bei dem Gedanken daran, euch etwas beizubringen, wovon er wusste, dass es euch aufregen und wütend machen würde." Nick richtete den Blick auf sie. Er fühlte sich elend. „Du hast auch noch Verständnis für ihn?"

„Ich habe für euch alle Verständnis. Ihr könnt alle vier nichts dafür." Nick wollte, dass sie den Mund hielt, aber sie redete immer weiter. Es kümmerte sie nicht, wie es in ihm aussah. „Dabei könnte es ein wunderbares Geschenk sein. Schließlich ist er dein bester Freund. Ihr mögt euch längst..."

Nick bedachte sie mit einem Blick, den Zane den „tödlichen Schlangenblick" nannte. Bria wich unwillkürlich zurück, sprach aber trotzdem weiter. „Ihr kennt euch seit zwei Jahren. Wenn du erst in Ruhe darüber nachgedacht hast, wird dir klar werden, dass Jonah genauso ein Opfer der Handlungen deines Vaters wurde wie du, Zane und Logan."

Ein Opfer. Nick war nie ein Opfer gewesen. Er musste Logan anrufen. Hastig tastete er nach seinem Handy. Mit Schrecken erinnerte er sich, dass er es auf der Brücke liegen gelassen hatte. „So ein Mist."

Sie verstand ihn falsch. „Ist deine Hand gebrochen?"

So fühlte sie sich zumindest an. „Nein, ich habe mein Handy in Jonahs Büro vergessen." Auf keinen Fall würde er es jetzt holen, um nicht erneut diesem verlogenen Kerl über den Weg zu laufen.

„Du kannst ihm nicht ausweichen, bis du zu Hause bist", meinte Bria sanft.

Zehn Tage ... verdammt. „Ich könnte ihn sogar ignorieren, wenn wir die einzigen Menschen auf einer treibenden Eisscholle am Nordpol wären. Mach niemandem die Tür auf. Ich gehe duschen."

Er duschte erst eiskalt, dann heiß, in der Hoffnung, mit dieser Methode seinen Zorn wegspülen zu können.

Sein Vater ... heiliger Strohsack. Er fand nicht einmal Worte, um zu beschreiben, wie er über seinen Vater dachte. Sicher, der Anwalt hatte Kontakt zu ihnen aufgenommen und ihnen mitgeteilt, dass es irgendwo noch einen Bruder gab. Vom Verstand her war ihm auch klar, dass es nicht Jonahs Schuld war. Und doch war er stocksauer auf diesen Mistkerl.

Trotz seines Zorns huschte ein kurzes Grinsen über sein Gesicht. Du meine Güte - ihr Vater hatte seinen vierten Sohn Jonah genannt? Er schlug mit der flachen Hand gegen die Wand. Die Hand war nicht gebrochen, aber sie tat höllisch weh und schwoll an.

Er wollte von diesem Chaos nicht auch noch belustigt sein. Was er wollte ? Sein altes unkompliziertes Leben zurückhaben. Tauchen, am Ende des Tages ein Bier mit guten Freunden trinken, ab und zu mit einer attraktiven Brünetten schlafen ...

Tauchen ging noch. Das Feierabendbier hatte Jonah ihm versaut. Und Brias wegen würde er nicht mehr mit irgendwelchen Brünetten schlafen können. Diese zwei Menschen hatten sein Leben auf eine Weise auf den Kopf gestellt, die er sich vor einer Woche nicht im Traum hätte vorstellen können.

Was für ein Mist. An Bord ein Killer. In Marrezo ebenfalls Killer. Und Aries ließ auf sich warten und war nicht zu erreichen. Bria an seiner Seite. Und Jonah der verlorene Bruder. Nick stützte sich mit beiden Händen an der gefliesten Wand der Duschkabine ab und ließ das heiße Wasser auf seinen Rücken prasseln. Auf die Blutergüsse und Schrammen von der Steinlawine.

Verdammt. Er hob das Gesicht in den Wasserstrahl. Er hatte sich noch nicht einmal genau angesehen, was Bria abbekommen hatte. Er stieß sich von der Wand ab - und mit Brias nassen sexy Kurven zusammen.

Er war so in Gedanken versunken gewesen, dass er gar nicht gehört hatte, wie sie hereingekommen war.

Sie legte ihm die Arme locker um die Taille und schmiegte die Wange an seinen Rücken. Langsam schob sie ihre Hände zu seiner Brust hinauf und übermittelte ihm schweigend ihr Mitgefühl, indem sie ihn an sich drückte. Es war, als würde sie eine Quelle wiederbeleben. Er spürte ihre sanften Küsse an seinem Schulterblatt. Dann glitt sie unter seinem Arm durch, mit dem er sich an der gekachelten Wand abstützte.

„Du gehörst nicht zu meinen Plänen", erklärte er mit rauer Stimme.

Bria umfasste mit ihren kühlen Händen sein Gesicht. „Das weiß ich, tesoro. Das weiß ich." Und dann küsste sie ihn, so rein, so vollkommen, dass es tief in seiner Brust einen eisigen Schmerz auslöste.

Das zarte Spiel ihrer Zunge kam ihm vor wie eine Segnung. Wie ein Verdurstender kostete er diese erotischen Empfindungen aus und fühlte sich gewärmt von ihrer Begierde. Nick drückte sie an sich und fing an, sie wilder und stürmischer zu küssen. Er konnte einfach nicht anders.

Die Hände auf ihren Hüften, drückte er Bria an seine Erektion. Ihre Hände waren in seinem Haar. Seine jetzt auf ihrem straffen Po. Das Wasser prasselte heiß über ihre Körper. Trommelte auf ihre Köpfe. Rann über ihre Gesichter. Ihre Lippen verschmolzen miteinander.

Brias Erschauern, als er mit dem Finger über das Tal zwischen ihren Pobacken fuhr. Sein Erschauern, als sie die Finger um seinen Penis schloss und ihn führte.

Nick packte sie und hob sie an. Brachte sie in Position.

Sie schlang die Arme um seinen Nacken und die langen seidenweichen Beine um seine Taille.

Das leise dumpfe Geräusch, als er ihren Rücken gegen die kühlen Mosaikkacheln drückte.

Das heiße feuchte Gleiten, als er bis zum Schaft in Bria eindrang. So wundervoll, dass keiner von beiden es wagte, sich zu bewegen. Ihre Muskeln schlossen sich fest um sein Glied.

„Gabriella ..." Er bewegte das Becken und stand bereits kurz vor dem Höhepunkt. Es war intensiv und überwältigend. Noch einmal drang er tief in sie ein, spürte ihre Hitze. Und wieder. Härter. Tiefer. Schneller.

Bria passte sich seinem wilden Rhythmus an. Stöhnte. Zwischen ihnen eine wortlose Kommunikation der Begierde. Sie warf selbstvergessen den Kopf in den Nacken und wieder nach vorn, um ihn vor Lust in die Schulter zu beißen. Ihre Fingernägel hinterließen Striemen auf seinem Rücken, und sie drückte ihm die Fersen in die Seiten, um ihn noch tiefer in sich zu spüren.

„Ich liebe dich. Ich liebe dich. Ich liebe dich." Ihre Schreie hallten durch den dampfenden Raum und tief in Nicks Herz.

Benommen und erschöpft, trug er sie zum Bett und legte sie auf das frische weiße Laken. Er war nach wie vor in ihr, und genau so schliefen sie ein. Der Sonnenuntergang tauchte den weißen Raum in spektakuläre Farben.

Diesmal schlief er nicht. Bria konnte Nicks Verstand förmlich arbeiten hören.

Sie waren wie zwei Welpen zusammen eingeschlafen. Allerdings hatten sie nicht lange geschlafen, eine Stunde vielleicht. Dann hatte er sie auf die Seite gerollt und angefangen, ihren Körper zu küssen und sich dabei langsam hinunterzubewegen. Er war unersättlich gewesen, und sie hatten in der letzten Stunde zweimal miteinander geschlafen, wortlos und beinah verzweifelt.

Sie verstand ihn. Für Mr Spock war dieser Tag zu voll mit Emotionen gewesen. Sie strich ihm übers Haar. Armer Mann, er konnte einfach nicht damit umgehen.

Ein Lächeln huschte über ihr Gesicht. Er würde es lernen. Sie würde es ihm schon beibringen.

Und sie war voller Zuversicht, dass er und Jonah sich auch zusammenraufen würden.

Er lag auf ihrem Arm, der inzwischen eingeschlafen war. Bria fuhr ihm durch die Haare; sie liebte es, wenn sie seidig durch ihre Finger glitten. Sie liebte es überhaupt, ihn zu streicheln. Du meine Güte - sie liebte ihn. Wie, um alles in der Welt, war das passiert?

„Du musst nicht bleiben. Ich habe die Bersa, und die Tür hat ein solides Schloss. Ich komme zurecht, falls du losmusst."

„Ich brauche mein Handy, aber das kann ich mir kommen lassen." Er rollte von der Matratze und stand auf. Seine Nacktheit störte ihn nicht, und Bria erfreute sich daran, denn er bot einen atemberaubenden Anblick. Ganz gebräunte Muskeln und behaarte Brust. Ihr Blick wanderte hinunter zu seinem Penis, mit dem er sie wieder und wieder verwöhnt hatte.

„O nein, Weib, vergiss es", sagte Nick. Zwar lächelte er nicht, doch seine Augen funkelten. „Wenn es nach dir ginge, würden wir bis morgen früh im Bett bleiben. Leg dich hin und schlaf noch ein wenig."

Er hatte sich in Mr Spock zurückverwandelt: kühl und distanziert. Er kannte nur diese Art, die Dinge anzugehen.

Bria streckte sich, bog den Rücken durch und registrierte, dass das Glimmen in seinen Augen nach wie vor da war. „Das ist ziemlich unhöflich. Du solltest dich besser benehmen, wenn eine nackte Frau in deinem Bett liegt. Eine nackte, willige Frau."

Die Fältchen um seine Augen, die seine Anspannung verrieten, verschwanden, genau wie sie es beabsichtigt hatte. Er gab ihr einen flüchtigen Kuss auf die Lippen und nahm den Hörer vom Telefon neben dem Bett. Sein Headset lag direkt daneben. Aber er sprach nicht mit Jonah.

„Khoi? Oh, Basim. Ich habe mein Handy auf dem Kartentisch in der Brücke gelassen. Ja. Sofort. Und bring doch bitte gleich eine Kanne Kaffee mit..."

„Und Brownies."

Diesmal lächelte er wirklich. Es wirkte zwar noch angespannt, aber es war ein Lächeln. Er setzte sich zu Bria auf die Bettkante. „Was soil's", murmelte er und sank auf sie. „Und Brownies." Das Telefon landete klappernd erst auf dem Nachtschrank, dann auf dem Fußboden.

„Das wird mindestens zehn Minuten dauern. Was wollen wir machen, während wir warten?"

Tatsächlich benötigte der Steward zwölf Minuten. Bria und Nick wälzten sich noch immer im Bett, als jemand scharf an die Tür klopfte. „Sag ihm, ich habe meine Meinung geändert. Ich will die Brownies erst später."

Nick streichelte ihre Wange. Er war nach wie vor hart in ihr, und ihre inneren Muskeln zogen sich im Nachhall des letzten Orgasmus um ihn zusammen. Er zog sich aus ihr zurück, schwang die Beine aus dem Bett und ließ Bria auf dem Rücken liegend und in sehr entblößter Position zurück.

Nach wie vor erregt.

Sie schloss die Beine, setzte sich auf und schnappte sich die Decke.

„Stell das Tablett vor die Tür", rief Nick.

Bria sah ihn fragend an.

„Ich gehe kein Risiko ein. Die SIG und die Bersa befinden sich beide im Büro." Er hob die Hand, und sie lauschten den sich entfernenden Schritten draußen im Flur.

Lächelnd hob Bria den Bademantel auf, den sie auf den Boden hatte fallen lassen, als sie ins Badezimmer gegangen war, und zog die Bersa aus der Tasche. „Ich hatte dir doch versprochen, vorsichtig zu sein", sagte sie.

Nick ging in sein Büro und kehrte mit der SIG zurück. Dann legte er die Bersa auf den Nachtschrank, hob das heruntergefallene Haustelefon auf und ging mit der SIG zur Tür. Nachdem er die Tür geöffnet hatte, sicherte er mit der Waffe den Flur.

Bria schob sich die Kissen in den Rücken und wartete, dass er zu ihr zurückkam.

Er sah abwesend aus. Bria vermutete, dass er genug körperliche Bewegung für heute gehabt hatte. Sie schlug die Decke zurück und stand auf. „Ich werde schnell ein zweites Mal duschen ..."

Das Telefon in seiner Hand klingelte einmal. „Cutter. Verdammt, das wurde aber auch Zeit. Wo zum Geier ... ja, bestens. Gute oder schlechte?" Er ging zum Fenster und lehnte sich mit der Schulter dagegen. „Bist du dir sicher?"

Bria ging ins Badezimmer und ließ die Tür offen. Als sie das Wasser andrehte, hörte sie Nick sagen: „Draven Visconti. Bist du dir sicher?"

O Gott! Was hatte Draven getan? Ihr Bruder stellte eine Gefahr für die Allgemeinheit dar. Auf Zehenspitzen schlich sie zur Tür, obwohl Nick ihr den Rücken zugekehrt hatte und sie ohnehin nicht sehen konnte. Mit den Fingerspitzen drückte sie gegen die Tür, damit sie zuging.

„Warte mal. Moment." Nick fuhr sich in einer für ihn sehr untypischen Geste durch die Haare. Bria war noch mehr alarmiert. „Draven Visconti? Der König von Marrezo ist der Drahtzieher des Diamantenschmuggels?"

Bria musste sich am Türrahmen festhalten, weil ihre Beine nachzugeben drohten. Das konnte alles nicht wahr sein.

„Das ... ja, ich bin sicher, das hast du", sagte Nick angespannt, während er zum Kleiderschrank ging, um sich eine Jeans herauszunehmen, ein dunkelblaues T-Shirt sowie Socken und Boxershorts. Beim Anziehen wechselte er, je nachdem, wann es nötig wurde, das Telefon von einem Ohr zum anderen. „Du hast ihn in Rom aufgespürt?" Nick lauschte, dann fragte er: „Und wo befindet er sich jetzt? Jemand hat auf der Insel versucht, mich umzubringen. Steckte er dahinter?" Eine weitere, längere Pause. „Dann finde es heraus. Und schick jemanden, der sie von meinem Schiff herunterbringt. Du hast eine Stunde! Ist mir egal. Du hast mich in diesen Mist hineingezogen, also mach es."

Er legte auf.

Bria wagte nicht zu atmen.

„Komm aus dem Badezimmer, Prinzessin."

Sie machte die Tür auf und betrat das Schlafzimmer. Im Gegensatz zu Nick war sie nackt. Noch nie hatte sie sich so entblößt und ausgeliefert gefühlt. Sie hob das Kinn und hielt seinem Blick stand. „Ich hatte keine Ahnung."

„Tatsächlich?" Sein Ton war trügerisch sanft. Aber er konnte sie keine Sekunde lang täuschen. Innerlich kochte er. Er schob sein Handy in die Gesäßtasche. „Du tauchst auf dem Marktplatz der Altstadt auf, wo zwei Geschäftspartner deines Bruders mit mir darüber verhandeln, Rohdiamanten im Wert von fünfundsiebzig Millionen Dollar an Bord

„Diamanten, von denen ich überhaupt nichts wusste, bis du mir vor Stunden davon erzählt hast!"

„Seit wann hängst du da mit drin, Principessa? Sie haben dich geschickt, weil du genau der Typ bist, auf den ich stehe. Und sie haben eine gute Wahl getroffen, was? Du schienst deinen Job jedenfalls zu genießen. Oder gehörte das alles mit zur Rolle, die du gespielt hast? War dein Stöhnen und Seufzen echt oder gespielt?"

„Nick, bitte hör auf! Denk doch mal nach!" Er nahm die Bersa vom Nachtschrank. „Um Himmels willen, willst du mich erschießen?"

„Ich wünschte, ich könnte so kaltblütig sein wie du. Dummerweise schaffe nicht einmal ich es, so abgebrüht zu sein. Pack deine Sachen - und nur die, die du mit an Bord gebracht hast. Sobald Aries' Leute hier sind, verschwindest du."

„Nick..."

„Aries wird dich befragen. Leider werden sie erst in fünf Stunden hier sein, also bleibt dir Zeit genug, dir deine Geschichte gründlich zu überlegen. Solltest du diese Kabine verlassen, werde ich dich erschießen." Er knallte die Tür zwar nicht hinter sich zu, doch es fühlte sich so an.

Bria sank aufs Bett. Die Laken waren zerwühlt und halb heruntergezogen, nachdem sie und Nick sich darin gewälzt hatten. Das Bettzeug duftete nach Liebe.

Wäre Nick nicht ein so beherrschter Mensch, hätte er sie bestimmt erschossen. Wütend genug war er jedenfalls gewesen.

Ihr Herz pochte so heftig, dass ihre Augäpfel zu pulsieren schienen. „Ich bringe dich um, Draven Visconti!" Sie griff nach dem Telefon neben dem Bett. Nick und seine Geheim-agenten-Freunde mochten vielleicht nicht wissen, wo sich ihr Bruder aufhielt. Aber Bria hatte seine Handynummer. Und wenn sie mit diesem Apparat eine

internationale Verbindung herstellen konnte ... Sie wählte schon, ehe
sie diesen Gedanken beendet hatte.

„Si, quello che é adesso?" verlangte Draven ungeduldig zu
erfahren.

„Was hast du getan?", schrie Bria ins Telefon.

„Wer spricht da?"

„Deine Schwester! Draven. Ich befinde mich auf Nick Cutters
Schiff, und er behauptet, du schmuggelst Blutdiamanten an Bord seiner
Jacht. Stimmt das? Hast du das getan? Hast du mit dem Geld aus der
Staatskasse diese Diamanten gekauft?"

„Das sind Männergeschäfte, sorellina. Mach dir keine Sorgen."

Sie konnte ihre Wut kaum noch im Zaum halten. „Antworte mir
gefälligst! Bist du für diesen Diamantenschmuggel auf Nicks Schiff
verantwortlich?"

„Es handelt sich dabei um ein äußerst rentables Geschäft, das
Marrezo seinen früheren Glanz wiederbringen wird."

Ihr Magen zog sich zusammen. „Das ist kriminell! Es ist kriminell,
zu ... verdammt, Draven! Das ist ein Verbrechen. Was, um alles in der
Welt, hast du dir dabei gedacht?"

„Zum Beispiel", erwiderte er brüsk, „dass ich in wenigen Wochen
über fünfundsiebzig Millionen Dollar besitzen werde."

„Nein, großer Bruder, das wirst du nicht", erklärte sie mit
Bestimmtheit und hielt den Hörer so fest umklammert, dass ihre
Fingerknöchel weiß hervortraten. „Jetzt habe ich die Diamanten im
Wert von fünfundsiebzig Millionen Dollar." Sie knallte das Telefon auf
den Nachtschrank, und dann gaben ihre Beine nach, sodass sie neben
dem Bett zu Boden sank und ihre Wut in die Matratze schrie.

TWENTY-ONE

Das Headset, das Nick aus reiner Gewohnheit aufgesetzthatte, summte ihm ins Ohr. Jonah. Erignorierte ihn. Zum ersten Mal, seit er das größte und teuerste Spielzeug seines Lebens gekauft hatte - allerdings nicht, um seine Brüder zu übertrumpfen, wie Zane nicht ganz im Ernst behauptete -, wäre er lieber woanders gewesen. Egal wo.

Nur wäre er dadurch seine Wut und den Schmerz über den Verrat noch nicht los gewesen. Das blieb und konnte nicht so leicht abgeschüttelt werden.

Die *Scorpion* war für Nick ein Zuhause, seine Zuflucht. Außer auf Cutter Cay war er auf seinem Schiff am glücklichsten. Jetzt aber gab es keinen Platz mehr an Bord, an dem er sich noch gern aufgehalten hätte.

Dank Bria und Jonah wäre er lieber an irgendeinem anderen Ort gewesen. Momentan befand er sich im Fitnessraum, wo so schnell niemand nach ihm suchen würde. Auch hier drinnen gefiel es ihm nicht mehr, denn wohin er auch schaute, überall sah er sich und Bria beim Sex. Auf dem Laufband. An der Wand. Finster blickte er zur Doppeltür der Sauna. Er trat ans Fenster und schaute hinaus, ohne irgendetwas wirklich wahrzunehmen.

Die *Scorpion* glitt anmutig durch die Wellen, vom Sonnenuntergang violett und rot gefärbt. Der Himmel, an dem sich dunkle Wolken zusammenbrauten, sah genauso aus, wie er sich fühlte.

Galt er nicht als absolut kühl? Als jemand, den nichts aus der Ruhe brachte? Mr Spock. Er wünschte, das würde stimmen. Sicher, nach außen konnte er eiskalt wirken. Aber das war lediglich die Oberfläche. Denn auch wenn er so gut wie nie Gefühle zeigte, hieß das nicht, dass er keine hatte. Er hielt sie nur gut unter Kontrolle, beherrschte sie. Besser als die meisten Menschen es vermochten.

Seiner Kehle entrang sich ein tiefer, gequälter Laut.

Er litt an Jonahs Verrat. Logan behauptete, Nick habe Probleme, jemandem zu vertrauen. Das war Unsinn und hatte bloß mit seinem Vater zu tun. Daniel Cutter war ein Lügner und Betrüger gewesen. Nicks idiotischer Bruder Zane hatte in jüngeren Jahren versucht, ihrem Vater nachzueifern. Logan, der Glückspilz, hatte keine tieferen Gefühle für ihren Vater, soweit Nick sich erinnerte. Er jedoch war genau in der Mitte gewesen. Hatte seinen Vater geliebt, ja ihn in gewisser Hinsicht sogar verehrt. Seine unglaublichen Fähigkeiten, ein Schiff zu führen. Außerdem besaß Daniel einen untrügerischen Instinkt, mit dem er die besten Wracks aufspürte, mit den spektakulärsten Funden. Die Kehrseite dieser Medaille war die Tatsache, dass er einen miserablen Vater abgab, weil er ein Angeber und Schürzenjäger war.

Nick hatte sein Leben lang sich und anderen zu beweisen versucht, dass er nicht so war wie sein Vater. Weder in Taten noch charakterlich ähnelte er ihm.

Es war ihm selbstverständlich geworden, seine Emotionen zu unterdrücken. Es war seine persönliche Überlebenstechnik, bei allem eine stoische Ruhe zu bewahren. Und das hatte funktioniert, gut sogar. Nach dem Tod seiner Mutter hatte Nick sich praktisch völlig verschlossen. Da war er sieben gewesen. Von da an ließ er niemanden mehr an sich heran, vertraute und öffnete sich nur noch seinen Brüdern.

Bis Jonah kam.

Und die Prinzessin.

Tja, und was hatte ihm das eingebracht?

Jetzt war es zu spät, seine Gefühle unter Kontrolle bringen zu wollen, denn der Schmerz zersprengte ihm fast die Brust.

Jonah ... Himmel.

Dass es irgendwo noch einen verschollenen Bruder gab, war der letzte Coup seines Vaters. Letztlich bestätigte es Nicks Meinung von seinem Erzeuger. Selbst aus dem Grab heraus betrog Daniel seine Familie. Und dieser plötzlich aus dem Nichts auftauchende Bruder besaß auch noch die Unverfrorenheit, sich positiv über seinen Vater zu äußern.

Jonah schilderte diesen Mann so völlig anders, dass Nick sich fragte, ob es sich überhaupt um die gleiche Person handelte.

Dass Jonah ihm nicht gleich die Wahrheit gesagt hatte, war eine andere Art von Verrat. Wie lange schon kannte er die Hintergründe? Wie lange hatte er geplant, sich in Nicks Leben zu schleichen, um ihn eines Tages damit zu überrumpeln? Mindestens die zwei Jahre, in denen Nick ihn als Kapitän seines Schiffes beschäftigt hatte.

Er drückte seine leicht geschwollene Faust gegen das kühle Fensterglas und schaute zum Horizont, während er die Zusammenhänge zu begreifen versuchte. Der Altersunterschied zwischen ihm und Jonah betrug nur wenige Wochen. Während Nick, Zane und Logan sehnsüchtig und ängstlich die Rückkehr ihres Vaters von dessen Bergungstouren erwartet hatten, hatte Daniel irgendwo noch eine zweite Existenz geführt. Irgendwo hatte er noch eine zweite glückliche Familie gehabt.

Da Nick seinem Vater ohnehin nie vertraut hatte, war dieser Umstand zwar schockierend, aber nicht wirklich eine Überraschung. Dummerweise hatte er Jonah vertraut wie nur wenigen anderen Menschen - nämlich seinen Brüdern. Das waren schon alle.

Und dieser Jonah hatte ihn verraten, ohne mit der Wimper zu zucken.

Und was Bria betraf ...

Nick legte die flache Hand auf die Scheibe und hatte Mühe, seine Frustration unter Kontrolle zu halten, seinen Zorn zu beherrschen. Der Schmerz nagte tief und brennend in ihm. Jenseits des Fensters braute sich ein dunkles Unwetter am Himmel zusammen.

Brias Verrat traf ihn am tiefsten.

Vom ersten Tag an hatte auch sie ihm etwas vorgespielt. Die Prinzessin hatte mit jedem geflüsterten Wort gelogen, mit jedem gehauchten Seufzer. Ihre Lippen hatten gelogen, ihre braunen Rehaugen, ihr sinnlicher Körper. Fast hätte er sich in sie verliebt. Zum Glück konnte er das abstellen wie einen Lichtschalter.

Das Headset und sein Handy piepten gleichzeitig. Da er Aries' Anruf erwartete - ihn herbeisehnte meldete er sich, ohne vorher aufs Display zu schauen. „Sag mir, dass du jeden Moment auf meinem Deck landest!" Und nimm die Prinzessin mit, damit ich nie wieder ihr schönes verlogenes Gesicht sehen muss.

„Leg nicht auf", bat Jonah ihn. „Ich glaube, mir sind die Zusammenhänge klar geworden."

Zusammenhänge? Nick war auch einiges klar geworden. „Alles, was ich dir zu sagen habe, ist: Leck mich", knurrte er.

„Nick, es geht um Leben und Tod. Ich brauche nur zwei Minuten deiner Zeit."

Verdammt. „Wirtreffen uns in meinem Bü..." Nein, da war die Prinzessin. „Ich komme auf die Brücke", erklärte er knapp. „Und mehr als zwei Minuten bist du mir nicht wert."

Er nahm die Treppe und betrat Jonahs Büro kurz darauf, ohne anzuklopfen. Zufrieden registrierte er die geschwollene Nase des Kapitäns und sein Veilchen. Ausgezeichnet, dachte er mit boshafter Genugtuung.

Unglücklicherweise schmerzte Nicks Hand mindestens so sehr wie Jonahs Nase. Und das in Blautönen schimmernde geschwollene Lid hob Jonahs Augenfarbe nur umso deutlicher hervor.

„Was willst du?" Nick war an der Tür stehen geblieben. „Mach es kurz."

„Mach du zuerst die Tür hinter dir zu", forderte Jonah ihn auf. Nick musterte ihn verächtlich. „Mann, Nick, es geht um sensible

Informationen. Ich bin nicht bloß das Arschloch hier." Nick schloss die Tür, blieb jedoch, wo er war.

Jonah hielt ein paar Unterlagen hoch. „Ehe Halkias vor zwei Jahren in Vietnam bei dir angeheuert hat, arbeitete er für Draven Visconti."

Nick legte die Hand auf den Türknauf. „Das ist keine Neuigkeit." Die Prinzessin hatte ihm erzählt, sie wisse von ihrer Schwägerin, dass der Mann gefeuert worden sei. Es überraschte Nick nicht, dass sie auch darin gelogen hatte.

„Alfonso wurde ebenfalls vor zwei Jahren in Vietnam angeheuert", meinte Jonah, bevor Nick den Raum verlassen konnte. „Und zwar zur gleichen Zeit, am gleichen Ort. Sein Stiefvater arbeitete für Visconti in Marrezo."

Der Italiener war vor sechs Monaten vom Küchenhelfer zum Koch befördert worden, als sein Vorgänger unerwartet an einem Herzinfarkt gestorben war. Zwei Jahre lang war er ein scheinbar loyales Crewmitglied gewesen.

Zwei Jahre. Länger hielt Treue auf diesem Schiff offenbar nicht. Halkias, Alfonso und Jonah hatten alle um diese Zeit angeheuert.

„Basim war in Rom, zwei Wochen bevor ich ihn in Tarfaya anheuerte", fuhr Jonah fort. „Isaac Vanderpool verbrachte letztes Jahr sieben Monate in Italien."

„Tja, alle Wege führen bekanntlich nach Rom, wie es in dem Sprichwort heißt." Nick schob seine Hände in die Hosentaschen, um nicht die Fäuste zu ballen. „Das bedeutet, Visconti hat das schon länger als zwei Jahre geplant."

„Mindestens."

Nick musterte Jonah abschätzig. „Du hast auch in Vietnam angeheuert."

„Zufall", versicherte Jonah ihm unbeirrt. Er sah tatsächlich aus wie Zane in seinen ernsten Momenten. „Ich wusste von alldem nichts. Ich suchte lediglich eine Chance, dich kennenzulernen."

306

„Na, dann müsstest du mich jetzt ja gut genug kennen, um zu wissen, dass du für mich erledigt bist." Bevor er die Tür öffnete, fügte er kühl hinzu: „Schnapp Basim und Isaac, dann sind wir fertig ..."

Die Tür flog auf und traf Nick am Rücken.

„Nick? Um Himmels willen, ist Nick hier?", rief Bria mit hoher zitternder Stimme. „Ich suche ihn schon überall!" Sie weinte und konnte sich kaum verständlich machen. „Ich muss auf der Stelle mit ihm sprechen. Ich habe meine ... ich habe etwas unglaublich Dummes getan!"

Nick machte Platz, sodass sie eintreten konnte und ihn entdeckte. „Das weiß ich bereits. Und es gibt nichts, was ich von dir noch zu hören wünsche, Prinzessin."

Sie starrte ihn mit verweintem, gerötetem Gesicht an. Gute Show, dachte er bitter. Tränen rannen ihr über die Wangen, doch es gelang ihr trotzdem, ihm in die Augen zu sehen. „Ich habe gerade mit Draven gesprochen."

Sie hatte sich hastig ein blaues T-Shirt übergezogen, allerdings in der Eile verkehrt herum. Und ihre Jeans war nicht zugeknöpft. Sie war barfuß und hatte sich eine hellrot gestreifte Strandtasche umgehängt. Ihre Haare sahen aus wie mit dem Schneebesen gebürstet, und ihre Nase war vom Weinen gerötet.

Sie war so schön, dass Nick es kaum ertragen konnte. „Niemand weiß, wo er sich aufhält", erklärte er knapp. Was führte sie im Schilde?

„Ich bin seine Schwester." Mit dem Handrücken wischte sie sich die Tränen vom Kinn. „Ich habe seine Privatnummer." Dieser neue Schlag traf ihn völlig unvorbereitet. „Du hast mich auffliegen lassen? Du bist wirklich abgebrüht." Er fluchte auf Arabisch. „Blut ist eben dicker als Wasser. Nichts, was in der letzten Woche zwischen uns gewesen ist, hat irgendeinen Eindruck bei dir hinterlassen."

„Nein, ich ..."

„Welche Anweisungen hast du von deinem netten Bruder erhalten?" Nicks Handy klingelte. Diesmal war es Aries, deshalb machte er Bria ein Zeichen, still zu sein, und meldete sich. „Sind Sie im Landeanflug?", fragte er ohne Begrüßung. Seine Hoffnung zerschlug sich, denn es war weit und breit kein Helikopter zu hören. So viel Glück war ihm offenbar nicht beschieden. Jedenfalls nicht auf dieser Reise.

„Mein Team und ich sind noch drei Stunden von Ihnen entfernt", informierte Aries ihn und klang selbst nicht allzu begeistert darüber. „Aber Sie haben ein dringenderes Problem, Cutter. Ihre Prinzessin hat Kontakt zu Visconti aufgenommen. Ich hatte doch strikte Anweisung gegeben, oder? Keine Telefonate."

Sowohl der Kapitän als auch die Prinzessin lauschten dem Gespräch, zumindest dem halben, mit gespannten Mienen. Nick kehrte ihnen den Rücken zu. Er konnte keinen von beiden ansehen. „Ich arbeite nicht für Sie, Aries", erklärte er grimmig. „Sie scheinen vergessen zu haben, dass es sich hier um einen Gefallen handelt. So gut wie kein Risiko - waren das nicht Ihre Worte?"

„Weil sämtliche Telefongespräche auf der *Scorpion* mitgehört werden", fuhr Aries fort, Nicks Worte ignorierend. „Ihre Freundin hat die Diamanten an sich gebracht. Sie behält sie als Pfand, bis ihr Bruder sich stellt."

„Was?"

„Sie haben mich verstanden", sagte Aries gereizt.

Nick drehte sich wieder zu Bria um, die sich am Schreibtisch leise mit Jonah unterhielt und dabei bei jedem mit zitternder Stimme vorgebrachten Wort heftig gestikulierte. „Das funktioniert doch nur ..."

„Nicht nur wir haben dieses Telefonat abgefangen", unterbrach Aries ihn, „sondern auch die Marokkaner. Als wäre das nicht schon schlimm genug, steht Visconti im Begriff, mit seinen Partnern ein doppeltes Spiel zu treiben. Er hat ein paar Killer in Teneriffa in Wartestellung gebracht, die es auf Najeeb Qassem und Kadar Gamali Tamiz abgesehen haben. Die beiden werden dort zu einem spontanen Treffen erwartet und beabsichtigen ihrerseits, Draven auszuschalten."

„Die bringen sich gegenseitig um." Nick schien das die perfekte Lösung zu sein. „Davon können wir nur profitieren. Wo liegt das Problem?"

„Visconti hat ein Killerkommando, die Marokkaner ebenfalls. Statt sich aber gegenseitig auszuschalten, sind alle auf dem Weg zu Ihnen, um die Diamanten an sich zu bringen. Der Gewinner kriegt alles."

„Der Gewinner killt alle", sagte Nick bitter. „Das wollen Sie mir doch damit zu verstehen geben, oder?"

„Voraussichtliche Ankunftszeit in siebenundneunzig Minuten."

„Und Sie sind mit Ihren Männern noch drei Stunden weit weg."

„Zwei Stunden, dreiundvierzig Minuten und achtzehn Sekunden. Halten Sie sie auf, bis wir da sind."

Nicks Miene verhärtete sich. „Ich habe bloß zwei SIGs und eine Bersa. Und meine Munition reicht vielleicht, um dreißig beschissene Sekunden durchzuhalten." Hinzu kam, dass er praktisch niemandem trauen konnte. „Wie zur Hölle soll ich das anstellen? Wie viele sind es?" Nicht, dass es noch darauf ankäme.

„Etwa zwanzig auf jeder Seite. Passen Sie auf die Diamanten auf." Aries legte auf. Nick starrte das Telefon an, als handele es sich um eine außerirdische Lebensform. Siebenundneunzig Minuten. Was, verdammt noch mal, sollte er jetzt machen? Er war schließlich kein Supergeheimagent wie Aries.

Die Gangster aufhalten? Womit denn? Kartentricks vielleicht?

„Rede mit mir", forderte Jonah ihn auf, da Nick bloß mit dem Telefon in der Hand dastand. Er schaute aus dem Fenster hinter Jonah, sah die schwarzen Wolken, die sich am Himmel zusammenzogen, und sein Verstand arbeitete fieberhaft. Neben ihm schluchzte die Prinzessin.

Nick konzentrierte sich wieder auf Jonah. „Dank ihrer Insiderin hier nähern sich uns zwei Gruppen. Insgesamt vielleicht vierzig Mann, schwer bewaffnet, entschlossen, haben es auf die Diamanten abgesehen. Aries ist noch drei Stunden von uns entfernt. Die bösen Jungs sind in etwas über einer Stunde hier. Tja, ich sollte wohl froh sein, dass ich wenigstens gewarnt wurde."

Soweit es Nick betraf, war Max Aries bei ihm genauso unten durch wie einige andere Leute. Ihm konnte man also auch nicht vertrauen. Der ließ ihn ohne Rückendeckung die ganze Sache ausbaden.

Selbst schuld, dachte Nick. Warum musstest du ihm auch diesen Gefallen tun?

„Scheiße", fluchte Jonah.

„Um Himmels willen, Nick." Die Prinzessin sah ihn mit verweinten großen Augen an. Ihre langen Wimpern waren nass vom Weinen, ihre Lippen bebten. „Es tut mir schrecklich leid! Ich war so wütend auf ihn, dass ich nicht nachgedacht habe ..."

„So was rächt sich eben." Er wandte sich mit unbewegter Miene an Jonah. „Die Chancen stehen ziemlich gut, dass wir innerhalb der nächsten anderthalb Stunden sterben werden. Ich betrachte jeden an Bord als meinen Feind. Wenn ich euch das nächste Mal zu Gesicht bekomme, erschieße ich euch persönlich." Falls einer der beiden ihn wirklich kannte, würden sie die Warnung beherzigen.

Bria starrte Jonah an, der ernst und schweigend aus dem Fenster in die zunehmende Dunkelheit schaute. „Wir müssen das in Ordnung bringen", erklärte sie.

„Ach ja?" Er klang resigniert. „Wollen Sie Ihren verbrecherischen Bruder etwa noch einmal anrufen und ihm unsere genauen Koordinaten durchgeben?"

„Was soll das, Jonah?", fuhr sie ihn an. „Sicher, ich habe einen kolossalen Fehler begangen. Es war unüberlegt und dämlich. Ich habe die Beherrschung verloren und wollte Draven für seine Tat die Meinung sagen. Es war dumm von mir, ihm gegenüber zu behaupten, dass ich im Besitz der Diamanten sei. Und ich bedaure es zutiefst. Aber hier geht es nicht nur um uns, sondern um Nick. Wir müssen ihm helfen."

Jonah hob die breiten Schultern und fuhr sich mit der Hand über das verletzte Gesicht, wobei er weiter aus dem Fenster schaute. Bria sah seine grimmige Miene, die sich im Fenster spiegelte. „Haben Sie ihm nicht schon genug geholfen?"

Das saß. Trotzdem ging sie zu ihm. „Können wir meine Gedankenlosigkeit und Ihren gut gemeinten Verrat nicht später diskutieren?", schlug sie vor und legte ihm die Hand auf den Unterarm, denn er sah aus, als wäre er am liebsten irgendwo anders. Er zog den Arm nicht weg, wandte sich ihr aber auch nicht zu.

„Haben Sie bei Nick angeheuert, um ihm Schaden zuzufügen?"

Seine Miene verhärtete sich. „Natürlich nicht!"

„Haben Sie irgendetwas mit den geschmuggelten Diamanten zu tun?"

„Nein, und das habe ich ihm auch gesagt."

„Nun, ich auch nicht. Ich wusste überhaupt nichts davon, bis er mir heute Morgen davon erzählt hat. Aber er glaubt, wir hätten etwas damit zu tun, und momentan zählt nur das." Normalerweise weinte Bria nicht so leicht, und sie glaubte, inzwischen genug Tränen vergossen zu haben. Doch erneut brannten ihre Augen, spürte sie den Schmerz in ihrem Herzen. „Haben Sie jemals einen so kalten Ausdruck auf seinem Gesicht gesehen?"

Jonah schüttelte den Kopf und hielt sich am Fensterrahmen fest.

„Dafür sind wir verantwortlich. Nick glaubt, er muss diese Sache allein durchstehen."

Jetzt sah er sie an. Und wieder war Bria beinah erschüttert, Nicks Augen in Jonahs Gesicht zu sehen. Nachdem sein Geheimnis gelüftet war, machte er sich nicht mehr die Mühe, braune Kontaktlinsen zu tragen. „Glauben Sie, das war ein Scherz, als er drohte, uns zu erschießen?", fragte er trocken. „Das war es nämlich nicht. Ich habe ihn jedenfalls noch nie so wütend erlebt."

„Er war wütend?", konterte Bria ebenso trocken, ließ die schwere Strandtasche von ihrer Schulter gleiten und stellte sie auf Jonahs eleganten schwarzen Schreibtisch. Indem sie sie klappernd auskippte, sagte sie: „Woher wissen Sie das? War

er etwa kälter als sonst? Arktisch oder eher eiskalt?"

Jonah sah sie kopfschüttelnd an. „Wenn Sie so etwas sagen, kennen Sie ihn nicht wirklich", sagte er bitter. „Verschwinden Sie, Prinzessin. Ich muss mir etwas einfallen lassen, wie ich mit Nick und den Gangstern fertig werde, und gleichzeitig dafür sorge, dass Sie am Leben bleiben. Sonst bringt Nick mich nämlich zusätzlich dafür um, dass ich nicht auf Sie aufgepasst habe."

Das ergab alles keinen Sinn, doch versuchte sie lieber gar nicht erst, daraus schlau zu werden. „Diese Auseinandersetzung hatte ich bereits mit Ihrem Bruder", erklärte sie. „Machen Sie sich meinetwegen keine Sorgen. Hier, die müsste Ihnen weiterhelfen." Sie gab ihm die SIG und nahm die Bersa aus dem Gewühl auf seinem Schreibtisch. Dann schob sie ihm noch eine Packung Patronen zu. „Nehmen Sie die auch."

Er starrte sie perplex an. „Sie haben seinen Safe aufgebrochen?"

„Ich habe zugesehen, wie Sie ihn am Nachmittag öffneten." Er würde ihr ohnehin nicht glauben. Sie seufzte. „Wen interessiert es? Was zählt, ist, dass wir beide bewaffnet sind. Also, wie sieht der Plan aus?"

Er wog die Waffe in der Hand. „Wer von uns beiden fasst sich ein Herz und redet mit Nick, während der andere ihn festhält? Ich fürchte, ich habe da momentan wenig Chancen. Der bringt es fertig und schießt auf mich."

Bria winkte ab. „Was soll ich denn sagen? Sie halten ihn fest, ich übernehme das Reden. Aber zuerst müssen wir wissen, ob es sonst noch irgendwen an Bord gibt, dem wir vertrauen können."

„Niemand."

„Wie tröstlich", bemerkte sie trocken. „Wenn das so ist, müssen wir alle irgendwo oben einsperren, bevor die Gangster hier eintreffen. Richtig?"

Er hob eine Braue. Jetzt, wo Bria wusste, dass sie Brüder waren, fiel ihr sofort die Ähnlichkeit auf. „Und was schlagen

Sie vor, wie wir sechs Männer dazu bringen, sich zusammenzufinden?"

Darüber hatte sie nicht nachgedacht. Mit geschickten Fingern überprüfte sie das Magazin in der Bersa. „Sie sagen mir, wo Sie sie einsperren können, und ich bringe die Leute dorthin", erklärte sie.

„Die Kabinen kann man nur von innen abschließen", gab Jonah zu bedenken. „Hinter den von außen abschließbaren Türen befindet sich Wichtiges für das Schiff, und ich will nicht, dass sich jemand daran zu schaffen macht."

„Na kommen Sie schon, helfen Sie mir", forderte sie ihn ungeduldig auf. „Wir brauchen irgendeine Art Vorhängeschloss oder Riegel. Haben Sie so etwas nicht zufällig?"

Er runzelte die Stirn. „Hm, doch, ich glaube schon. Und ich weiß auch, wo wir sechs Leute unterbringen können. Im alten begehbaren Kühlschrank im Laderaum."

Sie war skeptisch. „Wie steht es mit der Atemluft da drin?" „Die einzige Person, die sich momentan darin befindet, braucht keine Luft mehr zum Atmen." Jonah öffnete und schloss mehrere Schranktüren. „Mit der Luftzufur sieht's schlecht aus. Ich nehme nicht an, dass wir sie umbringen wollen, auch wenn die ganze Angelegenheit dadurch erheblich leichter würde."

„Und was ist mit der Sauna?" Bria zeigte triumphierend zu der Tür. „Da passen locker so viele Leute rein. Dort haben sie sogar Sitzplätze und Trinkwasser."

„Trinkwasser?" Er fuhr sich durch die kurzen Haare und sah sie ungläubig an. „Wer sind Sie? Amnesty International? Wir reden hier über Terroristen."

„Schon klar." Sie legte die Bersa mit entschlossener Miene zurück auf den Schreibtisch. „Aber wir sind keine Terroristen." Er hob kapitulierend die Hände. „Also schön, sperren wir sie in die Sauna."

„Gut. Und das Schloss?"

Jonah schob die SIG in seinen Hosenbund und ging um seinen Schreibtisch herum. Er öffnete einen weiteren Schrank und wühlte in einer Plastikwanne, aus der er ein großes Vorhängeschloss und eine stabile Eisenkette hervorholte.

„Ich will lieber nicht wissen, warum Sie so etwas in Ihrem Büro aufbewahren", sagte Bria mit einem schiefen Grinsen. „He, ich liefere Ihnen nur das, was Sie wollen."

„Gut. Werfen Sie beides hier hinein." Sie hielt ihre Umhängetasche auf. Die Kette klirrte und war schwer, sodass Bria die Tasche mit beiden Händen halten musste. Jonah nahm sie ihr ab, ohne dass Bria darum hätte bitten müssen. Ja, er war wirklich ein echter Cutter.

„Gehen wir nach oben und schauen mal, was wir ausrichten können. Wir rufen alle zu einem Meeting im Sonnenraum zusammen." Bria öffnete die Tür. „Ich werde irgendeinen Blödsinn erzählen. Das habe ich studiert. Wenn Sie die Leute im Sonnenraum zusammenbringen, schaffe ich es, sie in die Sauna zu bekommen." Ihr entging der besorgte Ausdruck in seinen Augen nicht. Offenbar hatte er genauso viel Angst um Nick wie sie - ganz gleich, was dieser Idiot zu ihnen gesagt hatte. Sie drückte sanft seinen Arm. „Auf geht's."

„Ich hoffe nur, wir laufen Nick nicht über den Weg", meinte er finster. „Unsere Beziehung ist schon angespannt genug. Es wäre wirklich unangenehm, an diesem Punkt von meinem eigenen Bruder erschossen zu werden."

„Das wird schon nicht passieren", versicherte sie ihm und hoffte insgeheim, sie möge recht behalten. Nick war schließlich kein kaltblütiger Killer, auch wenn er noch so eiskalt wirkte. Im Grunde ging er einer Konfrontation lieber aus dem Weg. So wie er seine Gefühle lieber unter Verschluss hielt, als sie offen zu zeigen.

Bria schob die Bersa in den Bund ihrer Jeans, damit sie im Notfall schnell herankam.

Dann rannten sie gemeinsam die Treppe hinauf.

Basim und Isaac brachten gerade die Liegestuhlpolster aufs Sonnendeck, wo sie sie ordentlich für den nächsten Tag aufeinanderstapelten. Der Chefsteward, Khoi, war mit dem Beiboot fortgeschickt worden. Jonah rief Basim, der angesichts des Veilchens und der ramponierten Nase des Kapitäns erschrak. „Bitte informieren Sie die Mannschaft, dass ich sie gleich hier sprechen möchte. Alle, ohne Ausnahme. In fünf Minuten. Kommen Sie, Prinzessin", wandte er sich wieder an Bria. „Ich muss Ihnen im Fitnessraum etwas zeigen."

Eine Kette, ein Vorhängeschloss und zwei geladene Pistolen. Bria hoffte, dass das ausreichte. Auf dem Weg zum Fitnessraum hörten sie Basims Stimme über Lautsprecher mit dem Aufruf an alle, sich umgehend im Sonnenraum einzufinden. Ohne Ausnahme.

Sie stießen die Schwingtüren zum Fitnessraum auf, und Jonah zog die Eisenkette aus Brias Tasche. Dann betrachtete er die soliden geschwungenen Messingtürgriffe. Es handelte sich um eine Schwingtür ohne Schloss. Doch mithilfe der Kette würde man sie zusperren können, sodass sie sich höchstens noch einen kleinen Spaltbreit öffnen ließ.

„Die bekommen sogar noch Frischluft", sprach Bria ihre Gedanken laut aus, während Jonah die Kette an den Türgriffen anbrachte, um zu testen, ob es funktionierte. Dann versteckte er sie hinter einem Bowflex-Trainingsgerät. „Ich will wirklich nicht für den Tod irgendeines der Männer verantwortlich sein. Was jedoch meinen Bruder angeht..." Bria verstummte. Allein daran zu denken, was Draven getan hatte, machte sie erneut wütend. Aber sie musste jetzt vollkommen konzentriert sein. Am besten so kühl und ruhig wie Nick Cutter.

Hinter den Panoramafenstern war jetzt nur noch die Schwärze des Nachthimmels zu sehen. In den Scheiben betrachtete Bria das Spiegelbild zweier äußerst angespannter Personen. Sie spürte das Gewicht der Bersa an ihrem Bauch, als sie tief Luft holte. „Fertig?", fragte sie Jonah.

„Ich finde immer noch, Sie sollten auf die Brücke gehen und dort auf mich warten."

„Zu spät."

„Ich muss die Leute mit vorgehaltener Waffe hierherdirigieren", argumentierte er. „Nick wird mich umbringen, falls Ihnen etwas passiert. Und die Sache könnte wirklich hässlich werden."

Diese Untertreibung gefiel ihr. Sie hegte nicht den geringsten Zweifel, dass es hässlich werden würde. „Dann werden wir eben kämpfen. Na los, wir dürfen keine Zeit verlieren. Nick braucht uns. Wir dürfen es nicht vermasseln."

Es war keine Zeit mehr, noch weiter darüber zu debattieren, und das wusste Jonah auch. Bria lief zur Doppeltür. Fluchend folgte Jonah ihr und versuchte, sie einzuholen. Die dezimierte Crew hatte sich bereits versammelt. Beim Eintreten ihres Kapitäns drehten sich alle gleichzeitig um.

TWENTY-TWO

Es gab ein Sicherheitsproblem", verkündete Jonah der f Mannschaft. Die Männer schauten einander nervös an. Bria fand, sie sahen auch schuldbewusst aus. Man konnte die Spannung im Raum beinah mit Händen greifen. Sie versuchte, aus den Gesichtern schlau zu werden. Die Männer ahnten, dass irgendetwas los war. Aber Bria vermutete, dass sie keine Ahnung von der anrückenden Verstärkung ihrer Auftraggeber hatten.

Möglicherweise wussten sie davon aber doch.

„Der Prinzessin ist ein wertvolles Familienerbstück abhandengekommen. Ich verdächtige niemanden", beeilte Jonah sich hinzuzufügen, da sich unter den Männern ein Murren erhob. „Aber es ist eine ernste Angelegenheit. Die Prinzessin hat mir versichert, dass sie keine Anzeige erstatten wird, wenn sie das Stück zurückerhält."

„Um was handelt es sich denn?", wollte Basim misstrauisch wissen. In seinem attraktiven Gesicht zeichneten sich Wut und Verachtung ab.

Bria lief es eiskalt über den Rücken. „Die Person, die es an sich genommen hat, weiß, um was es sich handelt." Sie gab sich arrogant und empört. Solange die Männer mitspielten, würde alles wie am Schnürchen laufen.

Jetzt mussten sie es nur noch schaffen, sie in die Sauna zu locken. Wenn Bria ehrlich war, hätte sie lieber von der Schusswaffe Gebrauch gemacht, um die Männer einzuschüchtern. Aber sie musste das Spiel weiterspielen, damit niemand vorzeitig misstrauisch wurde und Widerstand leistete.

Die Tatsache, dass sie solche blutrünstigen Wünsche hegte, schockierte sie nicht im Geringsten. Immerhin würden diese Männer sie, Jonah oder Nick, ohne mit der Wimper zu zucken, umbringen.

Und sie war hier, um dafür zu sorgen, dass das nicht passierte.

Jeder Fremde, der innerhalb der nächsten Stunde an Bord kam, würde zweifelsfrei zu den Bösen gehören.

Die Situation ließ kein Zögern zu.

Bria stemmte die Hände in die Hüften und verkündete in giftigem Ton: „Ich bin Ihnen keinerlei Erklärungen schuldig. Ich verlange, dass Sie augenblicklich Ihre Taschen ausleeren. "

Neben ihr zischte Jonah irritiert: „Was tun Sie da?"

Aber sie konnte die Männer ja schlecht bitten, ihre Waffen, falls vorhanden, abzugeben.

Empörtes Gemurmel erhob sich, bis Jonah die Hand hob. „Leute, ihr wisst genau, wie ich zu Diebstahl stehe." Bria bewunderte ihn dafür, wie schnell er sich wieder im Griff hatte, obwohl sie weiter ungeduldig mit dem Fuß klopfte. „Wir können uns keine Ermittlung leisten, schon gar nicht in internationalen Gewässern. Cutter Salvage nimmt jeden Vorwurf des Diebstahls sehr ernst. Also leert eure Taschen aus, wie die Prinzessin es wünscht, damit wir alle wieder an die Arbeit gehen können."

Bria versuchte in den Gesichtern der Männer zu lesen, wer Angst hatte, seinen Job wegen des Vorwurfs des Diebstahls zu verlieren, und wer befürchtete, dass die Waffe, die er bei sich trug, entdeckt wurde. Das Problem war nur, dass keiner der Männer sonderlich beeindruckt oder ängstlich wirkte. Im Gegenteil, sie sahen alle eher stocksauer aus.

Ein Blick zu Jonah genügte, um zu wissen, dass er dasselbe empfand.

Sie hatten diese List anwenden wollen, um ein Blutbad zu vermeiden. Bria wünschte nur, die Sache wäre bald ausgestanden.

Wo steckte Nick? Und wie ging es ihm? Sie wollte bei ihm sein und ihn wissen lassen, dass sie und Jonah ihm zur Seite standen.

Einer nach dem anderen gingen die Männer an Bria vorbei und leerten ihre Taschen aus. Sie taten es schweigend, doch dieses Schweigen war feindselig. Ihre Blicke verrieten, was sie von ihr hielten. Als gäbe sie etwas darauf. Sie musterte jeden einzelnen von ihnen kühl und abschätzig.

Sobald die Mannschaft sich aufgestellt und die Taschen nach außen gekehrt hatte, zog Jonah seine Waffe aus dem Hosenbund und richtete sie mit ruhiger Hand auf die Männer. Seine Miene wechselte von gespielter Verärgerung zu tödlicher Entschlossenheit. „Der Erste, der sich bewegt, verliert ein Körperteil. Prinzessin, tasten Sie sie ab, nur um ganz sicherzugehen." Bestimmt versteckte keiner irgendwo eine Waffe.

Bria bedeutete Eugen mit der Bersa, er solle die Arme heben. Der Deutsche gehorchte. Sein Gesicht war fleckig vor unterdrücktem Zorn, die Halssehnen gespannt. Bria hielt die Pistole wenige Zentimeter von seinem Rücken entfernt und begann, ihn mit der anderen Hand abzutasten. Igitt. Sein T-Shirt und seine Shorts waren klamm von Schweiß.

„Was ist denn eigentlich los?", wollte Basim wissen. „Was soll das ? Zuerst wird die Hälfte der Kollegen nach Teneriffa geschickt, sodass wir plötzlich doppelt so viel Arbeit haben wie vorher. Und jetzt auch noch diese Demütigung!"

Das dauerte alles zu lange. Bria hörte förmlich den Sekundenzeiger in ihrem Kopf ticken. „Wenn ich es recht bedenke ... ausziehen." Die Männer drehten sich alle gleichzeitig um und starrten sie an. Bria ließ sich nicht beeindrucken. „Zieht euch alle aus. Die Unterhosen könnt ihr anbehalten. Na los, Beeilung!"

Das Schweigen wich lautem, empörtem Protest. Bria erhob die Stimme, während Jonah die Gruppe weiter mit seiner Waffe in Schach hielt. „Ihr habt eine Minute, um euch auszuziehen. Danach fange ich an, auf die Teile zu schießen, die ich nicht sehen kann."

Einige der Männer begannen, sich hastig die Schuhe aufzubinden und Shorts und T-Shirts auszuziehen. Andere weigerten sich zu gehorchen. Zu ihnen gehörte Basim. „Das ist eine Frechheit!"

Jonah gab dem Steward ein Zeichen zu tun, was man von

ihm verlangte. „Das ist nicht verhandelbar."

„Das mache ich nicht", verkündete Basim wütend und marschierte auf seinen schlaksigen Beinen Richtung Ausgang. Bria hob die Bersa ein Stückchen und schoss in den Wandspringbrunnen direkt vor ihm. Marmor und Flusssteine flogen splitternd umher wie Schrotkugeln. Die Männer duckten sich, einige schrien. Alle zogen sich schneller aus. Bria behielt die Waffe oben, als Basim geschockt herumwirbelte. Es kümmerte sie nicht im Mindesten, dass ihm Blut über Schläfe und Wange lief, weil Splitter ihn getroffen hatten. „Zurück zu den anderen und ausziehen. Noch einmal werde ich Sie nicht dazu auffordern. Die nächste Kugel bekommen Sie ab."

Auf Arabisch fluchend ging er zu den anderen und zerrte sich wütend die Kleidung vom Leib. Als alle in Unterhosen vor ihnen standen, trieben Bria und Jonah sie in die Sauna und sperrten die Tür zu. Jonah brachte das Vorhängeschloss an, und Bria rammte die Kinnauflage des Trainingsgerätes zur Verstärkung der Kette gegen den Türgriff, für alle Fälle. Immerhin dürften die Männer einen ziemlichen Hass auf sie haben.

„Wie viel Zeit bleibt uns noch ?", fragte sie, während im Hintergrund die zornigen Stimmen der Männer zu hören waren, die sich gegen die Tür warfen.

Jonah zog am Schloss, um sicherzugehen, dass es eingerastet war. Dann winkte er ihr, dass sie von dort verschwinden sollten. „Keine vierzig Minuten mehr."

Bria schaute sich um, konnte aber nirgends eine Uhr entdecken. „Woher wissen Sie das?"

„Eine meiner zahlreichen Fähigkeiten", antwortete er auf dem Weg durch den Sonnenraum, dessen Fußboden übersät war mit Steinsplittern und den Kleidungsstücken der Männer. „Machen wir uns auf die Suche nach Nick."

„Und dann?", wollte Bria wissen und hatte Mühe, mit seinen langen Schritten mitzuhalten.

In Jonahs Cutter-Augen trat ein entschlossener Ausdruck. „Dann halten wir ihn fest, bis er unsere Hilfe annimmt."

Unten im Lagerraum war Nick sich der Tatsache nur allzu bewusst, dass es auf jede Sekunde ankam. Bald würde der Tanz losgehen.

Er war ruhiger und kontrollierter denn je. Ein anderer hätte vor Wut vielleicht ein Loch in die Wand geboxt. Bei ihm schlug nur das Herz ein klein wenig schneller.

Bria.

Jonah.

Die *Scorpion.*

Verdammter Mist.

Beweg die Tonnen. Schaff die Diamanten aus allen drei Tonnen in eine. Markiere sie. Bring die archäologisch interessantesten Fundstücke in eine zentrale Position, markiere auch diese. Beweg schwere, mit Wasser und Gold- und Silbermünzen gefüllte Fässer.

Los, los, los, beeil dich!

Ein Mann. Eine Stunde.

Du musst versuchen, das zu tun, wofür sechs Männer drei Monate Zeit gehabt hatten. Und dann ...

„Ich soll auf die Diamanten aufpassen? Leck mich doch", murmelte er, und das galt dem nicht anwesenden T-FLAC-Agenten, der ihm den ganzen Mist erst eingebrockt hatte. „Erst in drei Stunden? Leck mich doppelt, du Armleuchter."

Nick hatte zwei Unterwasser-Sprengkörper gefunden, die sie bei der Bergung nur selten verwendeten. Zwei mussten reichen.

Bevor er nach unten in den Laderaum gegangen war, hatte er eine Sprengladung an seinem nagelneuen Helikopter angebracht, der unter Deck stand. Sobald der Strom ausgefallen war, würde der Speziallift nicht mehr funktionieren, mit dem der Helikopter an Deck gehievt wurde. Einen Moment lang hatte Nick in Erwägung gezogen, den Hubschrauber auf den

Helipad zu bringen. Aber dann kam er zu der Überzeugung, dass es den Gangstern nur eine zusätzliche Fluchtmöglichkeit vom sinkenden Schiff bieten würde. Oder eine weitere Gelegenheit zur Sabotage, damit man sie auf der Flucht nicht verfolgen konnte.

Wie dem auch sei, der Helikopter fiel aus.

Seine zweite Handlung bestand darin, eine kleinere Explosion in den Seekästen im Maschinenraum auszulösen, die das Kühlwasser lieferten.

Während er arbeitete, lief Wasser ins Schiff. Und zwar schnell. Schon bald würden die Generatoren durch einen Kurzschluss ausfallen. Bis dahin hatte er Licht, um zügig arbeiten zu können.

Er hatte außerdem die Tauchluken geöffnet. Sofort war das Wasser in den Laderaum geströmt und strömte weiter. Während er die Fässer bewegte, reichte es ihm schon bis zu den Knöcheln.

Die Sache war einfach: Er würde sein eigenes, zig Millionen Dollar teures Schiff versenken. Damit eröffnete er den Kampf.

Die Vorstellung, seine Jacht auf den Grund des Meeres zu schicken, schmerzte ihn. Andererseits war er noch benommen von den Enthüllungen dieses Tages. Er arbeitete mit grimmiger Verbissenheit, in der Gewissheit, dass es ihn noch mehr schmerzen würde, sobald der Schock nachließ.

Bria ...

Jonah ...

Die *Scorpion* ...

Die Tiefschläge gingen weiter.

Keine Versicherung würde für diese Art von Sabotage zahlen. Und wenn das, was er gerade machte, nicht einmal funktionierte, war er wirklich angeschmiert.

Nein, dann war er tot.

Heben. Bewegen. Öffnen. Entfernen. Umpacken. Anheben. Wieder stapeln.

Er verdrängte die Gedanken an Jonah und die Prinzessin vorläufig. Am liebsten würde er sie auf ewig aus seinem Kopf verbannen, aber das war wohl nicht möglich. Vielleicht schaffte er es wenigstens, bis das Schiff gesunken war.

Man hatte immer nur so viele Probleme, wie man ertragen konnte. Heben. Bewegen. Öffnen. Entfernen. Umpacken. Anheben. Wieder stapeln.

Nick schaffte es nicht, das Geschehene vollständig aus seinen Gedanken zu verbannen. Während der körperlichen Arbeit grübelte er unaufhörlich.

Die Prinzessin hatte bei der Steinlawine einiges einstecken müssen und sich doch kein einziges Mal beschwert. Weil sie eingeweiht war und wusste, um was es ging? Oder weil sie ihn angesichts der Gefahr nicht zusätzlich belasten wollte?

Sie musste sich über die Gefahren im Klaren gewesen sein, als sie sich einverstanden erklärte, für ihren Bruder krumme Geschäfte zu machen. Und doch ... da war ihr scheinbar echtes Entsetzen, als Nick es ihr gesagt hatte.

Nick wusste inzwischen nicht mehr, was er denken sollte, was Wahrheit und Lüge war. „Die können mich mal." Die zwei hatten es sich selbst zuzuschreiben und würden selbst mit den Gangstern fertig werden müssen.

Diese Aussicht verschaffte ihm keinerlei Genugtuung. Und es stimmte auch nicht, verdammt noch mal. Er würde Bria und Jonah niemals sich selbst überlassen. Das brachte er einfach nicht fertig. Das machte die ganze Angelegenheit natürlich nicht unbedingt leichter für ihn.

Das T-Shirt klebte ihm am Rücken, weil er schwitzte, deshalb zog er es aus, wischte sich das Gesicht damit ab und warf es beiseite. Es trieb mit der künstlich erzeugten Flut davon. Das Wasser umspülte Nicks Knöchel.

Heben. Bewegen. Öffnen. Entfernen. Umpacken. Anheben. Wieder stapeln.

Er arbeitete weiter und lauschte auf ungewöhnliche Geräusche, wie zum Beispiel einen herannahenden Hubschrauber, ein Schnellboot, Schüsse, Stimmen. Doch abgesehen vom Geräusch des in den Schiffsrumpf eindringenden Wassers hörte er nur sein eigenes Herz schlagen.

Heben. Bewegen. Offnen. Entfernen. Umpacken. Anheben. Wieder stapeln.

Schon fünfzehn Zentimeter hoch stand das Wasser, und es stieg weiter.

Aries hatte gesagt, Viscontis Leute und die Marokkaner würden in etwa neunzig Minuten eintreffen. Davon war nicht viel mehr als eine Stunde übrig. Der T-FLAC-Agent hatte nicht gesagt, wie die beiden Gruppen von Teneriffa zur *Scorpion* gelangen wollten. Das Schiff machte höchstens sechzehn Knoten. Ein kleineres, schnelleres Boot würde rasch aufholen.

Bald würden die Generatoren der *Scorpion* durch Kurzschlüsse infolge des steigenden Wassers ausfallen. Für kurze Zeit würden die Notaggregate für die Maschinen einspringen, bis sie schließlich auch den Geist aufgeben würden. Dann triebe das Schiff manövrierunfähig. Leichte Beute für alle.

Heben. Bewegen. Öffnen. Entfernen. Umpacken. Anheben. Wieder stapeln.

Jetzt reichte ihm das Wasser schon bis zu den Schienbeinen.

Ein Flugzeug wäre das schnellste Fortbewegungsmittel, nur war der Helipad als Landebahn nicht groß genug. Wenn die Gangster mit dem Flugzeug anrückten, mussten sie aus der Luft abspringen, entweder ins Wasser oder an Deck. Und das würde nicht leicht sein, zumal es sich um ein bewegliches Ziel handelte, das sie noch dazu in der nächtlichen Dunkelheit treffen mussten.

Die andere Möglichkeit war ein Schnellboot, groß genug, um zwanzig Männer zu transportieren, mit denen Aries pro Gruppe rechnete. Aus einem solchen Boot aber würden die Männer die *Scorpion* entern müssen, und zwar bei voller Fahrt. Keine leichte Aufgabe, weder bei Tag noch bei Nacht.

Vor zwanzig Minuten hatte er den Aufruf über die Lautsprecheranlage gehört, die Mannschaft solle sich auf dem Sonnendeck versammeln. Das war Basim gewesen, Nick hatte die Stimme erkannt. Tonfall und Akzent eines Menschen waren für ihn besser zur Identifizierung geeignet als ein Fingerabdruck.

Was machte Bria? Wo steckte Jonah? Die beiden sollten lieber zusammenbleiben und sich gegenseitig Deckung geben.

Er wollte nicht, dass dieser Mistkerl Jonah getötet wurde, weil er ihn sich selbst vorknöpfen wollte. Sollte Bria jedoch etwas zustoßen, dann würde er den Kerl gleich zweimal umbringen. Zane würde das nicht gefallen. Nick würde seinen letzten Dollar darauf wetten, dass sein geselliger jüngerer Bruder von einem weiteren Bruder begeistert sein würde. Für Logan, so mürrisch er sich auch gab, ging die Familie über alles. Jonah würde von den beiden also vermutlich wenig Zustimmung zu erwarten haben.

Hätte Jonah ihn nicht belogen und getäuscht, wäre er wirklich keine schlechte Wahl für einen Bruder gewesen. Aber das würde Nick ihm so schnell nicht gestehen. Der sollte erst mal ordentlich schwitzen.

Heben. Bewegen. Offnen. Entfernen. Umpacken. Anheben. Wieder stapeln.

Wo waren die beiden? Allmählich besorgt, rieb Nick sich den Nacken. Falls Jonah von einem der Abtrünnigen seiner Crew ausgeschaltet worden war, wo hielt sich dann seine ... wo war dann die Prinzessin?

Nick hatte Mühe, seine Fantasie im Zaum zu halten. Die Lage war äußerst ernst und würde im Lauf der Nacht noch übler werden. Er hätte sich deutlich besser gefühlt, wenn er sowohl auf Bria als auch auf Jonah ein Auge haben könnte.

Leider konnte er seine Arbeit hier nicht unterbrechen, um sich auf die Suche nach den beiden zu machen. Die Würfel waren nun einmal gefallen. Hier im Laderaum war er noch nicht fertig, und es gab noch mehr zu tun, um das Schiff rasch und effizient zu versenken, bevor er nach oben gehen konnte.

Ein Rettungsboot und das Beiboot waren weg. Der Helikopter kam ebenfalls nicht mehr zum Einsatz. Dass Basim die Mannschaft zusammenrief, konnte bedeuten, dass die Männer ihre Gangsterkollegen erwarteten und ihnen an Bord helfen wollten.

Die Hälfte der Mannschaft trieb irgendwo dort draußen im Rettungsboot, bis sie irgendwann vom großartigen T-FLAC-Team eingesammelt würden - falls es jemals eintraf.

Drei verdammte Stunden! „Vielen Dank auch, Aries."

Die Lautsprecheranlage knackte. „Cutter, nimm Kontakt zur Brücke auf. Aber schnell."

Von wegen. Nick ärgerte sich, dass er so erleichtert war, Jonahs Stimme zu hören. Die Aufforderung ignorierte er jedoch. Er hatte weder sein Handy noch sein Headset dabei, denn als er in den Laderaum hinuntergestiegen war, hatte er ohnehin mit niemandem mehr sprechen wollen. Jetzt wünschte er, er hätte nicht beides irgendwo liegen gelassen. Mit Jonahs Hilfe hätte er diese Arbeit in der Hälfte der Zeit erledigen können, und alle drei könnten jetzt schon in einem Rettungsboot treiben und auf Rettung warten.

Er schulterte ein weiteres Fass und stellte es auf den neuen Stapel.

Jonah war also noch da. Gut. Das bedeutete, Bria war ebenfalls noch da.

Andererseits hieß das, sie befand sich nach wie vor an Bord und somit in Gefahr. Die Vorstellung ihres von Kugeln durchsiebten Körpers jagte ihm einen Schauer über den Rücken. Mit aller Kraft verdrängte er solche Bilder und hielt die aufsteigende Panik in Schach.

Eigentlich besaß er gar nicht so eine ausgeprägte Fantasie, doch sich Bria verletzt vorzustellen, lähmte ihn regelrecht.

Wenn sie auch nur einen Kratzer abbekäme, würde Jonah dafür bezahlen.

So wütend er auch auf sie gewesen war, inzwischen hatte er Zeit gehabt, sich etwas zu beruhigen und vernünftig nachzudenken. Sein Instinkt sagte ihm, dass sie von den Plänen ihres Bruders, Nicks Schiff für den Diamantenschmuggel zu benutzen, nichts gewusst hatte. Sie war nicht fähig zu dem, was er ihr vorgeworfen hatte. Das musste er jetzt einsehen.

Und was Jonah betraf, seinen neuen Bruder, traute er ihm auch so einiges zu. Aber Nick glaubte ihm, dass er mit den Diamanten nichts zu tun hatte.

Momentan spielte das alles keine Rolle. Unschuldige würden in dieser Nacht sterben, und es gab nichts, was er dagegen unternehmen konnte.

Nick hob ein fünfundsiebzig Pfund schweres, mit Wasser und Fundstücken gefülltes Fass und stellte es zur Seite. Die Arbeit war hart, und ohne Klimaanlage war es hier unten heiß und stickig. Der Schweiß lief über seine ständig angespannten Muskeln, während er die Fässer nach einem genauen Plan neu stapelte.

Das Wasser reichte ihm mittlerweile bis zu den Knien.

Heben. Bewegen. Offnen. Entfernen. Umpacken. Anheben. Wieder stapeln.

Er schätzte, dass er hier noch weitere fünfzehn bis zwanzig Minuten zu tun hatte, ehe er verschwinden konnte.

Seine Muskeln brannten. Schweiß rann ihm in die Augen, und er wischte ihn mit der Schulter fort.

Das kniehohe Wasser erschwerte und verlangsamte die Arbeit des Umstapelns. Aber als er sich nach zwanzig Minuten umschaute, stellte er fest, dass er einiges geschafft hatte. Mehr konnte er hier unten nicht tun. Es wurde Zeit, sich an Deck zu begeben und dem Kampf zu stellen.

Als er zwischen den Reihen von Fässern hindurchging, hörte er Jonahs Stimme von der Tür. „He, Arschloch, brauchst du Hilfe ..." Jonah stutzte verblüfft und fassungslos. „Musstest du das tun?"

„Um Himmels willen, was denn?", wollte Bria wissen. In diesem Augenblick ging mit schrillem Ton der Alarm los. Es war eine Art lautes Totengeläut.

„Mein eigenes Schiff versenken", rief Nick durch den Lärm hindurch. Als er um die Ecke kam, entdeckte er die beiden, die ihn erwarteten. Bria schaute mit einem verzweifelten Ausdruck in den Augen von dem dunklen Wasser auf, das ihre Beine umspülte. Nick verspürte eine grenzenlose Erleichterung, sie zu sehen.

Am liebsten hätte er sie in die Arme geschlossen und an sich gedrückt. Aber das verbot er sich. Die Sache war längst noch nicht ausgestanden.

„Sein Schiff ist es nur auf dem Papier", bemerkte Jonah, der die Situation mit einem Blick erfasste. „Offiziell ist es mein Schiff."

„Warum tust du das?" Bria starrte entsetzt auf das steigende Wasser. „Warum versenkst du es?"

„Es war die einzige Möglichkeit, die mir einfiel, um denen einen Strich durch die Rechnung zu machen", erklärte Nick ruhig. „Und Aries das zu geben, was er will."

„Mann." Jonah rieb sich die Brust. „Das tut einem in der Seele weh."

„Du wirst drüber hinwegkommen", sagte Nick brüsk und hielt Bria am Oberarm fest, da sie wegen des schwappenden Wassers beinah das Gleichgewicht verloren hätte. Er redete sich ein, dass er sie nur deshalb berührte, damit sie nicht fiel. Aber er wusste selbst, was für ein Unsinn das war. Er sehnte sich danach, ihre glatte seidige Haut zu spüren.

„Wir haben die Explosion gehört. Wie stehen die Dinge?"

„Was kümmert es dich ..."

Jonah bewegte sich so schnell, dass Bria neben ihm erschrocken aufschrie. Plötzlich hielt er Nicks Kehle mit starken Fingern gepackt und drückte ihn mit dem Rücken gegen den Türrahmen. Das Aufbrausen seines Temperaments erinnerte Nick an Logan und Zane.

„Hör mir gut zu, du Armleuchter", schrie Jonah ihm ins Gesicht. „Es ist mein Schiff, und ich liebe es genauso wie du! Wir stecken zusammen in dieser Sache, weil wir - Überraschung! - auf der gleichen Seite stehen!"

Nick packte Jonahs Handgelenk, während Bria an seinem Arm zog. „Jonah, hör auf damit! Das bringt uns auch nicht weiter!"

„Du hast mich angelogen", zischte Nick.

„Ja, ich habe gelogen. Du wirst drüber hinwegkommen. Aber dazu müssen wir erst mal die nächsten zwanzig Minuten überleben."

Nick starrte seinen Bruder feindselig an, obwohl er inzwischen wusste, dass weder Jonah noch Bria etwas mit dem Schlamassel zu tun hatten, in dem sie jetzt saßen. Und im Grunde war er froh, Jonah auf seiner Seite zu wissen. Gemeinsam konnten sie Bria besser beschützen. Ja, er musste zugeben, dass er sich freute, die beiden zu sehen.

Er schob Jonahs Hand von seiner Kehle und richtete sich auf. „Ich habe die Belüftungsrohre entfernt", erklärte er. „Und die Ventile geöffnet."

Jona machte ein gequältes Gesicht. Nick wusste genau, wie er sich fühlte.

Während sie dort standen, stieg das Wasser kontinuierlich, floss durch die Öffnung im Schott und in den Müllschacht. Bei geöffneten Ventilen lief das Wasser durch die Abwasserleitungen und stieg wie eine Flut im ganzen Schiff.

Durch jeden Müllschlucker, jedes Waschbecken, jede Toilette und Dusche drang jetzt Meerwasser ein.

Jonah ließ den Blick durch den großen Raum schweifen. Nick sah, dass er abzuschätzen versuchte, wie lange es dauern würde, bis der Laderaum vollgelaufen war - ungefähr dreißig Minuten, vielleicht weniger. „Ich werde die Türen deaktivieren", erklärte sein ehemals bester Freund. Die wasserdichten Türen sollten, wenn sie sich automatisch schlossen, dafür sorgen, dass das eindringende Wasser im unteren Bereich blieb. Jetzt aber sollte das Wasser steigen. „Was sonst noch?"

„Kümmere dich um die Tauchluken ..." Weitere Öffnungen, durch die momentan Hunderte Liter Wasser pro Minute eindrangen.

Inzwischen reichte ihnen das Wasser bis zu den Hüften. Nick und Jonah gingen rasch sämtliche Möglichkeiten durch, die *Scorpion* effektiv zu fluten. „Und stell diesen Alarm ab", befahl Nick. Jonah machte sich auf den Weg, um alles zu erledigen. Eine halbe Minute später klingelten Nicks Ohren in der abrupt einsetzenden Stille.

„Alles in Ordnung mit dir?", erkundigte er sich schroff bei Bria. Ihre Haare waren ein wilder Bausch schwarzer Locken. Ihr reichte das Wasser fast schon bis zu den Brüsten, sodass ihr das T-Shirt am Körper klebte und jede ihrer sexy Kurven betonte.

Ihre Augen waren dunkel und ausdruckslos, die Lippen blass. „Ich hatte nichts zu tun mit..."

„Ja, ich weiß."

„Wir sollten jetzt nach oben gehen", rief Jonah von der Tür her.

„Um Himmels willen, ja. Ich habe keine Lust, zusammen mit dem Schiff unterzugehen." Auch Bria musste wegen der rauschenden Fluten fast schreien. Sie watete durch das kalte Wasser, und Nick sah, dass sie fröstelte. Ihre wundervollen Brustwarzen waren unter dem Baumwollstoff aufgerichtet. „Kommst du?", forderte sie ihn auf. „Denn wenn du mit dem Schiff untergehst, gehe ich auch damit unter. Und dann werde ich dir dein Geisterleben zur Hölle machen."

„Ich werde nicht zulassen, dass dir etwas geschieht. Eher sterbe ich", erklärte Nick finster entschlossen und wandte sich gereizt an Jonah. „Spar dir dein Grinsen." Er watete durch das Wasser und hielt Bria die Hand hin, um ihr zu helfen. „Ich bin nicht einmal annähernd fertig mit dir." Mit keinem von euch beiden, fügte er im Stillen hinzu.

Das Wasser färbte Brias T-Shirt schon über den Brüsten dunkel.

Gut. Das Wasser stieg schneller, als Nick und Jonah es berechnet hatten. Weniger gut wäre es allerdings, wenn sie es nicht schleunigst nach oben schafften. Bria legte ihre kalte Hand in seine. Nick kam ihre Hand unglaublich schmal und zart vor. Dabei wusste er sehr wohl, dass Bria längst nicht so zerbrechlich war, wie sie schien. Ihre Kraft und ihr Mut waren bewundernswert. „Sobald wir oben sind, möchte ich, dass du dich in ein Rettungsboot begibst", sagte er und stützte sie, da sie im schwappenden Wasser auf dem engen Flur schwankte. Ein Rettungsboot war der sicherste Ort, der ihm einfiel. Besonders, da die Lichter gerade ausgingen und alles um sie herum in kalter Dunkelheit versank. Bria stieß einen kleinen überraschten Schrei aus.

„Einer von uns wird kommen und dich holen, sobald das alles vorbei ist", fügte er hinzu. Wenn das Schiff sank, würde sich das Boot losklinken. Und falls ihm, Nick, etwas zustieß ...

Das Licht ging flackernd mit halber Kraft wieder an, sodass Nick sah, wie Bria ihn böse ansah. „Wenn das hier vorbei ist, werden wir zwei uns mal ausgiebig unterhalten, Nick Cutter."

„Wenn ich dich damit ..."

„Nur zu deiner Information", schnitt sie ihm das Wort ab, „es ist mir egal, ob du mir drohst, mich zu erschießen. Ich werde jedenfalls nicht von deiner Seite weichen, bis wir alle in Sicherheit sind. Finde dich lieber damit ab."

„Kommt ihr endlich?", rief Jonah von der Treppe.

„Was ist mit der Mannschaft?", schrie Nick zurück, das warme, angenehme Gefühl ignorierend, das Brias Worte in ihm auslösten. Er führte sie an der Hand durch das steigende Wasser zu Jonah.

„In der Sauna eingesperrt."

Dorthin hätte ich sie auch gebracht, dachte Nick zufrieden. „Lass sie im letzten Moment heraus. Sie sollen wenigstens eine Chance bekommen."

Ein kurzes Grinsen huschte über Jonahs Gesicht, als er sich rückwärts die Treppe hinaufbewegte. „Ein weiteres Mitglied von Amnesty International, was?"

Wow, in diesem Moment sah er aus wie Zane. Nick konnte es immer noch nicht fassen, dass er es nicht gleich gesehen hatte. „Die werden den Alarm gehört haben. Gangster oder nicht, wir sind jedenfalls keine Mörder."

„Klar, verstehe ich. Obwohl die Versuchung wirklich groß ist ..."

Die Wandbeleuchtung flackerte erneut, erlosch jedoch nicht. Das gedämpfte goldene Licht schimmerte auf dem Wasser, während sie durch den Flur auf die Treppe zuwateten. Nick wollte Bria zwischen sich und Jonah gehen lassen, aber er würde sie nicht loslassen. Auf gar keinen Fall.

Die Wucht des einströmenden Wassers zog an ihm. Jedes Mal, wenn Bria aus dem Gleichgewicht geriet, hielt Nick sie auf den Beinen. Sie erreichten die Treppe, deren unterste drei Stufen schon im Wasser verschwunden waren. Jonah nahm Brias andere Hand, um ihr hochzuhelfen. Sobald sie sicher oben stand, ließ er sie los.

Nick stellte mit Schrecken fest, wie schnell das Wasser stieg. Anfangs war er froh darüber gewesen. Jetzt fand er es alarmierend, denn es befanden sich immer noch Menschen an Bord. Die *Scorpion* neigte sich zur Steuerbordseite. Nick verspürte ein mulmiges Gefühl.

Die Lichter flackerten erneut, doch der Notgenerator sprang an und verhinderte, dass sie ausgingen. Lange würde es nicht mehr dauern, denn auch der Generator würde schon bald überflutet sein und deshalb nicht mehr funktionieren.

„Jonah, geh vor zum Rettungsboot. Wir bleiben direkt hinter dir. Mit etwas Glück können wir schon eine Meile weit weg sein, wenn die Gangsterinvasion stattfindet."

Bria drehte sich kurz um, als Nick sie antrieb, schneller zu gehen. Sie befand sich einige Stufen höher als er und daher auf Augenhöhe.

„Nick, ich ..." Sie richtete ihre Aufmerksamkeit auf etwas hinter ihm, und er sah, dass plötzlich sämtliche Farbe aus ihrem Gesicht wich. Sie drückte seine Hand. „All deine Schätze ..."

„Und die Diamanten. Die werden sechzig Meter unter Wasser liegen, wenn das hier alles vorbei ist."

„Was für ein schrecklicher Verlust!", rief sie entsetzt.

Er verzichtete darauf, sie daran zu erinnern, dass Cutter Salvage in sechzig Meter Wassertiefe am besten arbeitete. Das war die Spezialität des Bergungsunternehmens. Jonah hatte ihren Standort markiert, und Nick hatte sämtliche Diamanten in einer Tonne versteckt und diese mit einer Funkbake versehen, um sie später wiederfinden zu können.

Auf halbem Weg die Treppe hinauf zog er seine SIG aus dem Hosenbund. Jonah tat es ihm gleich. Bria hatte sich schon gefragt, wann sie ihre Waffen ziehen würden. Froh darüber, dass sie wenigstens bewaffnet waren, zog auch sie ihre Bersa und fühlte sich gleich viel besser.

Nick warf ihr einen anerkennenden Blick zu und wandte sich an Jonah. „Befindet sich noch irgendwer an Bord, der nicht dort sein sollte?"

„Nein."

„Fange wird es nicht mehr dauern." Es gab nur noch ein Rettungsboot. Nick bedeutete den anderen beiden, schneller die Treppe hinauf an Deck zu gehen, damit sie schleunigst das sinkende Schiff verlassen konnten. Ein Rettungsboot war genug. Vorausgesetzt, sie gelangten schnell genug dorthin.

„Wir nehmen den kürzesten Weg zum Rettungsboot", verkündete Nick mit leiser Stimme. „Es gibt absolut keinen Grund, sich dem Kampf zu stellen, sobald sie an Bord kommen. Dies ist kein offener Kampf. Die Gangster wollen die Diamanten, und die können wir ihnen nicht überlassen. Sie werden bis an die Zähne bewaffnet sein und haben nichts zu verlieren. Mit Sicherheit sind sie uns an Waffen und zahlenmäßig überlegen. T-FLAC wird nicht rechtzeitig hier sein, um uns zu retten, so verlockend das auch klingt."

„Soll das heißen, wir geben auf?", fragte Jonah.

„Ein Kampf wäre sinnlos." Nick wusste, dass nichts so simpel war. Der Plan war schlicht. Bis Gier, Verrat und Rache ins Spiel kamen. „Es wäre kontraproduktiv, es mit dieser Überzahl aufnehmen zu wollen." Er hatte ein mulmiges Gefühl, das sich nicht abschütteln ließ. „Wir besteigen das Rettungsboot, entfernen uns so weit wie möglich vom Schiff und warten, bis Aries uns findet... verdammt, wir bekommen Gesellschaft!" Das Geräusch des herannahenden Hubschraubers lag wie ein Unheil verkündender Rhythmus über dem Rauschen des Wassers, das an der Treppe Zentimeter für Zentimeter anstieg.

TWENTY-THREE

Das Rettungsboot liegt steuerbord!", schrie Jonah, als J sie alle drei losrannten. Bria hatte fast das Gefühl zu fliegen, als Nick seinen starken Arm um sie legte und sie an sich drückte. Er schien zu befürchten, dass man sie ihm jeden Moment entreißen konnte. Obwohl sie wesentlich schneller hätten rennen können, wenn sie einander nicht festhalten würden, war sie glücklich über die Nähe. Sie wollte keine Sekunde mehr von ihm getrennt sein.

Plötzlich gingen die ohnehin nur noch schwach leuchtenden Lichter vollkommen aus. Bria verlangsamte ihre Schritte in der völligen Dunkelheit. Nick rannte jedoch weiter und zog sie mit sich.

Bria war sich nicht sicher, ob sie tatsächlich das sinkende Gewicht der *Scorpion* spürte oder ob sie sich das bloß einbildete. Der intensive salzige Geruch des Meeres und das Rauschen des eindringenden Wassers waren schon beunruhigend genug, da brauchte sie nicht auch noch die Vorstellung, dass das große Schiff unter ihren Füßen wie ein Stein in den Fluten versank.

Der Sog, der dann entstand, würde sie alle mitreißen.

Sie erreichten den Gang auf dem Hauptdeck genau in dem Moment, als die Lichter wieder angingen. Um gleich darauf erneut zu erlöschen. Das irritierende Flackern setzte sich fort.

„Bring Bria zum Rettungsboot", wies Nick seinen Bruder an und schob sie zu ihm, als vertraue er ihm einen kostbaren Besitz an.

Jonah nahm automatisch ihre Hand.

Wow, die beiden sind sich ähnlicher, als ihnen klar ist, dachte Bria, als Jonah sie näher zu sich heranzog.

Alle drei waren klatschnass, ihre Kleidung klebte wie eine kühle schlaffe Haut an ihnen. Die Schuhe der Männer quietschten bei jedem Schritt. Bria hingegen war barfuß und stellte sich lieber nicht vor, um was es sich bei einigen Dingen handelte, auf die sie trat. Es kam ihr vor, als sei sie schon eine Ewigkeit nass. „Ich kann selbst gehen", erklärte sie und hielt die Bersa hoch. „Erledigt, was ihr zu erledigen habt, und kommt..."

„Spiel nicht die Heldin", schnitt Nick ihr das Wort ab und wandte sich an Jonah. „Das Gleiche gilt für dich." Er musste wieder fast schreien, weil auch hier das Rauschen des Wassers stetig lauter wurde. Es stieg immer schneller an der Treppe hinter ihnen.

Doch da war noch ein anderes Geräusch im Hintergrund, das sie nicht identifizieren konnte.

„Hier entlang." Jonah zog Bria in einen halbdunklen Raum. Die Bibliothek. Das Seitendeck führte an diesem Raum vorbei. Bria erstarrte, als etwa ein Dutzend schwarz gekleideter Männer draußen am Panoramafenster vorbeirannte.

Sie wollte Nick eine Warnung zurufen, doch als sie herumwirbelte, war er direkt hinter ihr. Er besaß wirklich ein unglaubliches Gehör.

„Hab sie gesehen", versicherte er ihr. „Uns bleiben elf Minuten, bevor diese zweite Ladung losgeht." Er hatte die Stimme erhoben, war jedoch wegen des Lärms aus ankommenden Booten, Flugzeugen und Helikoptern sowie rennenden und Kommandos schreienden Männern kaum zu verstehen.

„In fünf Minuten brechen wir auf. Ich lasse die Männer in der Sauna frei und treffe euch dann im Rettungsboot."

Ein Pistolenschuss durchschnitt das Getöse. Alle hielten inne und drückten sich gegen ein Bücherregal, denn draußen wurde das Feuer erwidert.

Selbst wenn Nick wie der Blitz rannte, würde er es nicht rechtzeitig aus dem Fitnessraum an Deck schaffen, um ins Rettungsboot zu gelangen. Falls er überhaupt heil durch das Feuergefecht käme.

Jonah wusste das auch. „Nein, wir bleiben zusammen", rief er. Am Himmel tanzten Suchscheinwerfer, und Männer seilten sich ab wie schwarze Spinnen.

„Sind das die Guten oder die Bösen?", wollte Bria wissen.

„Die Bösen!" Nick packte ihre Hand und rannte mit Bria durch den dunklen Raum, vorbei an den bis zur Decke reichenden Bücherregalen, einem langen Tisch und einer Sesselgruppe, die sich schemenhaft in der Dunkelheit abzeichneten. Draußen war es laut wie auf einer Unterweltparty.

Die getönten Fenster der Bibliothek boten wenigstens etwas Schutz. Bria hoffte, dass man sie von draußen nicht sehen konnte und der Hilfsgenerator, den Nick erwähnt hatte, nicht ansprang. Sonst saßen sie hier drin wie auf dem Präsentierteller.

Die Türen zum Seitendeck waren nur noch knapp fünf Meter entfernt. Bria sah das Rettungsboot dort hängen. Aber Männer liefen auf der Seite vorbei, und Nick legte ihr die Hand auf die Schulter, damit sie wartete, bis die Gangster verschwunden waren. Was glaubte er denn, was sie tun würde? Losrennen und sie in ein Gespräch verwickeln?

Ihr Herz raste. Schweiß rann ihr die Schläfen herunter, und sie verspürte dieses nervös zittrige Gefühl, das man nach zu viel Koffein bekam. Etwas streifte ihren Knöchel unter Wasser, und fast hätte sie vor Schreck laut geschrien. Sie riss sich jedoch noch rechtzeitig zusammen und biss sich stattdessen auf die Unterlippe.

Auf diesem Deck stand das Wasser erst bis zu den Waden, was schon mal ein Vorteil war im Vergleich zum Pegel im unteren Deck.

Bria sah hinaus zu den Männern, die wie Ameisen mit Maschinenpistolen herumwuselten. Das Dumme war nur, dass diese Gangster sich zwischen ihnen und dem Rettungsboot befanden. Es gab keine Chance, unter diesen Umständen dorthin zu gelangen, so kurz die Strecke auch war. Die Lichter draußen wurden greller, der Lärm schwoll an. Helle Scheinwerfer strichen über die Decks. Noch mehr Männer trafen ein. Nick hatte recht, es war die reinste Verbrecherinvasion.

Und Bria, Jonah und Nick waren die Ehrengäste. Vor allem Nick.

In der Zeit, die sie brauchten, um das Rettungsboot zu Wasser zu lassen, wären sie völlig schutzlos. Und sobald sie sich auf dem Wasser befanden, würden sie erst recht zu Zielscheiben werden.

Die grellen Scheinwerfer beleuchteten den weitläufigen glänzenden Holzfußboden der Bibliothek, nicht einmal einen halben Meter von der Stelle entfernt, an der sie im Dunklen standen.

Die Schatten draußen verschwanden einer nach dem anderen. Bria hielt den Atem an und wartete darauf, dass Nick das Zeichen gab.

Er schüttelte den Kopf.

Sie atmete flach, obwohl niemand sie hier drinnen hören konnte.

Nach weiteren angespannten Sekunden rief Nick: „Los!", und gab Bria einen leichten Schubs. Sie musste nicht erst angetrieben werden, um loszurennen. Das kalte Wasser spritzte unter ihren Füßen auf. Da sie barfuß war, fühlte sie erst den rutschigen Holzfußboden und dann die mit Wasser vollgesogenen Teppiche.

Hinter ihr rief Nick unnötigerweise: „Tempo, Tempo, Tempo!

An Deck schrien die Männer durcheinander, und gedämpfte eilige Schritte waren zu hören. Die Piraten - denn das waren sie im Grunde - lieferten sich Feuergefechte. Man sah Mündungsfeuer aufblitzen und hörte das Splittern des schönen Schiffrumpfes, wenn Kugeln einschlugen. Bria fühlte sich benommen vor Angst.

Jonah erreichte die Tür. Im gleichen Moment blieb draußen eine Gruppe von Männern unvermittelt stehen. Nick deutete mit dem Kinn zur gegenüberliegenden Wand. Dorthin, wo es dunkler war, zogen sie sich rasch zurück.

Bria fühlte sich zwischen den beiden Männern wie in einem Testosteron-Sandwich. „Die werden uns keine Chance geben, das Rettungsboot zu Wasser zu lassen", flüsterte Jonah.

„Da gebe ich dir recht." Nick rieb mit der freien Hand nachdenklich Brias Rücken. Sie war sich nicht sicher, ob er merkte, was er da tat. Auf jeden Fall half es ihr gegen die Angst. „Die Switlik achtern", wies er Jonah an.

Bria hatte keine Ahnung, was eine Switlik war, aber sie war bereit.

Genau wie Nick behielt auch Jonah die Männer in der Nähe des Rettungsbootes im Auge. „Verstanden."

Die Gruppe vor der Tür löste sich auf und schwärmte auseinander. Sofort wurden die Männer von der Dunkelheit verschluckt. Bria hörte das Brüllen stärkerer Motoren und das dumpfe Flappen der Rotorblätter eines großen Hubschraubers. Ein heller Scheinwerferstrahl richtete sich auf die Holzvertäfelung direkt neben Jonahs linkem Arm. Er zuckte nicht einmal mit der Wimper. Nick legte Bria den Arm fest um die Taille, während das weiße Licht über die Wand wanderte. „Warte", flüsterte er. Bria hatte einen so trockenen Mund bekommen, dass sie kaum noch schlucken konnte. Ihre durchnässten Sachen klebten ihr unangenehm am Körper. Trotzdem fühlte sie, wie ein Schweißtropfen zwischen ihren Brüsten hinunterrann, während sie auf Nicks Kommando wartete.

Die innere Anspannung ähnelte entfernt jenem Gefühl beim Sprint in der Highschool auf der Aschenbahn. Achtung ... fertig ... warten ... warten ...

„Jetzt!"

Sie rannten quer durch den Raum. Jonah stieß die Tür auf. Im nächsten Augenblick waren sie von warmer Nachtluft umgeben. Ein beißender Geruch stieg ihnen in die Nase. Und der noch stärkere Geruch nach Männerschweiß.

Bria rannte nach links, sobald sie durch die Tür war. Ihre nackten Füße klatschten auf das Deck. Sie hatte keine Ahnung, wie Nick und Jonah in nassen Schuhen so schnell laufen konnten. Als sie kurz hinunterschaute, stellte sie fest, dass auch sie ihre Schuhe irgendwo abgestreift hatten und nun ebenfalls barfuß waren.

Auf dem Schiff wimmelte es von Männern. Bria sah durch die dunklen Fenster Dutzende im Innern und hörte das Gerenne auf dem Deck über ihnen. Alle trugen dunkle Kleidung. Woher wussten die eigentlich, wer auf wessen Seite stand? Wie hielten sie Freund und Feind auseinander?

Ein riesiger Helikopter mit Suchscheinwerfern schwebte in niedriger Höhe auf der Steuerbordseite der *Scorpion*. Seile wehten im Wind, den die Rotorblätter verursachten. Das grelle Licht erzeugte auch dunkle Schatten an Deck, in denen Bria, Nick und Jonah sich bewegten, immer dicht an der Wand entlang.

Nick ließ nicht zu, dass Bria ihr Tempo verlangsamte. Es gab eine kurze Verschnaufpause, da sie die einzigen auf dem Seitendeck waren. Aber sie wusste, dass das nicht lange so bleiben würde. Trotzdem war dies ihre Chance, unbemerkt zum Beiboot zu gelangen.

Irgendetwas schlug laut seitlich gegen den Rumpf der *Scorpion*. Handelte es sich um ein Boot, das anlegte? Die drei blieben vorerst, wo sie waren, obwohl Bria am liebsten sofort losgerannt wäre. Alles würde nur noch schlimmer und gefährlicher werden, je länger sie zögerten. Auf diese Weise würden sie das Rettungsboot nie erreichen. Die beiden Männer schienen anderer Ansicht zu sein, denn sie dachten nicht daran, sich von der Stelle zu rühren. Was sich als die richtige Entscheidung erwies, als ein halbes Dutzend Männer über die Reling kletterte - unmittelbar neben dem Rettungsboot.

Innerhalb von Sekunden hatten die Eindringlinge den Mechanismus ausgelöst, mit dem das leere Rettungsboot zu Wasser gelassen wurde. Ihr Fluchtplan war zunichtegemacht. Bria konnte ihre Enttäuschung kaum im Zaum halten.

Geschlossen schlichen sie in den Raum, der als Kombüse und Esszimmer genutzt wurde.

Plötzlich, bevor sie weiterrennen konnte, hielt Nick sie auf, indem er den Zeigefinger auf die Lippen legte und nach oben zeigte.

Um Himmels willen, was denn jetzt noch? Es dauerte einen Moment, bis man durch den Lärm hindurch auf dem Deck direkt über ihnen eine Auseinandersetzung hörte. Offenbar standen dort drei

Männer an der Reling. Ihr schnell gesprochenes Arabisch war auf dem Deck darunter gut zu hören.

Bria wusste nicht, wo sich die Männer aus dem Hubschrauber aufhielten. Die Gruppe, die zuletzt das Schiff geentert hatte, war im Innern verschwunden. Dort würden sie wegen des ständig steigenden Wassers nicht lange bleiben. Aber vermutlich lange genug, dass Bria, Nick und Jonah losrennen und vielleicht noch ins Rettungsboot springen konnten.

Das unerwartete Krachen eines Pistolenschusses war dicht neben ihnen zu hören, scheinbar nur Zentimeter weit weg. Brias Herz raste vor Schreck. Der lauten Antwort folgte ein Schrei, dann stürzte ein Mann vom Oberdeck und krachte mit einem entsetzlichen Laut nur wenige Meter von ihnen entfernt auf die Reling.

Mit Entsetzen verfolgte Bria, wie er dort einen Moment in der Schwebe hing, um dann ins schwarze Wasser zu stürzen. Der Aufprall war gut zu hören.

Der Streit schien eine Art Signal zu sein, denn Sekunden später brach die Hölle los. Schreie und Schüsse übertönten sogar noch den Hubschrauber. Minutenlang Gerenne und wilde Schusswechsel.

„Los!"

Nick nahm eine Bewegung aus dem Augenwinkel wahr, als sie über das Achterdeck zur Leiter rannten, die auf die Tauch-plattform hinunterführte. Dort wurde eine Rettungsinsel aufbewahrt, wusste Bria. Auch sie nahm die Bewegung wahr und blieb unvermittelt stehen.

„Lauf weiter!", schrie er und zog sie gleichzeitig hinter sich her. Plötzlich gab die *Scorpion* einen Seufzer von sich und bekam massiv Schlagseite. Nick hielt Bria an den Schultern fest.

„Bleib nicht stehen."

Sie rührte sich nicht von der Stelle. „Sieh doch!"

Nick schaute nach oben und entdeckte eine Gruppe schwarz gekleideter Männer über ihnen, die ihre Waffen auf sie gerichtet hatten.

341

Instinktiv stellte er sich schützend vor Bria. Jonah schloss die Lücke neben ihm.

„Zurück!", schrie Jonah, und Nick stieß Bria in die Richtung, aus der sie gekommen waren. Doch sie blieb erneut stehen, so abrupt, dass Nick mit ihr zusammenstieß. „Verdammt!"

Weitere Männer tauchten hinter ihnen auf, mit bedrohlich erhobenen halb automatischen Waffen.

Sie saßen in der Falle.

Nick drückte Brias Hand und baute sich schützend vor ihr auf, so gut es angesichts der fast aussichtslosen Lage eben ging.

Doch Bria hatte nicht vor, sich hinter irgendwem zu verstecken, deshalb trat sie entschlossen vor. „Es sind sieben", erklärte sie gelassen. „Mit zweien werde ich ja schon unbewaffnet fertig."

Von wegen. Nick hätte fast laut losgelacht.

Kadar Gamali Tamiz kam langsam näher. „Wo ist meine Ware, Cutter?"

„Da sind sie!", waren Rufe auf der anderen Seite des Decks zu hören. Die Männer, die ihnen den Weg versperrten, redeten auf einmal in rasantem Tempo Italienisch. Was sie sagten, lief im Prinzip auf das Gleiche hinaus wie die Bemerkungen auf Marokkanisch.

„Holt die Diamanten", befahl der Marokkaner und gab seinen Männern ein Zeichen.

„Holt die Diamanten!" Dieser knappe Befehl kam auf Italienisch.

Alles rannte wieder durcheinander.

„In Ihrem Laderaum befinden sich drei Fässer, Mr Cutter, die mir gehören."

„Tja, das wird knifflig", erklärte Nick. „Der Laderaum steht nämlich unter Wasser."

„Nun, Sie sind professioneller Taucher. Das sollte also kein Problem sein."

Nick sah Mündungsfeuer, die sich in den Fenstern spiegelten, hörte das Knattern der Maschinenpistolen überall um sie herum, während die zwei verfeindeten Gruppen einander gegenseitig auszuschalten versuchten. Und warum? Weil sie alle gleichzeitig in derselben Gegend der Welt waren?

„Stimmt", sagte er knapp. „Ich ziehe meinen Taucheranzug an."

Tamiz sah Nick misstrauisch an. „Wie lange wird das dauern?"

„Den Taucheranzug anlegen? Fünf Minuten. In den Laderaum tauchen? Ungefähr fünfzehn Minuten. Nehmen Sie sich ein Bier, ich bin gleich wieder bei Ihnen."

„Sie wissen doch nicht mal, wonach Sie suchen sollen, Mr Cutter. Oder etwa doch?"

„Nein, keine Ahnung", log Nick. „Aber Sie werden es mir sicher gleich verraten. Um was immer es sich handeln mag -es wird etwas sein, das jemand an Bord geschmuggelt hat. Ich habe keine Lust, in einen internationalen Konflikt verwickelt zu werden. Also sagen Sie mir, was es ist und wo ich es finde. Ich werde es Ihnen rasch bringen. Ich will nicht, dass mein Schiff sinkt."

Kaufte Tamiz ihm das ab? Nick suchte im Gesicht des Marokkaners nach einem Hinweis. Er glaubte ihm nicht ganz, aber Nick war nun einmal der Einzige, der ihm in dieser Situation weiterhelfen konnte.

„Es ist nicht nötig, dass Sie den Inhalt kennen." Tamiz überreichte ihm eine Visitenkarte, auf deren Rückseite drei Fassnummern geschrieben standen. „Die will ich."

Nick runzelte skeptisch die Stirn. „Jedes Fass wiegt über hundert Pfund."

„Dann schlage ich vor, Sie arbeiten schnell, Mr Cutter." „Und ich schlage vor, dass Sie sich ins Knie ficken, Kumpel", konterte Nick und schnappte sich Bria. „Roll dich ab!" Er

warf sie über die Reling und sprang hinterher auf die Tauchplattform.

Hoffentlich glaubten die da oben, sie seien ins Wasser gesprungen.

Die Tauchplattform lag bereits dreißig Zentimeter unter Wasser, daher erzeugte es ein Platschen, als er sich schützend über Bria warf.

Sie gab einen erstickten Laut von sich, verhielt sich jedoch ruhig, trotz seines Gewichts auf ihr. „Alles in Ordnung?", erkundigte er sich mit gedämpfter Stimme.

„Ganz prächtig", brachte sie mühsam heraus. Nick spürte, wie sich ihre Brust bei jedem Atemzug hob und senkte, während Jonah geräuschvoll neben ihnen landete.

„Findet sie!" Diesem Aufruf von oben folgten Pistolenschüsse und erneutes aufgeregtes Durcheinanderschreien. Scheinwerfer glitten über das Wasser.

Verdammt, sie kamen näher. Zu nah.

Nick legte schützend den Arm um Brias Kopf. Schweiß und Wasser liefen ihm übers Gesicht. Brias Haar schwebte im Wasser wie das einer Meerjungfrau. Nick tauschte über ihren Kopf hinweg einen Blick mit Jonah. Sie brauchten keine Worte. Um den Kasten zu erreichen, in dem die Rettungsinsel aufbewahrt wurde, würde einer von ihnen aufstehen und etwa drei Meter gehen müssen. Wegen der Suchscheinwerfer wagten sie es nicht. „Bleibt, wo ihr seid!"

Der grelle Strahl des Scheinwerfers glitt über das weiß schäumende Wasser am Heck des Schiffes, knapp jenseits der Plattform, hin und her, hin und her. Sie wagten kaum zu atmen. Mit etwas Glück würden die Männer dort oben glauben, sie seien ins Wasser gefallen, und die Suche irgendwann aufgeben.

Hoffentlich bald, dachte Nick.

Lange würde es nicht dauern, bis irgendwer, der nicht ganz so blöde war, begriff, dass sich dort unten noch eine überflutete Tauchplattform befand.

Plötzlich hörte Nick den Motor eines sich rasch nähernden Schnellbootes. Es wäre zu schön, wenn es sich um die T-FLAC handeln würde, aber er vermutete, dass sie es noch nicht war. Das Motorengeräusch wurde gleich darauf übertönt von einem weiteren hektischen Schusswechsel. Außerdem Schreie, Gerenne, splitterndes Holz und Fiberglas. Sie zerschossen sein Schiff regelrecht.

Die *Scorpion* sank zwar ohnehin, diese sinnlose Zerstörung durch zwei einander bekämpfende Gangsterbanden machte es jedoch noch schlimmer.

Was für ein Chaos für die paar Steine. „Wie viele Gangster brauchen die, um an die Diamanten zu kommen?", flüsterte er Bria ins Ohr.

„Vierzig, schätze ich", flüsterte sie zurück, wobei ihre Lippen sein Ohr streiften.

Mehrere laute Schüsse und das Geräusch splitternden Glases erfüllten die Luft.

Bria holte kurz Luft und sagte leise: „Tut mir leid."

Ein warmes Gefühl breitete sich in ihm aus, und er drehte den Kopf ein kleines Stück, damit seine Lippen ihre trafen.

„Du bist in Sicherheit, das ist die Hauptsache. Ich kann jederzeit ein neues Schiff bauen."

„Ach so", meinte sie in gespielter Empörung. „Und das sagst du mir erst jetzt?"

An Deck waren Schritte von Kampfstiefeln zu hören. Die Männer waren so nah, dass Nick fast glaubte, ihren Atem im Nacken zu spüren. Nicht nach unten sehen, flehte er im Stillen. Und kommt bloß nicht hier herunter ...

Verdammt. Mit einem Platschen landeten zwei Männer neben ihnen. Nick starrte auf einen Kampfstiefel, keinen halben Meter von seinem Gesicht entfernt.

Seine klammen Finger schlossen sich um die SIG. Würde ein Schuss hier unten angesichts der ständigen Feuergefechte oben an Deck auffallen? Erneut tauschte er einen Blick mit Jonah. Offenbar kamen sie zu dem gleichen Schluss, denn sie schüttelten ganz leicht den Kopf. Schießen würden sie erst, wenn man sie entdeckte. Bis dahin waren sie hier gut versteckt und in relativer Sicherheit.

Im nächsten Moment bekämpften die beiden schwarz gekleideten Männer sich auf Leben und Tod, ohne die drei im Schatten verborgenen

Gestalten zu bemerken. Offenbar handelte es sich um einen Marokkaner und einen von Viscontis Männern. Mit wilder, tödlicher Entschlossenheit prasselten die Schläge, während sie auf dem sinkenden, mit schon bedenklicher Schlagseite im Wasser liegenden Schiff kämpften. Auf der längst überfluteten Tauchplattform fanden ihre Kampfstiefel kaum Halt. Sie waren so nah, dass Nick durch ihr Getümmel Wasser ins Gesicht spritzte. Bis jetzt hatten die Männer ihre Zuschauer noch nicht entdeckt. Aber das konnte sich schnell ändern.

Schon kamen sie miteinander kämpfend bedrohlich nahe. Ein Stiefel stieß gegen Nicks Schulter. Er hielt Bria fest an sich gedrückt, als er den Stoß spürte und der Kämpfer nach unten schaute. Im nächsten Moment richtete er seine Waffe auf Nicks Kopf.

„Bring mich zu den Dia...“

Brias Hand schoss vor, ehe Nick auch nur ahnte, was sie vorhatte. Sie packte den Knöchel des Mannes, schaffte es jedoch nicht, ihn zu Fall zu bringen. Nick legte seine Finger um ihre und zog mit aller Kraft.

Unter den Schlägen seines Gegners ohnehin schon wankend und nun überrascht von diesem Angriff in Fußhöhe, stieß der Mann auf Italienisch Flüche aus, ruderte windmühlenartig mit den Armen und fiel krachend in die Sauerstofftanks. Sein Gegner, ein Marokkaner, nutzte die Chance und schoss dem Italiener in die Brust.

Der Mann rutschte die in der Schräge befindliche Tauchplattform hinunter und verschwand im aufgewühlten, schäumenden Wasser.

Der Marokkaner wirbelte mit gespreizten Beinen und wegen der Schlagseite in den Knien leicht angewinkelter Haltung herum und richtete seine halb automatische Waffe auf Brias Kopf.

Eiskalte Angst packte Nick. Alles, was er in diesem Moment wahrnahm, waren ihre Augen.

„Bring mich zu den Diamanten“, knurrte der Marokkaner und kniff plötzlich geblendet die Augen zu, da einer der grellen Suchscheinwerfer direkt auf sein Gesicht gerichtet wurde. Ohne jede Vorwarnung explodierte sein Kopf wie eine reife Wassermelone.

Bria schrie vor Entsetzen. Nick schoss auf gut Glück auf den Scheinwerfer. Bria - sie war wirklich unglaublich - erholte sich schnell und gab selbst ein paar Schüsse ab. Oder war es Jonah? Nick konnte nichts erkennen, weder das Boot noch dessen Passagiere.

Trotzdem drückte er immer wieder ab.

Er, Bria und Jonah saßen auf dieser Tauchplattform von dem anderen Boot aus gesehen wie auf dem Präsentierteller.

Noch sechs Minuten bis zum großen Knall.

Es gab nur eine Möglichkeit, und die gefiel ihm gar nicht. Kein bisschen. Er musste sich Bria schnappen und mit ihr ins Wasser springen. Und dann ...

Entweder ertrinken oder erschossen werden. Oder von Haien gefressen.

Sie konnten auch auf der Plattform bleiben und schießen.

Und erschossen werden. Angeschossen werden und ertrinken. Zur Hölle fahren.

Vorerst feuerte er weiter, während er seine Optionen abwägte.

Ein Schrei, dann ein Platschen. Einer von ihnen hatte jemanden getroffen. Aber das war Glück gewesen, ein Zufallstreffer. Man konnte nicht zielen, wenn man nichts sah. Nick versuchte, Bria hinter sich zu halten, aber das ließ sie nicht zu. Nicht, nachdem gerade jemand direkt vor ihr getötet worden war. Selbst wenn es sich um einen Gangster handelte. Und schon gar nicht, wenn man auf sie schoss.

Dass sie drei noch nicht getroffen worden waren, grenzte an ein Wunder.

„Macht das Licht aus, bevor die Idioten noch jemanden treffen", rief ein Mann verärgert. Die Stimme kam von unten, vermutlich hatte das Schnellboot mittlerweile neben ihnen angelegt. „Mich, zum Beispiel!"

Die Plattform neigte sich, sodass Bria gegen seine Hand mit der Pistole stieß. Jonah packte Brias Arm, um ihr Halt zu geben. Doch sie wussten alle, dass es nur noch eine Frage von Minuten war, bis die *Scorpion* ihren letzten Seufzer tat und versank. Dann würden alle, die zu nah am Schiff waren, in ein nasses Grab hinuntergezogen werden.

Noch fünf Minuten und achtzehn Sekunden.

„Bria", sagte der Mann. „Leg das weg. Ich bin hier, um dir zu helfen."

Was war das?

Das grelle Licht wurde plötzlich ausgeschaltet, und relative Dunkelheit umgab sie.

Relativ deshalb, weil Nicks Schiff durch den in der Luft stehenden Hubschrauber und die übrigen Scheinwerfer immer noch beleuchtet war wie an Weihnachten. Hinzu kamen die Männer, die mit Taschenlampen an Bord hin und her rannten. Es war der reinste Zirkus.

„Ach, ver..." Bria hob die Hände samt geladener Waffe. Ein kurzer Blick in ihr Gesicht verriet Nick, dass sie genau wusste, was sie tat. Die schwer bewaffneten Männer auf dem Boot behielten diese schöne Frau im nassen T-Shirt und mit geladener Waffe nervös im Auge.

„Nick, Jonah, nicht schießen", bat sie die beiden und fügte verärgert hinzu: „Jedenfalls noch nicht! Es ist mein Bruder. Draven, du Idiot. Was, wenn ich dich getroffen hätte? Obwohl, verdient hättest du es wirklich."

In diesen Sekunden wurde Nick klar, dass er ein echtes Problem hatte.

Denn der Mann, der an Deck des Bootes stand, war nicht Draven Visconti.

Das war nicht Brias Bruder. Unmöglich.

Der Akzent, der Ton, alles falsch.

Wer auch immer dieser Kerl war, er kannte sein Gegenüber nicht. Verwirrt sah er von Jonah zu Nick. Nick wollte weder, dass sein Bruder Jonah aus Versehen erschossen wurde, noch dass Brias Temperament mit ihr durchging. Nicht jetzt. Er stieß sie sanft warnend an, und sie blieb, wo sie war. Doch Nick merkte, dass sie kochte.

„Draven!", rief sie wütend. „Verdammter Kerl! Sieh nur, was du angerichtet hast!"

Der Mann an Deck des schnellen, luxuriösen Bootes war Mitte dreißig, krankhaft fettleibig und offenbar unbewaffnet. Im Gegensatz zu den sehr gut bewaffneten Männern in seiner Begleitung trug er einen glänzenden dunklen Businessanzug, ein weißes Hemd und eine rote Krawatte. Hier auf dem offenen Meer wirkte er so deplatziert wie eine Prostituierte auf einer Kirchenversammlung.

Die vier Gangstertypen in seiner Begleitung hatten halb automatische Waffen, nur für den Fall, dass irgendwer auf die verrückte Idee kommen würde, an ihnen vorbei auf das Boot zu gelangen. Es handelte sich um eine fünfzig Fuß lange Sessa. Niedrig, elegant, schnell.

Nick und Jonah tauschten einen kurzen Blick.

Noch fünf Minuten und vier Sekunden.

„Wenn du dich nicht eingemischt und deine Nase in Dinge gesteckt hättest, die dich nichts angehen, wäre ich jetzt nicht hier, um die Sache zu regeln." Er wischte sich das verschwitzte Gesicht mit einem Taschentuch ab und wedelte damit, um seinen Männern zu signalisieren, dass sie die Jacht an der Plattform festmachen sollten.

Tolle Idee, dachte Nick. Falls du es noch nicht mitbekommen haben solltest, wir sinken. Doch er verzichtete darauf, es ihnen zu verraten.

Einer der Männer warf einem anderen, der auf die Plattform hinuntergesprungen war, ein Seil zu. Dieser watete durch das

Wasser, auf der Suche nach einer Möglichkeit zum Festmachen.

Außer dem fetten Mann befanden sich sechs Männer als Begleitung bei ihm. Es würde für Nick ein Leichtes sein, zwei von ihnen auszuschalten. Doch die vier noch an Bord verbliebenen Männer schienen knallharte Profis zu sein.

Jonahs Miene nach zu urteilen, war er zu der gleichen Einschätzung gekommen.

Noch fünf Minuten.

Sie saßen in der Falle.

„Was ist denn bloß in dich gefahren ?" Bria wollte auf Draven zugehen, doch Nick hielt sie zurück und raunte ihr eine Warnung zu.

Aber Bria wollte ihn nicht hören, und sie würde sich von niemandem zurückhalten lassen. Stattdessen funkelte sie den Mann zornig an. „Hör auf mit dem Blödsinn, ehe noch jemand verletzt wird."

Das brachte Nick fast zum Lachen, denn für eine solche Aufforderung war es vielleicht schon ein bisschen zu spät.

Der Mann, der nicht ihr Bruder war und dessen gerötetes Gesicht schweißnass glänzte, beachtete sie gar nicht. Seine ganze Aufmerksamkeit galt Nick und Jonah. „Wo ist meine Ware, Cutter?"

Die *Scorpion* war erledigt. Nick hatte es wirklich körperlich gespürt, als der Herzschlag des Schiffes zusammen mit den Hilfsmotoren vor einigen Minuten verstummt war. Das eindringende Meerwasser würde den Rest besorgen. Zur Krönung würde unter Deck der Hubschraubertank in die Luft fliegen.

Es würde keine fünf Minuten mehr dauern, bis der Sprengsatz im Hubschrauber detonierte. Das wäre das Ende der *Scorpion*.

„Ich bin Cutter", erklärte Nick kühl und versuchte, sich angesichts der Schräglage der Plattform und des um seine Beine strudelnden Wassers gerade zu halten.

„Najeeb Qassem und Kadar Gamali Tamiz befinden sich beide hier. Wollen wir nicht besprechen, wie Sie drei die Diamanten unter sich aufteilen können?"

Die Männer richteten ihre Waffen auf ihn.

„Na schön." Er hob die Hände. „Lasst Bria und meinen Kapitän gehen." Nicks SIG befand sich hinten in seinem Hosenbund. Falls sich jemand hinter ihn stellte, würde er die Pistole sofort bemerken. Er wich ein Stück an die Bordwand zurück und zog Bria mit sich, die ihm nur widerstrebend folgte. „Ich werde Sie zu Ihren Diamanten bringen."

Inzwischen hatte Jonah die Rettungsinsel bereit gemacht. Sobald sie die Wasseroberfläche erreichte, würde sie sich automatisch aufblasen.

Nick übernahm hinter Brias Rücken die Schnur von Jonah und band sie geschickt an eine von Brias Gürtelschlaufen. Wenn sie ins Wasser sprang, was sie sehr bald tun würde, wäre die sich aufblasende Insel ihre Rettung. Sie musste dann nur hineinkommen.

Auf der anderen Seite des Schiffes wurde geschossen. Wie lange würde es noch dauern, bis diese Männer mitbekamen, was sich knapp zwei Meter unter ihnen abspielte? Nicht mehr lange, und sie würden die Sessa entdecken.

Der Vorsprung, den ihnen die Rettungsinsel verschaffen sollte, war jetzt dahin. Die Zeit war so gut wie um. Sobald die *Scorpion* sank, würden sie wie verrückt paddeln müssen, um dem Sog des untergehenden Schiffes zu entkommen.

Vier Minuten und achtundvierzig Sekunden bis zur Detonation.

Nick wollte die schnittige Sessa mit ihrem schnellen Motor. Mit der würde er schnell genug von der *Scorpion* wegkommen.

„Mein Kapitän weiß, wo sich die Diamanten befinden", sagte Nick. „Er und Bria werden sie für Sie holen."

Jonah trat einen Schritt vor. „Nein, ich werde ..."

„Du wirst tun, was ich dir befehle, Santiago", fuhr Nick ihn an.

Jonah rang sichtlich um Beherrschung. „Wohin hast du sie gebracht?" Seine Miene verriet, dass er sich fragte, was Nick vorhatte.

„In die Polsterkiste im Vorderdeck, wo auch die Sauerstofftanks sind." Die für eine ordentliche Explosion sorgen konnten, wenn man sie entsprechend manipulierte. Einerseits. Andererseits befand sich dort eine zweite Rettungsinsel.

Nick sah seinem Bruder in die Augen. „Nimm Bria mit."

Jonah zögerte ungläubig, dann antwortete er: „Na schön."

„Ohne dich gehe ich nirgendwo hin", erklärte Bria und rührte sich nicht vom Fleck.

Noch vier Minuten und zwanzig Sekunden.

„Du bleibst als meine Versicherung hier." Der Mann wischte sich das Gesicht ab und hielt sich an der Reling fest, da die Sessa auf den Wellen schaukelte, die der Untergang der *Scorpion* verursachte.

Der Kerl bekam tatsächlich nichts mit.

Visconti gab zwei seiner Leute ein Zeichen, Bria an Bord zu holen. Nick legte ihr den Arm um die Taille und griff nach seiner Waffe im Hosenbund am Rücken.

„Lass mich gehen, Nick", bat sie mit tonloser Stimme. „Es hat doch keinen Sinn."

Sie hatte recht, so ungern er das auch zugab. Sobald sie sich zwischen den beiden schwer bewaffneten Männern befand, hätte er keine Chance mehr, wenn er seine Pistole zog. Das wussten sie beide.

„Das solltest du aber auch beherzigen", warnte er sie und ließ sie widerstrebend los.

„Haltet sie gut fest, sie ist ziemlich temperamentvoll." Bria wehrte sich, als die Männer sie mit vorgehaltener Waffe von Nick lösten.

„Bewacht den da", wies der fette Mann zwei weitere seiner Leute an. Die Männer folgten Jonah die Leiter hinauf an Deck, wo nach wie vor das Chaos tobte. Inmitten des Durcheinanders aus Lärm, grellem Scheinwerferlicht und Schüssen würde Jonah sicher einen Weg finden, seine beiden Bewacher auszuschalten. Er kannte, genau wie Nick, jeden Zentimeter des Schiffes.

Teile und herrsche, lautete die Devise.

„Das wirst du noch bereuen, Draven Albion Hilderprad Visconti!", schrie Bria. „Was ist bloß aus dir geworden? Hast du denn jedes Ehrgefühl verloren, das unser Vater uns lehrte?"

„Ach halt die Klappe", erwiderte Draven, dessen Augen in dem fetten Gesicht beinah verschwanden. „Ich werde dich erschießen!"

„Von wegen! Du würdest nicht auf deine eigene Schwester schießen", schrie sie und sah die fleischige Faust nicht kommen. Nick schon, weshalb er sich wütend dazwischen warf.

Der Kerl traf sie, sodass sie gegen Nick geworfen wurde und sie beide rückwärts stolperten. Nick hielt ihre Taille fest umschlungen. „Du bringst mich noch ins Grab", flüsterte er, während sie strampelte, um sich zu befreien.

Nick ließ sie nicht los und raunte ihr ins Ohr: „Er ist nicht Draven, Gabriella. Der Mann ist ein Betrüger."

Es dauerte einen Moment, bis seine Worte sie erreicht hatten. Erst dann hörte sie unvermittelt auf, sich gegen seine Umklammerung zu wehren. Ihr Kopf sank gegen seine Brust. „Was?"

„Er ist nicht Visconti." In der Ferne hörte Nick aus nördlicher Richtung über das Rauschen des Wassers hinweg, das Bria jetzt bis zu den Knien reichte, das Dröhnen PS-starker Motoren.

Als Nick die *Scorpion* mit entworfen hatte, war ihm nicht in den Sinn gekommen, dass er sie eines Tages absichtlich versenken würde. Nun war sie zum Untergang verdammt, aber widerstandslos ergab sie sich nicht. Man hatte so viele Sicherheitsstandards eingebaut, dass sie immer noch schwamm, obwohl Nick die wichtigsten von ihnen sabotiert hatte.

Die Explosion von C4-Sprengstoff würde sie jedoch nicht mehr überstehen.

Nick betete im Stillen, dass diese rasch näher kommenden Motorengeräusche Max Aries und sein Team ankündigten. Er befürchtete nur, dass die Marokkaner und dieser Kerl den Guten um eine halbe Stunde oder mehr voraus waren.

Und bei drei gegen eine ganze Horde standen die Chancen eben schlecht.

„Wer zum Henker sind Sie?", verlangte Bria zu erfahren. „Wo ist mein Bruder?"

Der Mann grinste. „Es ist zu spät, um den König zu betrauern, Sie blöde Gans. Er starb vor zehn Jahren."

Bria sank mit aschfahlem Gesicht in Nicks Arme. „Sie haben Draven umgebracht? Warum?"

„Er ist vom Pferd gestürzt." In hämischem Ton setzte er hinzu: „Allerdings hat sich wohl jemand vorher um das Zaumzeug gekümmert."

Nick sah dem Dicken in die Augen. „Wer sind Sie?"

Noch vier Minuten.

Der Schwindler winkte mit seiner dicken beringten Hand ab. „Verraten Sie mir lieber, wo Ihr Kollege bleibt. Warum kommt er nicht zurück?" Schweiß rann ihm vom Doppelkinn. „Findet die Diamanten. Mit oder ohne ihre Kooperation" , wandte er sich an seine Männer. „Erschießt das Mädchen, falls nötig. Dann fangt an, ihm in die Kniescheiben zu schießen. Mal sehen, ob das seinem Gedächtnis auf die Sprünge hilft." Er machte Anstalten, im Innern seines Bootes zu verschwinden.

Aus dem Augenwinkel nahm Nick etwas Rotes unmittelbar hinter der Reling wahr. Falls das Jonah war, der sich zur Rettung bereit machte, blieben ihm noch zwei Minuten, um sich in Stellung zu bringen.

Wenn er es nicht war ...

„Ihre Eltern sprachen Afrikaans", stellte Nick kühl fest, um Sekunden zu schinden.

Drei Minuten und vierzig Sekunden.

Er drückte Bria warnend und schob sie unauffällig so in Position, dass sie sehen konnte, was er sah. Eine langsam dicht am Rumpf der Scorpion sich entlangschiebende Rettungsinsel. Jonah.

Im falschen Moment über Bord zu springen, wäre tödlich. Nick wusste genau, dass er nur eine Gelegenheit bekommen würde. Deshalb musste das Timing perfekt sein. Jonah wusste, wo an Deck sie sich befanden. Er würde die Rettungsinsel so nah wie möglich heranbringen, ohne entdeckt zu werden.

Jetzt musste Nick nur versuchen, in zwei Richtungen gleichzeitig zu schauen, um Jonah und den falschen König im Auge behalten zu können. Jeden Moment würde der zweite Akt beginnen, und dann konnte er dieser Welt Lebewohl sagen.

Noch drei Minuten und zwölf Sekunden.

„Sie haben die meiste Zeit Ihres Lebens in Johannesburg verbracht." Ein Licht streifte das Wasser. Verdammt, er konnte die Rettungsinsel nicht sehen. Hatte er es sich nur eingebildet? „Sie haben ein teures Internat für Jungen besucht in ... Durban?" In den bisher ausdruckslosen braunen Augen des anderen spiegelte sich Verblüffung wider. „Dachte ich's mir doch. Was ist passiert? Sind Sie zusammen mit Visconti zur Schule gegangen und haben beschlossen, seine Position einzunehmen?"

Nick hörte das leise Geräusch, als ein Boot den Rumpf der sinkenden *Scorpion* streifte. Dann noch einmal und noch einmal, in rascher Folge. Aber das hörte sich nicht nach Gummi an, sondern nach Fiberglas und Holz.

Das war nicht Jonah.

In der Ferne war ein Helikopter des Militärs zu hören wie der schwache Herzschlag der Nacht. Wie lange, bis er hier war?

Noch drei Minuten.

Die *Scorpion* ächzte und vibrierte im Todeskampf. Nicks Nackenhaare stellten sich auf, und er trauerte um sein Schiff.

Sein Ziel war es gewesen zu verschwinden, ehe sie ins Kreuzfeuer geraten konnten. Dafür war es nun zu spät. War es Jonah gelungen, seine beiden Begleiter abzuschütteln? Befand er sich im Innern der Rettungsinsel? Oder war das nur Nicks Wunschdenken?

Aus dem Augenwinkel konnte er Bria sehen. Sie hatte sich nicht bewegt. „Das haut hin, was?", fuhr er fort. „Visconti hat Ihnen alles über seine idyllische Kindheit in Marrezo erzählt. Je mehr Sie davon hörten, umso mehr wollten Sie das auch. Es fiel ihm nicht schwer, sich zu erinnern, denn schließlich hat er die prägendste Zeit seines Lebens dort verbracht. Was haben Sie getan? Töteten Sie ihn schon in der Schule oder warteten Sie bis kurz vor seiner geplanten triumphalen

Rückkehr in sein Königreich?" Kaum hörbar flüsterte er Bria zu: „Mal sehen, ob du ein guter Schütze bist. In drei Sekunden, auf drei Uhr, ein Schuss."

Zwei Minuten dreißig.

„Sie haben eine Minute, mich zu den Diamanten zu führen. Andernfalls erschieße ich Sie und lasse Ihr Schiff von meinen Männern auseinandernehmen. Wie auch immer, ich werde

Nick schnappte sich zwei Sauerstofftanks und schleuderte sie, so weit er konnte, über die Sessa.

Zwei Minuten neunundzwanzig.

Er schoss zuerst, Bria hatte den zweiten Schuss.

Dann zog er sie an sich und sprang mit ihr von der Tauch-plattform, genau in dem Moment, als die beiden Tanks über der Sessa explodierten.

Während die Flammen loderten und sich auf dem schwarzen Wasser spiegelten, hielt Nick Bria fest an sich gedrückt. Gemeinsam gingen sie unter wie ein Stein.

Was folgte, war eine Kettenreaktion von Explosionen, die einem Beobachter jedoch wie eine einzige gewaltige Explosion Vorkommen musste.

Die Sauerstoffflaschen waren über der Sessa explodiert und hatten den Treibstoff des kleineren Bootes entzündet, was wiederum den über den Schiffen schwebenden Hubschrauber hatte explodieren lassen. Was wiederum Nicks Helikopter ein paar Sekunden zu früh hochgehen ließ.

Die *Scorpion* loderte erst hell auf wie ein Feuerball, ehe sie zischend mit allen an Bord befindlichen Männern in die Tiefe sank.

Die folgende Explosion hatte das Innere der Rettungsinsel für einen Moment erhellt und sie auf den Wellen tanzen lassen.

Nick drückte Bria fest an sich und wollte lieber nicht daran denken, wodurch diese Wellen verursacht worden waren. Hinsehen wollte er erst recht nicht. Der rötliche Schein hielt einige Minuten an, dann wurde es wieder dunkel.

„Ist es vorbei?"

„Ja." Seine Stimme war heiser. Nick schmiegte das Kinn an ihren Kopf. Vorbei. Dutzende Leben, Millionen an Sachwerten in Form des Schiffes und der Ausrüstung.

„Es tut mir schrecklich leid."

„Warum? Nichts von alldem war deine Schuld."

„Vielleicht nicht direkt. Aber wenn ich ihn nicht provoziert hätte, wäre er doch gar nicht aufgetaucht..."

„Mag sein. Aber Leute wie er machen überall Probleme. Dein falscher Bruder. Die Marokkaner. Ich versenke die *Scorpion* lieber hier draußen, als dass diese Typen mir bis nach Cutter Cay folgen. Es war nur ein Schiff, Bria. Nur ein Spielzeug."

„Ein ziemlich teures Spielzeug", murmelte sie, den Kopf an seine Brust geschmiegt. „Und was ist mit deinem Schatz? Du hast Monate damit zugebracht, ihn zu heben und zu katalogisieren."

Er zuckte die Schultern. „Der verschwindet ja nicht." Mehrere Minuten lagen sie zusammen in der Dunkelheit, während die Rettungsinsel auf den Wellen tanzte. Nick spürte Brias warmen Atem und die Wölbung ihrer Brüste an seiner nackten Brust. Dann strich sie mit der Hand darüber. „Irgendwer wird uns doch auflesen, oder?"

„Aries wird bald hier sein."

„Darf ich ihm zuerst eins auf die Nase geben?"

„Du bist ganz schön blutrünstig", bemerkte er grinsend. „Aber klar, nur zu."

„Und was ist mit Jonah? Es geht ihm doch gut, oder?" Nick hatte keine Ahnung. Es gefiel ihm auch nicht, keine Gewissheit zu haben. Dieser verdammte Narr.

Mit zuverlässigem Timing meldete sich in diesem Augenblick sein Handy. Sie mussten beide lachen. „Du meine Güte", meldete Nick sich ohne weitere Begrüßung. Er war erstaunt, dass das Handy überhaupt

noch funktionierte. „Ich hoffe, ich habe gerade den Pot gewonnen."
Vermutlich hatten sie das Signal der Rettungsinsel aufgefangen.

„Hier ist nichts."

„Sie kommen eine Stunde und mehrere Millionen Dollar zu spät,
Aries."

„Verdammt, Cutter. Es tut mir wirklich ...""

„Mir wäre eine ausgiebige Entschuldigung bei einem Bier lieber."

„Abgemacht. Wir kommen und holen Sie."

„Rettet zuerst meinen Bruder."

„Wie sind die denn in die Sache hineingeraten?", wollte Aries
verwirrt wissen. „Logan oder Zane?"

„Jonah. Geben Sie Bescheid, wenn Sie ihn gefunden haben. Und
zwar gefälligst wohlauf." Nick beendete das Gespräch.

„Er wird ihn schon finden", meinte Bria tröstend

„Wäre besser für ihn", knurrte Nick.

„Wie lange ...""

„Es ist stockfinster. Ich weiß nicht, welche Ausrüstung Jonah
dabeihat, falls überhaupt." Die Vorstellung, Jonah könnte nichts bei
sich haben, gefiel ihm gar nicht. „Mit etwas Glück hat er sich die andere
Rettungsinsel genommen und wartet genau wie wir darauf, endlich
aufgesammelt zu werden."

„Ja, das glaube ich auch."

Nick hörte den Hubschrauber, der im Tiefflug das Meer absuchte.
Er hob eine Strähne ihres Haars und kitzelte seine Lippen damit. So
gelassen er sich äußerlich auch gab, in seinem Innern sah es anders aus.
„Wird dein Cousin Antonio jetzt König?" Nie zuvor hatte er eine Frau
so sehr gewollt wie Bria.

Sie zuckte die Schultern. „Das weiß ich nicht. Er ist Winzer. Ich bin
mir nicht sicher, ob er Lust dazu hätte. Aber er liebt Marrezo und würde
alles tun, um seinem Land zu früherem Glanz zu verhelfen. Außerdem
glaube ich, dass er unserem kleinen Staat guttun würde."

Und Nick zweifelte keine Sekunde daran, dass Bria ihm dabei helfen würde. Ihre Ausbildung und ihre Erfahrung würden ihr dabei zugutekommen, genau wie Marvin es immer beabsichtigt hatte.

„Wirst du angesichts der Wendung der Ereignisse in Erwägung ziehen, wieder in deinem Land zu leben?", erkundigte er sich beiläufig.

Sie schüttelte den Kopf. „Ich werde Antonio helfen, wenn er mich darum bittet. Und Marrezo wird stets einen Platz in meinem Herzen haben. Aber ich bin nicht diese Prinzessin. Die bin ich schon sehr lange nicht mehr. Mein Leben ist jetzt anderswo."

„In Sacramento?", fragte er. „Wahrscheinlich haben die dir deinen Job warmgehalten."

„Ja, kann sein."

„Du magst Inseln." Nick fühlte sich ein wenig verzweifelt. Er hatte keinerlei Erfahrung darin, aus einer friedfertigen, gelassenen Prinzessin schlau zu werden. „Mit erloschenen Vulkanen, richtig?"

„So habe ich das noch nie betrachtet. Da haben wir einiges gemeinsam, was?"

„Ich bin mehr an unseren Unterschieden interessiert."

Sie lachte und boxte ihn liebevoll gegen die Brust. Dann küsste sie ihn auf die Wange. „Ich liebe dich, Nick Cutter. Ich bin verrückt vor Liebe zu dir. Das habe ich nicht geplant -nichts von alldem. Aber ich bedaure auch nichts."

Trotz allem, was an diesem Tag geschehen war - und die Liste war lang und höllisch ereignisreich -, lachte Nick. „Das ist meine Gabriella! Immer direkt und unverblümt."

„Na ja, ich habe gesehen, wie lange es dauern würde, wenn ich dich weiter um den heißen Brei herumreden lasse. Und das Leben ist einfach zu kurz, um nicht gleich zu sagen, was ich wirklich will. Nämlich dich. Mir ist klar, dass es dir schwerfällt, mit Gefühlen umzugehen. Aber gib uns eine Chance. Bitte gib uns eine Chance, Nick. Ich könnte ohne dich leben.

Wirklich. Doch Gott weiß, das will ich nicht." Als er zunächst schwieg, spielte sie mit den Fingern in seinem Brusthaar. Dann gab sie ihm mit der flachen Hand einen Klaps. „Jetzt sag endlich was, verdammt."

Nick küsste sie auf die Stirn und atmete tief ihren einzigartigen Duft aus Pfirsich und Salzwasser ein, den er überall wiedererkennen würde. „Ich war nicht auf der Suche", gestand er mit sanfter Stimme, während sein Herz vor Emotionen überfloss. „Ich habe nicht mal einen Gedanken daran verschwendet, jemanden kennenzulernen - jemanden wie dich. Aber im Leben eines Mannes gibt es einen Moment, in dem er innehält und sich sagt: Da ist sie. Und genau das ist mir passiert. Ich sah dich auf dem Marktplatz der Altstadt von Tarfaya auf mich zukommen und dachte unbewusst: Ah, da ist sie." „Ha!" Sie lachte. „Was du gedacht hast, war: Da kommt eine teuflische Spionin, die sich an mich heranmachen will." Er grinste und schmiegte das Gesicht an ihre nassen Haare. „Ja, das auch. Es ist verrückt, dass ich Aries zu helfen versprochen habe, weil ich mich langweilte. Ich wollte und brauchte ein bisschen Aufregung in meinem Leben. Ich hätte ja auch gleich nach Sacramento kommen und dich dort treffen können." „Das hätte Zeit gespart", bestätigte Bria fröhlich. „Aber was für ein Abenteuer hätten wir dann verpasst."

„Auf den Großteil davon hätten wir getrost verzichten können."

„Es macht das, was wir haben, umso süßer", gab sie zu bedenken, und Nick freute sich schon auf die lebhaften Diskussionen mit Gabriella Visconti in den nächsten fünfzig Jahren.

„Es tut mir leid, dass du deinen Bruder verloren hast", erklärte er. „Wir werden herausfinden, was passiert ist, damit du für dich einen Schlussstrich ziehen kannst. Ich habe Brüder im Überfluss und teile sie gern mit dir. Du wirst Logan und Zane lieben, und ich weiß, dass sie von dir begeistert sein werden. Jonah ist es jedenfalls schon."

„Kommst du jetzt klar mit ihm?"

„Es wird noch eine Weile dauern, bis ich mich daran gewöhnt habe. Und es gibt da noch einiges zu klären. Aber insgesamt, ja, ich glaube, wir kommen klar." Was auch immer vor ihrem Kennenlernen geschehen sein mochte, war Jonah doch nach wie vor sein Freund. Darauf würden sie aufbauen. Allerdings mussten sie ihn dazu erst einmal wiederfinden. Aber Jonah Cutter hatte ja bereits bewiesen, dass er ein Überlebenskünstler war.

„Ich bin froh." Sie rieb seine Brust mit kreisenden, aufregende Dinge verheißenden Bewegungen - Freude und Lachen und Versöhnungssex. Er versuchte, sich sein Leben ohne Bria vorzustellen, doch es gelang ihm nicht.

„Familie ist wichtig", erklärte sie.

„Das wird mir auch allmählich klar."

„Wir werden einander guttun", versicherte sie ihm und drehte sich, sodass sie zwischen seinen Beinen lag und ihre Brust an seine schmiegen konnte. Sie presste eine Reihe zärtlich knabbernder Küsse auf seine Wange.

„Das glaubst du, ja?"

Sie nickte, und ihr Haar streifte seinen Hals, während ihre Brüste sich auf äußerst erregende Weise an seiner muskulösen Brust rieben. „Ich bin Feuer, du Eis." Er hörte den Humor in ihrer Stimme, den er so an ihr liebte. „Du bringst mich ein bisschen ... na, sagen wir, zur Räson. Und ich bringe dich ein wenig auf Trab. Du kühlst mich ab, ich befeuere dich." Sie küsste ihn zärtlich auf den Mund.

„Ich will dich gar nicht abkühlen. Ich liebe dich heiß und lebhaft und wenn du mir die Stirn bietest."

„Hast du gerade gesagt, du liebst mich?"

„Soll ich es noch einmal auf Italienisch wiederholen, Prinzessin?"

Sie umfasste sein Gesicht mit beiden Händen und sah ihm liebevoll in die Augen. „Si. "

- ENDE-

CUTTER CAY SERIE

Von Cherry Adair bereits erschienen:

GNADENLOSER SOG

BAND: 1

Mit Gefahr kennt er sich aus: Zane Cutter taucht in der Karibik nach Wracks. Der kleinste Fehler kann tödlich sein, und deshalb ist in seinem Team nur für die Besten Platz. Was bedeutet, dass er für das nächste Projekt unbedingt die junge Schiffsmechanikerin Teal Williams an Bord haben will. Dass sie offensichtlich etwas gegen ihn hat, ist egal. Hauptsache, sie macht ihren job gut... Doch kaum stechen sie in See, reißt Zane und Teal ein Sog der Leidenschaft mit. Eine erotische Affäre beginnt, die sie atemlos macht - und dann finden sie such plötylich in einem gefährlichen Abenteuer wieden! Jetzt geht es um mehr als um Lust und altes Gold, um mehr als dunkle Vergangenheit und neue Liebe: Es geht ums nackte Überleben.

GEFÄHRLICHER STRUDEL

BAND: 3

Brutal zugerichtet und bewusstlos treibt sie im Wasser: Sofort nimmt Logan Cutter die schwer verletzte Frau an Bord seines Schiffs. Was aber aussieht wie ein dramatischer Unfall, ist Teil einer bösen Intrige, in der das vermeintliche Opfer alle Fäden zieht. Daniela Rosado soll verhindern, dass Logan ein versunkenes Wrack mit einem Millionenschatz birgt. Altes Gold, auf das es ihre Familie abgesehen hat! Jahrelang hat Daniela gehört, wie habgierig und skrupellos die Cutters sind, und sie hat es geglaubt - bis sie Logan jetzt besser kennenlernt. Ihr Herz erzählt der schönen Verräterin nämlich eine andere Geschichte. Für Daniela ein Schock - und eine Chance. Doch der Plan ihrer Familie steht. Notfalls über ihre und Logans Leiche.

„Beim Lesen abgetaucht, die Spannung Gefült, mitgefiebert - Cherry Adairs Cutter-Serie ist ein gehobener Goldschatz!" Romantic Times Book Reviews

ÜBER CHERRY ADAIR

New York Times Bestseller-Autor Cherry Adair Das innovative Aktion-Abenteuer-Romane wurden auf zahlreiche Bestseller-Listen erschienen, gewann Dutzende von Auszeichnungen und erhielt Lob von Kritikern und Fans gleichermaßen. Mit der Schaffung von ihr kick butt Antiterror-Gruppe, T-FLAC, Jahre vor dem Aktion-Abenteuer-Romanzen waren beliebt. Cherry hat eine Nische für sich selbst geschnitzt mit ihren sexy, freche, rasante Romane. Sie liebt es, von Lesern zu hören.

Besuchen Sie Cherry auf Visit Cherry on Facebook, Twitter, Pinterest oder cherryadair.com.

Die Romane von Cherry Adair bei

Am Rande der Angst

Am Rande der Dunkelheit

Am Rande der Gefahr

Auf Dünnem Eis

Aus den Augen

Bis zum Hals

Das Versteckspiel

Die Bettgeschichte

Hauch einer Chance

Heisse Steine

Ricochet Ein T-FLAC Kurzfeuer

Mehr T-FLAC-serie romane: eBooks

HEISSE STEINE

Die schöne Juwelendiebin Taylor Kincaid hat gerade einem Gangster in Südamerika die berühmten »Blue Star«-Diamanten abgeluchst. Nebenbei lässt sie allerdings noch streng geheime Dateien mitgehen. Nun sind ihr alle auf den Fersen – auch der überaus attraktive Agent Huntington St. John. Zwischen ihnen fliegen schon bald die Funken. Doch ihre Leidenschaft bringt sie in tödliche Gefahr …

Taylor Kincaid ist eine unverbesserliche Juwelendiebin, die ihre Arbeit liebt. Ihre Fähigkeit, noch durch den kleinsten Spalt zu schlüpfen, und ihre unglaubliche Fingerfertigkeit machen sie zu einer der Besten in ihrem Job. Keine Frage, dass sie ihre große Chance kommen sieht, als die berühmten »Blue Star«-Diamanten in dem Camp einer verbrecherischen Organisation in Südamerika auftauchen. Allerdings lässt Taylor neben den Diamanten auch noch einige streng geheime Dateien mitgehen – und nun hat sie keine ruhige Minute mehr: Plötzlich findet sie sich in einem gefährlichen Katz-und-Maus-Spiel wieder, in dem sie von allen Seiten gejagt wird. Der unglaublich attraktive Agent Huntington St. John, der ihr schon lange auf den Fersen ist, stößt als Erstes auf sie. Obwohl Taylor von Natur aus misstrauisch ist – und schließlich stehen sie auf verschiedenen Seiten des Gesetzes –, fühlt sie sich von seinem umwerfenden Charme magisch angezogen. Zwischen ihnen funkt es schon bald ganz gewaltig. Doch ihre Leidenschaft könnte tödliche Folgen haben…

DIE BETTGESCHICHTE

Marnie Wright ist als einziges Mädchen unter vier Brüdern einiges gewöhnt, so dass sie ein ungehobelter Bergbewohner wie Jake Dolan eigentlich nicht schrecken kann. Auch wenn dieses Prachtexemplar von einem Mann außergewöhnlich attraktiv und sexy ist. Aber dann wird's gefährlich und zwar nicht nur für Marnies Leben, sondern viel mehr noch für ihr Herz…